La Vallée

DU MÊME AUTEUR

Glacé, XO Éditions, 2011. Pocket, 2012.

Le Cercle, XO Éditions, 2013. Pocket, 2014.

N'éteins pas la lumière, XO Éditions, 2014. Pocket, 2015.

Une putain d'histoire, XO Éditions, 2015. Pocket, 2016.

Nuit, XO Éditions, 2017. Pocket, 2018.

Sœurs, XO Éditions, 2018. Pocket, 2019.

M, le bord de l'abîme, XO Éditions, 2019. Pocket, 2020.

Bernard Minier

LA VALLÉE

Thriller

ÉDITIONS DE NOYELLES

Éditions de Noyelles
31, rue du Val-de-Marne, 75013 Paris
Édition exclusivement réservée aux adhérents du Club,
réalisée avec l'autorisation de XO Editions

ISBN : 978-2-298-16107-6
N° éditeur : 95298
Dépot légal : Avril 2020

Référence de l'œuvre citée page 33 :

Albert Camus, *La Peste*, Gallimard, 1947.

© XO Éditions, 2020

Sans penser à ce qu'il faisait, il but une nouvelle rasade d'alcool. Au moment où le liquide touchait sa langue, il se rappela son enfant, entrant dans la hutte entourée de lumière aveuglante, avec son visage triste, obstiné, assombri d'une science précoce. « Oh ! mon Dieu, protégez-la, pria-t-il. Damnez-moi, je l'ai mérité, mais donnez-lui la vie éternelle. »

Graham GREENE, *La Puissance et la Gloire*

Prélude 1

— POURQUOI... VOUS... FAITES... ça ?

Il leva les yeux, fixa la silhouette immobile. Mais peut-être s'agissait-il d'une hallucination ? En montagne, les hallucinations sont fréquentes. Il suffisait d'une fièvre, d'une déshydratation, d'un œdème cérébral de haute altitude... ou d'une *hypothermie* : il grelottait.

Les alpinistes et les randonneurs évoquaient souvent la vision d'un personnage imaginaire, qui les avait un temps accompagnés. Comme celui qu'il avait devant les yeux. Mais le seau d'eau glacée qu'il reçut en pleine face n'avait rien d'un délire.

Le froid lui coupa le souffle. Son pouls et sa respiration s'accélérèrent. Il savait ce que c'était : *tant qu'il frissonnait, tout allait bien*, symptômes classiques d'une hypothermie légère.

En même temps, son corps devait être en train de mettre en place son mécanisme de défense : vasoconstriction, c'est-à-dire resserrement des vaisseaux sanguins au niveau des extrémités – pour préserver les organes vitaux en redirigeant le sang vers le cœur et les poumons. C'est pour cela qu'il ne sentait plus ses mains ni ses pieds.

Il tourna la tête. Contempla les versants abrupts qui cernaient le petit lac. L'épaisse couche de glace qui le recouvrait... Les lames de roche dressées sur le ciel gris... Toute cette indifférence millénaire, cette montagne inhospitalière, qui n'offrait au regard que le hideux visage de sa mort prochaine. *Car il allait mourir.* Il n'avait pas le moindre doute là-dessus. De *légère* son hypothermie allait passer à *modérée*, puis à *sévère* et enfin à *profonde* – avec au bout le coma et un arrêt cardiaque. C'était inévitable. On lui avait ôté tous ses vêtements. Il était étendu, nu comme un ver – à part le bandeau rouge qui maintenait ses dreadlocks en arrière –, les épaules, le dos et les fesses à même la glace, et la température était tombée bien en dessous de zéro. Il devait faire dans les – 15 °C.

je vous en priiieeeee je vous en priiiieeee je vous en priiieee

Est-ce qu'il avait prononcé ces mots ? Ou était-ce seulement son esprit qui l'avait fait ?
Il commençait à perdre la notion du réel.
Très mauvais signe, ça…
Il s'enfonçait petit à petit dans la brume qui sépare le réel de la confusion mentale.

Prélude 2

LA MÊME BRUME qui masquait entièrement le paysage quand il s'était élancé, ce matin.

Il était parti dans le brouillard et celui-ci avait refusé de se lever pendant une bonne partie de la matinée. Il avait failli renoncer – puis il s'était dit que, de toute façon, il n'y avait rien d'autre à faire dans la vallée un dimanche d'hiver.

Il avait continué de grimper, le visage étiré par le froid, dans ce demi-jour où le blanc de la neige, le dôme gris du ciel et les arêtes de la roche étaient les seuls repères. Puis il avait atteint l'étage de la forêt, et le brouillard s'était quelque peu dissipé. Les silhouettes des jeunes sapins montaient la garde à travers un voile diaphane. Il s'était arrêté un instant. Malgré le froid, il suait à grosses gouttes. C'est alors qu'il l'avait entendu. Le bruit. Le craquement. Un peu plus bas. Une branche sèche qui explose tel un pétard. *Comme si une grosse chaussure marchait dessus.*

— Hé ho ! Y a quelqu'un ?

Pas de réponse. C'était peut-être un animal. Mais quel animal a le pas assez lourd ? Un ours ? Il avait passé des milliers d'heures dans ces montagnes sans jamais croiser le plantigrade.

Il avait quitté l'abri du bois pour attaquer la partie la plus escarpée. Ce n'était pas une randonnée bien difficile. En été, des tas de touristes atteignaient le lac en trois petites heures, mais en hiver la piste était déserte – et il aimait cette solitude.

Plus haut, là où le froid augmentait, les derniers pins à crochets faisaient preuve d'une vigueur supérieure à celle de leurs congénères. Il en allait des arbres comme des hommes : il y avait les champions et les autres. L'inégalité, l'injustice sont la règle au sein de la nature comme au sein de l'espèce humaine. Kamel ne croyait pas à l'égalité. Il croyait au conflit, à la compétition, à la survie du plus fort. Il ne se doutait pas, à ce moment-là, qu'il lui restait moins de quatre heures à vivre.

Qu'aurait-il fait s'il avait su ? Que ferait-on si on savait ? Mettrait-on de l'ordre dans nos affaires ? Demanderait-on pardon ? À qui ? De quoi ? Se repentirait-on de nos mauvaises actions ? Il avait fait des choses abominables dans sa vie, sans l'ombre d'un remords ni d'une hésitation. Et il les referait si nécessaire. C'était dans sa nature : celle d'un homme dépravé et cruel, *l'autre* l'avait bien senti. Il avait tout de suite compris à qui il avait affaire en le voyant.

Le brouillard s'était reformé, plus compact que jamais, et il avait cru s'être perdu en ne trouvant pas le glacier. Pourtant, la dalle de granit qui en marquait la limite basse l'année dernière était là, comme les années précédentes. Kamel avait pigé ; il avait retrouvé le glacier un peu plus haut : plusieurs étés exceptionnellement chauds et des automnes trop doux l'avaient fait battre en retraite. Chronique d'une mort annoncée : dans vingt ou trente ans, il n'en resterait rien. Et les villes dans la plaine seraient aussi étouffantes qu'Oran au cœur de l'été.

Mais, pour l'heure, il était allongé sur la glace – et le froid changeait ses joues en pelotes d'aiguilles, figeait son visage en un masque qui évoquait un abus de chirurgie esthétique. Il inspira à fond. Puis il perdit momentanément le contact. Quand il revint à lui, les grelottements avaient cessé.

Mauvais, ça. La disparition des frissons signifiait que sa température interne était tombée en dessous de 31 °C. Il entrevit une silhouette penchée sur lui.

— Pourquoi… vous… faites… ça ? geignit-il, mais la moitié des mots ne franchit pas la barrière de ses lèvres gercées.

Il essaya de bouger la nuque, en fut incapable. Autour de sa tête, le bandeau s'était durci en une couronne solide. Son corps lui-même était recouvert d'une pellicule de glace qui se craquelait chaque fois qu'il essayait de remuer. Mais bientôt, les seaux aidant, cette pellicule serait si épaisse qu'il se trouverait prisonnier d'un scaphandre aussi rigide que mortel.

Il devait y avoir un trou quelque part dans la glace, un peu plus loin, où le seau était régulièrement rempli.

Soudain, il fut pris d'une bouffée de chaleur. Comment était-ce possible ? Puis il se souvint que c'était l'un des effets paradoxaux de *l'aggravation de l'hypothermie* : les muscles responsables de la vasoconstriction finissaient par se relâcher. Résultat, le sang affluait de nouveau vers les extrémités.

Son pouls avait ralenti. *Bradycardie.* Chute de la tension. *Les signes se multipliaient…*

Quand il était parvenu au refuge – en vérité, une simple cabane en pierre et ardoise au bord du lac –, il avait décidé de se reposer un peu avant de redescendre : ce n'était pas un jour à s'aventurer sur le pic du Gendarme.

Il avait bu un peu du café de la bouteille thermos, soulagé sa vessie, avalé une barre énergétique. Puis il s'était dirigé vers la porte restée ouverte, par où entraient une clarté boréale et un vent glacial, son sac léger sur le dos. Un sifflement dans l'air, un choc violent en pleine face lorsqu'il avait franchi le seuil, et ensuite plus rien – jusqu'au moment où il avait été réveillé par le premier seau d'eau glacée.

IL ALLAIT PAYER pour ce qu'il avait fait, il le savait. Mais ce qu'il ne comprenait pas, c'était pourquoi on avait fait appel à… ça.

— Qui… qui êtes-vous ? bégaya-t-il.

Comme il s'y attendait, il n'y eut pas de réponse. À la place, un nouveau seau. Il se rendit compte que la peau de ses bras, de ses fesses et de ses mollets adhérait maintenant à la glace du lac : il était littéralement collé à elle.

S'il avait pu se voir, il aurait constaté que son aspect s'apparentait de plus en plus à celui d'un cadavre : la peau cyanosée, les lividités là où il était en contact avec la glace, les pupilles non réactives. Le vent soufflait avec violence au ras du lac, de petits flocons duveteux venaient mouiller sa cornée.

Il aurait voulu écarquiller les yeux, cependant, quand il vit *le couteau.*

La lame pointue qu'on approcha de son ventre. Et qui, l'espace d'un instant, refléta les nuages dans le ciel gris.

Il aurait voulu hurler, mais ses cordes vocales aussi étaient gelées. Il ne sentit rien quand la lame creva la mince couche de glace, creva pareillement son abdomen et l'ouvrit du sternum à la symphyse pubienne. Il avait si froid. Il était si engourdi. Il ne sentit même pas la main écarter les lèvres de la plaie et le couteau fendre ses organes. Il perçut seulement un rire.

Prélude 3

L'APPEL PARVINT au peloton de gendarmerie de haute montagne, le PGHM d'Aiguesvives, le soir même. Selon sa jeune épouse, Kamel Aissani, vingt-neuf ans, n'était pas rentré de sa randonnée dominicale. Il n'avait pas prévu de passer la nuit en montagne. Il avait laissé son sac de couchage, son matelas et son réchaud à essence à la maison et n'avait emporté aucun vêtement de rechange. *Il s'était passé quelque chose.*

La voix de la jeune femme, qu'on devinait au bord des larmes, tremblait d'inquiétude.

Les gendarmes du PGHM ne perdirent pas de temps. Moins d'une demi-heure après l'appel, un hélicoptère du secours en montagne décollait du grand pré enneigé qui servait d'héliport à côté des bâtiments de la gendarmerie. À son bord, quatre hommes : un pilote, un mécanicien, un médecin et un secouriste.

Tous connaissaient l'itinéraire suivi par Kamel. La question était de savoir s'il s'était arrêté au lac Noir ou s'il avait poussé plus loin, jusqu'au pic du Gendarme. La nuit était tombée depuis longtemps et ne facilitait pas les recherches : l'équipe s'apprêtait à les interrompre pour les reprendre le lendemain quand, aux environs de 1 h 30 du matin, elle survola le lac Noir.

À cette heure, il méritait bien son nom : une surface oblongue, figée et lisse comme un miroir, au creux d'un sinistre théâtre de roche aux parois escarpées, éclairé par le grand projecteur de la lune.

Celui de l'hélico fit courir son pinceau aveuglant au ras de la glace jusqu'à s'arrêter sur la forme incontestablement humaine. Malgré la distance – l'hélico ne pouvait descendre davantage à cause de la proximité des barres rocheuses qui tranchaient la nuit comme des poignards –, tous purent constater que Kamel Aissani était *nu*, et une angoisse diffuse les étreignit. Blanc de la glace. Bleu du corps étendu. Noir de son ombre. Rouge du bandana. Plus inquiétant encore : le ventre ouvert. Les quatre hommes se regardèrent.

Il n'y avait pas moyen de poser l'appareil dans le cirque. Il eût fallu pour cela le faire sur la glace et rien ne garantissait qu'elle fût suffisamment épaisse. Aussi décida-t-on de treuiller le médecin et le secouriste jusqu'à un petit replat près de la rive, à une vingtaine de mètres du corps.

— Z'êtes sûrs ? gueula le pilote. M'a l'air d'être tout ce qu'il y a de plus canné, vot'gars ! Moi, chuis d'avis que ça peut attendre demain !

Le médecin lui fit signe de descendre. Pendant que l'adjudant et lui se harnachaient, chacun à bord de l'appareil sentit une excitation morbide le gagner sous l'emprise de ce décor, de cette atmosphère théâtrale, de cette nuit noire et surtout de ce corps nu sous la lune. Il flottait dans l'air comme un sentiment de *nouveauté* – mais aussi de *danger*. Et l'adrénaline était leur drogue préférée.

L'adjudant Yann Vogel fut le premier à se glisser dans le vide. Le Dr Loridan suivit – veste rouge, casque de protection blanc, lunettes de vue –, se balançant dans les rafales glacées, silhouette dérisoire pendant comme un poids mort – ou comme une araignée au bout de son fil – au centre du cirque. Une fois sur le rocher, ils scrutèrent la glace. Elle avait l'air épaisse, solide, mais sait-on jamais ; ils décidèrent de contourner le petit lac jusqu'au refuge et de marcher à partir de là jusqu'à la forme étendue au milieu, comme avait dû le faire Aissani lui-même.

Et quelqu'un d'autre avec lui ? La question traversa immédiatement l'esprit du toubib : Kamel Aissani s'était-il fait ça lui-même, comme les anciens Japonais se faisaient *seppuku* ? Ou bien... *est-ce que quelqu'un d'autre le lui avait fait ?*

Cette dernière interrogation communiqua au médecin un frisson qui n'était en rien dû au froid.

Ils se mirent en marche sur le plancher de glace, les yeux rivés sur le corps allongé là-bas. Si l'infortuné Kamel Aissani était encore en vie, il faudrait l'intuber, le ventiler et le médicaliser le plus rapidement possible avant de le treuiller. Peut-être même effectuer un massage cardiaque. À la différence des membres de l'équipe d'un SMUR, Loridan était seul ici ; il ne pouvait compter que sur lui-même.

La forme se rapprochait...

Le clair de lune laiteux lui attachait une ombre noire qui s'étirait sur la glace comme sur une scène de music-hall. *Il y avait quelque chose de bizarre au niveau du ventre...*

Il n'était pas seulement fendu en deux par une énorme plaie, visible de là où ils étaient : il était rond, gonflé comme une outre – *ou comme celui d'une femme enceinte.*

— Bordel de Dieu ! s'exclama Vogel.

En dix pas, ils s'étaient portés à la hauteur du cadavre.

Ce n'était pas le premier mort qu'ils contemplaient. Ils en avaient vu, des macchabées : des alpinistes ayant dévissé, des skieurs hors piste ensevelis sous une avalanche, des traumatismes crâniens après une chute de pierre, des hypothermiques qui vous claquaient entre les doigts pendant la redescente. Sans parler des morts dans leurs propres rangs, du lourd tribut payé à la connerie humaine, à l'imprudence, à l'égoïsme, à l'irresponsabilité. Mais c'était sans conteste la mort la plus étrange, la plus choquante qu'ils eussent jamais affrontée. Ils surent qu'ils n'oublieraient jamais cette image. Ce corps nu et bleu pris dans sa carapace de glace translucide, lèvres noires, peau cyanosée, les yeux grands ouverts évoquant un regard d'aveugle, le ventre rond et fendu comme une coquille de noix.

Loridan cligna à plusieurs reprises. *Non, c'était impossible… ce qu'il voyait ne pouvait être…*

Son métier l'avait amené à assister à plus d'une scène incongrue mais là, ça dépassait l'entendement. Le sien, en tout cas. *Car, à l'intérieur du ventre ouvert, aux muscles abdominaux distendus par la présence d'un corps étranger, telle une absurde et effroyable parodie de grossesse, se trouvait un poupon en plastique enfoncé avec force parmi les viscères et dont les yeux fixes, d'un bleu cristallin, le contemplaient, lui, Loridan, à travers la glace.*

Le cœur cognant, les mains moites dans ses gants, il décrocha sa radio pectorale, pressa le bouton émetteur.

— Mort ! lança-t-il. On a fini ! C'est d'un légiste qu'il a besoin…

— Ça peut attendre le jour, estima le pilote. La température va pas remonter au-d'ssus de − 10 cette nuit. Autant dire qu'il va se conserver mieux qu'du poisson dans d'la glace pilée. À vous…

Compte tenu de ce qu'il venait de voir, le médecin ne trouva pas la comparaison si heureuse. Il enfonça le bouton.

— Il ne s'est pas fait ça tout seul ! Et celui qui lui a fait ça est un putain de malade… Allons-y. J'ai pas envie de traîner dans les parages ! À vous…

— De quoi est-ce que vous parlez, toubib ? À vous…

— *C'est un meurtre. Un meurtre sidérant.*

— Comment ça ?

— Sors-nous d'ici, fissa !

Vendredi

1

— LE MATIN, COMBIEN de temps après le réveil ?
— Difficile à dire.
— Dans les cinq minutes ? Entre six et trente ? Trente et soixante ? Plus ?
— Je dirais... entre six et trente.
— Tu trouves pénible de t'abstenir dans les endroits où c'est interdit : cinémas, avions, restaurants... ?
— Non.
— T'en es sûr ?
— Oui.
— À quelle cigarette tu renoncerais le plus difficilement : la première ou une autre ?
— La première.
— Combien de cigarettes par jour en moyenne ?
— Entre dix et vingt.
— Tu fumes à intervalles plus rapprochés durant les premières heures de la journée ?
— Euh... oui.
— Tu fumes même quand t'es malade au point de garder le lit ?

Il hésita.

— Non.

Elle fit un rapide calcul. On appelait ça le test de Fagerström.

— Cinq points. Dépendance moyenne. Je vais te prescrire des patchs nicotiniques et des gommes à mâcher ponctuellement si tout à coup tu sens que le patch ne suffit pas. Mais vas-y mollo sur les gommes. Pourquoi tu veux arrêter ?

Il lui répéta ses raisons : 1°) il ne voulait pas crever d'un cancer du larynx ou des poumons : trop moche ; 2°) il faisait de plus en plus souvent des bronchites : signe d'un vieillissement pulmonaire prématuré ; 3°) il voulait rester en bonne santé pour Gustav ; 4°) c'était vraiment pas agréable d'embrasser un fumeur quand on était non-fumeur, pas vrai ?

Le Dr Léa Delambre fit un signe affirmatif.

— Tu te sens prêt ? demanda-t-elle.

— Oui, répondit-il.

— Alors, ça commence... *maintenant*.

Elle lui décocha un sourire. Se frappa sur les cuisses. Se leva. Elle glissa le stylo quatre couleurs dans la poche poitrine de sa blouse et regarda le garçonnet blond qui jouait à trois mètres de là sur le téléphone de son papa.

— Gustav me préoccupe, dit-il.

— Je sais. On en a déjà parlé.

— Il a de plus en plus de mal à se concentrer en classe, ses notes deviennent problématiques et à la maison un rien le distrait, souvent il n'écoute pas quand je lui parle... et il réagit parfois de manière agressive.

Elle haussa les épaules.

— Il faut attendre. Si ces symptômes persistent pendant six mois encore, on pourra établir un diagnostic de trouble déficitaire de l'attention. Avec ou sans hyperactivité. Et je le présenterai à une consœur spécialiste.

— Et en attendant ?

Elle resta un moment à le dévisager.

— Martin, le plus important n'est pas là : Gustav est en bonne santé. La greffe semble avoir pris. C'est une merveilleuse victoire, tu en as conscience ?

Servaz hocha la tête.

Elle avait raison, bien sûr.

Son fils souffrait d'atrésie biliaire, une maladie qui touchait un enfant sur vingt mille et qui consistait en un rétrécissement des canaux permettant d'évacuer la bile du foie ; la rétention de la bile dans le foie provoquait des dommages irréparables et – si rien n'était fait – mortels. Les enfants atteints d'atrésie avaient de constants soucis de santé : ils étaient plus petits et plus chétifs que les autres, ils souffraient fréquemment de douleurs abdominales, de saignements gastro-intestinaux, étaient sujets plus que la moyenne aux infections. Le premier traitement consistait à rétablir l'écoulement normal de la bile en remplaçant le conduit nécrosé par un bout de tuyau prélevé sur l'intestin grêle. Baptisé procédure de Kasai, ce traitement était couronné de succès dans un cas sur trois. Il avait échoué sur Gustav.

Il avait alors fallu envisager la greffe de donneur vivant compatible : 60 à 70 % d'un foie sain prélevé sur un parent proche. Il s'était porté volontaire. L'opération s'était effectuée au sein d'une clinique autrichienne dans des conditions absolument rocambolesques et dans la plus totale illégalité. Il avait même failli y laisser la vie…

Quand il y repensait, il y voyait sans l'ombre d'un doute un des épisodes les plus surréalistes et les plus terrifiants de son existence[1].

Servaz regarda le Dr Delambre. Plus grande que lui, des épaules larges dues à une pratique assidue de la natation, des cheveux fauves, des yeux verts, malicieux, électriques, et des traits si nets, si définis – comme son caractère – qu'ils ne dissimulaient rien. Elle exerçait au pôle enfants (spécialité : gastro-entérologie, hépatologie et nutrition pédiatriques) de l'hôpital Purpan à Toulouse. *Soigner des enfants dans un*

---
1. Voir *Nuit*, XO Éditions et Pocket.

hôpital – existait-il un métier plus difficile, un métier qui demandât plus de compétence et de dévouement ? Elle s'approcha de Gustav, plaisanta avec lui, ébouriffa ses fins cheveux blonds, lui murmura quelque chose à l'oreille qui le fit glousser.

Le Dr Léa Delambre avait quarante-trois ans, *il en aurait cinquante le 31 décembre prochain...*

Il se demanda si son fils aurait accepté une femme comme elle dans leur foyer. Gustav avait fait irruption dans sa vie de la manière la plus imprévue, la plus soudaine[1]. Et Servaz était devenu du jour au lendemain un des deux cent quarante mille pères célibataires que comptait ce pays. Certes, ce n'était qu'une goutte d'eau dans l'océan des foyers monoparentaux, mais c'était quand même Gustav et lui qui attiraient les regards à la sortie du centre aéré et de l'école. Et oubliez l'égalité homme-femme, s'il vous plaît, messieurs, quand vous êtes devant les services sociaux ou dans une boutique dont le programme de fidélité s'appelle... *le Club des mamans*. Oubliez aussi d'inviter à dormir la meilleure amie de votre fille – ou même le meilleur copain de votre fils. Oubliez.

Il se sentait trop vieux. Trop vieux pour élever un enfant de sept ans. Trop vieux quand il se regardait dans la glace le matin et qu'il voyait un homme qui ne faisait pas son âge mais dont les cheveux n'en commençaient pas moins de grisonner, les rides de se creuser. Quant à ses goûts musicaux et littéraires, ils étaient ceux d'une génération qui n'avait plus voix au chapitre.

Heureusement, il y avait Charlène, la très belle femme de son adjoint. Charlène Espérandieu savait bien mieux que quiconque ce qu'aiment les enfants et les ados aujourd'hui. Et elle adorait Gustav. Et Gustav l'adorait.

---

1. *Ibid.*

Ex-adjoint, songea-t-il : il avait rendez-vous dans moins d'une heure avec le représentant du syndicat de police pour savoir à quelle sauce il allait être mangé. Car, depuis les événements de février 2018[1], il était *suspendu*. Plus d'arme, plus de plaque, plus de bureau et, par conséquent, plus d'adjoint.

Officiellement, si une suspension n'était pas une sanction, ça y ressemblait quand même fort. Par exemple, bien que la suspension fût dite « de plein traitement », on lui avait retiré toutes ses primes, ce qui revenait à lui ponctionner 30 % de son salaire. Et il n'avait plus le droit d'entrer en contact avec ses collègues. Ce qui ne faisait guère de différence : la plupart d'entre eux se tenaient aussi loin de lui que possible. *Peur de la contagion.*

Seuls Vincent et Samira faisaient exception. L'un comme l'autre avaient trouvé le moyen de lui prodiguer affection et soutien. Ça non plus, ça n'était pas surprenant : Vincent Espérandieu et Samira Cheung étaient ses plus fidèles lieutenants, il les avait formés, leur avait inculqué ténacité et loyauté, avait fait d'eux des amis.

Le seul avantage de sa suspension : il était disponible pour Gustav vingt-quatre heures sur vingt-quatre. Libre de s'adapter à ses horaires, à ses besoins, de ne plus faire appel à Charlène ou à une baby-sitter. Il avait bien conscience qu'il *surinvestissait* son rôle de père – que son temps et ses pensées étaient saturés par la présence de Gustav. Mais c'était la deuxième fois qu'il était père, et il ne voulait pas se louper, cette fois.

La voix de Léo Ferré retentit dans le téléphone du Dr Léa Delambre.

— J'arrive tout de suite, répondit-elle.

Elle embrassa Gustav, s'approcha de Servaz :

— Je suis de garde demain soir. On se voit dimanche ?

---

[1]. Voir *Sœurs*, XO Éditions et Pocket.

2

— L'ENQUÊTE ADMINISTRATIVE est terminée, déclara le représentant syndical d'un ton qui n'augurait rien de bon. Tu vas passer en conseil de discipline.

On était le 15 juin 2018. Une belle journée. Ensoleillée et chaude. Sa suspension avait débuté en février. Les textes prévoyaient qu'elle ne pouvait excéder quatre mois. Sauf si la hiérarchie la prolongeait dans l'attente des résultats d'une procédure pénale, laquelle avait bel et bien été ouverte à la suite de la mort d'Erik Lang, célèbre auteur de romans policiers, et de l'un de ses fans, Rémy Mandel, dans un incendie déclenché par ce dernier, incendie auquel Servaz avait assisté[1].

Le reste des événements était un poil plus flou. Du moins pour les autorités : il avait opportunément omis de préciser qu'après l'avoir sorti de force de l'hôtel de police il avait menacé Lang, « l'homme à la peau de serpent », d'une arme. Tout comme il avait omis de confesser qu'il n'avait rien fait pour le sauver, trop occupé qu'il était à extirper son propre fils des flammes, à fuir la grange en feu.

Il jeta un coup d'œil à Gustav, qui lapait un cornet de glace à côté de lui. Son garçon n'avait pas classe, l'école était en grève. Il ne put s'empêcher de revoir la lueur du brasier cette nuit-là, de sentir son souffle sur son visage, tandis qu'il

---
1. Voir *Sœurs*, XO Éditions et Pocket.

courait aux côtés de Gustav, en direction de la porte de la grange.

Il tourna son regard vers la rue. Il avait donné rendez-vous au syndicaliste dans une brasserie des Carmes, aussi loin que possible de l'hôtel de police. En ce mois de juin, Toulouse vibrait de chaleur. Chaque vitre, chaque objet métallique semblait vouloir les aveugler en renvoyant dans leur direction un pur éclat de lumière blanche.

— Ils vont attendre la décision de justice, poursuivit le syndicaliste, avant d'arrêter la date du conseil.

Les textes prévoyaient que «toute faute commise par un fonctionnaire dans l'exercice de ses fonctions l'exposait à une sanction disciplinaire sans préjudice, le cas échéant, des peines prévues par la loi». En langage clair, un fonctionnaire pouvait être *blanchi* par la justice mais *sanctionné* quand même par sa hiérarchie. Bienvenue dans le monde merveilleux de la police...

— Martin, expliqua le représentant syndical, tu es déjà passé en conseil de discipline il n'y a pas si longtemps... et tu as écopé d'une exclusion temporaire de trois mois... et d'une rétrogradation au grade de capitaine...

Tel Moïse armé des Tables de la Loi, le petit homme martelait les vérités de l'administration. Servaz nota qu'il avait un grain de beauté au milieu du front, au-dessus de la barre horizontale de ses lunettes, comme un troisième œil.

— ... donc, il est plus que probable que, cette fois, compte tenu de la gravité des faits qui te sont reprochés et du caractère de récidive, c'est... hum... une sanction du quatrième groupe qui t'attend...

Quatrième groupe. *Révocation ou mise à la retraite d'office.* Servaz sentit un courant d'air glacé passer sur sa nuque. Flic était un des rares métiers où on pouvait être condamné à la fois pénalement et professionnellement, et perdre ses droits à la retraite par la même occasion. Quasiment aucune autre profession n'avait ce niveau d'exigence. Si on avait appliqué les mêmes critères aux autres métiers, un paquet de gens se seraient retrouvés sur la paille.

— De plus, à la différence d'un tribunal, tu ne seras pas interrogé uniquement sur les faits à l'origine de ta suspension : ils sont libres de revenir à des faits antérieurs, d'évoquer n'importe quel autre aspect de ta vie professionnelle ou privée. C'est ta vie tout entière qui va être passée au crible, Martin.

Servaz lui jeta un regard sans expression. Pourtant, intérieurement, il bouillait. Il avait *peur* aussi. Qu'adviendrait-il de Gustav et de lui si non seulement il perdait un boulot auquel il avait consacré une bonne partie de sa vie, mais qu'on le privait, par-dessus le marché, de ses droits à la retraite ? Il allait avoir cinquante ans. Que savait-il faire d'autre qu'être flic ?

— Bon, le côté positif, c'est que tu vas avoir connaissance de l'intégralité du dossier, et moi aussi. Tu peux te faire accompagner de ton avocat si t'en as un, mais ton baveux aura uniquement un rôle d'observateur. Il ne peut intervenir pendant le conseil. Le seul qui puisse te défendre, c'est le syndicat.

Le syndicaliste se gratta le fond de l'oreille, qu'il avait fort poilu.

— Tu n'es pas seul, Martin, dans cette histoire. *Nous allons nous battre.* Nous serons à tes côtés, au conseil comme aux délibérations, et nous allons intervenir jusqu'aux plus hautes instances. Certains syndicats sont plus soucieux de préserver de bonnes relations avec l'administration que de défendre leurs adhérents, mais notre organisation se fixe avant tout pour but, tu le sais, la défense des policiers sur les plans individuel et collectif.

Le représentant syndical débitait son petit laïus, tel un vendeur de bagnoles.

— Il y a autre chose, ajouta le fonctionnaire du ton de celui qui vous annonce non seulement que vous avez perdu une jambe, mais qu'il va falloir vous couper l'autre. Comme ils attendent les résultats de la procédure pénale, ils vont prolonger ta suspension – avec demi-traitement seulement.

Cette fois, il réagit. Il le foudroya du regard. Il savait bien que le représentant syndical – par idéologie, par opportunisme ou par vocation – était de son côté. Mais dans l'Antiquité ne tuait-on pas les porteurs de mauvaises nouvelles ?

—Je n'ai même pas le droit de prendre un autre emploi, lâcha-t-il. Comment je fais pour payer mes factures ?

En émergeant du café, alors que Gustav et lui reprenaient le chemin de la maison, il avisa un graffiti qui s'adressait à lui et aux membres de sa profession :

Nique la police

—Ça veut dire quoi, « nique » ? demanda Gustav.
—Ça veut dire « j'aime ».

Dimanche

3

21 HEURES. Un soir de juin qui sombrait lentement dans la nuit. Toulouse n'était pas New York, mais la ville rose ne dormait pas beaucoup en été. Albert Camus a écrit qu'une manière commode de « faire la connaissance d'une ville est de chercher comment on y travaille, comment on y aime et comment on y meurt ». À Toulouse, on travaillait, on aimait et on mourait bruyamment. Les Toulousains ne se laisseraient jamais dicter leur conduite par des édiles, des règlements ou des lois ; ils avaient la rage au cœur et le verbe haut, aussi Toulouse n'était-elle jamais totalement en repos.

Encore moins en ces temps de Coupe du monde de football. La veille, un concert de klaxons et de cris de joie avait accompagné la victoire de la France sur l'Australie par deux buts à un, s'il en croyait les chaînes d'info. Ça ne lui paraissait pas un si grand exploit que de battre par un but d'écart une nation surtout connue pour la qualité de son rugby. Mais il semblait que cela suffît au bonheur de certains.

C'était ce que se disait Servaz, ce soir-là, en regardant le ciel au-dessus des toits passer du saumon au gris cendre. Pendant un instant, il eut la tentation de sortir une cigarette, comme il avait pour habitude de le faire encore deux jours auparavant, puis il se souvint du patch.

—Papa !

Il se détourna. Traversa le séjour en direction du couloir. Entra dans la chambre de Gustav.

— Les dents, c'est fait ? demanda-t-il.

Assis au fond de son lit, le garçonnet opina.

— Tu me lis une histoire ?

Servaz sourit, s'approcha de l'étagère. Une poignée de livres pour enfants... L'hiver dernier, Gustav lui avait réclamé une tablette. Il avait sans doute entendu ça à l'école. En quelques années, les écrans avaient envahi les chambres des enfants. Avant d'en glisser une sous le sapin, Servaz avait toutefois décidé d'en parler avec sa maîtresse. Difficultés de concentration, troubles de l'attention en classe, oubli de la vie réelle, problèmes d'endormissement : elle lui avait dressé un tableau apocalyptique. « Chaque enfant est différent, avait toutefois tempéré le Dr Léa Delambre quand il lui avait demandé son avis. Mais c'est vrai que de nombreux tests portant sur le langage, la mémoire et la concentration relèvent un lien *certain* entre le temps passé sur les écrans, le sommeil et les performances... La vraie question, c'est de savoir si tu seras capable de lui imposer un usage limité ou pas. » Elle l'avait dévisagé en disant cela, il avait décidé d'attendre.

Il prit le livre sur l'étagère, l'ouvrit à la page cornée et se glissa à côté de Gustav.

— « Lorsque Bari vint au monde, commença-t-il, l'univers lui apparut tout d'abord comme une vaste et obscure caverne. Sa mère, Louve-Grise, qui était aveugle... »

— Pourquoi elle est aveugle ? demanda Gustav, dont les yeux papillotaient déjà.

Cinq minutes plus tard, de retour dans le séjour, il disposait deux couverts sur la table du coin salle à manger. Puis il alla dans la cuisine. Lapin sauce au vin rouge accompagné d'un crozes-hermitage. Il avait trouvé la recette dans un bouquin de cuisine pour débutants, l'accord mets-vin, sur...

Internet : même lui ne pouvait stopper la marche irrésistible du progrès.

Le double coup de klaxon s'éleva par la porte-fenêtre ouverte.

Il passa une tête. Un bref appel de phares en bas. Il répondit d'un geste de la main : *la voie est libre*. Alluma deux chandelles, mit autre chose que du Mahler sur la chaîne stéréo et se dirigea vers la porte.

— Bonsoir, Columbo, dit le Dr Léa Delambre en sortant de l'ascenseur.

Elle avait passé un boléro rouge sur un débardeur noir avec soutien-gorge intégré et une longue jupe noire. Sa peau avait acquis un joli hâle miellé au cours du printemps et il ne se lassait pas de contempler le dessin de ses clavicules et de ce que les anatomistes appellent muscle sterno-cléido-mastoïdien. Mais elle ne lui laissa guère le loisir de l'admirer plus longtemps, car son visage se rapprocha du sien, ses doigts se posèrent sur sa nuque avec la légèreté d'un vol de papillons et elle appuya ses lèvres contre les siennes, tandis qu'il apercevait son propre reflet dans ses iris, qui avaient envahi tout son champ de vision.

— Gustav est couché ?

Il acquiesça. Le Dr Léa Delambre le contourna d'un pas guilleret, s'avança dans le séjour, jeta son sac à main sur le canapé, fit un commentaire sur le fumet en provenance de la cuisine puis pivota vers lui.

— Tu tiens le coup ?

Sur le moment, il se demanda si elle faisait allusion à ses rapports avec Gustav, avant de comprendre qu'elle se référait à son récent sevrage.

— Pas une seule depuis vendredi.

Elle revint l'embrasser, le renifla dans le cou à la manière d'un chiot affectueux.

— C'est vrai que tu ne sens rien. J'avais presque fini par m'habituer à l'odeur...

Il posa ses mains sur les fesses rondes à travers la jupe légère et l'attira contre lui.

— Il me faudrait un check-up complet, docteur.

— Au bout de trois jours ?

— On n'est jamais trop prudent...

— Mangeons d'abord, j'ai rien avalé depuis ce matin et j'ai une faim de loup.

Ils trinquèrent puis dînèrent, et il la regarda déchiqueter la viande à belles dents. Elle le complimenta sur ses talents de chef, mais il savait que le lapin était trop cuit. Elle lui parla de l'hôpital et, comme chaque fois, égoïstement, il sentit son cœur se serrer non à l'idée de toute l'injustice qu'abrite ce monde, mais à la pensée que la femme dont il était tombé amoureux eût à l'affronter quotidiennement. C'est bien connu : *nous touche ce qui nous est proche.*

Elle enchaîna les anecdotes sur le pôle enfants avec un détachement apparent, mais il savait que c'était sa façon à elle de se blinder : une jeune fille de quatorze ans, enceinte, à qui ses parents interdisaient d'avorter et dont Léa soupçonnait que le père l'avait mise dans cet état ; un gamin de dix ans victime de harcèlement sur les réseaux sociaux et qui en était déjà à sa troisième tentative de suicide ; un enfant de quatre ans atteint du syndrome d'Usher, qui se manifeste par une surdité à la naissance suivie d'une cécité progressive. S'il existait, Dieu était un bel enfoiré. Et puis, d'autres cas plus ordinaires : un nourrisson oublié par sa mère dans une voiture garée au soleil et qui avait l'air d'un poulet sortant du four, séquelles neurologiques à prévoir ; un nouveau-né souffrant d'imperforation anale – c'est-à-dire que le rectum n'avait pas d'orifice. Et aussi des troubles alimentaires, psychomoteurs...

Servaz se sentit déprimé par cette litanie. *Des enfants...* Il n'osait avouer à Léa qu'il pensait immanquablement à Gustav et à sa maladie quand elle se lançait dans l'énumération de tous les maux que les enfants ont à endurer sur cette planète. Elle avait besoin de partager ça avec lui. Qu'aurait-elle pensé s'il lui avait demandé de n'en rien faire ?

Le miracle était qu'ils parvenaient toujours à mettre de côté leurs métiers respectifs pour se retrouver à faire l'amour, s'évadant du présent et abordant ces rivages où, tout en se connaissant de mieux en mieux, ils continuaient de se découvrir. Et, chaque fois, il ressentait la même douce morsure à l'estomac en voyant les traits de Léa altérés par le plaisir tandis qu'elle criait presque, enfonçant ses ongles dans ses épaules, ses bras ou les draps, poussant son pubis dur contre le sien, le regard tourné vers l'intérieur, oubliant tout, lui comme le reste. Il goûtait ces moments au-delà de tout – lui qui avait longtemps cru qu'il passerait le restant de ses jours seul.

Cette nuit-là, alors qu'elle s'était endormie et qu'il entendait la rumeur de la ville par la fenêtre ouverte, il se fit la réflexion que l'apparition de Léa et de Gustav dans sa vie l'avait rendu à la fois plus fort et plus vulnérable.

Désormais, ce n'était plus seulement pour lui-même qu'il avait peur.

Il se retint de se lever pour aller jeter un coup d'œil dans la chambre de Gustav, contempla le dos de la femme allongée près de lui, couchée sur le flanc, admira ses hanches évasées, ses reins. Écouta sa respiration. Sentit quelque chose se dénouer en lui, une humble forme de bonheur se libérer comme le parfum d'un flacon. Il regarda l'écran de son téléphone. Dans quelques heures, il la réveillerait et elle s'enfuirait comme une voleuse avant que le jour se lève et surtout avant que Gustav ouvre les yeux. Il ne voulait pas que son fils les voie ensemble. *Pas encore.* C'était trop tôt. Gustav évoquait de moins en moins souvent sa mère, mais parfois elle revenait dans la conversation – comme un fantôme qui aurait hanté leurs vies. Un spectre dont ni l'un ni l'autre n'étaient parvenus à se défaire tout à fait.

Marianne Bokhanowsky avait été kidnappée par le tueur en série Julian Hirtmann un jour de juin 2010, exactement huit ans auparavant, alors qu'elle était enceinte de Gustav. Il se souvenait de ce moment comme si c'était hier : la maison vide, le vent soulevant les voilages, la musique de Mahler à plein volume, cuivres et violons se déchaînant dans le finale de la *Sixième* – un morceau que Theodor Adorno avait baptisé « Tout est mal qui finit mal »[1]. Elle avait mis son enfant au monde en captivité et c'était Hirtmann lui-même qui l'avait confié à Servaz quand Gustav était tombé gravement malade. Hirtmann aussi qui avait escorté Martin jusqu'à cette clinique autrichienne, avant d'être arrêté par la police. Marianne, elle, n'avait jamais reparu. Le Suisse avait même refusé de lui dire si elle était vivante.

Et puis, il y avait eu cette carte. Noël 2017. Et cette photo où elle portait la même robe-tunique que la dernière fois où il l'avait vue. Elle lisait un journal. Servaz avait fait analyser le cliché : *ce n'était pas un montage*. La carte postale, elle, disait simplement : *Joyeux Noël*. Elle était signée Julian.

Depuis, plus rien. Aucun signe d'elle. Hirtmann était détenu à la prison « cinq étoiles » de Leoben, en Autriche. La dernière fois qu'il avait écrit à Servaz, c'était en février.

Pourquoi repensait-il à tout ça, ce soir entre tous les autres ? Il s'assit au bord du lit, s'assura que Léa dormait et alla dans la cuisine se servir un verre d'eau, en pantalon de pyjama. La nuit était tiède et douce. Une brise légère entrait par les fenêtres ouvertes, caressant son torse nu, telle une invisible main de femme. Il se sentait bien. *Mieux qu'il n'avait été depuis*

---

1. Voir *Le Cercle*, XO Éditions et Pocket.

longtemps. Un bruit insistant s'insinua dans son esprit, et il mit quelques secondes à comprendre ce que c'était.

Son téléphone – il l'avait laissé sur la table de chevet.

Il retourna rapidement dans la chambre. La sonnerie avait réveillé Léa, qui, dans le lit, se tournait à présent vers lui, dans le coaltar.

Sur la table de chevet, le téléphone continuait de se plaindre et de réclamer son attention comme un enfant qui a faim.

1 h 30.

Quand un téléphone sonne au beau milieu de la nuit, c'est rarement pour de bonnes nouvelles, se dit-il.

Le cœur battant, il marcha jusqu'à l'appareil, consulta l'écran : il ne connaissait pas le numéro.

— Tu aurais au moins pu mettre une musique, plaisanta Léa, les cheveux en désordre, le visage bouffi de sommeil.

Elle souriait – mais la tension perçait dans sa voix. Il hésita. Elle le regarda, sourcils levés.

— Bon, alors, tu réponds ou pas ?

Il fit glisser le bouton vert, colla l'appareil à son oreille.

— Martin ! Martin, tu es là ?

Cette voix… Il tressaillit.

Il remarqua à peine que Léa l'observait. Cette voix… Il ne l'avait pas entendue depuis huit ans, et pourtant il la reconnut immédiatement. Comme si c'était hier la dernière fois. Le temps aboli, les années envolées, le passé qui ressurgit comme une comète dans la nuit.

Il s'assit au bord du lit, ferma les yeux.

C'était impossible.

Lundi

4

IL SE RENDIT COMPTE qu'il était incapable d'articuler quelque parole que ce fût, que son cœur cognait comme une caisse claire dans sa poitrine.

— Marianne ??

Sa voix aussi rêche que du papier émeri.

— Martin... Martin, c'est toi ?

Elle avait l'air en panique, et mille questions assaillirent l'esprit de Servaz.

— Où es-tu ? demanda-t-il.

Et il eut envie de poursuivre : *Où étais-tu passée pendant toutes ces années ? Comment se fait-il que tu aies mon numéro ? À qui est ce téléphone ? Pourquoi m'appelles-tu au milieu de la nuit ? Pourquoi tu n'as jamais donné de tes nouvelles ? Étais-tu incapable de le faire ? Hirtmann est en prison : qui te gardait prisonnière ? OÙ ÉTAIS-TU ?* À une question au moins, il avait la réponse : en huit ans, il n'avait pas changé de numéro. Il était tout sauf un geek. « Tu t'es trompé de siècle », lui avait dit un jour Espérandieu.

— Martin, je t'en prie, il faut que tu m'aides !

— Où es-tu ? répéta-t-il.

— Je ne sais pas ! répondit-elle en hurlant presque. Dans une forêt !

— Une forêt ? Une forêt où ça ?

— Martin, je n'ai jamais été très loin... contrairement à ce que tu... (À cet instant, il y eut de la friture sur la ligne et ils perdirent temporairement le contact.) Pyrénées... je... montagnes...

Encore des crachotements. Il eut soudain très peur que la communication ne fût coupée.

— MARTIN, JE... JE ME SUIS ÉVADÉE !

Il déglutit. Le sang battait si fort à ses tempes qu'il couvrait presque la voix dans l'appareil. Il ne se rendit pas compte qu'il avait glissé au sol, sur lequel il était maintenant assis, le dos appuyé contre le matelas. Ni que Léa s'était redressée et braquait un regard suprêmement inquiet entre ses omoplates. Ni qu'il serrait si fort le téléphone que les jointures de ses doigts en étaient blanches.

— Je t'en prie ! répéta Marianne. Ça passe mal ici... ça fait une heure que j'essaie de te... ! Ça peut... à tout moment !

Des salves crachotantes de parasites et des silences de plus en plus menaçants.

— Tu es dans les Pyrénées, c'est ça ? Dans les montagnes ? Mais tu ne sais pas où, *c'est bien ça* ?

— Oui !

Il sentit le stress le gagner, la même panique qui déformait la voix de Marianne.

— Décris-moi ce que tu vois !

Un bref silence.

— Je suis à flanc de montagne... dans la forêt... sur un sentier... au-dessus d'une... d'une vallée...

Elle poursuivit, mais ses paroles furent noyées dans une nouvelle gerbe de parasites.

— Quoi ? J'ai rien entendu ! aboya-t-il.

— Tu m'entends ?

— Maintenant, oui !

— Il y a environ une heure, j'ai aperçu une... une *église*... avec un... *cloître*... et de vieux bâtiments... Un genre de... mo...

—*Monastère ?*
—Oui ! Martin, je… !
—Est-ce qu'il y avait un pont et une rivière devant ?
—Oui, oui !
—À quelle distance, les montagnes ?
—Toutes proches.
—Elles sont hautes ?
—Oui !

Il connaissait cet endroit ! L'abbaye d'Aiguesvives… Il n'en voyait aucun autre dans les Pyrénées qui correspondît à cette description.

—Marianne, lança-t-il, je vais prévenir la gendarmerie : ils sont tout près, ils vont venir à ton secours !

—NON !

Le hurlement avait jailli dans le téléphone – plein de détresse et de terreur.

—Non ! N'appelle perso… ! Viens *toi* !

—Marianne, qu'est-ce qui se passe ? gueula-t-il – si fort que non seulement il devait terrifier Léa, mais il allait réveiller Gustav.

Il jeta un coup d'œil derrière lui : de fait, Léa avait les yeux grands ouverts. Elle avait l'air si effrayée qu'il baissa un peu la voix.

—Marianne, il faut que je les prévienne !

—Je t'en prie… ne préviens… police ! Surtout pas ! Promets-moi ! Je… t'expliquer…

Il hésita. Il ne savait quelle décision prendre. Pourquoi était-elle si terrorisée à l'idée qu'il prévienne les gendarmes ?

—Dans ce cas, reviens sur tes pas : reviens vers l'abbaye ! lui ordonna-t-il.

—Non ! Je ne reviendrai pas en arr… Il est sans doute à ma… *Il…*

—Quoi ? *Qui* est à ta recherche ? Marianne ?

Un silence.

— Marianne, *qui* est à ta recherche ?

Un concert de grésillements.

— Marianne... Marianne ?

Quelqu'un ou quelque chose venait de mettre fin à la communication.

— *Marianne !*

— C'ÉTAIT ELLE ?

Question purement rhétorique – manière de renouer le contact avec son homme qui semblait tout à coup très loin d'ici –, car Léa connaissait déjà la réponse. Il opina. Eut presque honte de la tête qu'il devait faire. Il lui avait raconté l'histoire de Marianne, de son kidnapping, de sa disparition du monde des vivants... Il ne lui avait pas caché que la mère de Gustav avait été le grand amour de sa jeunesse – ni qu'elle lui avait menti, l'avait manipulé. Mais qu'elle l'avait fait pour protéger son autre fils, Hugo, le demi-frère de Gustav : celui qui dormait aujourd'hui en prison.

— Que se passe-t-il ? voulut-elle savoir.

Cela tenait en quelques mots. Elle l'écouta sans l'interrompre, sans bouger, mais son regard s'assombrit à mesure qu'il racontait. Il sut ce qu'elle pensait : *cette femme a réussi à se libérer après huit ans de captivité et c'est toi qu'elle appelle au secours... Et cela te met dans tous tes états...*

— Il faut que je passe un coup de fil, dit-il.

Il s'empara du téléphone. Sortit.

S'assura que Gustav dormait. Il marcha jusqu'au salon. Chercha un numéro qu'il n'était pas censé appeler, ni au milieu de la nuit ni en plein jour.

— Martin ? Qu'est-ce qu'il y a ? répondit la voix de Vincent Espérandieu, son ex-adjoint.

Il ne savait par où commencer. Ce qui venait de se passer était si… *étrange, si improbable.*

—Je viens de recevoir un appel, dit-il.

—De qui ?

Il lui résuma la conversation, parla de la panique qui perçait dans la voix de Marianne, de ses explications sur l'endroit où elle se trouvait – et surtout de cette phrase : «Je me suis évadée.»

Un silence au bout du fil.

—Tu es sûr que c'était elle ?

Le ton était ouvertement sceptique.

—Certain.

—Putain de merde. Après tout ce temps… c'est… c'est…

Incroyable, inconcevable, incompréhensible, inespéré, renversant, merveilleux, terrifiant ? Oui, tout cela à la fois, se dit-il. Il se souvint du cas de ce père de Seine-Saint-Denis qui avait refilé sa môme à une nourrice avant de disparaître pendant… *quarante ans.* De Lucy Ann Johnson, cette mère canadienne qui avait abandonné sans prévenir le domicile familial : sa fille avait retrouvé sa trace au bout de *cinquante ans.* Des trois séquestrées de Cleveland : l'une d'elles avait finalement réussi à appeler les secours *après dix ans de captivité.*

Qu'on n'aille pas me dire que le monde tourne rond, songea-t-il.

—Martin, tu comptes faire quoi, ma puce ? demanda Vincent.

—Je ne sais pas.

—Martin, hasarda Vincent après un moment. C'est incroyable ce qui vient de se passer mais il faut que tu joignes le service toi-même… Je devrais même pas être au courant. Je n'ai pas le droit de te parler, je te rappelle.

—Je sais. Mais j'ai besoin d'aide, là, tout de suite.

Il repensa à ce qu'avait dit Marianne : pas de police. Un soupir au bout de la ligne.

— Bon, fit Vincent. Qu'est-ce que tu veux que je fasse ?
— J'ai besoin que tu remontes le numéro et que tu voies où il a borné.

Espérandieu prit tout son temps pour répondre.

— Et comment je fais ça sans réquisition auprès des opérateurs ?

Servaz hésita. Il ne voulait pas compromettre son ami, mais il désirait plus que tout retrouver Marianne.

— Invente un truc. Colle ça dans une autre procédure.
— Putain, tu sais que si je me fais gauler par mon chef de groupe, c'est le conseil de discipline assuré pour moi aussi ? (Un temps.) D'accord, d'accord, je vais voir ce que je peux faire… mais ça devra attendre demain : si je réveille tout le monde en pleine nuit, je vais avoir un paquet d'explications à donner, OK ?
— Il y a autre chose, ajouta Servaz.
— Vas-y, je t'écoute.
— Est-ce que je peux déposer Gustav chez vous, là, *tout de suite* ? Je vais me rendre là-bas.
— Cette nuit ?
— Il n'y a pas de temps à perdre…

Il entendit les pas de Léa dans le couloir.

— Bien sûr, répondit Vincent. Bien sûr. Pas de problème. Tu sais que Gustav fait partie de la famille. Et Charlène l'adore. Martin ?
— Oui ?
— Ta carrière de flic ne tient qu'à un fil. Ne va pas jouer au con…

— CETTE FEMME, tu… tu l'aimes encore ?

C'était une question passablement incongrue, déplacée, eu égard aux circonstances – mais aussi logique, inévitable, d'une certaine façon.

— Non, répondit-il.

Il se retourna et plongea son regard dans celui de Léa. Elle l'avait rejoint sur le balcon. Elle baissa les yeux, vit la cigarette qui se consumait entre ses doigts.

— Martin... tu portes un patch.

Il baissa les yeux à son tour.

— Désolé. C'est la dernière, dit-il d'un ton pressé.

Elle acquiesça, mais son geste manquait de conviction. Il se fit la réflexion que c'était la première fois qu'il lui voyait une telle réaction. Celle d'une femme qui n'a pas entièrement confiance en son compagnon. Cela faisait trois mois jour pour jour qu'ils se connaissaient. Aussi bien, ce n'était pas si mal : trois mois avant qu'apparaisse la première microfissure entre eux.

Elle s'approcha, posa une main fraîche sur son torse brûlant.

Son cœur pulsait de manière véhémente sous sa cage thoracique, et il était sûr qu'elle le sentait au bout de ses doigts, à travers la peau et les muscles de sa poitrine. Le regard de Léa fut de nouveau sur lui.

— Martin, dit-elle doucement mais fermement. Fais ce que tu as à faire. Si cette femme est en danger, tu dois y aller sans tarder...

Il acquiesça. Écrasa en vitesse la cigarette à moitié fumée sur la rambarde du balcon, laissant une petite traînée noirâtre. Consulta sa montre. Pas loin de 2 heures du matin.

— Il faut que je réveille Gustav et que je l'emmène chez Vincent et Charlène.

Elle comprit. *Tu ne peux pas rester là, tu dois partir avant qu'il te voie...*

Léa faillit dire quelque chose, puis elle se souvint que, pour entrer dans la vie d'un père célibataire, il fallait respecter quelques règles de base. La première : *prendre son mal en patience*. Ne pas brusquer les choses. Se montrer *flexible*. Elle fit volte-face. S'éloigna vers la chambre pour récupérer ses affaires.

Il marcha rapidement jusqu'à son bureau, ouvrit un tiroir. Une enveloppe à l'intérieur. Avec, comme adresse d'expéditeur : *Justizanstalt Leoben, Dr.-Hanns-Groß-Straße 9, 8700 Leoben, Österreich.* La prison-modèle de Leoben, en Autriche. La lettre était arrivée en février[1].

Cher Martin,
Comme tu t'en doutes, je pense souvent à toi, du fond de ma cellule. La vie ici passe plutôt agréablement. Les Autrichiens ont fait l'expérience de la barbarie, ça les a rendus civilisés. Leurs prisons sont des colonies de vacances à côté des vôtres. Mais j'ai trop de temps pour penser.
William Blake a écrit que la Miséricorde et la Cruauté possèdent un cœur humain, la Pitié et la Jalousie un visage humain – et que l'Amour et la Terreur sont les formes humaines du divin... Quelle forme humaine du divin expérimentes-tu, Martin : la Terreur ou l'Amour ? Je parierais pour la première... Et quel cœur humain connais-tu : la Cruauté ou la Miséricorde ? J'espère que tu penses aussi souvent à moi que je pense à toi.
Ton ami,
Julian

Il la remit dans l'enveloppe. Il y avait un classeur à côté. Des coupures de presse dans le classeur. Il les passa en revue, concentré, rapide. Repéra celle qu'il cherchait. Récupéra la carte postale avec la photo de Marianne.

---

1. Voir *Sœurs*, XO Éditions et Pocket.

5

LA NUIT débordait d'étoiles. Un poudroiement qui envahissait tout le ciel au-dessus du ruban rectiligne de l'autoroute et de la campagne obscure, comme une poignée de sable scintillant jetée par un dieu semeur. La Volvo fonçait dans les ténèbres de l'A64, solitaire, inaperçue – bien au-dessus de la vitesse autorisée.

Servaz comptait les minutes, les kilomètres, les sorties : Saint-Martory, Lestelle, Saint-Gaudens. Il avait connecté son oreillette Bluetooth et il avait beau rappeler le numéro, seul le silence lui répondait, tandis que les kilomètres défilaient avec une lenteur exaspérante.

Est-ce qu'il allait arriver à temps ? Est-ce qu'il allait la retrouver, et dans quel état ? Ou est-ce que quelqu'un allait la trouver avant lui ?

Angoisse. Ténèbres. Minutes et kilomètres qui s'égrènent. À plusieurs reprises, il fut tenté d'allumer une cigarette, mais il se souvint du regard de Léa, et il préféra mâcher une de ses gommes.

Une heure après avoir quitté Toulouse, il laissa l'A64 à la hauteur de Lannemezan pour s'enfoncer vers le sud, le long de la départementale 929, droit sur les montagnes. Dans les lointains se dressaient leurs profils sombres et dentus, pareils à des mâchoires dévorant la nuit.

À la hauteur d'Arreau, il délaissa la départementale, franchit la rivière et traversa le bourg endormi pour prendre la direction d'Aiguesvives, aux confins de la Haute-Garonne et des Hautes-Pyrénées. Peu de temps après, il s'enfonçait parmi les grands sapins noirs, sentinelles hiératiques serrées les unes contre les autres qui jetaient une ombre menaçante sur la route. Et toujours pas de nouvelles de Marianne. Servaz sentait le stress lui dévorer les entrailles.

Autour de lui, les contreforts pyrénéens se rapprochèrent. Il quitta la noirceur des bois pour rouler le long d'un cours d'eau qui accrochait des reflets sous la lune comme si des centaines de poissons d'argent s'ébattaient à sa surface. Puis il emprunta un large pont de pierre et le panneau apparut :

AIGUESVIVES
4 384 habitants
Ses eaux
Son abbaye
Sa forêt

L'horloge digitale du tableau de bord indiquait 3 h 45 quand il entra dans la ville thermale plongée dans le sommeil, tel un chat blotti près d'un poêle. Ses façades qui, autrefois, par une nuit aussi clémente, auraient gardé leurs fenêtres grandes ouvertes, étaient cadenassées comme un coffre de banque suisse.

Il traversa la ville sans s'arrêter en direction de la montagne sombre qui fermait la vallée dans le fond.

En cette heure douteuse, elle semblait aussi morte que s'il avait débarqué sur une planète sans vie. Au sortir d'un virage, il faillit louper l'embranchement. Sur le bas-côté, la flèche « ABBAYE DES HAUTSFROIDS » était presque entièrement dissimulée par le feuillage d'un noisetier. Il freina, effectua une rapide marche arrière sur la route déserte et vira à droite pour engager la Volvo dans la forêt. Il gravit la colline au milieu des arbres aux troncs serrés et des tapis de fougères qui creusaient un tunnel végétal, et bascula de l'autre côté, découvrit par une grande trouée les bâtiments du monastère en contrebas, au creux d'un val boisé : l'abbatiale du XIIe siècle, typiquement cistercienne avec sa tour et son plan en croix latine, le cloître ceint d'arcades, les bâtiments des moines – réfectoire, dortoirs – dont l'architecture massive semblait avoir été conçue pour résister aux rigueurs de l'hiver et pour dissuader le curieux. Le tout, caverneux, hostile, monumental. Il y avait des pelouses le long de la rivière, dans le fond plat du vallon éclairé par la lune, mais les flancs des montagnes qui entouraient le monastère étaient intégralement boisés.

Marianne... C'était de ces bois qu'elle avait appelé...

Il dévala la pente, franchit un petit pont à arche de pierre et se gara à quelques mètres du portail, sous un chêne qui devait avoir plusieurs siècles d'existence.

Quand il descendit de voiture, il fut frappé par la qualité du silence dans lequel baignait ce paysage préservé, hors du temps et hors du monde.

Il marcha à grandes enjambées vers la haute porte de bois, vit les mots *Vultum Dei quaerere* gravés dans la pierre. « Chercher le visage de Dieu ». Ils brillaient sous la lune. Il aurait pu se croire plusieurs siècles en arrière, au temps où les moines défrichaient les forêts alentour pour y cultiver la terre et vendre le bois. Ou bien à l'aube des guerres de Religion, juste avant que les protestants ne pillent et n'incendient la plupart des abbayes du Sud-Ouest. Ou encore avant que la Révolution n'en chasse les moines.

Soudain, il frissonna.

Des chants venaient de s'élever dans le silence. Des harmonies d'une beauté telle qu'il s'immobilisa un instant pour les écouter. Elles provenaient de l'un des bâtiments. Des voix d'hommes, aussi pures et légères que des voix d'enfants. Elles montaient dans la nuit du val comme un vol d'étourneaux. Il regarda sa montre. 4 h 15. *Vigiles*. Le premier office. Les moines – qui observaient la règle de saint Benoît – ne dormaient guère. En théorie, leurs journées étaient tout entières consacrées au labeur et à la prière, et leurs nuits des plus courtes.

La grande porte armoriée comportait un heurtoir de bronze, mais il y avait aussi un interphone sur le côté. Un hibou ulula dans les bois quand il pressa le bouton.

— Oui ? dit une voix dans l'interphone au bout de deux interminables minutes.

— Capitaine Servaz, SRPJ de Toulouse, je voudrais parler à votre abbé, déclara-t-il en priant pour que les moines n'appellent pas la gendarmerie la plus proche.

— Capitaine qui… ?

— Servaz. Police judiciaire.

— Vous avez vu l'heure ?

— Oui. Mais il s'agit d'une affaire urgente.

— Quelle affaire ?

La voix ne semblait nullement impressionnée par sa qualité de flic ni par une visite aussi tardive. Vivre à l'écart du monde et « si près de Dieu » vous rendait sans doute quelque peu imperméable aux aléas de la vie ordinaire.

— C'est ce que j'expliquerai à l'abbé, trancha-t-il, catégorique.

— Attendez.

Il attendit. Cinq bonnes minutes de plus. L'impatience était un acide qui lui rongeait l'estomac. Il appuya à trois autres reprises sur le bouton, mais personne ne répondit.

Enfin, les chants s'éteignirent. Une minute plus tard, l'un des battants s'ouvrait. Une haute silhouette apparut. L'homme était grand, plus grand que Servaz. Il portait une longue tunique blanche serrée à la taille par une ceinture et un scapulaire noir par-dessus. Ses traits étaient aussi acérés que vigoureux, la mâchoire saillante adoucie par un collier de barbe poivre et sel, mais le regard flambant sous des sourcils épais, derrière des lunettes cerclées de métal, lui donnait un air sévère et altier de vieux rapace – et Servaz se fit la réflexion que cela n'allait pas être facile.

— Je suis le père Adriel. Mon prieur me dit que vous êtes capitaine de police, c'est ça ?

Pas de bonjour ni de préambule. On allait droit au but. La voix était aussi puissante que claire. Un baryton. Servaz lui donnait dans les soixante-dix ans.

— Oui, je…

— Vous avez une carte, quelque chose ?

C'était arrivé plus tôt que prévu. *Non, pas depuis que je suis suspendu*, pensa-t-il. La lampe au-dessus de la porte dispensait une chiche clarté jaunâtre. Il sortit une carte des transports toulousains, la passa brièvement devant les yeux de l'abbé, tel un prestidigitateur, la fit disparaître aussi vite.

— Pardon, je n'ai pas bien vu, insista le supérieur de l'abbaye. Ça ne vous dérange pas si je l'examine plus attentivement ?

Tiens donc, méfiant, l'abbé. Il est vrai qu'à raison de trois dégradations d'églises par jour dans ce pays, il y avait de quoi.

Il extirpa de la poche de son blouson l'article de journal qu'il avait pêché dans un tiroir de son bureau, le déplia. *La Dépêche*, 2009. Il avait fait la une de la presse régionale après l'affaire du cheval sans tête[1]. Il espéra que l'abbé le reconnaîtrait sur la photo malgré les neuf années écoulées. L'homme parcourut rapidement l'article en dépit du faible éclairage, leva les yeux pour le dévisager, regarda le papier une nouvelle fois.

— Désolé, dit l'ecclésiastique en le lui rendant, on a eu des vols et des dégradations dans l'abbatiale il y a quelque temps, ça nous a rendus méfiants. Nous ne vivons pas aussi hors du monde que nous le souhaiterions.

---

1. Voir *Glacé*, XO Éditions et Pocket.

L'abbé continuait de l'observer.

— Je ne vous cache pas qu'on ne suit guère les faits divers par ici. Qu'est-ce qui amène un policier aussi... *éminent* jusqu'à notre abbaye à une heure pareille ?

Il n'y avait pas une once de sarcasme dans sa voix.

— C'est un peu long à expliquer, dit-il. Et en même temps de la plus extrême urgence. Vous permettez que j'entre ?

Il vit l'abbé hésiter. La porterie marquait, il le savait, la frontière entre le *dehors* et le *dedans*, entre le monde séculier et l'univers régulier – c'est-à-dire soumis « à la règle » – des moines. Jadis, les princes venaient ici apporter leurs donations et les pauvres chercher leur nourriture. Mais ils n'allaient pas plus loin. Même au XXIe siècle, le monastère demeurait un espace clos – et les visiteurs n'étaient pas forcément les bienvenus.

— Entrez, dit finalement l'abbé.

DANS LA PÉNOMBRE DU CLOÎTRE, le visage de l'abbé s'était figé en un masque mortuaire, cireux, comme si la peau s'était tendue sur les pommettes osseuses, sur l'arête du nez courbe et puissant. Ses lèvres minces frémirent au milieu des poils de sa barbe. Il s'éclaircit la gorge :

— C'est une histoire absolument terrible, commenta-t-il.

Son regard flamboya dans l'ombre.

— Comment peut-on infliger tant de souffrance et de tourments à quelqu'un pendant tant de temps ?

Servaz consulta sa montre. Il n'avait pas jeté ne serait-ce qu'un coup d'œil au décor médiéval, aux galeries rythmées par des arcades en plein cintre qui, d'ordinaire, auraient enthousiasmé le passionné d'architecture qu'il était. Fouetté par l'urgence, il avait essayé d'être aussi bref et persuasif que possible, employant des mots comme « séquestrée », « violée », « échappée », « en danger ».

—Mon père, nous devons...

—Si tout cela est si urgent, pourquoi être venu seul ? demanda le prêtre, prudent. Je ne comprends pas. Vous auriez pu amener des renforts.

Servaz sentit l'exaspération le gagner.

—Je vous l'ai dit : le temps presse ! Contacter les collègues au milieu de la nuit, mettre tout en branle m'aurait fait perdre des heures précieuses.

—Mais vous auriez au moins pu vous adresser à la gendarmerie d'Aiguesvives : ils auraient été ici bien avant vous...

Pas si bête, l'abbé... Il entendit de nouveau la voix de Marianne : « N'appelle pas la police. Promets-moi ! » Tout à coup, un doute terrible, dévastateur, s'empara de lui : et si, en agissant de la sorte, il l'avait condamnée ? Il essaya de se rassurer : il y avait mille endroits où se cacher dans une forêt la nuit – *elle était là, quelque part, à l'attendre.*

—Écoutez, s'écria-t-il. Je n'ai pas le temps de vous expliquer ! Avez-vous parmi vos moines quelqu'un qui connaît bien la forêt ?

—Presque tous : nous avons des coupes de bois dans la forêt et nous aimons nous y promener pour méditer...

L'abbé s'ébroua, comme s'il prenait enfin conscience qu'il fallait agir sans délai :

—Je vais aller les chercher, nous allons battre les bois ! Vous avez une photo d'elle ?

6

LA NUIT était si noire. C'était l'une des visions les plus étranges qu'il ait jamais eu à contempler : des moines tout droit sortis du Moyen Âge qui fouillaient l'obscurité de la forêt à l'aide de torches électriques. Ils allaient sans parler, écorchant les fûts serrés et les aiguilles des sapins du pinceau lumineux de leurs lampes, les taches blanches de leurs robes flottant, fantomatiques, dans les ténèbres, tandis qu'au-delà la nuit se faisait toujours plus dense. On eût dit une légion de spectres issue du cauchemar d'un pécheur repenti. Des petits animaux s'enfuyaient devant eux. Effrayés par tout ce remue-ménage si inhabituel à pareille heure, ils détalaient et couraient se planquer dans les fourrés. Les troncs luisaient à la lueur des lampes et chaque ornière, chaque racine était soulignée d'une ombre noire. Tout ce labyrinthe végétal, cet impénétrable enchevêtrement de branches, d'épines, de toiles d'araignées et de mousses constituait une cachette parfaite, et cela le rassura quelque peu. Si Marianne s'était enfoncée là-dedans, les probabilités que son poursuivant eût retrouvé sa trace étaient faibles. Cette pensée, cependant, avait quelque chose d'inévitablement anxiogène. *Qui était celui qui la traquait ?* Hirtmann était en prison, loin d'ici : il avait donc passé le relais à quelqu'un. Quelqu'un comme lui ou quelqu'un qu'il payait pour cela ?

Servaz consulta sa montre. 4 h 53. Ça faisait plus de trois heures que Marianne l'avait appelé. Qu'avait-elle fait pendant tout ce temps ? S'était-elle planquée quelque part ou avait-elle fui ailleurs ? Où était-elle ?

— Marianne ! appela-t-il.

Au-delà de la forêt, la montagne invisible lui renvoya son appel. Il tendit l'oreille. En vain. Rien que l'écho. Le calme qui écrasait le val et la nuit très noire écorchée par le bref éclat des lampes lui mettaient les nerfs à vif. *Où était-elle ?* Servaz sentait l'angoisse l'étreindre. On aurait dit que son esprit, captif de cette obscurité et de cette forêt, se dépouillait jusqu'à ce que toute pensée se fût tarie en lui. Plus rien ne comptait que l'idée que Marianne était tout près, peut-être à quelques mètres, peut-être sans connaissance, et qu'il allait passer à côté d'elle sans la voir. À mesure que les minutes défilaient, la panique augmentait. *Il fallait qu'il la trouve. Maintenant. Il ne pouvait se permettre de la perdre une deuxième fois.*

Cette nuit interminable était l'une des plus terrifiantes qu'il eût vécues. Les moines eux-mêmes, avec la blancheur presque phosphorescente de leurs robes, semblaient les figurants d'un ballet sans rime ni raison. Il continua cependant d'avancer et d'appeler avec le sentiment de se trouver face à une forteresse ensorcelée, un palais végétal maléfique.

Au cours de cette nuit d'angoisse, il dut chasser les visions dantesques par lesquelles son imagination assiégeait son esprit : arbres ruisselant de sang, qui gouttait des branches comme de la peinture brillante dans la lueur des torches ; Marianne pendue à l'une d'elles, ses pieds nus battant encore dans le vide, son cou étranglé par une corde ; la silhouette menaçante d'un homme sur le chemin, entre deux murailles d'arbres, et le couteau au bout de son bras... Une sorte de fièvre s'emparait de lui à mesure qu'ils arpentaient la forêt et que l'espoir de la retrouver s'amenuisait.

Au bout d'un temps indéterminé, il vit par une faille entre les sapins que le ciel commençait à s'éclaircir. L'air tiède se mit à frémir à l'approche de l'aube, réveillant le vallon, apportant des odeurs d'épines et de résine. *Où était-elle ?* Il appela encore, sa voix chaque fois renvoyée par l'écho, d'une façon qui lui parut presque moqueuse.

— Par ici ! lança l'un des moines.

L'abbé et lui se hâtèrent. Le moine – longue silhouette maigre à tête d'oiseau – dirigeait le pinceau lumineux de sa lampe vers le sol. Ils baissèrent les yeux. *Un téléphone portable…* Il avait été brisé à coups de pied ou de pierre. Servaz sentit son sang se congeler. Il fit courir le faisceau de sa torche sur les sapins. Reste que ce téléphone n'était peut-être pas celui de Marianne. Une éventualité aussi ténue qu'un fil de soie.

Il s'accroupit et récupéra l'appareil dans un mouchoir en papier avant de le glisser dans un sachet transparent.

En se relevant, Servaz croisa le regard de l'abbé. Une ombre assombrissait ses yeux – l'abbé vivait peut-être à l'écart du monde, mais il en connaissait visiblement la noirceur.

— Continuons, dit-il.

Une nouvelle heure passa et il fallut se rendre à l'évidence : ils avaient battu la montagne sur des kilomètres sans trouver la moindre trace de Marianne. Les moines, qui s'étaient séparés pour couvrir plus de terrain, se rassemblèrent autour d'eux, à un carrefour entre deux chemins, sans prononcer un mot. Servaz se souvint qu'ils avaient fait vœu de silence – ou quelque chose d'approchant : ils ne devaient parler qu'en cas de vraie nécessité. Il y eut juste un frôlement feutré de tissus et de sandales autour d'eux et, sans savoir pourquoi, il pensa aux vautours fauves qui colonisaient ces montagnes et qui se déplaçaient en bandes, se frottant les uns contre les autres quand ils dépeçaient une charogne. Il constata aussi qu'ils n'étaient pas tous portés sur l'exercice physique : il capta des respirations lourdes, ahanantes, sifflantes, vit quelques moines s'asseoir sur des rochers ou s'appuyer à des troncs comme s'ils venaient de courir un marathon, essuyer leur front en sueur, la bouche ouverte, tels des poissons sortis de l'eau.

— Je vais continuer, dit-il.

La grande main noueuse de l'abbé se posa sur son épaule.

— Ça ne sert à rien. Si elle avait été là-dedans, nous l'aurions trouvée. Et elle aurait répondu. Je suis désolé.

Servaz allait dire quelque chose mais la main serra plus fort. Il comprit. L'abbé voulait dire : si elle avait été là-dedans *et vivante*. Tout à coup, le vent agita les cimes des sapins.

— Le jour se lève, nous devons célébrer laudes, intervint un gros homme au teint rougeaud et aux yeux clairs, d'un bleu aqueux, vraie caricature de chanoine, dont le ventre proéminent soulevait la robe et le scapulaire.

Servaz reconnut la voix dans l'interphone. Celle du prieur. Il se souvint que le prieur était chargé d'administrer le monastère et de seconder l'abbé. Dès le début de la battue, il avait semblé agacé. À maintes reprises, il avait lancé à Servaz des coups d'œil pleins de ressentiment, et celui-ci le soupçonna d'être le chien de garde de la communauté. Il en faut toujours un.

L'abbé acquiesça. Puis il regarda Servaz.

— Vous devriez prévenir les gendarmes.

— Je vais le faire. Mais avant, j'ai encore un service à vous demander : vous avez un atelier, un endroit où vous bricolez ?

— Bien sûr, répondit l'ecclésiastique en amorçant la descente, suivi des autres comme un berger par ses brebis.

— Il me faudrait de la colle forte, genre Super Glue, un réchaud Butagaz ou une cuisinière et une boîte en plastique. Et j'aurais besoin d'emprunter vos cuisines un moment.

— Nos *cuisines*... pour quoi faire ? intervint derrière eux le prieur qui, visiblement, ne se sentait pas tenu par son vœu de silence.

S'il fut agacé par l'intervention, l'abbé n'en laissa rien paraître.

— C'est bon, Anselme, dit-il calmement. M. le commissaire a ses raisons.

— Capitaine, rectifia Servaz.

Frère Anselme se le tint pour dit, mais Servaz pouvait sentir le regard du gros homme dans son dos. À présent, la lumière se faufilait entre les sapins en minces lanières blondes, qui enluminaient les sous-bois comme les dorures un livre d'heures. La magie de l'endroit était incontestable. Même dans sa situation, Servaz la ressentait. Il y avait dans ce vallon quelque chose de poignant et de solennel. De quasi religieux. Pas étonnant que des moines aient choisi, plusieurs siècles auparavant, d'y bâtir une église.

La pente s'accentua et ils durent faire attention où ils mettaient les pieds, chacun de leurs pas faisant rouler des pierres. Ils émergèrent de la forêt et la vue embrassa soudain l'ensemble du monastère en contrebas : l'église et son clocher, le grand cloître, les anciens bâtiments des convers et des moines. Servaz aperçut aussi un verger, un potager et un jardin de simples à l'intérieur du mur d'enceinte, près de la rivière, ainsi qu'un petit cimetière contre le mur de l'abbatiale, là où donnait la « porte des morts ». Sur leur droite, à moins de trois kilomètres, les hauts sommets se dressaient en majesté dans le ciel de plus en plus clair et vaporeux.

Du monastère s'éleva la voix d'une cloche, légère, fragile. Elle appelait sans doute les moines pour le deuxième office. *Laudes.* Il était à peine 7 heures du matin. Servaz se demanda si, dans sa règle, saint Benoît avait prévu d'épuiser les moines par le travail et le manque de sommeil afin de les éloigner de la tentation. Il se sentait lui-même harassé, vidé.

Il avait eu sa chance et il l'avait laissée filer. *Où était Marianne à présent ?* Son ravisseur l'avait-il emmenée loin d'ici ? Cette pensée le glaça. Songer qu'elle était parvenue à s'échapper au bout de huit interminables années de captivité et qu'elle avait peut-être été reprise avait quelque chose de proprement insoutenable.

Il était incapable de réfléchir, ni même de respirer correctement. Un étau enserrait sa poitrine et, l'espace d'une seconde, il vit des points blancs s'interposer entre lui et le paysage, qui se mit à danser devant ses yeux.

—Ça ne va pas ? demanda l'abbé.

Décidément, rien ne lui échappait.

—Si, si, ça va.

Mais, la seconde suivante, ses jambes se remplirent d'air, il vit les montagnes et les bois basculer comme si quelqu'un avait fichu un coup de pied dans le tableau, et il sombra dans un trou noir.

— CHUTE DE TENSION, malaise vagal, diagnostiqua le médecin. Sans doute dû au stress intense que vous venez de subir. On vous embarque, on va faire quelques examens complémentaires à l'hôpital.

— Pas le temps, répondit-il, assis au bord du lit étroit. Oubliez.

— Dans ce cas, il faut nous signer une décharge.

Autour d'eux, les ambulanciers étaient déjà en train de remballer leur matériel : moniteur multiparamétrique, sac de secours, tandis qu'on décollait les électrodes de son torse, qu'on retirait le brassard du tensiomètre passé autour de son bras et l'oxymètre de pouls fixé à son index, le tout en un temps record.

— Il faut vous reposer, insista le toubib.

Servaz hocha la tête sans conviction. Trois minutes plus tard, ils étaient partis. Un éclair passa sous les lourdes paupières de l'abbé.

— C'est personnel, n'est-ce pas, cette histoire ?

Il avait attendu qu'ils fussent seuls pour poser la question. Servaz hésita, leva la tête, sonda le regard métallique, acquiesça.

— Cette femme, vous la connaissez...

Ce n'était pas une question, cette fois.

— Je l'ai connue dans le temps, confirma-t-il.

Il leva les yeux vers le crucifix planté dans le mur chaulé derrière l'abbé, un *Christus dolens* : un Christ souffrant, seul sur sa Croix, les traits déformés par la douleur – abandonné de Dieu et des hommes.

— Et elle a beaucoup compté pour vous.

L'abbé parlait d'une voix ferme, profonde. Là encore, c'était une affirmation.

— Donc, si je vous suis bien, poursuivit-il, cette femme a été kidnappée il y a huit ans et vous n'aviez plus aucune nouvelle d'elle depuis. Et voilà qu'elle reparaît soudain, qu'elle vous appelle au secours et qu'elle disparaît à nouveau… Et tout semble indiquer qu'elle a été détenue, pendant un temps au moins, non loin d'ici, *tout près de notre monastère…*

Le grand ecclésiastique parut rentrer en lui-même. Un voile tomba devant ses yeux, comme s'il souffrait de cataracte.

— Il n'y a pas beaucoup d'endroits par ici où elle aurait pu être cachée… Je n'en vois même aucun : nous sommes la seule construction du val.

Servaz réprima une grimace.

— Elle a peut-être marché pendant des kilomètres avant de réussir à m'appeler.

L'abbé haussa les épaules.

— Possible… Il n'y a pas beaucoup d'endroits non plus où le téléphone passe. Même certaines parties du monastère n'ont pas de réseau. Ce qui ne pose guère de problèmes en ce qui nous concerne.

— Est-ce qu'il y a des visages que vous voyez souvent autour de l'abbaye ?

— Pas à ma connaissance. Il y a des randonneurs qui se garent sur une aire de stationnement un peu plus loin. C'est de là que partent la plupart des sentiers de randonnée de la vallée. Et quelquefois des curieux qui s'aventurent jusqu'ici. Mais c'est tout.

— Elle n'aurait pas pu être cachée ici même ? hasarda Servaz, conscient de ce qu'une telle question impliquait.

Un nouvel éclair surgit de sous les paupières du vieil aigle impérieux.

— Impossible, trancha-t-il. Nous sommes une toute petite communauté. Et je connais, comme le prieur, chaque recoin de ce monastère. Y cacher quelqu'un sans que cela vienne à notre connaissance est inenvisageable. L'idée même est extravagante.

Servaz fit signe qu'il comprenait.

— Vous avez ce que je vous ai demandé ?

L'abbé haussa un sourcil, se caressa la barbe.

— De la Super Glue et de quoi la chauffer, c'est bien ça ?

SERVAZ OBSERVA le montage : rustique, mais suffisant. Du moins l'espérait-il. Il avait versé la Super Glue dans une canette percée, relié celle-ci par un petit tuyau à une boîte en plastique dans laquelle il avait déposé le téléphone. Il avait ensuite étanchéifié le tout avec du gros ruban adhésif, plongé la boîte dans l'évier rempli d'eau à la surface duquel elle flottait, la canette dans une casserole pareillement remplie, et placé cette dernière sur un feu vif.

— On appelle ça la « fumigation », dit-il. Ça consiste à chauffer la colle cyanoacrylate pour la transformer en vapeurs, qui vont passer dans le tube. Les vapeurs de cyanoacrylate réagissent avec les sécrétions sébacées pour former du polycyanoacrylate, qui va teinter les empreintes digitales en blanc. S'il y en a… Le support à traiter, en l'occurrence ce téléphone, doit être placé dans un récipient hermétique sous un fort taux d'humidité, d'où l'évier rempli d'eau.

— Impressionnant, commenta l'abbé.

— C'est un procédé qui a l'avantage d'être facile à mettre en œuvre et surtout… bon marché.

L'eau dans la casserole se mit à bouillir. Ils avaient ouvert en grand les fenêtres de la cuisine, au cas où des vapeurs s'échapperaient, et ils les regardèrent monter lentement dans le tuyau, puis entrer dans la boîte en plastique.

— Ça devrait être bon, estima-t-il au bout d'un moment.

Il coupa le feu sous la casserole, attendit quelques secondes, puis détacha le tuyau de la boîte en plastique et emporta la boîte vers la fenêtre. Sur le rebord de celle-ci, il la descella et souleva le couvercle.

— Voyez, dit-il.

L'abbé vint se poster à côté de lui. Trois beaux dermatoglyphes déployaient leurs arabesques sur le plastique noir.

LA GENDARMERIE D'AIGUESVIVES était un ensemble de plusieurs chalets typiquement montagnards avec leurs balcons de bois ouvragé et leurs toits en ardoise. Mais les façades auraient eu besoin d'un bon coup de peinture, les toitures et les châssis des fenêtres d'être remplacés. C'était la même chose pour les hôpitaux et les universités de la région... En 2017, la France était devenue le pays au monde où on payait le plus d'impôts, selon l'OCDE. Où passait l'argent ?

« PELOTON DE GENDARMERIE DE HAUTE MONTAGNE », lut-il sur l'un des bâtiments. Il entra dans celui d'à côté, où était simplement écrit « GENDARMERIE ».

S'approcha du petit comptoir, derrière lequel se tenait un pandore de moins de trente ans. Une fois encore, il se demanda comment il allait opérer sans insigne. Il décida de la jouer à l'autorité.

— Commandant Servaz du SRPJ de Toulouse, annonça-t-il. J'aimerais parler à l'officier qui dirige ici.

LE CAPITAINE ÉLOI ENGUEHARD considérait Servaz comme un photographe amateur contemplerait Henri Cartier-

Bresson ou Richard Avedon s'ils étaient encore de ce monde. Il était cependant un fidèle lecteur de la presse et, si le nom du flic le plus célèbre de la région – celui qui avait mené l'enquête dans l'affaire du cheval sans tête, résolu celle des assassinats de Marsac et traqué le tueur en série Julian Hirtmann – ne lui était évidemment pas inconnu, il était aussi gendarme, et il se méfiait d'un flic de PJ qui avait eu maille à partir avec la justice. Il semblait ignorer cependant que Servaz était suspendu – comment l'aurait-il su ? – et Martin était bien décidé à exploiter cette lueur d'intérêt qu'il apercevait dans les pupilles du capitaine quand celui-ci se pencha pour examiner la photo déposée sur son bureau.

— Non, désolé, je ne la connais pas et je ne l'ai jamais vue par ici, dit Enguehard en relevant la tête. Vous dites qu'elle vient de réapparaître au bout de huit ans et qu'elle était tout près d'ici quand elle vous a appelé ?

Il gratta le chaume qui lui tenait lieu de barbe.

— C'est exact, dit Servaz. J'ai reçu ce coup de fil au milieu de la nuit.

— Et vous ne nous prévenez que maintenant ?

— J'ai filé à l'abbaye et j'ai demandé aux moines de m'aider à fouiller les bois. Il n'y avait pas de temps à perdre. Et ils connaissent très bien le secteur.

— Mes hommes aussi… Nous aurions pu être là en cinq minutes, fit remarquer Enguehard. Cela vous aurait fait davantage d'hommes à votre disposition.

Servaz repensa à l'avertissement de Marianne.

— J'ai paniqué, mentit-il. Vous avez raison, j'ai peut-être commis une erreur de jugement…

— Et tout ce que vous avez trouvé, c'est un… *téléphone*.

Le gendarme considéra d'un œil morose l'appareil noir couvert de traces papillaires blanches posé sur son bureau.

— Il faut entrer ces empreintes dans le FAED, les comparer à celles de Marianne Bokhanowsky. Voyez aussi si vous pouvez exploiter les données de cet appareil.

— Pour ça, je dois contacter la SR de Pau, souligna Enguehard.

La Section de recherche. C'était elle qui disposait des moyens techniques pour mener une telle investigation. Servaz approuva d'un hochement de tête.

— Inutile de leur dire qui je suis. Ça compliquerait tout : un flic dans une enquête de la gendarmerie... Je vous laisse la main.

La perplexité de l'officier augmenta.

— Il va bien falloir que j'explique comment nous avons récupéré ce téléphone et pourquoi nous recherchons cette femme, objecta-t-il sans cacher son étonnement.

— Donnez mon nom, mais inutile d'alerter le SRPJ : je suis ici à titre privé. Aucune enquête n'est officiellement ouverte.

Pendant un instant, comme s'il cherchait où était l'entourloupe, Éloi Enguehard sonda Servaz.

— D'accord, fit-il finalement.

Cet homme, c'est la crème de la crème, se dit le flic. Enguehard avait un physique de garçon boucher, des mains comme des battoirs, une silhouette courte en forme de tonneau, un regard doux et un crâne ceint d'une couronne de fins cheveux blond-roux. Dans les quarante-cinq ans. Servaz passa ensuite en revue le petit bureau dont la fenêtre donnait sur les montagnes. Des dizaines de trophées sportifs sur les classeurs métalliques, des affiches de films aux murs, des pots remplis de stylos et de Stabilo en quantités industrielles. Enguehard surprit son regard.

— Oui, je sais, déclara-t-il, un peu gêné. J'ai du mal à me séparer des choses. C'est pareil chez moi.

Servaz ne fit aucun commentaire.

— Mes hommes connaissent bien la montagne, poursuivit l'officier. Je vais leur demander d'aller y faire un tour...

Là encore, Servaz ne dit rien.

— Vous avez un ordinateur et une imprimante disponibles ? s'enquit-il.

— Euh... oui... bien sûr.

— Quelqu'un, dans votre gendarmerie, sait utiliser Photoshop ?

Dix minutes plus tard, il ressortait avec des affichettes au format A4 exhibant le portrait de Marianne, un avis de recherche et un numéro de téléphone – le sien – comme pour les matous égarés. Il remonta dans sa voiture, roula jusqu'à chaque sortie, chaque carrefour stratégique, tel un colleur d'affiches pendant une campagne électorale. Il y avait du monde dans les rues. L'été était arrivé. Le soleil à son zénith et la forte chaleur avaient drainé les habitants des villes et les rues avaient l'air gaies, pimpantes et animées, les prairies sur les pentes résonnaient du tintement des sonnailles et le soleil écrasait les hauts sommets sous un azur impeccable. Mais, dès qu'on quittait le centre, c'étaient les mêmes strates industrielles que partout ailleurs : cicatrices des carrières, poussière des cimenteries, entrepôts, pylônes, béton et acier omniprésents au milieu de l'incorruptible beauté des montagnes.

Tandis qu'il placardait le visage de Marianne, il sentit un malaise croître en lui. Plus que cela : une rage. La certitude que tous ses efforts seraient vains, qu'il les faisait en pure perte, dans le seul but de se donner bonne conscience et de pouvoir se dire plus tard qu'il avait tout essayé.

Quelque part, tout près, rôdait le ravisseur de Marianne. Lui seul savait où elle se trouvait. *C'était son territoire...* Il était ici chez lui. L'avait-il emmenée loin ou au contraire avait-il profité de cette connaissance pour la cacher à proximité ? Servaz avait l'impression d'avoir trahi Marianne. Il n'aurait pas dû l'écouter : il aurait dû prévenir les gendarmes dès la première seconde, confier Gustav à Léa et foncer sans perdre de temps. Il avait gaspillé de précieuses heures. En collant les dernières affiches, il s'adressa mentalement à elle : *Si tu as réussi à t'échapper, tu as aussi dû laisser des traces quelque part. Tu es intelligente, futée, aux abois et probablement un peu cinglée après toutes ces années de captivité. Quelle stratégie j'emploierais à ta place ? Celle du Petit Poucet... Oui : je sèmerais des cailloux, ou n'importe quoi, des indices sur l'identité de mon ravisseur...*

Pourquoi ne la lui avait-elle pas révélée au téléphone ? *Parce qu'ils avaient été coupés avant...* Coupés parce qu'elle n'avait plus de réseau, de batterie ou coupés parce que celui qui la poursuivait l'avait retrouvée et lui avait arraché l'appareil des mains ? Le téléphone trouvé brisé sur le sentier militait pour cette deuxième hypothèse et il frissonna.

Il remonta en voiture. S'arrêta devant une boulangerie, acheta un sandwich thon-mayonnaise et une bouteille d'eau. Dans un magasin de souvenirs et de sport, il trouva une carte IGN au 1/25 000 et une boussole de randonnée. Puis il reprit la direction de l'abbaye. Une fois redescendu dans le vallon, il se gara sur le petit parking en terre battue devant lequel il était passé en se rendant au monastère et d'où partaient plusieurs sentiers. C'était sans doute celui qu'avait évoqué l'abbé.

Sa portière claqua dans le silence du val, seulement troublé par le chant de la rivière. Il faisait chaud. Le thermomètre dépassait les 35 °C. Autour du parking, insectes et papillons faisaient vibrer les hautes herbes. La forêt moutonnait à flanc de montagne, sous un ciel bleu pâle.

Il sortit son téléphone, l'examina. Il avait du réseau. *Une seule barre...* Il détestait cette tyrannie de la technologie jusque dans les endroits les plus reculés. Même s'il devait bien reconnaître que, sans la technologie, jamais Marianne n'aurait pu l'appeler au secours.

Il n'y avait personne sur le parking. Il déplia la carte IGN sur le capot de la voiture, repéra la petite aire de stationnement, sortit un feutre et inscrivit un « R » sur la carte. Après quoi, il se mit en marche par celui des trois sentiers qui semblait passer au-dessus du monastère, visible à deux cents mètres de là. S'enfonça dans la forêt. On n'entendait que le chant des oiseaux. Il eut l'impression qu'il faisait encore plus chaud sous le couvert des arbres. Pas un brin d'air. Le vallon semblait figé dans de l'ambre jaune.

Tous les cent mètres, il regardait son téléphone. *Une barre… Zéro…* Jamais il n'allait au-delà… Il inscrivait méthodiquement sur sa carte des « R » là où il avait une couverture réseau et des croix là où il n'y en avait pas. Il avait l'intention de quadriller ainsi tous les sentiers environnants.

Cerné par la forêt, dans cette cathédrale de verdure aux vitraux de feuillages traversés par les rayons du soleil, il se rendit compte que les essences variaient selon l'altitude, l'orientation, le terrain : tilleuls, noisetiers, érables, chênes, hêtres, sapins, fougères… Très vite, il transpira. Son dos se mit à dégouliner ; des rigoles de sueur coulèrent sur ses joues. Une chaleur lourde régnait dans ce monde vert. Pas âme qui vive. Mais les mouches le harcelaient, des nuages de moucherons et de moustiques vibrionnaient sur le chemin, attirés par l'odeur de son sang. Servaz détestait la campagne.

Tout à coup, il s'immobilisa. Il venait d'entendre plusieurs cris perçants derrière lui. De colère, d'excitation ou de peur, impossible à dire. Des cris qui avaient jailli de la forêt comme des lances. Une pensée lui traversa l'esprit : *c'était son tour.* Il se retourna mais ne vit rien. Puis les cris redoublèrent, tout près, derrière les arbres et les fourrés. Guerriers, joyeux, sauvages. Le cœur battant, il scruta le tunnel de verdure qui décrivait un peu plus loin une courbe ample, perçut un grondement qui grandissait rapidement. Un hélicoptère, se dit-il. Il se figea, conscient d'un danger imminent. Quelque chose se passait mais il ne savait pas quoi.

Soudain, il les vit surgir dans la courbe et fondre sur lui comme une charge de cavalerie légère. Il resta pétrifié quand les trois quads passèrent à toute vitesse près de lui, dans un rugissement assourdissant, crachant leurs fumées dans les bois ; les adolescents qui les chevauchaient poussèrent de longs cris de guerre avant de disparaître dans des éclats de rire, ne laissant pour toute trace de leur passage que la puanteur de leur pollution.

IL LAISSA À SON CŒUR le temps de se calmer. Se sentit en colère. Il n'y avait plus moyen d'être en paix nulle part.

Tandis qu'il avançait encore, il prit conscience que le soleil avait disparu, que le sous-bois s'était empli d'ombre et que le tonnerre grondait. Entre les frondaisons, il aperçut un ciel bas et sombre, saturé de nuages. Un orage approchait. Un vent plus frais balaya la sente, fit frissonner les feuillages. Quelques instants plus tard, les premières gouttes les criblèrent et ils s'ébrouèrent ; le ciel s'ouvrit, déversant des trombes d'eau. Il fut tout de suite trempé. Il y avait quelque chose là-bas, *une petite construction blanche...* Il courut vers elle, découvrit une chapelle menaçant ruine. Mais le toit couvert de mousse semblait encore capable d'arrêter la pluie. Il se glissa à l'intérieur, dans l'ombre humide qui empestait la moisissure et la pisse, regardant le rideau dégouliner devant lui. Trempé, frissonnant, il demeura dans les ombres, à écouter le martèlement de la pluie sur le toit percé qui laissait passer les rigoles et les roulements du tonnerre dans le ciel. Il avait envie de fumer.

Il s'étonna de ne pas en avoir ressenti le besoin plus tôt. Peut-être l'effet du patch. Ou de l'urgence. Il n'avait cessé de courir. Il prit une gomme dans sa poche.

Il tenta de se rappeler la dernière fois où il avait plu dans la plaine. La sécheresse sévissait dans tout le Sud-Ouest. La terre se craquelait, les récoltes brûlaient sur pied, les cours d'eau s'asséchaient et les retenues pour l'irrigation se vidaient. Au bout de vingt minutes, l'averse cessa. Il ressortit de son abri dans la forêt pleine de senteurs nouvelles et de fraîcheur. Et il allait regagner le parking quand il eut l'œil attiré par une inscription sur le mur extérieur de la chapelle.

Elle ne laissait guère planer de doute sur son utilité. Quelqu'un avait dessiné grossièrement à la bombe une flèche accompagnée des mots *beuh* et *coke*. Servaz avait vu les mêmes dans le quartier de Bellefontaine, à Toulouse, et en d'autres lieux à l'ouest de l'agglomération. Il prit le tag en photo et se promit d'en parler à la gendarmerie : quelqu'un parmi les clients ou les dealers avait peut-être vu quelque chose. Il regagna sa voiture, prit la direction d'Aiguesvives. Il avait parcouru moins d'un kilomètre quand il pila et manœuvra pour faire demi-tour. Qui sait si les curés ne connaissaient pas les jeunes qui dealaient dans ces bois ?

ASSIS DERRIÈRE son bureau, l'abbé parut désarçonné par la question.

— On en a déjà surpris dans la forêt, mais nous n'avons aucun contact avec eux. Ils ne sont guère – comment dire ? – portés sur la religion...

Le bureau de l'abbé ressemblait à une chapelle : le plafond était une voûte en croisée d'ogives, les murs en pierre massive. Derrière le bureau en chêne presque aussi grand que la table de la Cène, un petit vitrail multicolore perçait la muraille.

— Merci, mon père, dit-il, ruisselant, car il s'était remis à pleuvoir et il avait dû attendre sous l'averse que le prieur vienne lui ouvrir.

Il se leva. Le tonnerre faisait trembler le ciel à l'extérieur. La pluie d'été frappait sans discontinuer les hautes et étroites fenêtres. Le prêtre le sonda.

— Vous rentrez à Toulouse ou vous comptez passer la nuit à Aiguesvives ?

— Je vais me trouver un hôtel, je reprends mes recherches demain.

L'abbé fit un geste ample, comme pour désigner les murs qui les entouraient, et le regard de Servaz s'attarda sur la bibliothèque, où il aperçut une *Somme théologique* de Thomas d'Aquin et un *Vocabulaire de théologie biblique*. Servaz nota aussi qu'il y avait un ordinateur portable sur le bureau. *Tempora mutantur* : les temps changeaient – même pour les moines.

— Pourquoi ne pas dormir ici ? Vous serez au calme.

— Je croyais que vous n'aimiez pas trop les visiteurs...

Un sourire mince étira les lèvres de l'ecclésiastique.

— Détrompez-vous, répondit-il. Nous avons une tradition d'hospitalité. Nous accueillons parfois des artistes ou même des hommes politiques qui viennent faire retraite, qui éprouvent le besoin d'échapper, ne fût-ce que quelques jours, à la fureur des temps. Mais nous n'avons pas développé cette activité, contrairement à d'autres abbayes. Ils trouvent ici un peu du repos de l'âme, la possibilité de se tenir éloignés du tumulte du monde... Séjournez parmi nous autant qu'il vous plaira. Vous êtes le bienvenu.

Cette déclaration prit Servaz au dépourvu. Il ne s'attendait pas à une telle offre. Ni à un tel témoignage de sympathie.

— Je suis tenté d'accepter, dit-il en souriant.

Le regard de l'abbé se teinta d'une nuance d'humour et il lui rendit son sourire.

— Succomber à cette tentation-là vous sera pardonné. (Il se leva.) Venez, je vais vous montrer votre chambre. Si vous avez besoin d'une bonne nuit de repos et du mal à vous endormir, nous avons un frère apothicaire dont les simples pourraient vous aider à trouver le sommeil... En tout cas, je vous promets qu'ici vous aurez la paix.

8

CETTE NUIT-LÀ, il ne cessa de tonner et de pleuvoir. Étendu sur son lit haut et dur, dans la grisaille nocturne tombant de la fenêtre, il écouta la voix démultipliée de la pluie qui dévalait les toits, s'engouffrait dans les gouttières, giflait les vitres. Tandis qu'en arrière-plan le tonnerre faisait trembler le ciel et que la lueur des éclairs illuminait la chambre.

Il attendait – que le sommeil vienne, que l'étau d'angoisse se desserre autour de sa poitrine, que la paix promise par l'abbé descende sur lui. Mais de paix, point. Pourtant, d'ordinaire, le bruit des éléments le berçait et un silence absolu s'était abattu sur le monastère après complies, le dernier office. Tant et si bien qu'il aurait pu se croire seul dans l'édifice déserté.

Sa cellule se réduisait à un espace de neuf mètres carrés aux murs blancs, éclairé par une petite fenêtre percée dans leur épaisseur, un plancher de bois brut, un lit étroit et haut coincé dans une alcôve, un bureau qui ressemblait à un pupitre d'écolier et un portrait de saint au-dessus.

Il y avait une prise électrique, près du bureau – et il avait pu recharger son téléphone et passer quelques coups de fil. Le premier avait été pour Vincent, qui lui avait donné des nouvelles de Gustav. Apparemment, son fils était bien plus sociable et facile à vivre quand il était en compagnie de ses amis qu'avec lui.

— Il paraît que tu demandes les menus à la cantine de l'école pour être sûr de ne pas cuisiner la même chose le soir, avait dit Vincent, amusé. Un vrai super-héros...

— Pourquoi les pères célibataires seraient-ils plus héroïques que les mères ? avait-il rétorqué.

— Peut-être parce qu'il y a plus de Wonder Woman que de Superman dans ce monde et qu'il y a trop longtemps qu'on s'y est habitués, avait estimé Espérandieu.

Vincent avait pu obtenir les fadettes des opérateurs téléphoniques. De toute évidence, l'appel de Marianne avait été passé depuis un appareil à carte prépayée. Comme prévu, il avait borné à quelques kilomètres du monastère. Sur un pylône autostable. L'un des trois relais entourant la commune d'Aiguesvives dans un rayon de cinq kilomètres. Aucun autre appel n'avait été passé à partir de cet appareil. « Tu comptes faire quoi, maintenant ? » lui avait demandé Espérandieu d'un ton prudent. Il n'avait pas répondu. Il avait ensuite appelé Léa.

— Vous l'avez retrouvée ?

— Non...

Un silence.

— Qu'est-ce que tu vas faire ?

— Continuer à chercher.

— Et si tu ne la trouves pas ?

— Je vais la retrouver.

Elle lui avait demandé combien de temps il comptait rester sur place. Il avait promis qu'il serait de retour le lendemain – et regretté illico cette promesse.

À 20 heures, il était descendu dîner au réfectoire. L'endroit, vaste, silencieux et désert, avait des allures de crypte avec son plafond bas, ses boiseries et sa pénombre. De fait, la nuit régnait partout dans le monastère. Piquée des mille étoiles des petites lampes qui avaient remplacé les cierges d'autrefois, comme si les ténèbres et le silence devaient sans cesse rappeler aux moines que nous sommes mortels. Tandis qu'il avalait une truite dont il était incapable d'apprécier la saveur, tant il avait un goût amer dans la bouche, il avait interrogé le religieux qui le servait :

— Où sont-ils tous passés ?

Le moine, qui avait l'air aussi vieux que les murs, avait baissé la voix pour répondre dans un souffle :

— Les frères soupent bien plus tôt, avant le dernier office.

Comme pour appuyer son propos, Servaz avait entendu leurs chants s'élever de l'abbatiale. Un introït. De retour dans sa chambre, il avait regretté de ne pas avoir pris de somnifères. Ni de brosse à dents et de pyjama. Il avait suivi le long couloir silencieux jusqu'aux douches. Fait couler l'un des robinets de la rangée et s'était aspergé le visage, penché au-dessus des lavabos, évitant son reflet dans le miroir, évitant aussi les pensées défaitistes qui cherchaient à l'entraîner dans l'ombre. Il comptait sur la fatigue pour le terrasser, mais sa couche était affreusement dure et, surtout, il ne cessait de penser à Marianne.

Marianne, où es-tu ?

Il avait aimé cette femme. Peut-être plus qu'aucune autre avant et après elle… Ils étaient tous les deux étudiants, à Marsac, dans une prépa littéraire où se rassemblait l'élite de la région, quand ils s'étaient connus. Ils partageaient tout en ce temps-là : vision du monde, envie de le changer, espoirs, colères, enthousiasmes. Il se souvenait avec une netteté presque inhumaine des deux lacs verts et scintillants de ses yeux, de ses rires, de ses caresses, de ses baisers. Et puis, elle l'avait rejeté, elle était partie avec un autre et elle avait trouvé le moyen de faire retomber la faute sur lui. Dix-neuf ans s'étaient passés avant qu'il la revoie : quand elle l'avait appelé au secours – comme cette fois – parce qu'on avait découvert son fils Hugo, vingt ans, assis au bord de la piscine de sa prof de lettres, laquelle était morte attachée et noyée dans sa baignoire, à l'intérieur de la maison[1]...

Il en était là de ses souvenirs lorsqu'il perçut le glissement derrière la porte.

Des pas feutrés, venus de la droite et qui s'arrêtèrent à hauteur du battant.

Il retint sa respiration. Écouta.

Quelqu'un écoutait pareillement de l'autre côté, il en était sûr. *Quelqu'un qui voulait savoir s'il dormait ou pas...* Il commençait à se demander s'il n'était pas un peu parano quand le frôlement repartit en direction de l'escalier qui descendait vers le cloître, aussi léger qu'un songe.

Servaz n'hésita qu'une seconde. Il y avait quelque chose de cauteleux, de dissimulé dans ce glissement de sandales. Quelque chose qui éveillait sa curiosité et sa suspicion. Celui qui marchait ainsi dans la nuit ne voulait pas être surpris. Pour quelle raison ?

L'idée l'effleura que si la personne derrière la porte prenait autant de précautions pour s'assurer qu'il dormait, c'est que ce qu'elle s'apprêtait à faire devait forcément l'intéresser.

L'instant d'après, il était à la porte.

---

[1]. Voir *Le Cercle*, XO Éditions et Pocket.

Mardi

PAR CHANCE, elle n'émit aucun bruit quand il tira le battant.

Il avait réagi avec suffisamment de célérité et il aperçut une ombre en bas de l'escalier, au moment où celle-ci disparaissait vers la gauche, dans la galerie qui ceinturait le cloître. *Où est-ce que tu vas comme ça ?* Il n'avait pas le temps de se chausser, mais il enfila tout de même son jean en sautillant et attrapa ses chaussures de sport avant de dévaler les marches et de débouler dans la galerie, pieds nus sur le dallage. Il scruta le cloître. Plan carré, environ trente mètres de côté. Au centre, à l'intersection de quatre parterres de gazon, un puits. Des ifs dans les angles, sombres et élancés. La pluie couvrait tous les autres bruits. Servaz se tourna vers la gauche et vit la silhouette s'éloigner entre les arcades en plein cintre, passant de l'une à l'autre.

Il se mit en marche à son tour vers l'angle de la galerie, la plante de ses pieds effleurant le dallage frais avec la légèreté d'un souffle.

Parvenu à l'intersection, il risqua un regard. À temps pour voir le frère insomniaque disparaître à l'autre extrémité, avalé par la bouche noire d'une porte. Servaz sprinta et, l'espace d'un instant, il se demanda ce qu'aurait pensé sa hiérarchie si l'un de ses représentants l'avait surpris en train de courir dans un monastère passé minuit. Probable que son dossier, déjà épais, se serait encore alourdi. La porte donnait sur un long couloir obscur ; il le remonta rapidement pour déboucher sur le verger du monastère.

La silhouette se faufilait déjà entre les arbres, capuche relevée, en direction du mur d'enceinte, dans les flashes des éclairs qui lacéraient la nuit par intermittence. Illuminées par leur flamboiement, des milliers de gouttes balayaient le verger ; le vent agitait les pommiers tel un marionnettiste. Servaz se dépêcha d'enfiler ses chaussures avant de traverser à son tour le jardin et fut tout de suite mouillé. La pluie lui tombait droit sur la tête. Il était en terrain découvert : *si le moine se retournait, c'était fichu.* Mais le frère devait avoir l'habitude de ces escapades nocturnes, car il ne montrait pas la moindre hésitation, ni quelque signe d'inquiétude que ce soit.

Servaz le vit s'approcher d'une porte basse, dans un coin du verger. Des planches étaient appuyées dessus. Le religieux les écarta. Tourna la poignée et baissa la tête pour franchir le mur d'enceinte, referma la porte derrière lui.

S'en approchant à son tour, Servaz constata que le bois de la porte était pourri, ses planches disjointes. Il se pencha pour jeter un coup d'œil, mais ne vit qu'un tourbillon de pluie et de ténèbres à travers les fentes. Un éclair blanchit la nuit et, deux secondes plus tard, le tonnerre fit craquer le ciel ; le flic en profita pour ouvrir la porte.

Une nouvelle lueur lui révéla que la silhouette s'enfonçait dans la forêt, gravissant la pente escarpée.

Merde, où tu vas comme ça ?

CLIGNANT DES YEUX, ses chaussures pleines d'eau, son jean aussi imbibé qu'une serpillière plongée dans un seau, Servaz lui emboîta le pas, se faufilant d'un tronc à l'autre. Il écartait ronces et branches au passage. À deux reprises, il vit le moine se retourner. Comme s'il avait perçu quelque chose malgré le vacarme. Servaz eut à peine le temps de se jeter derrière un tronc. Il crut apercevoir un visage assez jeune et poupin, ce que corroboraient son agilité et son allure. Quand les éclairs n'illuminaient pas le paysage, l'obscurité était telle qu'il n'y voyait goutte. Il risquait, à grimper ainsi dans le noir, de tomber nez à nez avec l'objet de sa filoche. Sans compter qu'il s'égratignait le torse presque à chaque pas. Mais alors, un nouvel éclair survenait et il apercevait le moine un peu plus haut, lui tournant le dos, qui continuait de grimper. *Bordel, qu'est-ce qu'il cherche dans les bois à une heure pareille ?*

Deux minutes plus tard, Servaz vit le frère s'arrêter au centre d'une clairière, près d'une grande croix rouillée fichée dans un piédestal rongé par la mousse et le lichen. Le moine se tourna vers sa gauche. De ce côté, un chemin partait et dévalait la colline en ligne droite, creusant un tunnel au milieu des bois. Servaz se raidit.

Quelqu'un était là, sur le sentier, quelques mètres en contrebas, tête nue sous la pluie, rigoureusement immobile.

Servaz distingua une longue silhouette, des vêtements noirs et des cheveux blonds, coupés ras, qui brillaient dans la lueur des éclairs. Un visage pâle, ovale.

Des yeux très clairs, même dans l'ombre.

Soudain, le blond tourna son visage vers lui, son regard scrutant les fourrés, et Servaz craignit d'avoir été repéré. Il bloqua sa respiration. Cessa de bouger. Le sang martelait ses tempes. C'était le rush de l'adrénaline. L'excitation de la chasse. L'odeur du danger. Puis le blond se détourna et se mit lentement en marche vers le moine.

10

IL Y AVAIT quelque chose de théâtral dans sa démarche, dans cette lenteur. *Quelque chose qui mit d'emblée Servaz mal à l'aise.* Sans qu'il pût définir précisément quoi. C'était la démarche d'un fauve – ou celle d'un danseur. Il émanait d'elle une impression de dangerosité. Le frère ne bougeait pas. Il attendait près de la croix et regardait la silhouette approcher solennellement sur le chemin, tel un chien qui regarde son maître.

Nouvel éclair. Nouveau flamboiement. Servaz retint son souffle. Le blond s'était arrêté devant le moine. Ses cheveux luisaient sous l'orage, auréolés de gouttelettes. Pendant une poignée de secondes, Servaz craignit qu'il ne frappe le frère. Ou pis. Il observa celui-ci, le vit hocher la tête. Puis glisser un billet dans la pogne du blond, qui lui tendit un sachet en retour. C'était donc ça… *Un dealer.* Et son client… Même ici, au fond de ce val, la drogue corrompait les âmes. Servaz se demanda si c'était le moment de se manifester. Sans doute pas. Il n'avait aucun règlement pour lui. Rien qui l'autorisât à intervenir. Officiellement, il n'était plus flic. Les membres du conseil de discipline apprécieraient peu sa chasse aux dealers loin de sa juridiction alors qu'il était suspendu. Il n'aurait pas dû être là.

Si ça venait à se savoir, il lui serait demandé de rentrer immédiatement à Toulouse. Et ça, il n'en était pas question.

L'instant d'après, quelque chose se passa que Servaz n'aurait pu prévoir. Avec timidité d'abord, plus de hardiesse ensuite, le jeune moine approcha ses lèvres du blond et l'embrassa. Sous la pluie, le contact entre les deux hommes se prolongea. Un baiser profond, lascif. L'averse redoublait, Servaz la sentait couler dans ses cheveux et dans son dos. Puis le blond s'écarta et regarda le billet qu'il avait encore en main.

— Ça ne va pas suffire, dit-il.

Le jeune moine s'écarta à son tour, hocha timidement la tête, sortit deux nouveaux billets. Quand il commença à s'accroupir devant le blond, Servaz se détourna et profita du remue-ménage provoqué par l'orage pour revenir à la porte. En redescendant la pente au milieu des ombres et des éclairs, il se demanda d'où le jeune moine tirait cet argent. Et si les activités nocturnes de ces deux-là se limitaient à ça – *ou s'ils avaient pu se rendre complices d'autre chose...* Il devait trouver le moyen d'en apprendre plus sur les deux hommes. Qui étaient-ils ? D'où venaient-ils ? L'un ou l'autre avait-il un passé consigné dans les fichiers de la police ?

Il était 1 heure du matin quand il rentra dans sa cellule. Il grelottait. On avait beau être en juin, la pluie dans les montagnes était froide et pénétrante. Il attrapa sur la chaise la serviette qui sentait le renfermé, sécha ses cheveux, son visage et son corps. Puis il se glissa nu et frissonnant dans les draps – en priant pour que ses vêtements aient séché le lendemain.

11

LORSQUE SERVAZ y fit son entrée, le réfectoire était nettement plus riant et bruyant que la veille. Le soleil matinal traversait les vitraux et la grande salle baignait dans la lumière. Une bonne vingtaine de moines prenaient une collation ou leur petit déjeuner autour des longues tables de bois, bavardant et rigolant comme des employés dans une cantine. Apparemment, le vœu de silence n'était pas à l'ordre du jour.

Il chercha des yeux le jeune frère. L'aperçut au milieu des autres. Contrairement à ses voisins, il ne parlait pas, se contentait d'écouter.

Il s'assit à son tour et bâilla. Il avait eu un mal fou à s'endormir après l'épisode de la nuit. Et, à 4 heures, la cloche appelant les moines pour le premier office l'avait arraché à son sommeil. Il avait vainement essayé de se rendormir après ça, en collant un oreiller sur sa tête pour se pro**té**ger de la lumière crue qui inondait la pièce.

En avalant son café, Servaz repensa à ce qui s'était passé. Il y avait quelques enseignements à tirer : 1°) des moines pouvaient entrer et sortir la nuit du monastère à l'insu de l'abbé et du prieur, à moins que ceux-ci ne fermassent les yeux ; 2°) tous n'étaient pas aussi « exemplaires » et voués à leur vocation religieuse qu'ils en avaient l'air ; 3°) l'un d'eux avait peut-être vu quelque chose la nuit où Marianne s'était enfuie, mais il lui était sans doute impossible d'en parler sans reconnaître qu'il s'était mis en faute. Encourait-il une sanction s'il le faisait ? Probablement. Laquelle ? L'exclusion ? *Il devait trouver un moyen de les interroger...* Mais, là encore, il n'avait aucun pouvoir.

Il en était là de ses réflexions quand une ombre projetée par le vitrail en face de lui s'étira sur le bois de la table jusqu'à sa tasse et lui fit lever la tête.

Servaz se raidit. Le père Adriel avait les traits crispés, une mine de déterré. Il fronçait les sourcils comme s'il se trouvait face à une énigme.

— Il vient de se passer quelque chose, dit-il d'une voix plus basse, plus rauque que la veille. Je ne sais pas si ça a un rapport avec la disparition de votre... amie... Mais c'est quelque chose de terrible... *d'incompréhensible...*

Son visage était empreint de la même douleur que celui du Crucifié suspendu aux murs du monastère.

— Le monde est-il devenu fou ? poursuivit l'ecclésiastique. Toute cette violence... cette fureur... cette haine de l'autre...

Il semblait au bord des larmes, et Servaz fut tout de suite en alerte.

— *Quelqu'un a été assassiné...* On a trouvé son cadavre ce matin non loin d'ici, dans une autre vallée.

Le flic eut l'impression que son cœur se décrochait, que son sang se figeait.

— Une... femme ? hasarda-t-il.

L'abbé secoua la tête.

— Non, non. Un jeune homme... Tout ce que je sais, c'est qu'il a été tué dans des circonstances des plus atroces... C'est un de nos ouvriers qui vient de me l'apprendre.

Servaz ressentit un immense soulagement. Mais les questions surgirent aussitôt. Se pouvait-il que ce crime eût un lien avec la réapparition et la nouvelle disparition de Marianne ? Que deux événements si singuliers survenus à quelques heures d'intervalle dans une campagne si peu habituée à une telle actualité fussent sans rapport ?

— Où ? demanda-t-il.

Il avala ce qui restait de café, se leva.

— Au fond de la vallée du Lis. Quand vous reprenez la route d'Aiguesvives, au lieu de tourner à gauche en rejoignant la départementale, prenez à droite. Roulez sur environ trois kilomètres. La route est un cul-de-sac. Il y a une chute d'eau tout au bout, c'est là qu'on l'a trouvé…

— Je vais voir, dit Servaz. Je vous tiendrai au courant.

Les moines s'étaient tus. Ils essayaient de capter ce qui se disait, sans doute alertés par la mine sombre de l'abbé. Celui-ci secoua la tête. Il paraissait accablé.

— Le Mal existe, affirma-t-il d'une voix sépulcrale. Satan existe. Ce n'est pas une abstraction, c'est une personne. Qui nous pousse à nous éloigner et à nous séparer de Dieu.

Il lança à Servaz un regard pénétrant, sévère.

— « Le Mal est ce qui est et ne devrait pas être, mais dont nous ne pouvons pas dire pourquoi cela est », répondit Servaz, citant Paul Ricœur.

L'abbé ne cacha pas sa surprise : un flic philosophe. Servaz posa une main sur son bras, le serra, puis il quitta la salle.

IL ROULA dans un paysage lumineux, sur une route inondée de soleil, tandis que, sur les côtés, s'étageaient des pentes aussi vertes qu'un golf et semées de fleurs blanches, des sous-bois ombreux, des hautes cimes tutoyant l'azur et des sources pantelantes au creux des prairies et des éboulis. Qu'un crime atroce eût été commis dans un décor aussi bucolique, aussi paradisiaque, ajoutait encore au scandale.

Plus il s'enfonçait dans les montagnes, plus la route se faisait étroite. Elle longeait en décrivant force virages un torrent dont la voix cristalline montait par la vitre ouverte. Après un dernier tournant en épingle à cheveux qui contournait un boqueteau, il les vit : les véhicules de la SR de Pau – un Ford Ranger et deux Peugeot Partner bleus à bande blanche et un fourgon au toit surélevé de la police technique et scientifique. La route dessinait un S à cet endroit et il aperçut plusieurs voitures garées dans la première courbe.

Il stoppa derrière elles, marcha vers le ruban jaune qui barrait la route un peu plus loin, là où elle cessait d'être bitumée, et il faillit se tordre une cheville sur la caillasse. Un petit attroupement s'était formé. Servaz s'avança vers le jeune planton.

— Le capitaine Enguehard, il est là ?

Le pandore lui lança un regard prudent.

— Qui le demande ?

— Servaz, SRPJ de Toulouse.

Le jeune gendarme tourna les talons et se dirigea vers les arbres touffus qui s'inclinaient sur la rivière un peu plus loin. On devinait des silhouettes au-delà, entre les troncs et les broussailles. Au-dessus des feuillages, la grande cascade blanche, verticale et écumante, dégringolait la muraille grise cernée de verdure. Son fracas et des nuages de fraîcheur parvenaient jusqu'à eux, portés par le souffle de la chute d'eau, pareils aux fines gouttelettes d'un brumisateur. Les oiseaux chantaient, le soleil brillait, soulignant l'indifférence de la nature, son innocence et sa cruauté. Le jeune gendarme revint et souleva le ruban.

— Allez-y, dit-il.

Servaz entendit des appareils photo crépiter derrière lui. Il se prit à espérer que sa tronche n'allait pas se retrouver en une de *La Dépêche*. Il contourna le bouquet d'arbres en marchant sur les gros cailloux qui bordaient le torrent. Le bruit de la chute augmenta.

Et, tout à coup, il le vit. C'était une vision infernale, une mise en scène soigneusement étudiée. Rien n'avait été laissé au hasard. La haute colonne d'écume se brisait sur les rochers en contrebas de la muraille, rebondissant en plusieurs mini-cascades tout aussi impétueuses et bouillonnantes, formant une succession de bassins comme des vasques dans une station thermale. Ces piscines naturelles serties de roches étaient peu profondes – à peine quelques dizaines de centimètres – et la victime était agenouillée dans la première, au pied de la cascade, face à elle, la tête renversée en arrière et reliée par une corde qui passait plusieurs fois de son front et de ses tempes à ses poignets liés ensemble en bas de son dos. Servaz la voyait de trois quarts arrière, mais il devina qu'elle avait la bouche grande ouverte – peut-être avait-on coincé quelque chose à l'intérieur pour la maintenir ainsi –; elle était vrai-semblablement morte noyée, car l'eau de la cascade lui entrait directement dans la gorge. La corde s'enfonçait ensuite dans l'eau verte, au niveau des fesses, et Servaz distingua une grosse pierre plate. De nombreuses autres pierres avaient été empi-lées sur les genoux, les cuisses et les hanches du malheureux – peut-être pour l'immobiliser –, formant une sorte de tumulus d'où émergeait son torse nu.

Servaz avait vu bien des mises en scène au cours de sa carrière, mais celle-ci entrait sans nul doute dans son top 5. Et surtout, *il venait de reconnaître le blond de la nuit précédente*, ses cheveux coupés ras auréolés d'humidité comme ils l'étaient sous l'orage…

Des techniciens s'activaient autour de lui. En plus de leurs combinaisons blanches à cagoule de cosmonaute, de leurs masques-coquilles et de leurs gants en nitrile bleu, ils avaient chaussé de grandes bottes en caoutchouc. Ils allaient et venaient entre la rive, où leurs mallettes et leurs instruments étaient posés, et le blond au milieu du bassin.

Servaz sentit son cœur battre plus vite. *Marianne qui l'appelait depuis les bois, le blond aperçu dans ces mêmes bois, et à présent son cadavre* – cela faisait beaucoup de coïncidences. Il ne croyait pas aux coïncidences.

Quelque chose se passait dans ces vallées... Quelque chose qui avait commencé avec l'évasion de Marianne... Ou peut-être qui l'avait déclenchée... *Il y avait un lien entre tous ces événements, et ce lien le mènerait jusqu'à elle.*

Il reporta son attention sur le groupe qui se tenait sur la rive. Reconnut parmi eux la forme en tonneau et la couronne de cheveux blond-roux d'Éloi Enguehard. Puis il sursauta. Une silhouette dominait toutes les autres. Un géant qui devait frôler les deux mètres, avec un long cou massif et une tête carrée qui évoquaient un totem ou une statue de l'île de Pâques. Des oreilles décollées, des yeux noirs enfoncés sous des arcades proéminentes, une coupe militaire...

Roland Castaing...

Servaz avait croisé sa route lorsqu'il s'était occupé des meurtres de Marsac, dans ce lycée d'élite où avait étudié Margot, sa fille – et où lui-même avait été étudiant avant elle. Castaing était alors procureur près le TGI d'Auch. Leurs rapports avaient parfois été orageux, mais le jeune proc avait fini par reconnaître que les méthodes de Servaz portaient leurs fruits[1].

Enjambant précautionneusement l'amoncellement de rochers qui bordaient la rivière à cet endroit, Servaz s'approcha du petit groupe sur la berge sablonneuse au-delà.

Les deux hommes ainsi qu'un autre gendarme s'entretenaient avec une femme blonde qui lui tournait le dos. En civil. Blouson de cuir léger et jean. Comme ça, à vue de nez, il lui donna entre trente et quarante ans. Mais il savait combien une silhouette de dos peut être trompeuse. Arme sur la hanche, à la

---

[1]. Voir *Le Cercle*, XO Éditions et Pocket.

cow-boy. Sans doute appartenait-elle à la SR de Pau. Une fois encore, l'impression de familiarité lui arracha un frisson. *Cette silhouette-là aussi lui disait quelque chose...* Il sentit son corps se couvrir de chair de poule. Était-ce possible ?

Comme il s'avançait et que tous les regards convergeaient vers lui, elle s'interrompit et, à son tour, pivota lentement dans sa direction. Il fut pris de court. Ces yeux dans lesquels dansait une lumière, ce visage dont la beauté presque scandinave, à la fois froide et intense, était volontairement affadie par l'absence de maquillage.

Il essaya de se rappeler la dernière fois qu'il l'avait vue. 2010. *Huit ans déjà...*

Elle n'avait guère changé. Du moins au premier coup d'œil : il n'osait la dévisager.

Même blondeur, même regard perçant et clair. Et le fin anneau d'argent à la narine gauche était toujours là, étincelant dans le radieux soleil de juin.

— Salut, Martin, dit Irène Ziegler.

12

— SALUT, IRÈNE.

Elle resta un moment en arrêt. Se demandant visiblement ce qu'il faisait là. Marianne, Castaing et à présent Ziegler : c'était comme s'il avait emprunté une machine à remonter le temps.

— C'est vrai que vous vous connaissez, dit Castaing. 2010. L'affaire du lycée de Marsac… Quelle histoire, hein ? Comment allez-vous, commandant ? demanda-t-il en lui tendant une main si grande qu'elle enveloppait la sienne – et Servaz se souvint qu'il avait une poigne redoutable.

— Capitaine, corrigea-t-il en la serrant prudemment, avant de se tourner de nouveau vers Ziegler.

Il ne savait quelle contenance adopter. Devaient-ils se donner l'accolade devant tout le monde, comme deux vieux amis, ou se contenter d'un serrage de paluches en règle ?

— Martin, dit-elle sans choisir aucune des deux options. Ça fait longtemps… Qu'est-ce que tu fais là ?

Il haussa les épaules.

— J'étais dans le coin… Quelqu'un m'a parlé de ce qui se passait ici. Alors, je suis venu voir. Je ne pensais pas t'y trouver. Ni vous, ajouta-t-il à l'adresse du proc.

Cette explication ne convainquit personne, mais ils feignirent de s'en contenter. Du moins pour l'instant.

— Toutes les bonnes volontés sont les bienvenues, commenta Castaing, philosophe. Mais j'ai saisi la Section de recherche de Pau et je vais ouvrir une information. C'est étrange... la dernière fois qu'on s'est vus, c'était pour cette pauvre professeure de lettres noyée dans sa baignoire. Et maintenant ça... On dirait que l'élément liquide nous réunit.

Servaz pensa à l'averse sous laquelle il avait aperçu le blond la nuit précédente, mais il jugea qu'il était encore un peu tôt pour en parler. Le moment venu, il s'en ouvrirait à Irène. *En privé...* Sans témoins. Car il lui faudrait expliquer pourquoi il s'était trouvé dans ces bois. Qui sait ? Peut-être pourrait-elle l'aider à retrouver Marianne.

— On a son identité ? demanda-t-il.

— Timothée Hosier, répondit Enguehard. Trente et un ans. Il habitait Aiguesvives. Célibataire. Employé municipal. Et aussi petit dealer.

— On sait de quoi il est mort ?

— Noyade, répondit le géant. Regardez son ventre.

Servaz se tourna vers le blond sous la cascade. Le jeune homme avait l'abdomen gonflé comme une outre.

— D'après les premières constat', il a d'abord été frappé par-derrière. Un choc hyper violent. Il a sans doute perdu connaissance. On en a profité pour le ligoter et le transporter dans l'eau, juste à l'aplomb de la cascade. On ne sait pas à quel moment il est revenu à lui. La corde qui lui tire la tête en arrière et qui passe autour de ses poignets est elle-même attachée à une pierre au fond du bassin. On l'a à moitié recouvert d'autres pierres de plusieurs kilos chacune. Entre ça et les liens qu'il a autour des poignets, des pieds et des genoux, il pouvait difficilement se libérer. Ensuite, on lui a enfoncé un bâton dans la bouche pour la maintenir ouverte. Il a dû résister, secouer la tête avec force, car il a plusieurs dents cassées et des plaies profondes à la langue et au palais. Vous imaginez la suite... Son estomac, son système digestif, son œsophage, ses poumons se sont rapidement remplis d'eau : il a dû suffoquer, manquer d'air, et finalement se noyer et faire un arrêt cardiaque... L'autopsie le confirmera.

Castaing avait fourni ses explications d'un ton morose, comme s'il lui en coûtait d'énoncer de telles abominations de bon matin. Il montra un tas de vêtements en vrac à quelques mètres de distance, près de l'eau, à côté d'un repère en plastique jaune marqué d'un chiffre noir : les vêtements de la victime.

— On a aussi trouvé autre chose sur la rive, ajouta Irène à l'intention de Servaz.

Du menton, elle lui fit signe de la suivre. Elle contourna quelques broussailles. Les reflets de l'eau miroitèrent sur son visage quand elle se pencha pour lui montrer la berge sablonneuse, ridée par les remous que la cascade créait dans le bassin.

Un autre repère en plastique jaune numéroté indiquait une nouvelle pièce à conviction. Laquelle consistait en quatre galets plats posés à même le sable. Sur chacun, un symbole avait été tracé au marqueur rouge : un cercle, un triangle, un carré et un X.

— Une idée de ce que c'est ? demanda-t-il.

Irène fit signe que non.

— Pas mal, hein ? dit Castaing, appréciateur. On est tombés sur un sacré client. Et pas la moindre trace de pas nulle part...

Servaz sentit le duvet sur sa nuque se hérisser : une affaire tout sauf banale. Il regarda la rivière qui coulait en aval des bassins, près de laquelle les badauds se rassemblaient.

— Il est peut-être passé par la flotte, dit-il. Il faudrait examiner les rives.

— C'est aussi mon avis, renchérit Ziegler. Sauf qu'il aurait fallu condamner la route bien plus en aval. Et maintenant, avec tous ces gens qui piétinent la berge, s'il y avait des indices, ils sont inexploitables.

Elle foudroya du regard Enguehard, qui rentra la tête dans les épaules, telle une tortue.

— Que quelqu'un photographie tous ces gens, ajouta-t-elle. Tous ceux qui se présentent. Discrètement.

Tactique habituelle. Même si, pensa Servaz, de nos jours, avec les séries télé, tout le monde la connaissait. Un technicien mesurait les cotes, sur la rive et dans le bassin, et les transmettait à un autre qui les entrait dans une tablette. La scène était filmée. Ziegler s'approcha du procédurier – qui consignait chaque détail, plaçait les pièces à conviction sous scellés et allait rédiger le PV de constatations à l'intention du magistrat instructeur.

— Tu me repasses tout en revue trois fois, tu prends le temps qu'il faut. Je ne veux pas qu'un avocat vienne enculer les mouches et foutre en l'air la procédure.

Puis elle se tourna vers Servaz.

— Il y a encore autre chose plus loin.

Elle fit quelques pas supplémentaires, s'écartant du petit groupe.

— Quelqu'un a aussi fumé là, dit-elle en montrant un nouveau repère en plastique sur le sol. On a trouvé une dizaine de mégots... Soit il a passé un long moment ici à regarder le type mourir... soit ils étaient plusieurs... soit ces mégots étaient déjà là avant... Difficile à dire.

— À quand remonte la mort ?

— Vers 2 heures du matin.

Une fois encore, Servaz repensa à son escapade dans les bois. Moins de deux heures avant sa mort, il était à quelques mètres de la future victime. *Impossible de garder ça pour lui.* Et, tôt ou tard, cette information remonterait jusqu'à sa hiérarchie.

Comme Irène Ziegler continuait de se pencher vers le sol, il reconnut le petit idéogramme chinois qu'elle avait tatoué dans le cou. Sans savoir pourquoi, il se sentit ému par cette constatation. Leur complicité avait été grande par le passé, leur amitié forte. Puis le temps et la géographie les avaient séparés. Il avait appris quelques mois plus tôt qu'elle était revenue dans la région, après avoir été en poste dans des pays lointains, et, à plusieurs reprises, il avait été tenté de l'appeler, mais il avait toujours remis cet appel au lendemain. Il se demanda si elle avait éprouvé la même envie. Ou si elle l'avait purement et simplement oublié. Comme si elle lisait dans ses pensées, elle releva la tête, le regarda :

— Plusieurs fois j'ai eu envie de t'appeler depuis que je suis rentrée, dit-elle, profitant sans doute de ce que les autres se trouvaient à distance. Mais tu sais ce que c'est : on remet toujours ça au lendemain.

— Pareil pour moi.

Il leva les yeux vers le sommet de la cascade : tout là-haut, les rayons du soleil jouaient à travers la végétation et leur diffraction dessinait un arc-en-ciel au ras de l'eau. L'air sentait l'humidité des sous-bois et les fleurs. Son inquiétude s'accrut.

— Vous êtes en face de quelque chose d'unique, dit-il. De tout à fait exceptionnel… et de très préoccupant…

Elle hocha la tête.

— On va vous mettre une sacrée pression, ajouta-t-il.

— S'il n'y avait que celui-là…

— Comment ça ?

Elle hésita, jeta un coup d'œil rapide aux autres membres du groupe plus loin, baissa la voix.

— *Il y a eu un autre meurtre…* il y a quelques mois… Pas loin d'ici. Miraculeusement, on a pu faire en sorte que la presse n'ait pas vent de tous les détails de l'histoire : l'homme a été tué dans la montagne et, à part son épouse, les secours qui l'ont trouvé et quelques gendarmes, personne n'est au courant de l'état dans lequel était le corps.

Servaz se raidit. Les oiseaux chantaient derrière lui, dans les bois. Ou plutôt un unique oiseau, tout proche, qui émettait une seule note répétée à satiété.

— C'est-à-dire ?

— Un homme à peu près du même âge que celui-là, cet hiver, près d'un refuge, au pied du pic du Gendarme. Il avait lui aussi reçu un coup violent, mais au front. On a retrouvé son cadavre gelé sur le lac Noir. On l'avait... déshabillé et allongé sur la glace du lac, puis arrosé par – 20 degrés jusqu'à ce qu'il soit... *entièrement recouvert d'une pellicule de glace...* Il est mort d'hypothermie, peu de temps après qu'on lui a... ouvert le ventre et qu'on a placé un... hum... poupon en plastique à l'intérieur.

Un poupon en plastique... Servaz tressaillit. Sentit croître son malaise. *Ce qui était à l'œuvre ici dépassait de loin ce qu'ils avaient l'habitude d'affronter au quotidien.* Il se demanda aussitôt si ces hommes avaient pu être en contact avec Marianne, si l'évasion de celle-ci avait un rapport quelconque avec les deux meurtres.

— Et l'enquête sur ce type dans la montagne, qu'est-ce qu'elle a donné ?

Il vit le visage d'Irène Ziegler s'assombrir.

— Rien. Absolument rien. Zéro indice, zéro piste, zéro suspect. Et pourtant, j'ai mis tout le monde sur le coup.

C'était donc elle qui dirigeait la SR désormais. Il regarda le blond, que les techniciens étaient enfin en train de libérer de sa gangue de pierres et de cordes – et qui avait le ventre gonflé, tout comme l'homme dans la montagne, songea-t-il. *Deux meurtres spectaculairement mis en scène et zéro indice.* Il frissonna. Son malaise grandit.

— Il y a peu de chances pour que ces deux meurtres aient été commis par deux personnes différentes, avança-t-il.

Elle lui lança un regard aigu, aux abois.

— *Il n'y en a même aucune.*

Elle lui montra les quatre galets au sol.

— Près du lac, on a trouvé deux galets : l'un d'eux portait une croix, l'autre un triangle.

—EST-CE QU'ON PEUT parler ? dit-il.

Elle jeta un rapide coup d'œil autour d'elle.

—Tu veux dire... rien que toi et moi ?

—Oui.

Elle écarta une guêpe de la main.

—Je t'écoute.

Il regarda les autres : personne ne prêtait attention à eux, et le grondement de la cascade couvrait leurs paroles.

—*J'ai vu quelque chose la nuit dernière...*

Elle ne le quittait pas des yeux.

—Comment ça ?

—Il y a un monastère pas très loin d'ici...

—L'abbaye des Hautsfroids, confirma-t-elle.

—J'étais dans les bois derrière le monastère, vers minuit, et j'ai vu ce type (il désigna le blond qu'on sortait de l'eau) en compagnie d'un moine. Le moine lui a donné de l'argent en échange de drogue.

Elle le considéra avec incrédulité.

—Qu'est-ce que tu foutais dans les bois en pleine nuit ?

—C'est... compliqué. Je suis à la recherche de quelqu'un...

—Qui ?

—Tu te souviens de Marianne Bokhanowsky ?

Elle fronça les sourcils.

—Bien sûr.

— Je sais que ça va te sembler incroyable mais elle vient de réapparaître... Elle m'a appelé au secours il y a deux nuits de ça... Tout porte à croire qu'elle se trouvait dans ces bois quand elle a passé l'appel. Mais j'ai perdu sa trace...

Irène Ziegler resta un moment à le dévisager. Sans parler. Son regard passa ensuite de Servaz au petit groupe, puis revint se poser sur lui. Une ambulance s'approchait sur la route en ululant. On allait évacuer le corps. Il lut la stupeur dans ses yeux.

— Tu en as parlé à quelqu'un, de Marianne ?
— Seulement à Vincent.

Elle sembla méditer ce qu'elle venait d'entendre.

— C'est incroyable, commenta-t-elle finalement. Ça fait combien d'années ?
— Qu'elle a disparu ? Huit...
— Seigneur ! Tu vas rouvrir l'enquête alors ?
— Je ne peux pas. Quelqu'un d'autre doit s'en charger.
— Pourquoi ça ?
— Je suis suspendu.

Elle ouvrit de grands yeux. Parut choquée.

— Quoi ?

Elle avait tressailli. Il fit un geste de la main, comme pour minimiser la portée de ce qu'il venait de dire.

— C'est une longue histoire. Je vais passer en conseil de discipline.

Il vit son visage s'empourprer, devina sa colère. Elle lui jeta un regard noir.

— Martin, bon sang ! Qu'est-ce que tu fais ici si tu es suspendu ?
— Il faut interroger ce moine, insista-t-il.
— Tu n'as pas le droit d'être ici ! Je ne veux pas de quelqu'un qui, par sa présence, pourrait foutre en l'air ma procédure !
— Mettons que je ne suis pas là...

— Castaing t'a vu, Enguehard t'a vu, d'autres t'ont vu… Peut-être même que tu as été pris en photo, putain ! Si ça vient à se savoir, on va me retirer l'enquête !

Pendant un instant, ils s'observèrent en silence.

— Disons que je ne faisais que passer… On doit interroger ce moine, Irène.

— *On ?* Qui ça, « on » ? (Elle réprima un soupir.) Tu pourrais le reconnaître ?

Il la fixa avec fermeté.

— Oui. Absolument.

Roland Castaing s'était écarté du groupe des gendarmes et des techniciens ; il marchait lentement dans leur direction, en suivant la berge incurvée, sa haute silhouette caressée par les rayons du soleil matinal et, l'espace d'une seconde, en le voyant, Servaz pensa à cet être fait d'argile mais animé, qui, dans la mystique juive, s'appelle Golem.

— Retrouve-moi dans trois heures devant la gendarmerie, dit-elle rapidement. Et, en attendant, fais-toi oublier.

14

IRÈNE ZIEGLER L'ATTENDAIT au volant du gros Ford Ranger aux couleurs de la gendarmerie nationale qu'il avait aperçu précédemment sur la scène de crime. Il se souvint que, la première fois qu'il l'avait vue, c'était à bord d'un hélicoptère. Elle pilotait. Les avait emportés tous les deux vers les cimes. Il avait le vertige, et il s'était senti tout petit et impuissant entre les mains de cette femme.

Les fois suivantes, elle avait débarqué à moto, amazone caparaçonnée de cuir noir, décomplexée, piercée, tatouée, armée de son ordinateur portable et de ses idées neuves pour bâtir une police nouvelle – et il s'était fait l'effet d'un bon gros réac à côté d'elle, ce qu'il était sans nul doute aux yeux de ceux qui sont incapables de distinguer l'écorce de l'arbre et qui traversent le monde et la vie armés de leurs inébranlables certitudes.

Plus tard, il avait appris à mieux la connaître et découvert qu'il y avait une réalité plus complexe sous cette cuirasse – comme il en est toujours des êtres qui ne se contentent pas d'une seule vérité. Ils étaient devenus amis. Du moins le pensait-il à l'époque.

Dès qu'il se fut assis à côté d'elle, elle démarra sans un mot. Ce ne fut qu'au bout d'un kilomètre, une fois sortis de la ville, qu'elle prit la parole :

— Mettons-nous bien d'accord : si on me demande, je dirai que j'ignorais que tu étais suspendu. Tu étais ici pour autre chose et on s'est croisés. Tu n'es pas intervenu dans l'enquête, tu t'es contenté d'observer mais, à aucun moment, tu n'as joué un rôle, et ton nom n'apparaîtra nulle part dans la procédure, c'est compris ?

Ils échangèrent un regard.

— Raconte-moi. Pourquoi tu as été suspendu ?

Il profita du trajet pour lui narrer les événements de l'hiver dernier, aussi brièvement qu'il put. Elle l'écouta et, à chaque phrase qu'il prononçait, il constata que son incrédulité grandissait. Puis, il la vit sourire.

— Alors, te voilà devenu père célibataire.

— Et toi ? dit-il. La dernière fois où on s'est vus, tu étais avec...

— Zuzka... On est toujours ensemble.

Zuzka était la jeune femme avec qui Ziegler vivait quand il l'avait connue. Aussi brune qu'Irène était blonde. Elle dirigeait une boîte de nuit, le Pink Paradise, ou quelque chose comme ça, à l'époque où ils avaient enquêté sur les meurtres de Saint-Martin-de-Comminges. Irène ne semblait pas décidée à en dire plus, du moins pour l'instant, et il perçut une certaine tension dans sa voix.

— Et la SR ? demanda-t-il.

— J'ai pris la direction l'an dernier. Ça roule. C'est un bon service. Mais cette affaire va nous mettre la pression.

— Tu aimais ça, la pression, avant, commenta-t-il. Ici, tourne à droite.

Ils s'enfoncèrent dans la forêt, grimpant la colline.

— Cette fois, l'affaire va s'ébruiter, dit-elle. C'est déjà un miracle que personne n'ait vendu la mèche la première fois. Mais là, la presse va faire le rapprochement.

— Tu as remarqué qu'il y a un autre point commun entre les victimes ?

— Le ventre gonflé, la simulation de grossesse ?

—Oui.

Servaz eut tout à coup le sentiment que c'était comme au bon vieux temps. Ils avaient formé une sacrée équipe. Ils se complétaient et une sorte d'émulation entre eux les poussait à se surpasser. Il la regarda. L'ombre des feuillages glissait sur son visage, les rayons du soleil papillotaient entre les arbres, caressant le fin duvet blond sur sa peau bronzée.

—Le blond : Timothée Hosier... Enguehard a dit que c'était un dealer... Il figurait dans le TAJ ?

Le fichier de traitement des antécédents judiciaires.

—Oui. On va fouiller dans son passé, évidemment. Ses parents ont été contactés. Ils habitent Toulouse. Le père est gynécologue.

—Gynécologue ?

Elle lui lança un regard.

—Oui, je sais. J'y ai pensé aussi. Mais c'est peut-être une coïncidence... Celui qu'on a trouvé sur le lac glaciaire s'appelait Kamel Aissani, vingt-neuf ans. Travaillait dans la sécurité. Fan de rando en montagne, sportif. Marié. Un garçon de trois ans. Consommateur d'herbe, de coke et d'ecstasy à l'occasion, de l'aveu même de sa veuve : il faudra voir si Hosier était son dealer... Lui, on a eu le temps de fouiller dans son passé.

—Et ?

—Pouvait se montrer violent. À plusieurs reprises, sa femme s'est retrouvée à l'hosto. Chaque fois, elle avait soi-disant eu une vive discussion avec une porte, ou bien elle s'était mangé un mur. Les voisins entendaient souvent des cris. Et c'était pas des cris de joie. Il a aussi d'autres faits de violence à son actif. Il a été condamné pour une agression sur un chauffeur de bus qui l'avait... klaxonné.

—« Travaillait dans la sécurité », ça veut dire quoi ?

— Il installait des caméras de surveillance et des alarmes chez des particuliers. Il faisait aussi de la télésurveillance pour le compte de sa boîte.

Servaz s'étonna.

— On ne contrôle pas le passé des gens qui font ce genre de métier ?

Il la vit sourire pour la deuxième fois, comme s'il avait dit quelque chose de drôle.

— Bien sûr que si. Il faut une carte professionnelle, délivrée par le CNAPS, le Conseil national des activités privées de sécurité, valable cinq ans. Normalement, un employeur est censé s'assurer une fois par an que la carte de son employé est toujours valable. Il y a un site pour ça. Sauf que l'interface est mal fichue, c'est fastidieux. Alors, quand on a des dizaines d'employés, comme la société d'Aissani, on oublie de le faire la plupart du temps. Résultat, s'il y a une condamnation pendant les cinq ans, comme ça a été le cas pour notre homme, l'employeur ne le saura qu'au bout de ces cinq ans.

Elle lui adressa un clin d'œil.

— Il y a mieux : dans le formulaire de renouvellement de la carte, le CNAPS lui-même avertit le salarié que la décision d'acceptation ou de rejet de sa demande lui sera transmise à son domicile, mais *en aucune manière communiquée à son employeur* ! Autrement dit, c'est à lui de voir s'il veut en informer la société qui l'emploie ou non !

Elle conduisait vite, prenant les virages un peu trop rapidement à son goût, soulevant dans les creux les feuilles mortes de l'automne précédent.

— Et toi ? dit-elle. Explique-moi ce qui s'est passé exactement quand Marianne t'a appelé.

Il lui fit un résumé de la nuit cauchemardesque où il avait reçu l'appel.

— L'un des moines a trouvé un téléphone sur le chemin, conclut-il. J'ai relevé des empreintes dessus. J'ai aussi demandé à Enguehard de faire analyser sa mémoire.

— Ce qui revient à faire appel à nos services…

— Exact.

— Tu crois qu'il peut y avoir un lien ?

Ils se regardèrent.

— J'y ai pensé… Mais, à ce stade, il est trop tôt pour émettre des hypothèses.

L'abbaye apparut en contrebas. Tonalités ocre et roses, clocher hexagonal, baies géminées. Vaisseau de pierre échoué sur une planète verdoyante. Symbole de la foi que certains hommes avaient placée dans un Dieu sévère, mais invisible et muet.

— Ça a l'air plutôt isolé, observa-t-elle. Comment on peut vivre dans un endroit pareil ?

Il sourit. Se souvint qu'Irène aimait la vie nocturne.

LE REGARD DE L'ABBÉ passa de l'un à l'autre, pour se poser finalement sur Servaz. Le silence ne dura qu'une poignée de secondes. Quand le père Adriel reprit la parole, ce fut la voix pleine d'une colère contenue :

— Vous dites que vous avez vu un de nos frères la nuit dernière dans les bois en compagnie de l'homme qui a été tué ? Que vous l'avez vu lui… donner de l'argent en échange de… *drogue* ?

Servaz acquiesça sans ouvrir la bouche. Il se garda de parler du baiser qui avait suivi. Et de la liasse de billets que le frère avait en sa possession. Il se réservait ces munitions pour l'interrogatoire.

— Qu'attendez-vous de moi ? demanda l'ecclésiastique.

— Que vous réunissiez vos moines, répondit Ziegler avec fermeté. Afin que nous puissions identifier cet homme et lui poser des questions.

Il y eut un nouveau silence. L'abbé hocha la tête sans rien dire. On lui aurait annoncé une nouvelle guerre de Religion qu'il n'aurait pas paru plus abattu.

VINGT-CINQ FRÈRES. Alignés en rang d'oignons dans la salle capitulaire. Scapulaires noirs et sandales dépassant à peine sous les robes blanches. Des petits, des grands, des jeunes, des vieux. *Plus de vieux que de jeunes* : le vieillissement des communautés touchait toutes les abbayes. Derrière eux, entre les arcades, Servaz apercevait les jardins du cloître enluminés de soleil et éclatants de fleurs.

L'abbé marcha lentement devant eux, mains nouées dans le dos, tel un général passant ses troupes en revue. Au sein du monastère, se dit Servaz, il demeurait le *pater familias*. Sourcilleux, vigilant, sévère. Mais sa vigilance avait été prise en défaut et un éclat de fureur brillait dans ses pupilles. Tandis qu'il les dévisageait l'un après l'autre, il avait plus que jamais l'air d'un vieil aigle colérique.

Servaz s'était mis d'accord avec Irène pour ne pas désigner devant les autres celui qu'il avait vu dans les bois, mais au contraire pour les recevoir tous un par un. Ils avaient demandé à l'abbé de mettre à leur disposition une pièce où ils pourraient les interroger en toute discrétion, et celui-ci avait paru contrarié.

— Vous n'allez pas me dire qui c'est ?

Servaz avait hésité : devait-il taire l'identité du frère fugueur au chef de sa communauté ?

— Le mieux serait que vous les questionniez vous-même plus tard, avait-il répondu, bottant en touche. Que vous donniez au coupable l'occasion de se dénoncer, et ainsi, peut-être, de faire un premier pas vers sa rédemption.

— C'est un bien grand mot, avait répliqué l'ecclésiastique d'un ton cinglant. À ne pas employer à la légère... De nos jours, on use et on abuse de ces mots un peu trop facilement. *Rédemption, pardon, repentir, repentance, réparation...* On n'entend plus que ça. Comme s'il suffisait d'un claquement de doigts ou de quelques génuflexions pour se racheter et se mettre en règle avec Dieu et les hommes... Mais vous avez sans doute raison.

Il recula de deux pas, considéra la petite assistance.

— Ces personnes sont de la police, lança-t-il. Elles ont des questions à vous poser. Comme vous le savez, il s'est passé quelque chose de terrible non loin d'ici. Vous allez donc être reçus un par un. Je vous demanderai de ne rien leur cacher, de faire preuve de la plus grande franchise, comme vous le feriez avec moi.

S'il y avait quelque ironie dans cette dernière phrase, il n'en laissa rien paraître. Ils commencèrent les interrogatoires dans une petite pièce aux murs nus hormis une grande croix de bois et un prie-Dieu. On leur avait apporté une table et trois chaises paillées. Les premiers à se présenter furent frère Étienne, brun, frisé, longiligne, d'une maigreur extrême, qui travaillait dans les cuisines, frère Hervé, un colosse taillé comme un troisième ligne mais à la voix de fausset, chargé du potager et du verger, et frère Élie, petit homme dégarni aux yeux fuyants, qui s'occupait des comptes et des commandes.

Servaz se souvint qu'ils avaient participé tous les trois à la battue. À part ça, personne n'avait rien vu ni rien entendu.

Il eut envie de fumer et attrapa une gomme avant d'ouvrir la porte au quatrième. S'écartant du groupe qui attendait à l'extérieur, le gros prieur lui jeta un regard torve en passant devant lui.

— Vous pouvez laisser la porte ouverte, je n'ai rien à cacher et ce sera bref, les informa frère Anselme.

— C'est à nous d'en décider, lui rétorqua Ziegler, et Servaz vit deux taches noires s'épanouir au centre des yeux bleus et vitreux quand le prieur regarda la gendarme.

Voilà un homme qui est capable de grandes colères, se dit-il.

—Asseyez-vous, ordonna Irène d'un ton ferme comme l'homme restait debout.

Frère Anselme s'exécuta à contrecœur.

—C'est vous qui êtes chargé d'administrer le monastère et de seconder le père Adriel, c'est bien ça ?

—En gros, oui.

Il chercha néanmoins une autre formule :

—Disons qu'il s'occupe du spirituel et moi du temporel. Nous sommes les deux piliers sur lesquels s'appuie cette abbaye.

Frère Anselme avait de toute évidence une haute opinion de son rôle au sein de la communauté.

—Donc, si quelqu'un sait ce qui se passe entre ces murs, c'est bien vous ?

—En effet.

—Avez-vous connaissance de certaines entorses à la règle ou de certains comportements… hum… délictueux ?

Un sourire s'étira sur les lèvres gourmandes.

—Délictueux pour qui ? Pour notre ordre ou pour la justice ?

—Répondez, s'il vous plaît.

Le prieur haussa les épaules.

—Nous avons beau être isolés, nous n'échappons pas totalement à la décadence qui règne partout en ces temps troublés. Il y a quelques brebis galeuses, oui…

—L'une de ces… *brebis* a-t-elle des problèmes d'addiction ?

—Plus maintenant.

—Et par le passé ?

—Oui…

—Vous pouvez développer ?

—Frère Cyprien. Il a eu des problèmes avec la drogue. Nous l'avons aidé à se sevrer et à s'en sortir. Aujourd'hui, il est rentré dans le rang. Il est *clean*, comme vous dites.

—Quelle drogue ?

— Cocaïne, crack...
— Vous le tenez à l'œil ?

Le prieur lança à Ziegler un regard aigu.

— L'équilibre de notre communauté repose sur la responsabilité de chacun de ses membres et sur la confiance, énonça-t-il. Ce sont des adultes, pas des enfants. Je ne suis pas là pour faire la... *police.*

— En gros, la nuit, vous dormez sur vos deux oreilles.

Frère Anselme toisa la gendarme.

— J'ai le sommeil assez lourd, en effet.

Debout derrière lui, Servaz considérait la nuque épaisse du prieur. Il avait les cheveux coupés ras à cet endroit et un bourrelet hérissé d'un fin duvet gris faisait le tour de son cou, tel un collier.

— Pourquoi ces questions ? s'enquit le religieux. Vous soupçonnez quelqu'un ?

— Nous cherchons à savoir si l'un de vos frères ou plusieurs pourraient se balader la nuit dans les bois et avoir vu quelque chose, répondit-elle.

Le gros homme fronça les sourcils.

— Pourquoi diable, passez-moi l'expression, l'un de nous se baladerait-il dans les bois en pleine nuit ? C'est une idée absurde.

— Pas forcément, avança Servaz, conscient qu'il empiétait sur l'interrogatoire de Ziegler et sortait de son rôle d'observateur.

Le prieur se retourna.

— C'est un truc de flic : un devant, un derrière ? C'est comme *good cop, bad cop* ?

Tiens donc, il n'était pas si coupé du monde que ça, en fin de compte. Et il avait laissé tomber le langage d'Église. Servaz se demanda s'il arrivait parfois aux frères de regarder des séries télé ou des films violents. Jusqu'à quel point ils se tenaient à l'écart du reste de la société, il n'en avait aucune idée.

— Vous-même, dit Ziegler, non sans une certaine perfidie, vous avez des addictions, des insomnies, des angoisses ?

Servaz décela un signe d'impatience dans la façon dont le prieur se tortilla sur sa chaise.

— Non.

Tu as répondu trop vite.

— Je vous l'ai dit : j'ai le sommeil plutôt lourd. Notre rythme de vie laisse peu de place à l'oisiveté : d'ailleurs, l'oisiveté est l'ennemie de l'âme. Entre la liturgie des heures et les nombreux travaux de la journée, les moments de répit sont rares. L'été, nous sommes debout à 4 heures pour le premier office, vigiles, avant que le jour se lève. Ensuite viennent laudes à 7 h 15, tierce à 9 h 15, sexte un peu avant midi, none à 14 heures, vêpres à 17 h 15 et complies à 20 heures. Et il y a les Grandes et les Petites Heures. Il y a aussi la prière personnelle. Et avec ça, il faut vaquer aux tâches quotidiennes, aux travaux d'entretien. Comme vous le voyez, nos journées sont longues et harassantes. Ceci n'est pas une colonie de vacances, résuma-t-il avec une fatuité absolue.

Servaz se dit que le prieur essayait de les noyer sous un flot d'informations inutiles – tactique familière aux petits caïds de Toulouse qui passaient entre les murs du commissariat.

— Merci, mon père, dit Ziegler. S'il vous plaît, envoyez-nous le suivant.

Le gros homme se leva lourdement et marcha jusqu'à la porte. L'ouvrit. Fit un signe au groupe qui attendait dehors. Tournant le dos à la porte, Servaz échangea un regard avec Ziegler. Elle haussa les épaules.

Quand il se retourna pour considérer celui qui venait d'entrer, il vit que le fugueur de la nuit dernière se tenait devant lui, debout dans un rai de lumière qui tombait d'une fenêtre.

15

UN MÔME, se dit Servaz. Visage juvénile, grands yeux pâles cernés de longs cils châtains, bouche menue et rouge comme une groseille et des joues rebondies qui s'empourprèrent immédiatement sous le regard appuyé du flic. Il mesurait moins d'un mètre soixante-dix et un début de barbe aussi clairsemé qu'un duvet d'adolescent tentait de percer sur son menton.

Il observa Ziegler. Et Servaz vit que la présence d'une femme l'intimidait.

— Asseyez-vous, dit la gendarme.

Son ton avait la sécheresse de celui d'une maîtresse d'école à l'époque où les châtiments corporels étaient encore en usage. En obtempérant, il donna l'impression de vouloir occuper le moins d'espace possible sur sa chaise. Nul doute que, s'il avait pu disposer d'une cape d'invisibilité (Servaz avait fait la lecture d'*Harry Potter* à Gustav, même si celui-ci n'avait pas tout compris), il se serait empressé de disparaître.

— Vous êtes… ? demanda Irène.

— Euh… frère Cyprien.

Qu'avait dit frère Anselme ? Qu'il était *clean*. Tu parles… Dans le dos du nouveau venu, Servaz adressa un petit signe à Ziegler et il la vit aussitôt se redresser sur son siège et regarder frère Cyprien droit dans les yeux. Froidement. Le coureur des bois baissa les siens. Servaz ne lui donnait pas cinq minutes pour s'allonger.

—Vous êtes insomniaque ? demanda la gendarme sans perdre de temps.
—Quoi ?
—Vous allez me faire répéter toutes mes questions ?

Le ton était sans appel. Frère Cyprien se recroquevilla.

—Je... j'ai du mal à dormir des fois... Et pourtant, on n'a pas le temps de...
—De quoi ?
—De se reposer...
—Je vois. Et qu'est-ce que vous faites quand vous n'arrivez pas à... *dormir* ?
—Je lis... j'écoute de la musique... *je prie*, ajouta-t-il après un temps, comme s'il venait de se rappeler qu'il était moine.
—Vous êtes jeune, ça doit pas être facile tous les jours ici pour quelqu'un comme vous.
—C'est la vie que j'ai choisie...
—Pourquoi ce choix ?

Il les regarda l'un après l'autre.

—Je... je croyais qu'on allait me demander si j'avais vu quelque chose.
—Quand ça ? dit Ziegler, glaciale.
—Eh bien... la nuit où...
—Pourquoi ? Vous avez vu quelque chose ?
—Non, non, j'étais dans mon lit.
—Vraiment ?

Il hocha la tête.

—Timothée Hosier, ça vous parle ? lui demanda Servaz.
—Non.

Irène Ziegler afficha un air surpris.

—Non ?

Le jeune moine hésita.

—Peut-être...
—Non ou peut-être ?

La voix de la gendarme était de plus en plus froide.
— Je sais pas.
— Ah bon ? Pourtant, on t'a vu avec lui dans les bois deux heures avant sa mort.

Les yeux du novice s'agrandirent.
— Quoi ?

Servaz vit alors Ziegler se lever, se saisir de sa chaise, faire lentement le tour de la table en la traînant bruyamment sur le sol pour venir s'asseoir juste derrière le moine. Puis elle s'inclina vers lui et lui susurra, très bas mais distinctement à l'oreille, si près qu'il devait sentir son souffle sur son tympan :

— Encore une connerie et je te colle au ballon avec les macs, les putes et les violeurs. Ils adoreront passer la nuit avec un petit jeune dans ton genre...

Pendant un instant, il donna l'impression de se disloquer. Sa lèvre inférieure se mit à trembler et ses yeux se mouillèrent. Sa respiration se fit sifflante.

— Je t'écoute, murmura Ziegler dans son oreille avec une patience presque maternelle. Ça ne sortira pas d'ici, tu as ma parole.

Un silence.

— Timothée me vend de la came... Je... j'ai commencé quand j'étais étudiant à Pau... Mais j'en prends bien moins qu'avant, je vous jure. Dieu m'aide à me libérer de mes démons. Petit à petit. Ça ne se fait pas en un jour...

Servaz, debout à côté de Ziegler, se pencha vers son autre oreille.

— Je t'ai aussi vu l'embrasser.

Le teint rosé de frère Cyprien vira au cramoisi.

— Je l'ai pas tué..., bafouilla-t-il. C'est pas moi !

Servaz l'observa. Il luisait littéralement. Il essuya son front en sueur d'un revers de manche.

Ziegler se leva, sa chaise à la main, et revint s'asseoir face à lui.

— Parle-nous d'Hosier. Tu l'as rencontré comment ?

Le jeune homme chercha ses mots.

— Dès que je suis arrivé à Aiguesvives, je me suis renseigné. Je savais que je ne pourrais pas tenir bien longtemps sans beuh ni poudre...

— Donc, ce que nous a raconté frère Anselme, que tu es sevré et tout et tout, c'est du pipeau.

Elle plongea son regard dans le sien, il détourna les yeux.

— Non. Ça a été vrai pendant un moment. Mais j'ai rechuté...

— Et le reste ?

Il hésita.

— C'est venu après. Timothée, c'est comme s'il lisait dans mes pensées... Comme s'il devinait chacun de mes... *désirs*...

— Parle-nous de lui.

Ils virent sa cornée se voiler d'une taie d'inquiétude, ses prunelles vaciller.

— Timothée n'était pas... quelqu'un de bien... Il n'avait pas de morale. Chez les gens comme lui, faire le mal est une seconde nature. Mentir, tricher, voler, menacer, tromper... Il adorait ça. Il n'écoutait que ses pulsions les plus... destructrices, les plus malsaines. J'ignore jusqu'où il aurait été capable d'aller. Des fois, il me foutait vraiment les jetons.

Servaz se souvint de l'impression de dangerosité qu'il avait éprouvée à la vue du blond au fond des bois.

— Mais, à d'autres moments, je ne pouvais pas m'empêcher d'être... hum... attiré par lui.

— Tu connaissais certains de ses clients ? demanda Irène. Certaines de ses fréquentations ?

— Non, désolé.

— Tu sais s'il se sentait en danger ? S'il avait peur de quelque chose ? Ou de quelqu'un ?

Il secoua la tête.

— J'aimerais vous aider, se justifia-t-il d'un ton geignard, mais je ne sais pas. Je le jure. Il ne m'a jamais parlé de ça.

— Il te parlait de quoi ? Il se confiait à toi ?

— Quelquefois…

— Pour te dire quoi ?

Le jeune ecclésiastique prit le temps de réfléchir.

— Eh bien, par exemple, il avait cette obsession…

Ziegler attendit la suite.

— Une obsession pour tout ce qui touchait au religieux. Aux objets du culte, aux rites, aux statues, aux peintures, aux textes… Il en connaissait un rayon là-dessus. Ça le fascinait. Il adorait parler de ça. Il se demandait si l'enfer existe. Il disait aussi que je devais l'aider à sauver son âme… Qu'il avait fait quelque chose de terrible par le passé.

Servaz vit Irène réagir.

— Il a dit quoi ?

Le regard de frère Cyprien glissa de l'un à l'autre, puis revint se poser sur la gendarme.

— Il m'a raconté qu'à seize ans il avait tué sa petite sœur. Il voyait une psychiatre.

Ziegler fixait le jeune moine, bouche bée.

— Et tu l'as cru ? Tu crois qu'il t'a dit la vérité ?

— J'ai retrouvé sur Internet des articles de l'époque. Il était mineur, son nom n'était pas cité. Mais tout correspondait : l'âge, la description, le père gynécologue…

— Et la psychiatre, il t'a dit qui c'était ?

— Non.

Ziegler échangea un regard avec Servaz.

— Tu sais autre chose au sujet de Timothée ?

— Il détestait son père…

Il avait lâché ça comme une évidence. Et Servaz se dit qu'ils devaient avoir ça en commun.

— D'où tu tires tout ce fric ? demanda-t-elle.

— Du mien... Il m'envoie de l'argent tous les mois... Je lui fais croire que c'est pour l'abbaye.

— Et après avoir rencontré Timothée dans les bois l'autre nuit, tu as fait quoi ? voulut savoir Ziegler.

Ils le virent rougir de nouveau.

— Vous le savez bien, non ? Puisque vous m'avez surveillé... Et, par conséquent, vous savez aussi que je suis allé me coucher juste après.

Servaz s'abstint de préciser qu'il n'avait pas assisté à toute la scène.

16

AUTOUR D'EUX, c'était l'été. Mais Servaz avait tout à coup l'impression que les ténèbres avaient gagné du terrain. Pourtant, le soleil brillait, à son zénith.

— Ça ne me plaît pas, cette histoire, dit Ziegler en marchant vers la voiture. Ça ne me plaît pas du tout.

Il ne fit aucun commentaire, mais il ressentait peu ou prou la même chose. Il y avait derrière tout ça une réalité sinistre dont ils n'entrevoyaient que la partie émergée. Il se remémora le jeune homme blond agenouillé sous la cascade, la bouche ouverte et le ventre rempli d'eau. Il redoutait le pire. Ils se tenaient au seuil de quelque chose d'incommensurable. En reprenant la route, Irène passa quelques coups de fil pour qu'on mette la main sur le dossier psychiatrique de Timothée Hosier. Et qu'on trouve le nom de la psy qui l'avait suivi.

— Il faut parler aux parents le plus rapidement possible, dit-elle. On vient juste de les prévenir. Ils sont en chemin. En attendant, on va aller voir l'endroit où il créchait. Les collègues y sont déjà.

Ils roulèrent jusqu'à Aiguesvives, puis empruntèrent une route fissurée et pleine de nids-de-poule qui gravissait l'une des collines dominant la ville, se garèrent derrière le fourgon de la police scientifique arrêté au bord du trottoir. Une construction basse en brique à quelques mètres de là, au milieu d'un jardin à l'abandon envahi par les acacias et les mauvaises herbes.

Ils suivirent une allée aux pavés fendus, passant entre une vieille caravane posée sur des parpaings et une carcasse de VW sans pare-brise, des bicyclettes mangées par la rouille telles des épaves par les coraux et des boîtes de conserve dans lesquelles poussaient des orties. Ils longèrent ensuite le côté gauche de la maison jusqu'à la porte d'entrée sans perron. Servaz tenta de regarder au travers de la fenêtre, mais des rideaux marron étaient tirés devant. Quand ils pénétrèrent dans la bâtisse, après avoir enfilé gants et chaussons en nitrile, ils furent frappés par l'odeur d'ordure et de nourriture en train de pourrir. La puanteur était si épaisse que l'air semblait avoir une consistance. Des mouches bourdonnaient et se posaient un peu partout.

Les TIC, les techniciens en identification criminelle, allaient et venaient dans leurs combinaisons, protégés de l'odeur par leurs masques. Ils prélevaient empreintes digitales, traces ADN, fibres. Elles seraient comparées à celles trouvées sur la scène de crime et entrées dans les fichiers.

— Merde, dit Servaz en se pinçant les narines.

L'intérieur de la maison était un capharnaüm sans nom, une caverne où Ali Baba aurait confondu objets de valeur et pacotille insignifiante. Pas un centimètre carré qui ne fût occupé. Des piles de vieux journaux et de magazines, des bibelots, des grappes de sacs plastique remplis de choses indéfinissables...

Syndrome de Diogène.

Sur la table basse du salon, envahie par un nombre invraisemblable de cendriers pleins, de verres sales, de canettes et de bouteilles, traînaient encore du papier alu, une coupelle et un garrot. Mais c'est l'ordinateur portable posé sur le comptoir de la cuisine américaine qui attira l'attention d'Irène. Il était couvert de poudre à empreintes. Elle le désigna à un technicien, qui hocha la tête affirmativement. L'ouvrit. Servaz la vit pianoter puis le refermer.

— Il y a un mot de passe…

Il comprit ce qu'elle cherchait. Hosier gardait-il la liste de ses clients là-dedans ? Leurs numéros de téléphone ? Celui d'Irène vibra et elle répondit. C'était la SR, elle mit le haut-parleur.

— Ce que vous a dit le cureton est vrai, annonça une voix à l'autre bout. Timothée Hosier a passé huit ans dans des instituts spécialisés après avoir assassiné sa sœur, Judith, douze ans, en 2002. Les deux psychiatres qui l'ont examiné ont conclu à son irresponsabilité pénale et l'ont fait interner. Il a passé six ans dans un établissement et deux dans un autre, avant de retrouver la liberté. Apparemment, quelqu'un a décidé qu'il était redevenu sain d'esprit. Depuis, il a obtenu ce poste d'employé municipal, mais la maire d'Aiguesvives l'avait suspendu à titre conservatoire, car il faisait l'objet d'une enquête des Stups.

— Pourquoi a-t-il changé d'établissement pendant son internement ? voulut savoir Ziegler. Il a eu des problèmes ? Il s'est montré violent ? On l'a envoyé en UMD ?

« Unité pour malades difficiles », réservée aux patients représentant un danger pour les autres comme pour eux-mêmes.

— *Parce que à l'époque son établissement a brûlé*, répondit l'homme au bout du fil. Il a fallu recaser tous les pensionnaires un peu partout en France. Il s'agissait de patients violents présentant tous des profils très spécifiques.

Irène et Servaz échangèrent un regard nerveux. La tension était montée d'un cran. Servaz sentit son estomac se retourner.

— Où était-il interné la première fois ? demanda-t-elle d'une voix plus sourde, plus profonde.

— À l'Institut Wargnier. Ça se trouvait…

— *Je sais où ça se trouvait*, l'interrompit-elle.

Elle demeura silencieuse un moment, jeta un coup d'œil à Servaz.

— C'est bien une psy qui le suit aujourd'hui ? Vous avez pu obtenir son nom ?

— Oui. Gabriela Dragoman. Psychiatre et pédopsychiatre. Née en Roumanie, arrivée en France à l'âge de dix ans. Elle a un cabinet privé à Aiguesvives et elle exerce aussi dans les hôpitaux de la région. Vous voulez son adresse ?

— S'il te plaît.

Irène raccrocha. Elle fixa Martin, lequel éprouvait une sensation de chute libre. *L'Institut Wargnier… Voilà qu'une fois de plus le passé refaisait surface.* Qu'il s'invitait à leur table comme un convive que personne n'a envie de voir et dont chacun sait qu'il va gâcher la fête. Hiver 2008-2009. Neige, blanc. À l'extérieur comme à l'intérieur. Un lieu isolé. Au fond d'une vallée. Une architecture typique de ces édifices construits dans les montagnes au début du XXe siècle. Et, dedans, des criminels d'une extrême dangerosité mais aussi reconnus fous par la justice. Pendant un instant, Ziegler et Servaz s'observèrent en silence.

— Je sais ce que tu penses, dit-elle. Ce n'est peut-être qu'une coïncidence.

— Ça fait beaucoup de coïncidences…

À l'Institut Wargnier, à l'époque où un Timothée Hosier adolescent y séjournait, se trouvait un autre pensionnaire – le patient le plus célèbre de l'établissement : l'ancien procureur près le tribunal de Genève et tueur en série Julian Hirtmann[1]. *L'homme qui avait kidnappé Marianne.*

Il avait un lien. Entre Marianne et les deux meurtres. Un lien ténu. Indirect. Presque impalpable. Mais un lien tout de même.

— Si on allait rendre visite à cette psychiatre ? dit-il.

---

1. Voir *Glacé*, XO Éditions et Pocket.

— JE PARLE, tu restes en retrait, lui rappela-t-elle. Tu n'interviens pas, tu te contentes d'observer.

Il acquiesça silencieusement et continua de regarder le paysage. Ils avaient dépassé les dernières maisons d'Aiguesvives et ils gravissaient la côte au milieu des prairies dégringolant la pente abrupte, au-dessus des toits de la ville, quand la maison de Gabriela Dragoman apparut, comme suspendue en plein ciel.

Un bunker ultramoderne en béton, dont les baies vitrées étincelaient au soleil. Des lignes épurées, des angles bizarres, des plans inclinés. On aurait dit un vaisseau de ciment dans un paysage digne de *La Mélodie du bonheur*.

Servaz se souvint d'avoir lu que la production mondiale annuelle de béton est d'un mètre cube par habitant. Il imagina que chaque habitant de cette planète recevait tous les ans en cadeau un cube de béton parfait d'un mètre de côté – qui venait s'ajouter aux cubes des années précédentes et à tous ceux des autres membres de sa famille : c'était la réalité de l'actuelle «bétonisation du monde».

Il avait bien conscience que cette sorte de pensée avait pour but d'en éviter d'autres. *Il avait trouvé un lien entre les meurtres et Marianne.* Mais ce lien, il ne savait comment l'interpréter. Timothée Hosier avait séjourné à l'Institut Wargnier : y avait-il rencontré Julian Hirtmann ? Hirtmann était à l'isolement avec les six autres pensionnaires de l'unité A. Il n'en sortait jamais. Normalement, un pensionnaire ayant le profil d'Hosier n'avait aucune chance de croiser sa route. Mais qu'est-ce qui était normal à l'Institut en ce temps-là ?

Irène gara son Ford Ranger sur le parking trois places au pied de la grande maison-bunker, à côté d'un Range Rover flambant neuf. Servaz considéra le tout-terrain, puis la maison. Gabriela Dragoman avait-elle d'autres sources de revenus que la psychiatrie ? Peut-être était-elle douée pour les placements en Bourse ? Ou avait-elle écrit quelques ouvrages à succès sur la meilleure façon de faire taire ses émotions négatives et de vivre en harmonie avec sa nature profonde ? Il faudrait qu'il pense à vérifier.

Ils gravirent les larges lames en béton qui accédaient à la vaste terrasse et sonnèrent. La vue sur la chaîne et la vallée était à couper le souffle. En guise de timbre, ils perçurent le son d'un gong tibétain.

La porte blanche s'ouvrit et le Dr Gabriela Dragoman apparut. En la voyant, Servaz se dit qu'elle était d'une maigreur qui frisait l'anorexie et déjà passée plusieurs fois entre les mains d'un chirurgien esthétique. Les lèvres trop pleines, le nez trop droit, la peau trop tendue. Ses cheveux blonds, si courts à l'arrière qu'ils formaient un duvet sur la nuque, descendaient en une mèche savante sur des sourcils noirs et épais et des yeux d'un gris délavé. Il lui donna dans les quarante-cinq ans. Ziegler dégaina sa brème.

— Capitaine Irène Ziegler de la Section de recherche de Pau. On vient vous voir au sujet d'un de vos patients, Timothée Hosier. Il a été trouvé...

— Oui, j'ai appris, la coupa-t-elle, lèvres pincées. C'est une terrible nouvelle.

— Nous voudrions vous poser quelques questions.

Le Dr Dragoman les toisa l'un après l'autre.

— Bien sûr. Je comprends. Mais vous n'êtes pas sans savoir que je suis tenue au secret médical…

— Qu'il nous sera facile de lever dans le cadre d'une enquête criminelle, répliqua Ziegler. Et je ne suis pas sûre qu'il s'applique à un patient *mort*… On préférerait ne pas perdre de temps, si vous en êtes d'accord. D'autant que votre éclairage en tant que praticienne nous serait précieux.

Une ombre de sourire passa sur les lèvres du Dr Dragoman – manière de dire qu'elle n'était pas dupe de ce genre de cajoleries. Elle s'effaça néanmoins pour les laisser entrer.

— Pardonnez-moi, mais j'ai quelque chose à finir avant.

Le rez-de-chaussée était presque entièrement constitué d'un seul espace rythmé par des piliers et des demi-parois qui ouvraient sur des perspectives éclairées par les grandes baies, avec un escalier et une haute cheminée au milieu. On entrevoyait les sommets de la chaîne de tous les côtés.

C'était un panorama paisible, incomparable, néanmoins la décoration intérieure démentait cette paix. De nombreux murs étaient recouverts de feuilles de métal argenté hérissées de pointes acérées et il se demanda comment aucun des patients de Gabriela Dragoman n'avait encore eu l'idée de l'empaler dessus. Les pans de murs restants étaient laqués d'un noir intense traversé de veines rouges et, devant ces derniers, d'immenses tableaux hyperréalistes étaient accrochés aux cimaises dans des cadres dorés. Ils avaient tous peu ou prou le même motif. Des *crucifixions*. Mais, sur les grandes croix en bois, le Christ avait été remplacé par une femme aux cheveux fauves, par un berger allemand, par un cheval ou encore par une chauve-souris. Les animaux étaient tous des mâles apparemment ; les croix et les corps rougeoyaient tel de l'acajou, balayés par des reflets dorés, comme éclairés par les lueurs du soleil couchant ; les cieux derrière eux étaient sombres, nuageux, tourmentés. Un frisson glaça l'échine de Servaz. Comment pouvait-on vivre dans un tel environnement et surtout comment pouvait-on y recevoir des personnes souffrant de troubles psychiques ? À moins que les tableaux comme le décor digne d'une cave SM n'eussent pour objectif de provoquer un électrochoc...

Une fois de plus, la religion s'insinuait dans l'enquête...

Tandis qu'il contemplait les tableaux, déstabilisé, des nuages masquèrent le soleil à l'extérieur et, tout à coup, ce vaste intérieur s'emplit d'ombres et revêtit une dimension encore plus angoissante qui le saisit aux tripes.

Il se tourna vers les deux femmes. Assise derrière son bureau en verre, la psychiatre regardait son ordinateur comme s'ils n'étaient pas là, plongée dans une tâche qui les excluait sciemment. Ziegler se tenait debout devant elle, et Servaz nota une lueur d'irritation et d'impatience dans ses yeux.

Il détailla le Dr Dragoman. Elle portait une robe noire qui montait jusqu'à son cou mais laissait ses épaules nues, s'activait sur son clavier – histoire sans doute de faire grimper la température chez Ziegler –, puis elle repoussa sa chaise en polycarbonate transparent et les précéda vers les profondeurs de la maison en faisant claquer ses hauts talons comme si elle voulait les enfoncer dans le sol.

— Suivez-moi.

Gabriela Dragoman prit place dans un canapé de cuir noir et leur en désigna un second qui faisait face au premier, séparé de celui-ci par une table basse où des piles de livres d'art élevaient une sorte de rempart. Elle croisa ses jambes bronzées et les regarda droit dans les yeux, l'un après l'autre, de façon clinique, professionnelle, comme si elle jaugeait des patients.

— Laissez-moi préciser les choses : je veux bien répondre à vos questions. Mais c'est moi qui jugerai de celles qui sont pertinentes et de celles qui ne le sont pas. Par ailleurs, vous n'aurez pas accès aux dossiers de mes patients ni à mes notes sans réquisition. Suis-je assez claire ?

— Limpide, rétorqua Ziegler.
— Je vous écoute.
— Comme je l'ai dit, nous enquêtons sur la mort de Timothée Hosier, commença Irène. C'était votre patient…

La psychiatre hocha la tête.

— Un patient fort intéressant…
— Comment ça ?

Sans répondre, la psy se pencha vers un coffret doré, l'ouvrit, en sortit une cigarette et un briquet en or.

— Ça ne vous dérange pas si je fume ?

Il ne lui serait pas venu à l'idée de leur en proposer une, ni de leur offrir un café. Servaz devina que cela faisait partie de son petit jeu destiné à éprouver leur équilibre émotionnel – pour parler comme elle –, mais il ne comprenait pas dans quel but. Elle fit claquer le briquet. Il éprouva une crampe au creux de l'estomac quand l'odeur du tabac parvint à ses narines, faillit sortir une gomme de sa poche, mais se dit que ce geste-là aussi serait interprété par la femme assise en face de lui.

— Vous êtes au courant, j'imagine, qu'à l'âge de seize ans Timothée a tué sa sœur ?

Ziegler acquiesça patiemment. La psychiatre tira une bouffée de sa cigarette, prit le temps de rejeter une partie de la fumée.

— Il y a environ treize mille psychiatres en France, commença-t-elle. C'est peu pour une population de soixante millions d'habitants chez qui les troubles mentaux explosent. Comme vous vous en doutez, la plupart de mes patients ne viennent pas de la vallée. Même si l'isolement, les conditions de vie dans les villages de montagne, la dureté des métiers exercés par ici présentent pas mal de facteurs de risque, peu d'habitants ont l'habitude de consulter. Je reçois aussi deux fois par semaine à l'unité de soins de Lannemezan. C'est là que j'ai d'abord rencontré Timothée.

Elle aspira une autre bouffée ; elle se tenait le dos bien droit, légèrement penchée en avant, les genoux serrés à présent.

— Il venait d'être rendu à la vie civile, mais il avait une injonction de soins en milieu ambulatoire. J'ai tout de suite vu son potentiel...

— Son... « potentiel » ? releva Irène.

— Oui. Timothée était un cas très singulier. Et passionnant. J'envisage d'écrire un livre sur lui le moment venu... Je l'appellerai *Le Patient X*.

Servaz jeta un coup d'œil furtif à Ziegler. La gendarme demeurait impassible, mais il devina qu'elle bouillait intérieurement.

— Timothée avait une personnalité de type borderline, c'est-à-dire une impulsivité marquée, une instabilité de l'image de soi et des affects, des prédispositions à la toxicomanie, aux conduites sexuelles à risque, et aussi des colères fréquentes et des difficultés à contrôler ses pulsions. Il souffrait également du syndrome de Diogène (Servaz revit l'intérieur chaotique de la maison) et de diverses paraphilies...

— Paraphilies ?

La psychiatre considéra Irène avec un petit sourire supérieur.

— Les paraphilies sont des fantaisies imaginatives sexuellement excitantes, des impulsions ou des comportements sexuels déviants par rapport aux normes sociales, comme la pédophilie, par exemple.

— Timothée était pédophile ?

— Non. Ses fantaisies le portaient vers d'autres domaines...

— Lesquels ?

— Le transvestisme, le fétichisme... la hiérophilie.

Ziegler arqua un sourcil.

— L'attirance sexuelle pour les choses sacrées, expliqua le Dr Dragoman. (Servaz revit le blond et le moine dans les bois.) Cela va de la masturbation avec des objets du culte au détournement des rituels religieux, comme Sade, qui fut accusé d'avoir sodomisé une religieuse avec un cierge d'église, ou Casanova, qui séduisait les jeunes nonnes à la sortie des couvents. Au fond, les hiérophiles mettent en lumière cette question que le christianisme a systématiquement mise sous le tapis : pourquoi diable Dieu a-t-il inventé le pénis, le clitoris et le vagin ?

Elle eut un sourire en coin. Le regard de Servaz glissa jusqu'à l'un des tableaux proches : nul doute que Timothée Hosier devait se sentir dans son élément quand il venait ici... *Et toi*, songea-t-il, *quelles sont tes paraphilies ?*

— Il souffrait aussi de pygmalionisme : une attirance sexuelle pour les statues, religieuses dans son cas...

— Il suivait un traitement ?

— Oui. Une thérapie cognitivo-comportementale et un traitement hormonal par antiandrogènes. Je lui en avais aussi prescrit un autre à visée anti-impulsive, à base d'antidépresseurs ISRS.

— Est-ce qu'on pourrait avoir une copie de l'ordonnance ? demanda Ziegler.

— Je ne vois pas le rapport avec son assassinat.

— Nous ne négligeons aucun détail, dit la gendarme tranquillement.

Servaz vit Gabriela Dragoman lui jeter un regard prudent.

— Vous le receviez souvent ? s'enquit ensuite Irène.

— Une fois par semaine, toujours le soir.

— Pourquoi le soir ?

La psy esquissa un nouveau sourire.

— C'était son choix. Il aimait venir tard. Il aimait le décor, les lumières tamisées, mes tableaux... Il s'ouvrait plus facilement une fois la nuit tombée... Comme certaines fleurs. L'été, je devais même fermer les stores.

— Vous saviez qu'il dealait ? demanda Servaz.

Gabriela Dragoman tourna ses yeux gris vers lui.

— Oui. Bien sûr. Et aussi qu'il consommait sa propre marchandise à haute dose – ce qui posait, vous vous en doutez, de gros problèmes en termes de médication. *Timothée n'avait aucun secret pour moi...*

Servaz imagina le blond et la blonde face à face au milieu des grands tableaux de crucifixions, des murs noirs et des épines de métal, la nuit, dans le silence de ce bunker SM – et il frissonna.

— Dans ce cas, il aurait pu vous confier quelque chose qu'il n'aurait dit à personne d'autre et qui pourrait avoir un rapport avec sa mort, suggéra Ziegler. S'il avait des ennemis, s'il avait peur de quelque chose, *de quelqu'un*... S'il se sentait en danger.

Gabriela Dragoman secoua la tête en rejetant la fumée.

— Pas que je sache, non, mais vous avez raison : il me l'aurait dit dans le cas contraire.

— Docteur, intervint brusquement Servaz, c'est une très belle maison. Pleine de beaux objets. J'ai aussi vu la voiture dehors. C'est la psychiatrie qui paye aussi bien ?

La psy le fixa : un regard d'une froideur et d'un mépris tels que le flic en avait rarement affronté. Il sentit la colère monter en lui.

— Je suis veuve. Mon mari était quelqu'un de... disons qu'il avait très bien réussi... Il a dirigé pendant quarante ans l'une des plus grosses entreprises agroalimentaires françaises – à l'époque où aucune réglementation n'empêchait de s'enrichir en empoisonnant la population. Si le cancer était rangé au nombre des armes de destruction massive, nul doute que mon mari aurait pu être jugé pour crime contre l'humanité. Comme par un juste retour des choses, il est lui-même mort d'un cancer de la gorge. Non pas qu'il bouffât la merde qu'il faisait avaler aux autres, non, mais c'était un très gros fumeur.

Soixante cigarettes par jour en moyenne. Et pas moins de dix whiskies. En outre, je l'ai épousé quand j'avais vingt-huit ans et lui cinquante. Il est mort sept ans plus tard. Sans enfants. Ça m'a laissée à l'abri du besoin pour le restant de mes jours. Est-ce que ça satisfait votre curiosité ?

Soudain, avant qu'Irène ait pu réagir, Servaz fit glisser la photo de Marianne sur la table basse.

— Vous connaissez cette femme ?

Gabriela Dragoman se pencha, jeta un bref coup d'œil détaché au cliché. De nouveau, elle secoua la tête.

— Non.

— Vous êtes sûre de ne l'avoir jamais croisée ?

— Certaine. Qui est-ce ?

— Merci, dit-il.

Il rangea la photo dans sa poche, non sans noter que Ziegler le fusillait du regard.

— Vous voyez d'autres éléments qui seraient susceptibles de nous aider ? demanda celle-ci.

— Comme je vous l'ai dit, Timothée avait une tendance à l'impulsivité dans ses conduites sexuelles comme dans sa vie en général. Et il était sujet à des colères fréquentes. Il a plusieurs fois été mêlé à des bagarres. Il avait une fâcheuse tendance à se mettre en danger. Il a peut-être rencontré la mauvaise personne et ça a dégénéré. Il fréquentait les bars gays de la région. Vous devriez peut-être chercher de ce côté-là…

— Si on vous dit quelque chose, ça ne sortira pas d'ici ? demanda soudain Irène.

La psychiatre eut un hochement de tête, le regard brusquement plein d'une intense curiosité.

— Son meurtre a fait l'objet d'une mise en scène qui plaide plutôt pour la préméditation. En outre, c'est le deuxième assassinat de ce genre dans la région. Il y a peu de chances que ce soit une rencontre fortuite d'un soir.

Ils virent les yeux pâles de la psychiatre s'étrécir, une vive lueur d'intérêt entre ses longs cils bruns.

— Il vous a donné le nom de quelques lieux qu'il fréquentait ? demanda la gendarme.

— Le Boy & Boy à Toulouse était un de ses préférés.

— Et au sujet de sa sœur… Ce meurtre… Que s'est-il passé exactement ?

Ils la virent rassembler ses souvenirs.

— Il est rentré un beau jour du lycée, est monté directement dans la chambre de sa sœur et il l'a étranglée. Comme ça… sans raison. On ne sait pas ce qui lui est passé par la tête. Les psychiatres ont conclu à ce que la nosographie française appelle une « bouffée délirante aiguë ». Le DSM-5, le *Manuel diagnostique et statistique des troubles mentaux* de l'Association américaine de psychiatrie, parle, lui, de « trouble psychotique bref ». La bouffée délirante survient en général chez un adolescent ou un jeune adulte sans antécédents psychiatriques connus. Le début est brutal : on le compare souvent à un « coup de tonnerre dans un ciel serein ». Inattendu. En rupture totale avec l'état antérieur. Et il peut très bien survenir sans aucune cause déclenchante telle que stress ou dépression. Bref, chez un jeune sans histoire. Assez terrifiant quand on y pense, non ? (Elle souffla la fumée en direction de Servaz, qui se pinça les narines.) Pas de cause toxique non plus : à l'époque, on n'a trouvé dans son sang aucune trace de médicaments, d'alcool ou de stupéfiants. Pas de précédent. Pas de signes avant-coureurs. Rien.

Elle fit tomber un petit nuage de cendre dans un cendrier aussi doré que le coffret à cigarettes.

— Ça lui a pris comme ça… Il a dit qu'il avait « soudain eu envie de tuer sa sœur ». Qu'il l'aimait, mais qu'il voulait voir ce que ça faisait de tuer quelqu'un. Et qu'elle était la personne dans son entourage la plus… facile à tuer…

Servaz songea en frémissant au jeune homme blond qu'il avait aperçu dans la forêt : il avait tout sauf l'air d'un « jeune homme sans histoire » ce soir-là.

— Il a aussi fait état de voix qui lui parlaient, de mauvaises odeurs qu'il sentait dans la chambre de sa sœur. Le délire psychotique est en général incohérent mais très riche, avec une multiplicité de mécanismes hallucinatoires : bruits, odeurs, sensations... L'adhésion au délire est totale. (Elle les regarda l'un après l'autre.) Le cerveau est encore en grande partie une boîte noire, un mystère, quoi qu'en disent les neurosciences... et sans doute le réseau le plus complexe de l'univers : 1 500 grammes, mais 100 milliards de neurones et 10 millions de milliards de connexions. Quant à nos souvenirs, nous ne les stockons pas : nous les réinventons sans cesse. En réalité, les dysfonctionnements du cerveau coûtent largement plus cher, en termes de santé publique, que les cancers ou les maladies cardio-vasculaires...

Elle les observa tour à tour, et Servaz sentit encore une fois un petit frisson courir le long de ses cervicales. *Cette femme lui faisait penser à un reptile ou à un squale : un animal à sang froid.* En même temps, il ne pouvait s'empêcher de la trouver séduisante. Ziegler referma le carnet dans lequel elle prenait des notes. Se leva.

— Si nous avons d'autres questions, nous pouvons vous appeler ?

La psychiatre eut un geste d'assentiment mesuré. Puis elle se tourna vers Servaz en souriant :

— Vous êtes sûr que vous ne voulez pas une cigarette ?

Elle l'avait percé à jour. Ils passèrent une dernière fois devant les tableaux. Le regard du flic s'attarda sur eux. La précision et le sens du détail de l'artiste étaient presque photographiques.

— Magistral, n'est-ce pas ? dit Gabriela Dragoman derrière lui. Kyros Christóforos est un génie. Mais ses tableaux sont hors de prix.

Servaz ne dit rien. Il n'était pas très versé dans l'art contemporain. Et il éprouvait une sorte de malaise face à ces images morbides.

— C'était quoi, ça ? demanda Ziegler en redescendant les marches de béton. Je t'ai demandé de ne pas interférer dans l'enquête et tu nous sors cette photo ? Putain, Martin !

— Qu'est-ce que tu en penses ? demanda-t-il en ignorant la remontrance.

Au-dessus de leurs têtes, le ciel s'était couvert de nuages et il tonnait au loin.

— De Timothée ou d'elle ? Elle est intelligente, sûre d'elle, arrogante, calculatrice... *timbrée*. Elle se moque éperdument de la justice et des victimes.

— Même diagnostic, dit-il en ouvrant la portière.

— Et elle nous cache quelque chose, ajouta la gendarme.

Il ne l'écoutait déjà plus. Il pensait à Marianne. *Où était-elle ?*

18

MARTIAL HOSIER fumait une cigarette devant la grande verrière de l'hôpital de Pau. Sur le parking, son épouse attendait dans la voiture. Cinquante minutes. Toujours rien. Enfin, une infirmière se présenta, les invita à la suivre.

Un long couloir vitré, des portes qui battent, du bruit, des odeurs : désinfectant et détergent. On les fit entrer dans un petit cabinet de consultation sans fenêtres, où un médecin les accueillit : l'unité de médecine judiciaire de l'hôpital de Pau ne disposait pas de salle d'attente. Ni d'ailleurs de médecin légiste attitré. Depuis la fin du mois de mai, faute de praticiens, le service tournait au ralenti. Dans certaines affaires de coups et blessures, il fallait attendre jusqu'à trois semaines pour que la victime voie enfin ses plaies et hématomes examinés, quand ceux-ci étaient encore apparents. Pis : dans certaines enquêtes pour viol – où les prélèvements devaient naturellement être effectués le plus rapidement possible –, les victimes se voyaient contraintes de faire quatre heures de route jusqu'au CHU de Toulouse dans les conditions psychologiques qu'on imagine.

La direction de l'hôpital expliquait à qui voulait l'entendre que la médecine légale était le parent pauvre de la profession, d'où son incapacité à assurer un service médico-légal digne de ce nom ; le parquet répliquait qu'il versait 700 000 euros de subventions annuelles à l'établissement pour ce seul service et qu'il n'en avait pas pour son argent. Tout le monde se renvoyait la balle. Résultat, les parents de Timothée Hosier avaient été reçus dans des conditions indignes de leur chagrin.

Une heure plus tard, ils reprenaient la route. Avec, collée à la rétine, l'image de leur fils allongé sur une table métallique, blanc comme une oie en train de pourrir, mais sans traces apparentes de sévices. Le toubib de service s'était bien gardé de leur dire ce que Timothée avait subi. *Que quelqu'un d'autre s'en charge...* En outre, pour commencer l'autopsie il attendait la venue d'un médecin légiste de Toulouse, qui ne serait pas là avant le lendemain.

Comme Servaz l'avait fait avant eux mais dans l'autre sens, Martial et Adèle Hosier longèrent l'A64 qu'ils quittèrent à la hauteur de Lannemezan avant de s'enfoncer droit vers le sud et les montagnes.

Quand ils arrivèrent à la gendarmerie d'Aiguesvives en fin d'après-midi, tout le monde était sur le pied de guerre et Servaz observait l'effervescence ambiante en pensant à Marianne. Il se demandait à quel moment il allait pouvoir mettre à profit les moyens de l'enquête pour la chercher, comment convaincre Irène de l'aider. L'urgence le tenaillait.

— Je vous présente mes condoléances, déclara d'emblée Irène aux parents. Je suis le capitaine Ziegler de la Section de recherche de la gendarmerie de Pau. C'est moi qui vais diriger l'enquête.

Servaz surprit le regard torve que le père posa sur le petit piercing en argent.

— Nous avons vu le... corps de Timothée à l'hôpital, est-ce qu'il a... est-ce qu'il a souffert ?

C'était la mère: une femme dans la soixantaine, cheveux teints mais ternes et secs, traits dévastés, yeux rougis.

— Je crains que oui, répondit Irène.

Servaz vit le visage d'Adèle Hosier s'affaisser. Il scruta le père. L'homme était petit, trapu. Avec un centre de gravité très bas, comme les champions de lutte gréco-romaine. Un visage large et plat qui lui donnait l'air d'un bouledogue et des yeux toujours en alerte... Il portait un blouson en toile marron, une chemise à carreaux, un pantalon bon marché – et Servaz devina une personnalité classique, ennuyeuse, et une certaine propension à la méfiance et à l'hostilité.

— Vous avez une idée de qui a pu faire ça ? voulut savoir Martial Hosier.

— Il est trop tôt, répondit Irène en pivotant vers lui. Nous avons relevé de nombreux indices sur la... scène de crime. Nous avons interrogé un certain nombre de personnes que côtoyait votre fils, cherché des témoins. Nous avons aussi commencé à fouiller dans son passé.

Elle hésita.

— Nous avons appris qu'il avait... tué sa sœur, c'est bien ça ?

La mère éclata en sanglots. Le père lança à Irène un regard noir.

— C'est de l'histoire ancienne. Il avait seize ans. Qu'est-ce qui vous fait penser que ça puisse avoir un rapport ?

Ziegler jeta un coup d'œil à la mère qui pleurait. Se tourna encore une fois vers le père.

— Vous saviez que votre fils dealait ?

— Qu'il quoi ?

— Qu'il était un dealer...

Pour la première fois, le chagrin apparut sur sa large face.

— Nous n'avions presque aucune relation avec lui. Il ne nous parlait plus. Ne nous appelait jamais. Ne répondait pas au téléphone. Cela faisait plus d'un an qu'on ne s'était pas vus. Et avant cela, il se montrait grossier, provocant, agressif. Aussi bien avec sa mère qu'avec moi. *Il nous détestait*. Et, pour répondre à votre question, je sais qu'il prenait de la drogue, oui. J'ignore s'il en vendait... Tout était notre faute, bien entendu. Nous vivons dans une société où de plus en plus d'individus se déresponsabilisent, c'est toujours la faute des autres... Timothée était comme ça : il n'était responsable de rien, pas même de ses propres échecs.

—Donc, vous n'avez aucune idée de qui a pu faire ça ? demanda Ziegler, imperméable à ce discours.

Elle estimait au contraire que trop de gens des générations précédentes s'accrochaient à leurs fauteuils, à leurs rentes, à leurs privilèges au détriment des générations suivantes.

La mère secoua la tête en signe de dénégation, le père serra les mâchoires :

—Je viens de vous le dire, répondit le gynécologue d'une voix aussi coupante qu'un couteau entrant dans du beurre.

—Merci. On vous recontactera si on a d'autres questions.

—Son chien, s'enquit Martial Hosier, vous en avez fait quoi ?

Irène Ziegler releva la tête.

—Son chien ? Quel chien ?

—Timothée avait un chien d'attaque... Un rottweiler noir, auquel il était très attaché. C'était, je crois, le seul être qu'il aimait vraiment.

Ziegler le fixa.

—Nous n'avons trouvé aucun chien.

19

21 H 30. LA NUIT tombait, l'obscurité gagnait les versants. Elle coulait, liquide, entre les sapins et les maisons. L'ombre des montagnes avait noyé le fond de la vallée depuis longtemps. Comme chaque soir, l'humanité modèle réduit qui la peuplait reprenait son combat contre les ténèbres et mille lumières s'allumaient en bas, pareilles à des guirlandes de Noël. C'était le défi quotidien lancé aux sommets fabuleux, aux sombres forêts, aux cieux étoilés – à toute cette nature qui était là bien avant elle.

Martial Hosier n'avait cure des montagnes. Il aimait la ville. Son bruit. Sa pollution. Ses coups de klaxon. Ses innombrables possibilités. Il déverrouilla la porte du chalet qu'ils possédaient sur les hauteurs, dans le quartier le plus recherché d'Aiguesvives : de belles demeures isolées au milieu des arbres, surplombant les toits serrés du bourg.

Il était en colère. On avait confié l'enquête à une femme.

Qui plus est, une femme trop jeune qui portait un piercing dans le nez et un tatouage dans le cou. Putain, mais où allait le monde ? Et l'autre type, là, qui était avec elle… Il n'avait pas prononcé un mot… Encore un que les femmes avaient émasculé. Saleté d'époque. Il était gynécologue. Bientôt, il n'y aurait plus moyen pour un homme d'exercer ce métier. *Il détestait les femmes.* Cela faisait trente ans qu'il leur écartait les cuisses et, dès le départ, il les avait haïes et méprisées.

Il ouvrit la porte. Derrière lui, son épouse émit un sanglot discret.

— Tu peux pas t'arrêter une minute ? lui lança-t-il.

Martial Hosier était en colère et il avait peur. C'était à cause de ce que cette garce avait dit : *Timothée avait souffert*. Il savait ce que cela signifiait : d'une manière ou d'une autre, on avait torturé son fils. Rien que d'y penser, il en avait la chair de poule. *Qui* l'avait torturé ? Pour quelle raison ? Est-ce que ça avait un rapport avec *l'autre affaire* ? Il actionna le commutateur près de la porte. Rien ne se passa. *Merde*. Pas d'électricité. Encore une fois, le compteur avait disjoncté.

Il se retourna, écouta le tonnerre qui roulait dans le ciel de plus en plus sombre, vit le vent agiter la cime des arbres. Il flottait dans l'air ce sentiment d'attente qui précède la foudre. C'était à cause de l'orage, probablement, se dit-il.

— Martial, qu'est-ce que tu attends ?

— L'électricité, elle est coupée.

Il s'avança dans le grand vestibule du rez-de-chaussée. Une vague clarté grise rampait sur sa droite, du séjour ; elle s'infiltrait à travers les stores roulants, tout juste suffisante pour qu'il distinguât le profil des meubles. Il fit deux pas dans cette direction. Pénétra presque à l'aveugle dans le living. Sursauta si violemment qu'il poussa un hoquet.

Il y avait quelque chose dans la pénombre, quelque chose qui brillait au beau milieu du salon. *Des lettres lumineuses*. Cela disait :

BIENVENUE

Il se figea, les yeux écarquillés dans le noir. Sentit la peur le frapper comme un uppercut. Il ouvrit la bouche, se mit à respirer plus vite. Il manquait d'air. Il scruta le reste de la pièce. Revint au mot luminescent. Il semblait flotter dans l'air, à quelques centimètres du sol. Mais aussi *bouger*. Oui, c'était ça : *il n'était pas immobile, ni peint sur une surface plane, il... il remuait...* S'élevait, s'abaissait, selon un rythme assez rapide.

— Seigneur, dit sa femme derrière lui.

— Ta gueule...

Malgré l'étau de peur qui compressait sa poitrine, il fit un pas de plus. Un autre. Vers les lettres. Elles palpitaient. Comme si elles étaient *vivantes*... Il voyait bien à présent qu'elles avaient été tracées grossièrement. Sans doute avec une peinture spéciale, car le liquide avait bavé. Mais ce qu'il ne comprenait pas, c'était sur quel support. Les ténèbres s'épanouissaient autour de lui, il hésitait encore à faire demi-tour. À déguerpir. Ou à en avoir le cœur net. Il avait besoin de savoir.

— Allons-nous-en, partons d'ici, le supplia Adèle dans son dos. Prévenons la police.

— Tais-toi !

Qu'est-ce que c'était ? Bon Dieu, qu'est-ce que c'était ? Il avait envie d'uriner. Il avait tout le temps envie d'uriner. C'était sa foutue prostate. Il s'accroupit et il distingua la forme noire et oblongue allongée sur le tapis du séjour. Noire et *vivante*. Noire et mourante. Il respira son odeur. Une odeur forte et musquée de chien stressé. Rhaegal. Le rottweiler de son fils. Il frissonna. La terreur le fit presque chanceler quand, posant une main sur le flanc pantelant et chaud de l'animal, touchant son poil ras et doux près de la nuque puissante, ses doigts se poissèrent d'un liquide qui n'était pas de la peinture.

— Putain de merde ! s'exclama-t-il en se rejetant en arrière, si vivement qu'il se retrouva assis sur le tapis, le palpitant à cent à l'heure, la poitrine se soulevant et s'abaissant presque aussi rapidement que celle du chien.

Il entendait le halètement de celui-ci dans le noir à présent. Sa respiration brève et sifflante. Et les exhalaisons fétides de son haleine traversaient l'air surchauffé du chalet pour parvenir jusqu'à lui.

— Qu'est-ce qui se passe ? gémit Adèle derrière lui d'une voix trop aiguë. Martial, qu'est-ce que ça veut dire ?

Il se releva, recula de deux pas. De nouveau, il scruta l'obscurité. Il avait l'impression que la sueur qui coulait dans son dos était glacée, que son cœur creusait un tunnel dans sa poitrine.

— J'en sais rien.
— Il faut prévenir la police, il faut...
— Non ! rugit-il pour la faire taire.

Il allait ajouter quelque chose quand, tout à coup, l'air parut vaciller, les vitres vibrèrent et une énorme déflagration fit trembler le chalet sur sa base. Aussitôt suivie d'un grondement dans les basses fréquences qui se prolongea durant plusieurs secondes, appuyant sur son abdomen. On aurait dit un tremblement de terre... Martial Hosier sentit la frayeur se ramifier en lui comme une plante vénéneuse. *Bon sang, mais qu'est-ce qui se passait ici ?* Cela venait du dehors, cette fois. Le gynécologue contourna sa femme aussi immobile qu'une statue de sel et se hâta vers la porte.

— QU'EST-CE QUE C'ÉTAIT ?

Irène Ziegler avait levé les yeux de la carte qu'elle était en train d'examiner.

— Aucune idée, dit Éloi Enguehard. On aurait dit une explosion.

— C'était pas loin, estima Servaz.

D'un seul mouvement, ils se précipitèrent vers la sortie, imités par plusieurs pandores, alors qu'un grondement gigantesque montait du nord de la vallée et rebondissait comme une boule de flipper sur les montagnes avoisinantes.

— Putain ! s'exclama Enguehard.

Sur le parvis de la gendarmerie, ils tournèrent leurs regards vers le nord. Là où un grand nuage de poussière terreux et volatil s'élevait à présent dans le ciel, qu'incendiait la lueur du couchant.

LES FENÊTRES DE L'HÔTEL DE VILLE tremblèrent pareillement ce soir-là, à un kilomètre et demi de la gendarmerie. Dans la salle du conseil municipal, Mme le maire était en train d'expliquer à ceux de ses administrés qui avaient constitué un « comité contre les nuisances en centre-ville » qu'elle n'était pas shérif, qu'elle ne portait pas d'étoile et qu'elle n'entendait pas non plus instaurer un couvre-feu pour les mineurs. Mais qu'elle s'employait en revanche à trouver une solution avec les gendarmes. Un brouhaha s'éleva. L'origine du problème : des adolescents qui se livraient à des rodéos pétaradants la nuit dans le centre d'Aiguesvives, et qui insultaient copieusement les riverains ayant la mauvaise idée de s'en plaindre. Imperturbable, Isabelle Torrès écoutait un concitoyen – les débats étaient ouverts au public – qui dénonçait vertement sa politique et les initiatives du conseil municipal. Elle en était à son troisième mandat, à sa quinzième année – elle avait vingt-huit ans quand elle avait été élue pour la première fois –, sans véritable opposition face à elle, et elle avait vécu ça à de multiples reprises.

Autour de la table, les vingt-quatre membres du conseil présents – assez nombreux pour réunir le quorum –, appartenant tous à la majorité municipale ou à la seule liste d'opposition qui eût dépassé les 5 % aux dernières élections, écoutaient patiemment le protestataire qui énumérait les incivilités subies : bruit, insultes, crachats, menaces… On parla de « climat d'insécurité ». Isabelle Torrès réprima un soupir. Un autre membre de l'assistance regretta qu'on s'en prenne à des jeunes au lieu de leur proposer des activités et des animations. La mairesse leva les yeux au plafond. Un chahut s'ensuivit. D'un geste elle ramena le calme.

— Les gendarmes prennent en compte toutes les demandes, lança-t-elle. Les enquêtes sont en cours. Mais on ne peut se contenter d'une...

Elle ne termina pas sa phrase. Une déflagration venait de faire trembler vitres et lustres du conseil. Isabelle Torrès tourna son regard vers le balcon, les yeux agrandis. Elle repoussa sa chaise et marcha jusqu'à la porte-fenêtre, l'ouvrit. Un grondement rauque et sourd s'élevait encore dans l'air humide du soir. L'un après l'autre, les membres du conseil municipal la rejoignirent. L'assistance suivit. Sans le moindre espoir de ramener l'attention sur lui, le citoyen qui avait longuement préparé son intervention s'époumonait, mais tout le monde était déjà dehors. Scrutant l'énorme nuage de poussière qui montait au-dessus des toits.

— La séance est levée, décréta Mme le maire en rentrant dans la salle et en fonçant vers la porte au milieu du brouhaha général.

— ALLONS VOIR, décida Ziegler en se dirigeant vers le Ford Ranger.

Servaz l'imita. Enguehard marcha vers son Peugeot Partner. D'autres pandores firent de même et le convoi se mit en branle vers la sortie de la ville. Franchit un rond-point, puis un autre. Suivit la large courbe qui épousait le tracé de la rivière au-delà des dernières maisons et stoppa brusquement.

— Merde, dit Ziegler en coupant le moteur.

Servaz était déjà dehors. Irène le rejoignit. Autour d'eux, des voitures arrivaient et freinaient, de plus en plus nombreuses. Il tourna la tête vers la petite foule qui grossissait de minute en minute, entendit des portières claquer. Des cris et des exclamations. Des gens qui s'interpellaient.

Il reporta son attention sur la route. Ou ce qu'il en restait. Car la deux-voies était ensevelie sous des milliers de mètres cubes de terre et de roche. Un pan entier de la montagne avait dégringolé. Il s'était répandu sur toute la largeur de la chaussée et même au-delà, passant par-dessus le talus pour descendre jusqu'à la rivière. C'était une impression, ou le crépuscule, en plus de la pierre concassée et de la terre remuée, sentait aussi le *tétranitrate de pentaérythritol* ?

— Bon sang, dit Enguehard, c'est toute une partie de la montagne qui est descendue. Il va falloir des jours pour dégager la route, estima-t-il.

Irène Ziegler se tourna vers Servaz.

— On dirait bien que nous sommes pris au piège, constata-t-elle.

Il était 21 h 47, ce mardi 19 juin.

Je les vois.

Tous. S'agitant comme un troupeau affolé.

Je les vois se dire que tout ça ne fait que commencer, que ça va empirer. S'ils savaient à quel point ils ont raison. À quel point cela va empirer.

S'ils savaient, ils seraient terrifiés. Encore plus qu'ils ne le sont déjà.

Il est si facile de leur faire peur, de les atteindre. Toute cette bien-pensance, ces bons sentiments, cette hypocrisie les ont rendus si vulnérables, si sensibles, *si à fleur de peau.*

On dirait des Eloïs : ces êtres dégénérés du roman de H. G. Wells. Et comme les Eloïs, ils sont à la fois peureux et terriblement indifférents à la souffrance d'autrui.

Du moment qu'eux-mêmes ne souffrent pas…

C'est ça que notre société délicate, rousseauiste, a engendré : d'un côté ce troupeau bêlant, craintif et grégaire – de l'autre des prédateurs comme moi.

Mais, au fond, n'est-ce pas ce qui se passe partout dans la nature ?

Le gnou a beau fuir devant le danger, espérer une vie paisible à brouter son herbe, un jour ou l'autre le léopard le rattrape.

Sauf qu'ils ont élevé en leur sein des vipères. Des serpents. Ils le savent, mais ils font semblant de ne pas s'en souvenir, de ne pas en être conscients ; ils ne se sentent pas responsables. Du moment que les serpents ne les mordent pas, eux, ils ferment les yeux.

Pas moi.

Plus maintenant...

Plus après ce qu'ils m'ont fait.

Et tout le monde paiera. Il n'y a pas d'innocents. Il n'y a que des criminels qui assument leurs crimes et des hypocrites qui détournent le regard.

Oui, tout le monde doit payer. Le temps est venu. Celui de la rétribution.

Et chacun sera concerné.

20

— PAS SEULEMENT nous, dit Servaz.

Elle comprit immédiatement à quoi il faisait allusion. Celui qui était à l'origine de cette explosion venait de prendre au piège toute la population d'une vallée. Quittant des yeux l'éboulis, Irène balaya du regard l'assistance et vit se détacher une petite femme au visage aussi tanné que celui d'une alpiniste. Cheveux courts, jean, tee-shirt noir et veste légère dans les tons rouille, elle avançait vers eux d'un pas décidé.

Elle s'arrêta devant Enguehard, lui étreignit brièvement la main.

— Qu'est-ce qui s'est passé ?

Le gendarme secoua la tête.

— Un glissement de terrain, apparemment... La route est coupée.

— Ça va prendre combien de temps pour la dégager ? demanda-t-elle impatiemment.

Enguehard haussa les épaules, mal à l'aise. À ce stade, toute réponse ne pouvait être qu'un tissu de conjectures. La première chose à faire était de contacter la DIRSO, la Direction interdépartementale des routes du Sud-Ouest.

— Des jours... peut-être plus... Avant de dégager la route, il faut d'abord s'assurer que ça ne va pas recommencer... puis sécuriser la montagne, ensuite seulement la circulation pourra être rouverte.

Une expression de vive contrariété se répandit sur le visage de la nouvelle venue.

— Tout le monde a entendu une explosion, dit-elle. Que je sache, aucun travail de sécurisation n'était prévu dans cette montagne...

— Vous êtes journaliste ? demanda Ziegler.

La femme se cabra, lança à Irène un regard aussi brillant que du mica à vif.

— Isabelle Torrès, je suis la maire d'Aiguesvives. Et vous, vous êtes qui ?

La question avait fusé comme une balle. À quelques mètres d'eux, les gendarmes posaient déjà des barrières et des panneaux d'avertissement interdisant l'accès au site.

— Le capitaine Ziegler dirige la Section de recherche de la gendarmerie de Pau, intervint Enguehard avant qu'Irène ait eu le temps de répondre. Elle est chargée de l'enquête sur la mort de Timothée...

La mairesse dévisagea ouvertement Ziegler. Pendant une fraction de seconde, les deux femmes se jaugèrent, le silence entre elles seulement troublé par le chant de la rivière. Isabelle Torrès parut méditer ce qu'elle venait d'entendre, puis elle reprit la parole :

— Cette vallée dépend de la route pour tout : son approvisionnement, les urgences médicales et un tas de démarches administratives. Sans parler de ceux – les plus nombreux – qui la quittent chaque jour pour aller travailler à Lannemezan, à Pau ou à Tarbes. Qu'est-ce qui va se passer si elle est coupée pendant plusieurs jours ?

Enguehard réfléchit un instant.

— Eh bien... je suppose que les supermarchés et les commerces ont des réserves, avança-t-il. Idem pour les cabinets médicaux et les thermes. Il va falloir estimer pour combien de temps, dresser la liste des pénuries possibles. Ensuite, les réapprovisionnements prioritaires seront assurés par l'hélicoptère, de même que les urgences médicales. Je ne vois pas d'autre solution.

— Ce qui suppose de se limiter à l'essentiel et de bien établir les priorités, précisa Ziegler. L'hélicoptère ne peut multiplier les rotations. Quant à ceux qui bossent ailleurs que dans la vallée, pas question de faire l'aller-retour pour eux matin et soir avec l'hélico : ils vont devoir se mettre au chômage technique.

L'œillade que lui décocha Isabelle Torrès avait la température d'un torrent de montagne.

— Le... hum... *meurtre* (la mairesse avait trébuché sur le mot : ce n'était manifestement pas un terme qui faisait partie de son vocabulaire) d'un de mes employés... et maintenant ça... vous avez une idée de ce qui se passe ici ?

— Madame le maire, vous savez ce qui est arrivé ?

Avec un bel ensemble, ils se tournèrent vers l'homme armé d'un appareil photo qui s'était approché. Servaz reconnut la crinière grise et la barbe de quatre jours : il les avait aperçues devant le barrage de gendarmerie, près de la cascade. Un journaliste. Pris au piège avec eux. *Pas exactement une bonne nouvelle...*

La soirée était bien avancée, les lampadaires alignés le long de la route jetaient des flaques couleur de beurre fondu sur les trottoirs. La moitié de la population au moins s'était rassemblée dans leurs halos, et on aurait pu croire aux préparatifs d'une fête villageoise, n'était l'air soucieux des habitants. Les enfants, eux, couraient entre les adultes en riant, électrisés par la sensation de vivre un événement extraordinaire, à laquelle s'ajoutait l'imminence des vacances.

Quelques représentants autoproclamés de la ville s'avancèrent, et les questions ne tardèrent pas à fuser.

— Combien de temps la route va rester fermée ?

— Je ne sais pas, répondit la mairesse.

— On sait ce qui s'est passé ?

— On a entendu une explosion, c'était un accident ?

— Comment on va faire pour aller travailler ? La route sera dégagée demain ?

— Je dois aller faire ma chimio à l'hôpital, lança une voix de femme, ça ne peut pas attendre !

— Je sais, Solange, répondit la mairesse. Dès demain, les urgences seront gérées par hélicoptère avec le concours de la gendarmerie. On va établir une liste de priorités. On y passera la nuit s'il le faut. Mais il n'y en aura pas pour tout le monde ! ajouta-t-elle en élevant la voix. Il faudra prendre votre mal en patience.

Une clameur monta. Les questions redoublèrent. S'écartant de la mairesse qui faisait face au feu roulant, Irène et Servaz se faufilèrent dans la foule pour rejoindre le Ford Ranger.

— Il va falloir que je trouve un hébergement, dit Ziegler une fois au volant. On est là pour un moment.

Servaz pensa à Gustav, à Léa, au conseil de discipline... Mais il ne dit rien. Il glissa une gomme dans sa bouche, leva les yeux vers les montagnes qui s'enfonçaient dans la nuit, au-dessus des lumières de la ville.

Tout comme eux, elles semblaient attendre quelque chose. La question, c'était quoi.

21

LA SALLE DU RESTAURANT était rigoureusement silencieuse. Comme le reste de l'hôtel. De temps en temps, on entendait quelqu'un parler derrière une porte, peut-être dans les cuisines. Un écho bref et fugace. Puis le calme retombait.

— Tu crois que la personne qui a tué Timothée Hosier et Kamel Aissani est aussi celle qui a fait péter la montagne ? demanda Ziegler. Si c'est le cas, c'est quelqu'un plein de ressources...

— Et quelqu'un qui a accès à des explosifs. J'ai vu des carrières en venant...

Elle fronça les sourcils.

— Ça demande une certaine habitude, le maniement des explosifs.

— Oui...

— Donc, le type aurait tué Aissani cet hiver, Hosier maintenant et fait péter la montagne juste après pour nous prendre au piège ? Ça n'a pas de sens.

Servaz réfléchit, la fourchette suspendue.

— Imaginons que notre homme soit de la vallée. C'est un territoire qu'il connaît parfaitement (une fois de plus, il pensa au ravisseur de Marianne). C'est ici qu'il sait comment atteindre ses cibles, comment les attaquer par surprise. Aissani vivait dans la vallée. Le type qui l'a tué a tranquillement attendu qu'il soit seul dans la montagne... Il n'a pas pris de risques.

Servaz jeta un regard circulaire pour s'assurer que personne n'écoutait. La décoration du restaurant de l'Hôtel des Cimes se conformait à la tradition montagnarde : poutres apparentes, cheminée, têtes d'isard – à moins qu'il ne s'agît d'un chamois – et de sanglier naturalisées sur les murs lambrissés de bois blond.

— Le veau et risotto de champignons, c'est pour qui ?

Servaz considéra avec surprise celui qui venait de parler : il n'avait pas plus de treize ans. Le travail des enfants étant interdit dans ce pays, il supposa que le jeune garçon rendait service à ses parents après l'école ou que ça l'amusait de servir les clients.

— C'est pour moi, dit Servaz. Tu t'appelles comment ?
— Mathis.
— T'as quel âge, Mathis ?
— Douze ans.
— L'hôtel est à tes parents ?

Le garçon, brun, frêle, une grande mèche balayant son front, le regard droit et franc, acquiesça en déposant le colin à la bordelaise devant Ziegler.

— Bon appétit, dit-il.
— Merci.

Mais il ne s'en alla pas. Il resta planté là. Devant leur table. En les observant tour à tour. Silencieux. Attentif.

— Tu as une question, peut-être, Mathis ? demanda Irène en souriant.

Le jeune garçon hocha vigoureusement la tête.

— C'est vous les policiers venus pour le meurtre ?
— Où tu as entendu parler de ça ? voulut savoir la gendarme.
— Au collège.
— Ce ne sont pas des histoires pour les garçons de ton âge.
— J'ai déjà vu des meurtres à la télé…
— On n'est pas à la télé.
— C'est vous ou pas ?

— Oui, dit Ziegler. Et maintenant, file rejoindre tes parents. C'est pas l'heure de dormir ?

— Je me couche tard, lança-t-il en s'éloignant.

Ils échangèrent un regard en souriant. Plongèrent dans leurs assiettes. Aussi affamés l'un que l'autre. Malgré l'heure tardive, on avait accepté de les servir. Dès la première bouchée, ils comprirent pourquoi, et Irène cita une marque de surgelés bien connue.

— Et Hosier, pourquoi maintenant ? demanda-t-elle, une fois le gosse sorti. Il vivait aussi ici. Pourquoi avoir attendu aussi longtemps entre les deux si les deux meurtres sont liés ?

— Je sais pas. Une chose est sûre : Hosier était un dealer, un type sûrement parano, méfiant à l'excès. Il a fallu attendre qu'il baisse sa garde, je suppose… Ça a pris du temps.

— Il était dans les bois tout seul deux heures avant sa mort…

— Précisément.

Ziegler se redressa.

— Tu penses que frère Cyprien a servi d'appât ?

Servaz haussa les épaules.

— J'en sais rien.

— Et l'explosion ?

— À l'évidence, il s'agit de prendre quelqu'un au piège, d'empêcher qu'une ou plusieurs personnes quittent cette vallée.

— Tu veux dire que quelqu'un dans la vallée pourrait savoir pourquoi Hosier a été tué, voire par qui, et prendre peur, c'est ça ?

— Ça y ressemble, non ?

Elle opina du chef.

— Oui.

— Ou alors…

— Ou alors ?

— Ou alors il s'agit de quelqu'un qu'on a d'abord *attiré* ici pour l'y piéger ensuite…

Ziegler fut aux aguets, tout à coup.

— Et comment on aurait fait pour l'attirer dans la vallée ?

Il réfléchit. Il devinait un schéma. Un plan. C'était encore flou, ça manquait de précision, de consistance, mais les contours émergeaient lentement du brouillard de ses pensées.

— *Qui est arrivé aujourd'hui dans la vallée et s'y retrouve piégé avec nous ?* Qui est arrivé juste avant que la montagne n'explose ? dit-il.

Il vit une lueur s'allumer dans les yeux d'Irène.

— Les parents.

— TU TE RENDS COMPTE de ce que ça implique ? dit-elle d'un ton ouvertement sceptique. Il aurait tué Timothée Hosier rien que pour attirer ses parents dans la vallée ?

— Pas forcément. Il avait peut-être à la fois le fils et les parents dans le collimateur.

— Il faudrait donc chercher un lien autre que familial entre eux ?

— Il faut surtout chercher le lien qui existe entre Timothée Hosier et Kamel Aissani, mais aussi peut-être entre les parents de Timothée et Aissani.

— Pour les deux premiers, il y en a un qui saute aux yeux.

— La drogue… Mais tu sais comme moi qu'il faut toujours aller au-delà des apparences. Qu'elles cachent parfois des vérités plus profondes.

Ils demeurèrent un moment silencieux, ils avaient terminé leurs assiettes.

— Un dessert ? dit-il. Un café ?

— Non. Je veux dormir cette nuit.

Il pensa à l'abbaye, à son lit dur, aux draps froids qui l'attendaient et aux chants des moines à 4 heures du matin, et son ventre se contracta. Il regarda Ziegler.

— Tu n'as pas été très bavarde dans la voiture quand je t'ai demandé comment allait ta vie.

Elle leva les yeux.

— Peut-être parce qu'elle ne va pas si bien que ça...

— Tu as envie d'en parler ou pas ?

Elle hésita.

— C'est compliqué.

— Je comprends. Tu n'es pas obligée de...

— C'est Zuzka, l'interrompit-elle.

Il attendit la suite.

— Elle est malade, annonça-t-elle avant de poursuivre en cherchant ses mots. Pas n'importe quelle maladie... On appelle ça la sclérose latérale amyotrophique. Un terme aussi barbare que ses symptômes.

Maladie de Charcot, pensa-t-il. C'était l'autre appellation. Un très léger frémissement courut le long de son épine dorsale.

— Au début, ça n'avait l'air de rien... Elle ressentait une simple gêne, une faiblesse dans la main droite, accompagnée de crampes passagères... On a pensé à un problème de canal carpien. Ou à un manque de magnésium. Elle n'y prêtait pas vraiment attention. Ça partait et ça revenait...

Irène prit une profonde inspiration.

— Et puis, elle a commencé à avoir des faiblesses dans l'autre main... Ensuite dans d'autres muscles... Un matin, elle s'est réveillée avec des difficultés pour déglutir. Ça n'a pas cessé d'empirer depuis : paralysie progressive de la langue, troubles de l'élocution, troubles respiratoires, troubles de la coordination rendant la marche et la saisie d'objets de plus en plus problématiques... (Elle considéra son assiette vide, releva les yeux. Servaz vit qu'une buée les troublait, il lut un chagrin tout-puissant en eux.) À ce stade, bien sûr, on savait ce que c'était... Une saleté de maladie dégénérative aboutissant dans cinquante pour cent des cas à la mort dans les trois ans.

Origine inconnue. Une belle saloperie pour laquelle il n'existe aucun traitement, tu le crois, ça ? Au XXIe siècle ? On scrute des galaxies lointaines, on dépense des centaines de milliards de dollars dans l'industrie du cinéma, dans le sport, et on n'est pas foutus de guérir une putain de maladie ? Quel est le con qui a dit que la nature était bien faite ?

Elle avait parlé avec hargne. Servaz ne put s'empêcher d'avoir une pensée pour Gustav – et pour tous les gamins que Léa traitait au pôle enfants de l'hôpital Purpan.

— Aujourd'hui, Zuzka ne peut plus marcher ni se nourrir seule, continua Irène. Elle est dans une chaise roulante, elle ne parle presque plus, elle dépérit et maigrit à vue d'œil. On a une aide à domicile quasiment en permanence... Alors, tu comprendras aisément qu'être coincée dans cette vallée est la dernière chose dont j'aie envie.

Il se souvint d'une de ces phrases débiles comme on en trouvait à la pelle sur Internet : « La mort est une maladie qu'on attrape en naissant », et d'une ado interrogée pour un vol à la tire qui portait un tee-shirt sur lequel était inscrit : « IF LIFE IS A BITCH, I WILL BE A BIGGER ONE ».

— Pourquoi est-ce que ça doit se passer comme ça ? dit-elle. Pourquoi faut-il que la vie nous enlève ce qu'on a ? Pourquoi la douleur, le chagrin viennent-ils toujours après la joie ?

— Je ne sais pas. J'aimerais pouvoir te répondre.

Il sentit qu'il avait la gorge serrée, que les mots sortaient difficilement. Il vit les larmes monter dans le regard d'Irène.

— Désolée, dit-elle. Je ne sais pas ce qui m'arrive.

— ÇA VA PRENDRE combien de temps pour rouvrir la route ?

Il nota un voile de stress dans la voix de Léa au bout du fil.

— Difficile à dire... des jours... peut-être plus.

— Et en attendant, tu dors où ?

Il lorgna la cellule monacale autour de lui.

— À l'abbaye. Tu n'as rien à craindre : pas le moindre jupon à des kilomètres à la ronde, plaisanta-t-il.

— T'es pas drôle, Martin.

— Désolé.

Le silence dura un peu trop longtemps.

— Tu crois... tu crois qu'elle est vivante ?

Il déglutit.

— Je ne sais pas. C'est tout ce que je souhaite.

— Quel cauchemar, souffla-t-elle.

— ...

— Martin ?

— Oui ?

— Je veux que tu saches : je suis de tout cœur avec toi, j'espère sincèrement que tu vas la retrouver et qu'elle va bien. Je sais à quel point c'est important pour toi... Et ça me terrifie de penser à ce que tu es en train d'endurer.

Il se souvint que, quand il avait vu Léa pour la première fois au pôle enfants de l'hôpital, il avait été surpris par sa compréhension et son empathie. Léa avait cette faculté rare de pouvoir *vraiment* se mettre à la place des autres.

— Merci, dit-il. Je dois te laisser. Il faut que je prenne des nouvelles de Gustav.

— Oui. Bien sûr. Je t'aime.

— Moi aussi, je t'aime.

— J'AI APPRIS ce qui s'est passé, répondit Espérandieu dès qu'il eut décroché. Te voilà coincé dans cette putain de vallée, alors...

— Comment va Gustav ?

— T'en fais pas, ma puce : ton fils va bien. Il dort.

— Il... il demande de mes nouvelles ?

Un silence.

— Tu sais, répondit Vincent au bout d'une seconde, ça ne fait jamais que deux nuits. Et les enfants et Charlène jouent beaucoup avec lui. Il ne ressent pas encore ton absence, Martin. Mais ça va venir, je suis sûr que tu vas lui manquer dans quelques jours.

UNE DANSE MACABRE, songea-t-il.

Sur le bas-côté du chœur, la peinture était constituée de trois panneaux d'environ deux mètres sur huit. Elle mettait en scène la Mort, sous forme de plusieurs squelettes armés de faux et vêtus de guenilles. Chacun de ces squelettes dansait autour d'un personnage et le tourmentait en lui parlant à l'oreille. Toutes les classes sociales étaient représentées : un roi, un évêque, un chevalier, un pauvre, un riche, un jeune, un vieux, un fou... Tous suppliaient la Mort de les épargner. Mais la Mort n'en avait cure : elle entraînait tout le monde dans sa danse avec un égalitarisme qui n'existait pas chez les vivants – et elle ne regardait ni au sexe, ni à l'âge, ni au rang.

— Elle date du XVe siècle, dit une voix derrière lui. Elles étaient alors très populaires.

Servaz opina du chef sans cesser de contempler l'œuvre. Autour d'eux, l'abbatiale était plongée dans les ténèbres, hormis quelques cierges qui brûlaient encore dans ses noires profondeurs et répandaient un parfum de cire. Tout là-haut, les voûtes de la nef centrale se perdaient dans l'obscurité, s'élevant sur les vagues de pierre des piliers dans un vertige solennel, loin des hommes mais près du Dieu dont elles entendaient manifester la présence. Y parvenaient-elles ? Cette obscurité et ce silence renvoyaient tout un chacun à lui-même, à sa vie intérieure, à sa solitude. À l'idée que chacun de nous n'est qu'un atome, un bref sursaut d'énergie tôt éteint dans une éternité de silence...

En retournant à l'abbaye, Servaz s'était rendu compte qu'il n'avait pas sommeil et, après avoir appelé Léa puis Vincent, il avait décidé d'en profiter pour jeter un coup d'œil à l'abbatiale, qu'il n'avait pas encore eu le temps d'admirer.

— Ces *danses macabres*, poursuivit l'abbé, étaient conçues comme un avertissement pour les puissants et une source d'espoir pour les pauvres, une invitation à mener une vie responsable et pieuse. Il y a aussi les *Vado mori*, ces poèmes en latin où des personnalités de l'époque se lamentent de devoir mourir bientôt. Quand je vois ces vedettes vieillissantes à la télé aujourd'hui, dans les yeux et les propos desquelles on devine la peur de la mort qui approche, je pense toujours aux *Vado mori*.

Tiens, le père Adriel aussi avait la télé.

— Que diriez-vous d'une tisane préparée par notre frère apothicaire ? demanda l'abbé. Venez avec moi. J'ai ce qu'il faut dans mon bureau.

Servaz lui emboîta le pas. Ils quittèrent l'église, suivirent l'une des galeries du cloître, gravirent une double volée de marches, longèrent une autre galerie qui surplombait le cloître et regardait la grande tour octogonale éclairée par la lune. Dans la pénombre, l'abbé poussa une porte, alluma et invita Servaz à pénétrer dans le bureau qui ressemblait à une chapelle.

Deux tasses de porcelaine fumaient sur la table en chêne. Apparemment, l'abbé n'avait pas envisagé un refus.

— Tisane au tilleul, à l'orange et à la lavande, dit-il. Préparée selon une recette que notre frère garde jalousement secrète.

— Merci, dit Servaz en s'asseyant lourdement sur la chaise à haut dossier.

Il porta le breuvage à ses lèvres. Le goût n'était pas désagréable.

— Je viens d'apprendre que l'amie d'une amie est atteinte d'un mal incurable, dit-il soudain. Et ce matin, j'ai vu le cadavre d'un jeune homme tué dans des circonstances épouvantables. J'ai aussi une amie qui s'occupe à l'hôpital de jeunes enfants endurant des maux terribles. D'après vous, mon père, comment Dieu justifie-t-il toutes ces horreurs ?

Sans doute l'abbé appréciait-il modérément la question, qui devait témoigner à ses yeux de l'ingratitude de son invité pour son hospitalité, car Servaz le vit réagir comme si un taon l'avait piqué, puis se concentrer.

— Vous m'avez l'air d'être un homme cultivé, commença-t-il. Vous avez sûrement entendu parler des *théodicées* ?

Servaz hocha la tête.

— Un terme créé par Leibniz qui tentait de justifier la bonté de Dieu malgré tout le Mal qui se trouve dans le monde, répondit-il.

L'abbé le couva du regard. Il semblait se demander de quel bois étrange était fait ce flic-là, avec ses connaissances peu orthodoxes pour un représentant de sa profession.

— Oui, dit-il. Les théodicées sont des tentatives pour expliquer l'apparente contradiction entre l'existence de Dieu et celle du Mal. Car il est dit que Dieu est tout-puissant et bon. Dans ce cas, comment le Mal peut-il exister ?

Les yeux de l'abbé étincelèrent, ses pupilles noires reflétèrent un instant la clarté de la lampe posée sur le bureau.

— Il y a plusieurs arguments, poursuivit-il. L'argument satanique : Dieu veut le bien de l'humanité, c'est Satan qui, en se révoltant, a introduit le Mal dans le monde.

— Auquel ceux qui le réfutent ont répondu que, Dieu étant le créateur de toutes choses, il a aussi créé Satan.

L'abbé eut un petit geste de la main.

— Je n'entrerai pas dans ce débat. Les tenants de l'argument satanique au cours des siècles ont argué que Lucifer, l'ange « porteur de lumière », est volontairement devenu le Diable, car Dieu, qui n'est qu'amour, lui avait laissé toute liberté d'agir à sa guise. Il y a aussi l'argument de l'harmonie cachée, l'argument ontologique, l'argument du libre arbitre, l'argument...

— Tous réfutables, répondit Servaz. Vous savez, mon père, que sur Internet on assiste ces dernières années à une explosion du *live streaming* de viols d'enfants. Des pédophiles qui regardent des enfants se faire violer en direct moyennant finances. Comment votre Dieu justifie-t-il ça ?

Le visage du grand abbé s'assombrit.

— Nous avons perdu le sens du péché, assena-t-il, la notion de Bien et de Mal. On ne voit plus, on ne reconnaît plus le péché : ce qui est péché et ce qui ne l'est pas. On a trop voulu nous « déculpabiliser », nous « déresponsabiliser », nous trouver des excuses médicales, sociales... (Servaz pensa aux propos de Martial Hosier au sujet de son fils Timothée.) En voulant alléger les consciences, faciliter le pardon, en refusant de nommer le Mal, on a abandonné nos âmes à son emprise.

Dans le silence nocturne, ses mots se déposaient comme des flocons sur un paysage désolé : un champ de bataille – celle qui se jouait chaque jour entre les forces du Bien et celles de l'obscurité.

— Par ailleurs, vous semblez intéressé par ces choses, alors même que vous n'êtes pas croyant. Je crois dans les monstres qui attendent d'être réveillés, dit-il, tapis au fond de nos esprits. Je crois dans les ténèbres qui cherchent à étouffer la lumière. Je crois dans la puissance du Verbe et de l'Amour comme antidotes au Mal. Et vous, capitaine, en quoi croyez-vous ?

Servaz fixa l'abbé.

— Je crois au libre arbitre et à la responsabilité individuelle, proposa-t-il. À l'honneur et à la dignité.

— Cet éboulement, dit l'ecclésiastique dans le silence qui suivit, on m'a dit qu'il y avait eu une explosion juste avant, comme si quelqu'un l'avait provoquée. C'est très troublant.

Surtout après cet... assassinat, vous ne trouvez pas ? Vous pensez qu'il y a un rapport entre les deux ?

— Et vous, vous en pensez quoi ? demanda le flic en se disant que les nouvelles allaient vite par ici et que l'abbé savait additionner deux plus deux.

Le père Adriel lui retourna un regard aussi étincelant que l'œil diamanté d'un rapace. Un regard d'où surgissait une lumière noire.

— Je crois que quelqu'un est en train d'agir comme s'il se prenait pour Dieu. Voilà ce que je crois.

Mercredi

22

QUAND SERVAZ OUVRIT les yeux le lendemain, le soleil inondait sa cellule. Aussi éclatant qu'une supernova. Il regarda son téléphone : 8 heures du mat'. Il jura. La cloche appelant les moines au premier office l'avait brièvement tiré de son sommeil à 4 heures, mais il avait replongé sur-le-champ, épuisé.

Il fila se doucher en vitesse au fond du couloir, rassembla ses affaires à la hâte et se mit en quête de l'abbé.

— Alors, c'est décidé : vous nous quittez ? dit celui-ci.

L'ecclésiastique avait l'air sincèrement déçu.

— Il sera plus pratique pour moi d'être en ville. Pour les besoins de l'enquête, ajouta-t-il.

— Bien sûr, approuva le père Adriel sans être dupe. Vous reviendrez nous voir ?

Ils échangèrent une chaleureuse poignée de main.

— Comptez là-dessus. Merci pour votre hospitalité, mon père – et pour votre temps.

Il roula jusqu'à Aiguesvives, se gara près du cœur piétonnier de la ville, fit quelques emplettes : sous-vêtements et tee-shirts de rechange, un jean, un pull en laine pour les soirées un peu fraîches, deux chemises, et surtout une brosse à dents et du dentifrice. Il s'était lavé les dents au savon à l'abbaye, et il avait épuisé son stock de chewing-gums. Il roula ensuite jusqu'à l'Hôtel des Cimes.

— Il nous reste une chambre sous les toits, répondit d'une voix lasse une femme entre deux âges, comme si avoir son hôtel rempli représentait une tâche insurmontable. Avec ce qui s'est passé hier soir, toutes les autres sont occupées. D'habitude, on ne la loue pas, mais vu les circonstances... Je vais demander qu'elle soit aérée et nettoyée. Elle sera prête dans une heure.

— Salut, dit une voix à côté de lui.

Il tourna la tête et baissa les yeux sur le frêle garçon qui les avait servis la veille.

— Salut, Mathis. Tu n'es pas en classe ?

— La prof de maths a pas pu venir à cause de l'éboulement, répondit le gamin, le collège cherche quelqu'un pour la remplacer...

— Ils vont faire appel à une autre professeure qui habite ici, expliqua la mère de Mathis. Mais il leur faut s'organiser.

— Moi, je suis pas pressé, fit remarquer le garçon en tripotant une tablette.

En attendant que sa chambre soit prête, Servaz fila à la gendarmerie. Il y trouva Enguehard. Avec de mauvaises nouvelles : la DIRSO avait évalué les dégâts et il y en avait pour des semaines, peut-être un mois.

— Tant que ça ? dit Servaz, stupéfait.

— D'après leurs premières estimations, il y a environ 10 000 m^3 de résidus à déblayer, ça représente dans les cinq cents camions. Et puis, il faut sécuriser la montagne. En cas d'orage, plusieurs autres milliers de mètres cubes de roches pourraient descendre sur la route... Quand celle d'Andorre a été coupée, il a fallu deux semaines à la DIRSO pour la rouvrir. Ils ont utilisé pas moins de quatre pelleteuses et vingt personnes. Et c'était un axe bien plus stratégique que le nôtre : 4 000 voitures/jour... Il y a autre chose, ajouta Enguehard d'un air préoccupé.

Servaz le dévisagea.

— Ils ont trouvé des traces d'explosif là-haut : c'est un acte criminel.

Tu parles d'une surprise, songea Martin. Quelque part, pas loin, rôdait celui qui tirait les ficelles. Et, pour l'instant, ils se comportaient tous comme ses marionnettes. Il avait au moins un coup d'avance sur eux... Et, dans cette vallée où tout se savait, il devait être au courant de chacun de leurs mouvements. Servaz entendit un bruit de rotor qui brassait l'air à l'extérieur. Il tourna son regard vers la fenêtre. Aperçut la silhouette du pilote d'hélicoptère à travers sa bulle de plexiglas.

— Les rotations ont commencé, commenta Enguehard. Tout le monde a besoin de sortir de la vallée, tout à coup, mais on a limité à quatre rotations par jour.

Les portes de verre coulissèrent.

— Vous êtes là, dit Ziegler en entrant dans la gendarmerie. (Elle consulta sa montre.) On a l'autopsie par vidéo dans cinq minutes, annonça-t-elle. On se met où ?

Ils choisirent le bureau d'Enguehard, qui lança le logiciel de visioconférence sur son ordinateur. Deux silhouettes en blouse verte à l'écran. Servaz reconnut l'une d'entre elles, une femme grande et mince, brune : le Dr Fatiha Djellali. Elle dirigeait l'institut médico-légal de Toulouse. Sa présence était une bonne nouvelle : elle était compétente et dévouée. L'étonnement se lut dans ses yeux aussi bruns que ses cheveux.

— Martin ? Je ne m'attendais pas à vous trouver ici... Je croyais que cette enquête était du ressort de la gendarmerie ?

Il devina ce qu'il fallait lire entre les lignes : *vous n'êtes pas suspendu ?*

— Je ne fais que passer, dit-il. Rien à voir avec l'enquête. C'est la SR de Pau et le capitaine Ziegler qui sont chargés de l'affaire. Mais, comme nous avons travaillé ensemble par le passé, elle m'a... demandé de jeter un coup d'œil.

Il croisa le regard dubitatif d'Irène, espéra que le Dr Djellali n'évoquerait pas sa suspension devant Enguehard.

— Dans ce cas, commençons, ajouta-t-elle impatiemment, il n'y a pas de temps à perdre. Je vous présente le Dr Craus, du service de pneumologie de l'hôpital de Pau, il va me seconder.

Le Dr Craus était frisé comme un mouton, avec un air négligé et fatigué qui ne devait guère inspirer confiance à ses patients. Mais Servaz se dit que celui qui était étendu sur la table métallique n'émettrait guère d'objections.

Timothée Hosier donnait l'impression de méditer. Son ventre avait dégonflé. Son corps était même d'une maigreur spectaculaire, les côtes soulevant la peau bleuâtre et parcourue d'un réseau de veines très sombres, comme ces dessins que font les enfants en soufflant dans une paille de l'encre mêlée d'eau. Les cheveux blonds avaient été rasés, le crâne ouvert, si bien qu'ils distinguaient la matière grise qui luisait comme du foie de veau sous le scialytique. Servaz surprit la pâleur d'Enguehard. L'officier de gendarmerie n'était guère habitué à contempler des cadavres sur la table d'un légiste.

Les deux praticiens avaient passé des tabliers de plastique, des gants, des masques sur le bas du visage et des lunettes de protection.

— L'aspect bleuâtre, veiné et congestif est typique d'une agonie par noyade, commença la légiste, à cause des efforts faits par le noyé pour respirer. Comme vous le savez, si la victime était décédée avant d'être immergée, le corps serait blanc et non bleu. En outre, on a trouvé des diatomées un peu partout dans son arbre respiratoire, et probable que l'extraction en décèlera d'autres dans les tissus et les organes. Le diagnostic de *vraie* noyade ne fait donc pas de doute pour moi.

Elle regarda le Dr Craus, qui confirma d'un signe de tête. Il semblait à la fois fasciné et tétanisé par le spectacle de cette grande et belle femme évoluant autour du cadavre comme un commissaire-priseur autour d'une œuvre d'art.

— Par ailleurs, nous analyserons les diatomées trouvées dans les poumons et nous les comparerons au milieu aquatique de la cascade pour nous assurer que le corps n'a pas été noyé ailleurs et déplacé.

Compte tenu du nombre de pierres qu'il avait sur lui et des liens qui l'entravaient, il y avait peu de chances, songea Servaz.

— Nous avons examiné l'encéphale et la boîte crânienne de la victime. Cet examen nous a permis de conclure que les deux coups extrêmement violents portés à l'arrière du crâne n'ont pas été mortels, mais lui ont sans doute fait perdre connaissance.

— Deux ? releva Servaz.

— Oui. Ça n'est pas très surprenant : il n'est pas si facile de neutraliser quelqu'un, ça se passe rarement comme dans les films. Mais il y a quand même quelque chose d'intéressant dans ces deux coups : *ils sont très différents*. Le premier a été bien moins puissant que le second, et porté au niveau de l'occipital, le second au niveau du pariétal, plusieurs centimètres au-dessus, donc... Quand je dis le premier et le second, n'y voyez pas d'ordre.

— À quoi attribuez-vous cette différence ? demanda Ziegler, soudain en alerte.

— J'y viens... Tout laisse à penser qu'il y avait *deux agresseurs*, l'un plus petit que la victime, l'autre d'une taille égale ou supérieure, et bien plus fort que le premier.

— Deux agresseurs ? répéta Ziegler.

— « L'un plus petit que la victime, l'autre d'une taille égale ou supérieure, *et bien plus fort* » : comme un homme et une femme, par exemple ? voulut savoir Servaz.

— J'énonce les faits, c'est tout, lui répondit Fatiha Djellali. Leur interprétation vous appartient. Mais oui : c'est une hypothèse. Il y en a d'autres.

23

— DEUX AGRESSEURS, répéta Irène Ziegler.

Servaz la fixa : elle était plongée dans ses pensées. Il vit une lueur s'allumer dans ses yeux puis s'éteindre presque aussitôt. Il devina qu'une hypothèse l'avait effleurée, mais qu'elle n'osait la formuler. L'autopsie avait pris fin, Enguehard était sorti de la pièce.

— À quoi tu penses ?

Elle lui jeta un regard interrogateur.

— Tu crois… tu crois que ça pourrait être les parents ?

L'hypothèse le laissa sans voix.

— Ils auraient tué leur… *propre fils* ? Quel serait leur mobile ? ajouta-t-il après un temps de réflexion.

— La drogue… Peut-être qu'il les harcelait pour avoir de l'argent, qu'il faisait de leur vie un véritable enfer, qu'ils n'en pouvaient plus… Peut-être qu'en même temps ils ne lui ont jamais pardonné d'avoir tué sa sœur… Il a suffi d'une étincelle et l'un d'eux l'a frappé, la mère par exemple, et puis le père a fini le travail.

Servaz eut une moue dubitative.

— Et ils auraient monté toute cette mise en scène pour détourner l'attention ? Tu oublies le meurtre d'Aissani…

— C'était peut-être lui qui faisait bosser **Timothée** comme dealer, lui qui lui fournissait la came… Ils ont commencé par lui en pensant que ça s'arrêterait. Mais ça a continué…

— Tu les vois vraiment tous les deux en train d'assassiner deux personnes ? D'en faire geler une sur un lac glaciaire, d'attacher leur propre fils sous une cascade ? Et pourquoi les galets avec les symboles ? Tu les as regardés ? Deux retraités… Tu as vu la mère… Et le père est plus petit que le fils, ça ne colle pas. Et puis, leur fils dealait : il n'avait pas besoin d'argent. Sans parler de l'explosion qui nous a tous piégés ici.

— Tu as raison. C'est idiot.

— Non, dit-il. On doit tout envisager. Sans s'autocensurer.

Enguehard revint.

— Tout est prêt pour la réunion.

UN TABLEAU BLANC, un logiciel PowerPoint, un double plafond bas et une grande table modulable sur laquelle se trouvaient déjà des iPad et des ordinateurs portables : on se serait cru dans n'importe quelle salle de réunion d'une entreprise de taille moyenne. La première chose que fit Irène en entrant fut d'aller jusqu'à la fenêtre et de baisser les stores afin qu'aucun photographe n'immortalise la scène.

— Virez-moi ce PowerPoint, lança-t-elle en désignant le logo sur le tableau. Comme l'a dit quelqu'un : « PowerPoint nous rend stupides. » Je ne veux pas que notre réflexion soit simplifiée à l'excès par des schémas et des synopsis trop basiques, ni qu'on crée une hiérarchisation artificielle qui va nous aveugler et nous envoyer dans la mauvaise direction.

Ils étaient une demi-douzaine autour de la table : Ziegler, Enguehard, mais aussi deux officiers de la Section de recherche de Pau qui avaient enquêté sur la mort de Kamel Aissani et qui étaient arrivés avec une rotation de l'hélico, ainsi que deux gendarmes d'Aiguesvives qui avaient participé à l'enquête de voisinage, laquelle n'avait rien donné : l'habitation la plus proche de la cascade était à un kilomètre de là et ses occupants dormaient à poings fermés la nuit où Timothée Hosier avait été tué. Servaz s'assit parmi eux sans se présenter, bien décidé à se faire oublier, et Ziegler ne fit pas plus que lui les présentations : il n'était pas censé être là.

— En parlant d'ordinateur, poursuivit-elle, celui d'Hosier, ça a donné quelque chose ?

— On a trouvé la liste de ses clients dedans, confirma l'un des gendarmes. Et aussi les quantités vendues à chacun, les sommes perçues : 80 euros pour vingt-cinq grammes de shit, 50 euros le gramme de coke... Il y a pas loin de cinquante contacts là-dedans. Un vrai petit commerce. Le seul inconvénient, c'est qu'ils sont tous identifiés par des pseudos.

— Genre ?

— Genre Tinderland, elcolombiano57, swaggg[4]life, lunealphane, ubik53, harmony31, lut le gendarme en consultant ses notes.

— C'est des pseudos Snapchat, signala quelqu'un.

Irène eut un haussement d'épaules fataliste : l'utilisation du réseau social par les dealers n'était pas une nouveauté. L'application présentait de nombreux avantages : une messagerie cryptée, la possibilité d'envoyer des photos et des vidéos avec du texte qui s'autodétruisaient au bout de quelques secondes, des messages qui disparaissaient des serveurs une fois lus par leurs destinataires ou dans les vingt-quatre heures si personne ne les ouvrait. À Toulouse, le *deal* se faisait au grand jour – dans des supermarchés à ciel ouvert qui offraient des cartes de fidélité et des promotions, de véritables *drives* où l'on pouvait récupérer son « menu » comme dans un fast-food. Le client recevait sur Snapchat une capture d'écran de Google Earth, avec la sortie de métro, le menu du jour et l'itinéraire à suivre. Sur place, des flèches peintes sur les murs lui indiquaient obligeamment le chemin de la place de *deal*. Se procurer de la came n'avait jamais été aussi facile. Normal dans un pays qui était devenu le plus gros consommateur de cannabis en Europe et que les narcos colombiens eux-mêmes considéraient comme le prochain eldorado pour le marché de la coke.

— Je veux qu'on m'identifie tous ces pseudos un par un, exigea Irène, et qu'on leur rende visite.

Dans les cités de Toulouse, ces deux dernières années, l'explosion du trafic avait eu des effets dévastateurs pour les habitants : dégradations, violences, occupation des halls d'immeubles. Dans certains cas, les dealers obstruaient même les cages d'escalier avec des barrières métalliques et les locataires ne pouvaient plus rentrer chez eux.

Et puis étaient arrivés *les Tchétchènes*...

D'Empalot au Mirail, des Sept-Deniers aux Trois-Cocus, de la place des Faons à la Reynerie, une nouvelle catégorie d'agents de sécurité avait fait son apparition, recrutée par le principal bailleur social de la ville. Pas de gaz lacrymo, pas de matraque télescopique, mais quand on leur tirait dessus, les Tchétchènes, au lieu de détaler, couraient vers les tireurs. Tous ou presque avaient fait la guerre à Grozny. L'arrivée de ces durs à cuire que n'effrayaient pas des gangs forcément moins aguerris avait fait l'effet d'un coup de pied dans une fourmilière déjà ébranlée par les opérations de la BAC. C'était la bonne vieille loi de la chaîne alimentaire ; les zèbres et les gnous étaient tous la proie des carnivores, mais les hyènes et les chacals cédaient servilement la place au lion et au léopard. Tant que le prédateur le plus coriace était du côté de la loi : certains soupçonnaient ces nouveaux *anges gardiens* d'accointances avec les trafiquants.

De même, Rome, peu de temps avant sa chute, faisait appel à des mercenaires pour assurer sa sécurité dans les régions les plus reculées de l'Empire, se dit-il.

— Vous utiliserez l'hélico chaque fois que l'enquête l'exigera, souligna Irène.

— On peut aussi emprunter les sentiers de randonnée, plaisanta l'un d'eux, ça nous fera du sport.

Il y eut quelques rires modérés, mais qui ne suffirent pas à dissiper la tension. Ils avaient conscience des enjeux. Du fait que tous les regards allaient désormais être braqués sur eux. Ajoutée à cela la situation dramatique d'une communauté prise au piège dans une vallée, coupée du monde, peut-être avec un assassin en son sein, et vous aviez tous les ingrédients d'un scénario qui allait mobiliser les médias et le public pendant des semaines.

— Étant donné la personnalité de la victime, la première hypothèse devrait être celle d'un règlement de comptes entre dealers, souligna Ziegler. Cependant, ça cadre mal avec la mise en scène – beaucoup trop sophistiquée. Et puis, il y a les similitudes avec le meurtre de Kamel Aissani, qui ne cadrent pas non plus avec cette hypothèse. À ce stade, mieux vaut toutefois ne pas fermer les portes trop vite. On va donc voir avec les Stups et leurs tontons – au cas où quelqu'un aurait entendu quelque chose…

Elle leur résuma ensuite le tableau clinique dressé par le Dr Dragoman.

— On a retrouvé la voiture d'Hosier à cent mètres de la cascade, garée au bord de la route, déclara-t-elle. *Ça veut dire qu'il avait rendez-vous avec quelqu'un…* Il n'est pas venu au fond de cette vallée, dans ce coin perdu, à 2 heures du matin, par hasard.

Ils réfléchirent à cette conclusion.

— Des traces autour de la voiture ?

Le gendarme qui s'était occupé du véhicule de Timothée Hosier rentra la tête dans les épaules.

— Elle… elle était garée hors du périmètre de confinement, lâcha-t-il. Ce qui fait que d'autres voitures se sont garées autour et que beaucoup de monde a piétiné la zone. S'il y avait des traces, elles ont été… hum… *effacées*.

Ziegler lui adressa une œillade foudroyante.

— Mais la voiture est partie pour le labo avant que l'éboulement ne coupe la route, s'empressa-t-il d'enchaîner, penaud. Elle est en cours d'examen.

Elle acquiesça d'un air maussade. C'était la deuxième fois que des indices éventuels étaient perdus à cause d'un ruban antifranchissement mal placé.

— Qu'est-ce qu'on sait d'autre sur Hosier ? demanda-t-elle ensuite en se tournant vers une jeune gendarme au visage criblé de taches de rousseur.

— Selon les gens avec qui il travaillait à la mairie, il n'avait quasiment pas d'amis, c'était un solitaire. Il parlait peu et il ne s'entendait pas très bien avec ses collègues, qui, pour la plupart, le détestaient ou le méprisaient.

— Quelqu'un qui l'aurait détesté plus que les autres ? Creusez dans cette direction.

— Je crois que de notre côté on a peut-être quelque chose, dit Enguehard, assis en bout de table.

— Je vous écoute.

Éloi s'éclaircit la voix.

— Il y a six mois, Timothée Hosier a été victime d'une agression. Quelqu'un l'a frappé assez fort pour l'envoyer à l'hôpital. Bien sûr, il n'a pas porté plainte, mais l'hôpital a fait un signalement. Pas de plainte, pas d'enquête. Et en ville, il se dit que celui qui a corrigé Hosier s'appelle... Gildas Delahaye. Delahaye est prof de français au collège d'Aiguesvives, ajouta-t-il.

Ziegler considéra Enguehard.

— Ce Delahaye, on sait pourquoi il a... il *aurait* fait ça ?

— Apparemment, son fils était un des plus gros clients de Timothée. Il est en cure de désintoxication. Mais, je vous le répète, il n'y a pas eu d'enquête.

Ziegler jeta un coup d'œil à Servaz.

— Très bien, dit-elle, on va rendre visite à ce professeur. Quoi d'autre ?

— Pourquoi on a trouvé seulement deux symboles près du premier corps et quatre près du second ? lança soudain d'une voix forte un jeune gendarme à la barbe fournie et très soigneusement taillée. Qu'est-ce que l'assassin essaie de nous dire ? Est-ce qu'il s'agit d'un message crypté à l'intention de la police, d'un... défi ? Un peu comme les cryptogrammes du Zodiac ?

Servaz reconnut d'emblée le jeune loup aux dents longues, assoiffé de reconnaissance et de gloire, qui rêve de monter rapidement les échelons de la hiérarchie et s'intéresse peu aux aspects les plus humbles et les plus ingrats du métier de flic.

— Les cryptogrammes du Zodiac, hein ? répéta Ziegler, sarcastique, en posant sur le hipster un regard privé de la moindre chaleur. Et pourquoi pas Jack l'Éventreur ?

Autour de la table, quelques ricanements fusèrent. Servaz vit le jeune gendarme pâlir.

— Mais l'idée est intéressante. Oui : qu'est-ce que l'assassin cherche à nous dire avec ces galets ? *Un cercle, un triangle, un carré et un X...* Tracés au marqueur rouge... Qu'est-ce qu'ils signifient ? Faites marcher vos méninges. Allez au bout de vos hypothèses. Ne négligez aucun détail. Tout le monde l'aura compris : cette affaire est hors norme. Une investigation comme celle-là, vous n'en rencontrerez peut-être qu'une seule au cours de votre carrière. *Ce sera l'enquête de votre vie...* Vous y penserez encore longtemps après avoir pris votre retraite. Vous en parlerez à vos petits-enfants, à vos amis, pour leur montrer quel métier passionnant vous faisiez. Alors, faites un effort. Travaillez. Creusez. Ne vous contentez pas des premières vérités qui vous viennent à l'esprit. Allez plus loin. Par la souffrance la joie, comme disait Beethoven. Ou comme disent les coaches sportifs : *no pain no gain*.

Servaz parcourut lentement du regard la poignée d'hommes et de femmes assis autour de la table, ceux qui venaient de gober religieusement le petit discours de Ziegler. Il fallait qu'il trouve un moyen d'utiliser leurs compétences dans la recherche de Marianne. Il brûlait de retourner dans les bois. *Où était-elle ?* Avait-elle eu le temps de quitter la vallée avant l'éboulement ? Ou, comme eux, était-elle coincée ici ?

Elle est là quelque part, tout près, et pourtant je ne la vois pas, je ne l'entends pas... Est-elle morte ? Est-elle vivante ? Est-elle captive ?

Autant de questions qui ne le laissaient pas en paix. Il eut de nouveau la sensation d'une extrême urgence. La conviction qu'il fallait agir vite. Que le temps était compté. Mais agir comment ? Et par où commencer ?

24

IL ÉTAIT retourné dans les bois. Avait garé sa voiture sur le parking ensoleillé et s'était enfoncé dans la forêt. Essayant de raisonner autrement. Il avait examiné la carte. Les endroits marqués d'un «R» là où le réseau passait. S'était dirigé vers le «R» le plus proche, à cent mètres de là. S'imaginant en pleine nuit. Dans les bois. Privé de repères. Il s'était mis en marche au hasard à partir du «R», comme une personne qui s'est égarée, tout en scrutant les abords du sentier à la recherche de la moindre trace : un bout de tissu, une tache de sang…

Il tourna ainsi pendant près d'une heure, sans dénicher un seul indice, alors que la chaleur de juin le faisait transpirer. S'orienta vers le deuxième «R» de sa carte…

— OUI ? DIT GILDAS DELAHAYE en découvrant Irène et Enguehard sur le pas de sa porte.

C'était un homme grand, la cinquantaine, une silhouette longiligne, des lunettes à monture de corne sur un nez osseux, des cheveux gris un peu longs. Il avait l'air d'un oiseau déplumé, d'un échassier ébouriffé par le vent.

— Capitaine Ziegler, de la Section de recherche de gendarmerie de Pau. On peut entrer, monsieur Delahaye ?

Derrière eux, le flanc de brique, les vitraux et le clocher de l'église d'Aiguesvives cerné par des vols de martinets fermaient le minuscule square niché au centre du lacis des ruelles, sur lequel donnait la maison, étranglée entre deux autres façades.

Gildas Delahaye s'effaça et ils se baissèrent pour franchir le seuil surmonté d'un linteau bas avant de pénétrer dans un intérieur sombre et silencieux, un long couloir profond comme une caverne, en contrebas de la rue, peuplé de meubles anciens et de cadres. Irène s'avança. Le boyau sentait le renfermé, la solitude, les existences encloses, le repli sur soi. Elle promena son regard sur les cadres. Le même visage. Partout. Une femme blonde à différents âges de la vie. Photographiée sous tous les angles, de loin, de près, dans ses activités quotidiennes. Comme si le photographe avait voulu s'assurer que le temps ne pourrait abolir son passage sur Terre. Ziegler remarqua que la femme savait qu'elle était photographiée, car parfois elle regardait l'objectif, mais qu'à aucun moment elle ne souriait.

— Entrez, dit Gildas Delahaye en leur montrant une porte sur la droite.

Un salon exigu, tout aussi sombre que le couloir : persiennes tirées et murs recouverts de centaines de livres serrés les uns contre les autres. D'autres livres s'empilaient sur la table basse, les fauteuils. Gildas Delahaye en écarta quelques-uns pour leur permettre de prendre place sur un canapé défoncé. En plein mois de juin, il portait un cardigan en laine marron et Irène renifla une odeur de transpiration dans la pièce, qui avait besoin d'être aérée.

— On ne va pas vous faire perdre votre temps, commença-t-elle en s'asseyant. Vous étiez où la nuit de lundi à mardi ?

— Mon temps n'est pas si précieux que ça, répondit-il. Quand je ne suis pas en train d'enseigner, je le consacre à la lecture, à la promenade et à corriger les devoirs de mes élèves. Bergson disait que le temps est saisi de deux façons : par la conscience et par la technique. Je suis veuf. À mon âge et puisque je vis seul, le temps subjectif a bien plus d'importance que celui de l'horloge. Puis-je savoir par quel étrange raisonnement vous avez fait de moi un suspect ?

Il ne se départait pas d'une certaine élégance orale, mais son élégance s'arrêtait là : la peau grise, les yeux rougis et surtout l'haleine rance et alcoolisée militaient pour une mauvaise hygiène de vie.

— Vous n'êtes pas suspect, monsieur Delahaye. Nous essayons juste de dresser un tableau aussi complet que possible de la situation cette nuit-là.

— Je vois. Comme un tableau avec plein de personnages. Un Bruegel l'Ancien… un Véronèse… Chaque personnage doit trouver sa place, c'est bien ça ?

— En quelque sorte. Nous savons que votre fils est toxicomane. La victime, je suis sûre que vous êtes au courant, était son dealer. Vous avez donc votre place dans le tableau vous aussi – tout comme lui.

— Mon fils est en cure de désintoxication au château d'Ussé depuis deux semaines, répliqua-t-il. En phase de postcure et de consolidation de son sevrage. C'est-à-dire qu'il est *sevré* à l'heure qu'il est.

Ziegler acquiesça. Elle avait entendu parler de ce centre de réadaptation et de suivi après sevrage installé dans un château et un parc de six hectares, près de Montauban. Il y avait ainsi, dans toute la région, plus d'une vingtaine de centres de soins et d'accompagnement des toxicomanies. *Une société de plus en plus en proie aux addictions*, songea-t-elle.

— Nous lui parlerons le moment venu. Mais vous ne m'avez pas répondu : que faisiez-vous dans la nuit de lundi à mardi ?

Il plongea ses yeux rouges dans ceux d'Irène.

— J'étais ici. Je suppose que je lisais, ou que je dormais, cela dépend de l'heure dont on parle…

Irène demeura un instant silencieuse.

— Monsieur Delahaye, est-ce que vous avez déjà frappé Timothée Hosier au point de l'envoyer à l'hôpital ?

Le prof tressaillit. Il soupira.

— Je vois. Encore cette question... J'ai déjà répondu... Non. Ce sont de vilains ragots, comme il en circule beaucoup quand vous êtes veuf, professeur dans un collège et père d'un drogué.

Il se leva, s'approcha de la cheminée cernée de livres, sa haute silhouette funèbre se détachant sous le plafond bas comme une statue de saint dans la pénombre d'une église.

— Vous croyez vraiment qu'un homme comme moi pourrait en tuer un autre ? Vous m'avez regardé ? Je suis le plus doux des hommes, capitaine. Incapable de la moindre violence, à moins, peut-être, de l'exercer contre moi-même... Vous venez me poser vos questions. Simplement parce que vous avez entendu un bruit. Une rumeur. Vous pénétrez dans mon intimité... Vous ne savez pas qui je suis. Ce que j'ai enduré. Vous voulez juste des réponses. Vous allez remuer ciel et terre pour les obtenir. Et quand vous partirez avec votre coupable, quel qu'il soit, vous laisserez tout ça derrière vous et nous, nous devrons vivre avec le champ de ruines que vous aurez laissé, avec tous les soupçons et toutes les rancœurs que vous aurez réveillés. Alors, j'espère que ça en vaut la peine...

Il y avait une tristesse toute-puissante en lui, un chagrin invincible. Il prit sur le manteau de la cheminée une photo encadrée.

— Tenez. C'était ma femme... Son portrait n'a jamais quitté la cheminée. Elle me rappelle qu'autrefois j'ai aimé – *et que j'ai été aimé en retour...* Mon fils, lui, me hait... Il me tient pour responsable de la mort de sa mère. Et je ne suis pas loin de me sentir coupable moi aussi. Comme de sa toxicomanie. Il a commencé à se droguer peu de temps après sa mort... Cannabis, cocaïne, puis héroïne...

Il posa un regard douloureux sur la photo. Ziegler entrevit la même femme blonde que sur les portraits dans le couloir. Celle qui ne souriait jamais.

— De mon côté, j'ai du mal à dormir et je ne prends plus aucun plaisir à exercer mon métier… Je fais des cauchemars, dans lesquels elle apparaît, *vivante, aimante*… Je suis incapable du moindre projet, je vis au jour le jour. Ça fait quatre ans que ça dure…

— Qu'est-ce qui est arrivé à votre femme ? demanda doucement Ziegler.

— Il y a quatre ans, elle a sombré brutalement dans une dépression atypique. Elle n'avait plus goût à rien, elle nourrissait des idées suicidaires. On a consulté un tas de psys. L'un d'eux a fini par lui faire passer une IRM. Qui a révélé l'existence d'une tumeur de haut grade du lobe temporal droit.

Il les regarda tour à tour. Une horloge égrenait les secondes quelque part dans les profondeurs de la maison, comme les grains d'un chapelet.

— Un mois plus tard, elle était admise en urgence à l'hôpital, suite à une hémorragie cérébrale par envahissement tumoral… Elle est morte dans la semaine.

Il reposa la photo sur le manteau de la cheminée, contourna le canapé pour venir se rasseoir face à eux. *Encore la maladie…* Ziegler frissonna. Elle se sentait cernée. Elle eut envie de se lever et de partir en courant.

— J'étais tellement mal, incapable de m'occuper de mon fils comme j'aurais dû. J'ai d'abord suivi une psychothérapie de soutien destinée à… « favoriser l'expression du chagrin, l'évocation d'expériences positives auprès de la défunte », comme ils disent… Ça n'a pas marché… Et puis, j'ai rencontré le père Adriel à l'abbaye. Il m'a beaucoup aidé : grâce à lui, j'ai trouvé Dieu. « Crée en moi un cœur pur, ô Dieu. Et renouvelle en moi un esprit droit. » Psaume 51:12.

— Qui était votre thérapeute ? demanda Enguehard.
Delahaye leva les yeux vers l'officier de gendarmerie.
— Le Dr Dragoman.

De nouveau, Ziegler frissonna. *L'abbé, la psy...* On se cognait toujours aux mêmes personnes dans cette histoire. Penché en avant, il braqua sur eux un regard humide. Dans l'ombre, sa cornée luisait comme la nacre au fond d'une huître.

— Vous allez interroger mon fils ? Je vous l'ai dit, il est sevré, mais il reste fragile... Il se prépare à retourner dans le monde mais, pour l'instant, il est dans un cadre de vie qui le préserve de la fureur et des dangers de celui-ci. Votre visite et vos questions pourraient avoir des conséquences dévastatrices... Alors, je vous en supplie, s'il vous reste un tant soit peu d'humanité : ménagez-le.

— Nous ne sommes pas des barbares, riposta Ziegler.

— Cyril est comme son père : c'est un être doux, dit-il sans tenir compte de l'interruption, il est incapable de la moindre violence. Il préfère se faire du mal à lui-même qu'en faire aux autres... Certains, par les temps qui courent, y verraient une faiblesse. Voyez comme, de nouveau, on célèbre partout la force, la brutalité : les chefs d'État, les simples citoyens, les réseaux sociaux, la police... C'est à qui hurle, mord et cogne le plus fort...

Un bruit de moteur dans la rue, de l'autre côté de la porte d'entrée. Tout au bout du long couloir. Un deux-roues qui ralentit, s'arrête un instant, et repart. Pendant ce bref laps de temps, une peur très pure flamba dans les pupilles du professeur.

— Qu'est-ce qu'il y a, monsieur Delahaye ? Vous semblez effrayé, tout à coup.

— Non, non...

— C'est quoi qui vous fait peur ?

— Ne soyez pas ridicule.

Le vrombissement du deux-roues revint, lointain mais agaçant, comme une mouche entêtée – et, de nouveau, Ziegler vit le professeur se tendre. On eût dit un animal aux abois.

— Gildas, qu'est-ce qu'il y a ? demanda-t-elle en se penchant à son tour.

Il semblait de plus en plus nerveux.

— Vous savez… ou vous croyez savoir… qui a fait ça ?

La question le fit réagir. Il leva les yeux vers eux.

— Non ! Pourquoi vous dites ça ? C'est absurde !

Il cilla. Il avait l'air terrifié à présent.

— Alors, qu'est-ce qui vous fait peur ?

L'enseignant déglutit.

— Mais rien ! Je n'ai pas peur.

— Mensonge.

Gildas Delahaye grimaça.

— Laissez-moi tranquille, je ne veux pas être mêlé à ça !

— Mêlé à quoi ? insista-t-elle.

— À tout ça… à ce meurtre… à cette montagne qui explose…

Elle braqua son regard sur lui.

— Qu'est-ce qui vous fait penser qu'il y a un rapport entre les deux ?

Il fit un geste désespéré, comme s'il se débattait contre des assaillants invisibles. Il était blême à présent.

— Je n'en sais rien. J'ai dit ça comme ça… Laissez-moi tranquille… s'il vous plaît !

— Qu'est-ce que vous nous cachez ?

— Rien !

Il avait crié trop fort, avec trop de véhémence.

— Bon, Gildas Delahaye, à partir de ce mercredi 20 juin, 17 h 33, vous êtes placé en…

— Des coups de fil, lâcha-t-il soudain, sans laisser à Ziegler le temps de prononcer les mots « garde à vue », je reçois des coups de fil…

Irène sentit une sorte d'impulsion électrique courir le long de ses nerfs. Elle fronça les sourcils, se pencha davantage, imitée par Enguehard.

— Des coups de fil ?
— La nuit... Anonymes... Personne à l'autre bout... (Il se passa la main sur le visage, il était gris cendre.) Et il y a aussi ça...

Il se leva, alla ouvrir un tiroir bas en dessous de la bibliothèque, en sortit une feuille A4 pliée en deux. Revint s'asseoir et la tendit à la gendarme.

— J'ai trouvé ça dans ma boîte aux lettres, un matin. Avant l'éboulement, précisa-t-il.

Ziegler déplia le papier. Des mots imprimés. Une sorte de... *poème*. Qu'est-ce que c'était encore que ce truc ? Elle lut :

Tel est cet éboulis qui a frappé l'Adige,
à cause d'un tremblement de terre ou d'un appui manquant,
et sur le bord de la roche effondrée l'infamie était vautrée.
Je vis, entre le fleuve et la falaise, en file indienne,
courir des centaines de centaures armés de flèches.
Tout comme sur terre, ils allaient à la chasse.
Ici se pleurent les crimes sans pitié.

Elle passa le papier à Éloi. Abasourdie. Delahaye les regarda :
— Je n'ai pas mis longtemps à en trouver l'origine. Ce sont des extraits du Chant XII de *L'Enfer* de Dante, 7e cercle, 1er giron : là où on punit « les violents contre leurs prochains », en les plongeant « dans un fleuve de sang »... Celui qui a écrit ça a pris des bouts du texte de Dante par-ci par-là et les a collés ensemble à sa guise...

— Vous avez une idée de qui a pu rédiger ça ? Et de qui vous appelle en pleine nuit ?

Il secoua la tête négativement.

— Pourtant, vous avez réagi tout à l'heure en entendant le scooter...

— Des gosses d'Aiguesvives, rien de plus. Ça n'a rien à voir. D'anciens cancres que j'ai rudoyés en leur temps. Ils se vengent en me harcelant. Ils viennent m'insulter le jour et la nuit, mettre des saloperies dans ma boîte aux lettres… «Pardonnez-leur, car ils ne savent pas ce qu'ils font.» Vous comprendrez que j'aie les nerfs à vif… (Il montra le papier dans la main d'Enguehard.) Mais ça… *ça, c'est autre chose.* Ça, c'est l'œuvre d'un esprit *malade, dérangé.*

— On peut le garder ? demanda-t-elle en montrant le papier.

Il acquiesça. Il tremblait comme une feuille.

LE SOLEIL déclinait quand il décida de retourner à la gendarmerie. Il avait le sentiment que la forêt continuait de le narguer, de le repousser, avec ses chants d'oiseaux et son immobilité de sépulcre. *Marianne, où es-tu ?* L'angoisse lui tordait l'estomac. Il avait battu les bois en vain, une fois de plus. Il refit la route vers Aiguesvives trop vite, freina devant les chalets des gendarmes. Dans le grand pré à côté, l'hélico attendait la prochaine rotation, ses deux rotors à l'arrêt, aussi inerte qu'un oiseau empaillé. Le pilote était assis dans le cockpit, penché sur l'écran de son téléphone. Servaz chercha des yeux le Ford Ranger de Ziegler, ne le vit pas. Il n'hésita qu'une seconde. Se dirigea à grands pas vers l'appareil à travers la prairie.

— Vous savez qui je suis ? lança-t-il au pilote.

L'homme acquiesça.

— Oui. Vous êtes avec le capitaine Ziegler et Éloi sur cette enquête, je vous ai déjà vu.

— Vous attendez quelqu'un ?

— Non. J'attends les ordres. J'allais m'en fumer une.

Servaz sentit ses nerfs se tendre en entendant ce mot. Il opina du chef.

— Fumez-la si vous voulez. Après, on va survoler les bois et la montagne autour de l'abbaye.

L'OR DU SOIR inondait les forêts profondes, les sapinières noyées d'ombre; les cimes vertigineuses des conifères frôlaient le fuselage, tandis qu'ils survolaient cette mer vert et doré dont les vagues déferlaient. Le ciel flambait dans le crépuscule. Une explosion de teintes chaudes, de lumière, avec les hauts sommets en toile de fond.

Entre les gigantesques sapins montant vers eux telles des colonnes d'aiguilles, Servaz distinguait à peine les sentiers qui s'enfonçaient dans la pénombre, tout en bas, comme entre les piliers d'une cathédrale. Ils avaient laissé l'abbaye derrière eux, sur leur droite, et volaient à présent au ras des arbres. Mais il n'y avait pas grand-chose à voir.

Il devait mettre de côté son vertige pour se pencher, les tripes nouées, sur le paysage qui se déployait.

— Là, dit-il soudain. Qu'est-ce que c'est ?

— Aucune idée.

Ils avaient basculé dans une autre vallée et un bâtiment venait de surgir plus loin, parmi les arbres, isolé, sur l'autre versant de la montagne. Un édifice long et gris. Béton, toit plat. Ils se rapprochèrent rapidement. Dressé au milieu d'une clairière, le bâtiment était de type industriel et semblait désaffecté, carreaux cassés, murs tagués.

— On peut se poser ?

Le pilote ralentit l'allure et fit demi-tour pour examiner la clairière : elle était en pente sur sa partie la plus haute, mais la partie basse paraissait à peu près plane. Elle faisait plusieurs centaines de mètres de long.

— Je crois que oui.

Il fit lentement descendre l'hélicoptère à l'aide, cette fois, du levier placé à sa gauche, celui qui ressemblait à un frein à main, se mit en stationnaire à cinq mètres du sol. Servaz le vit ensuite faire tourner l'appareil grâce aux pédales droite et gauche : il était monté dans suffisamment d'hélicos pour savoir peu ou prou comment ça fonctionnait, ce qui ne l'empêchait pas de détester ça. Une dernière action sur la commande de pas général et les patins touchèrent le sol.

Le vacarme de la turbine diminua et Servaz ouvrit la portière, sauta dans les hautes herbes couchées par le déplacement d'air.

Il escalada la pente en direction du bâtiment. Qui avait construit un truc pareil au milieu de nulle part ? À quelle fin ? L'herbe lui arrivait au genou. Plus il s'approchait, plus l'édifice lui paraissait en ruine. Le soleil avait basculé derrière la montagne et on aurait dit qu'une vapeur lumineuse restait suspendue au-dessus des arbres, tandis que l'ombre avalait la clairière. Un parfum d'épines et de résine, épais comme de la mélasse, montait du sous-bois proche.

Il n'y avait pas de porte. À la place, une grande ouverture par laquelle on aurait pu faire passer un camion. L'intérieur était faiblement éclairé par les rangées de fenêtres aux vitres cassées.

Servaz constata que cela ressemblait à une vaste usine. Peut-être une ancienne scierie : il voyait mal pourquoi on aurait construit une usine si loin de tout axe de communication. Si le sol avait été bétonné, il n'en restait plus grand-chose, et il marcha sur de la terre battue, du plâtre, des gravats et des planches vermoulues. L'hélico s'était tu et il fut frappé par le silence qui régnait. Un silence de tombe. Une atmosphère en suspens, comme si l'activité s'était interrompue la veille. Mais il n'y avait pas trace des machines qui avaient jadis empli cet espace de bruits et d'hommes. Il se demanda si Marianne avait pu être détenue dans un tel lieu. Les tags à l'extérieur indiquaient qu'il était fréquenté par la jeunesse d'Aiguesvives. Il ne voyait aucun endroit où se cacher, mais il aperçut des portes à l'autre bout, au-delà des piliers carrés qui rythmaient la pénombre. Il devait bien y avoir des bureaux et des vestiaires quelque part.

Il s'avança. La fraîcheur soudaine et l'humidité le firent frissonner. Les derniers rayons du soleil, épuisés, venaient mourir à travers les vitres intactes, tout en haut des fenêtres. Il observait le sol en marchant : de nombreuses empreintes de pas étoilaient la poussière... Des pointures différentes... Peut-être les mêmes personnes qui avaient bombé les tags à l'extérieur. Il y avait aussi des cercles de cendres grises et des restes de feux de camp.

Que cherchait-il au juste ? Une inscription, un signe, un augure ? Il se faisait l'effet d'un archéologue en quête des traces d'une civilisation disparue. Mais rien. Peut-être devrait-il examiner les tags dehors. Il se raccrochait à ce qu'il pouvait. Le temps, les certitudes, l'espoir lui filaient entre les doigts comme du sable.

Il y avait quelque chose là-bas...

Il retint son souffle. Ou bien était-ce une illusion d'optique ?

Une ombre parmi les ombres...

Oui... Sur le sol de terre battue...

Il marcha dans cette direction, le regard braqué sur le motif. Soudain, un bruit le fit violemment sursauter et son cœur bondit dans sa poitrine. L'agitation ne dura que quelques secondes – un chahut de tissu froissé, frénétique, hystérique –, le temps que l'oiseau dérangé dans sa retraite trouve une issue et s'enfuie par l'une des fenêtres.

Il l'entendit s'éloigner à tire-d'aile au-dessus de la forêt, laissa son cœur s'apaiser. S'avança encore.

Oui, pas de doute : il y avait bien quelque chose...

Une série de motifs géométriques...

En vérité, ce n'était pas une ombre mais plusieurs, qui tombaient de l'une des dernières fenêtres intactes. Ces ombres rampaient dans la poussière, rectilignes, et formaient les jambes, diagonales et fûts d'une série de lettres inversées :

NITRAM

25

MARTIN

IL LEVA les yeux vers la haute fenêtre. Interdit. *Quelqu'un avait écrit son prénom sur la vitre! De la peinture...* Le sang battait dans son cou. Il eut l'impression que son cœur avait doublé de volume.

Se pouvait-il que ce fût encore une coïncidence? Que ce prénom désignât une autre personne que lui?

Ou bien quelqu'un qui le connaissait était-il venu ici et lui avait-il laissé ce message? Dans quel but? Était-ce Marianne elle-même? Il la voyait mal peindre son prénom alors qu'elle était en fuite au beau milieu de la nuit. L'avait-elle fait à un autre moment? Comment aurait-elle pu, puisqu'elle était séquestrée? Mais si ce n'était pas elle – alors *qui*?

Le seul bâtiment existant au milieu de la forêt et son prénom peint à l'intérieur... Ce n'était pas une coïncidence: on savait qu'il fouillerait la forêt et on voulait s'assurer qu'il reçoive bien le message.

Qui, dans cette vallée, le connaissait suffisamment pour s'adresser à lui? Et que cherchait-on à lui dire?

Il n'y comprenait rien.

L'avait-on attiré ici pour l'enfermer avec les autres en faisant exploser la montagne?

Il fouilla méthodiquement le hangar, ouvrit chaque porte dans le fond, explora les pièces obscures encombrées de gravats à l'aide de sa lampe. Puis retourna à l'hélico. L'ombre noyait la montagne, l'air était frais dans la clairière. L'appareil s'éleva au-dessus des arbres et il frémit à l'idée que Marianne ait pu séjourner pendant des années au cœur de cet écrin de solitude figé dans le temps. Ils survolèrent la forêt, la succession des vallées, des versants, des torrents, des routes, et rejoignirent Aiguesvives.

Dès qu'ils eurent touché le sol, Irène Ziegler surgit du chalet de la gendarmerie et traversa le champ dans leur direction.

— Qui t'a autorisé à te servir de l'hélicoptère ? lui lança-t-elle sans se soucier de la présence du pilote. Cet appareil est réservé aux urgences et à l'enquête ! Pour qui tu te prends, bordel ?

— J'ai trouvé quelque chose, dit-il.

Elle lui jeta un regard à la fois noir et interrogateur. Il lui montra la photo sur l'écran de son téléphone : la vitre sale avec *Martin* peint dessus.

— Où as-tu pris ça ?

— Dans un bâtiment industriel désaffecté. À environ quatre kilomètres de l'abbaye, dans la montagne.

— Tu as une idée de ce que ça signifie ?

L'irritation perçait toujours dans sa voix.

— Pas la moindre. Sinon ceci : quelqu'un cherche à attirer mon attention.

— Il s'agit peut-être d'un autre Martin...

— Je ne crois pas.

— Pour quelle raison quelqu'un aurait-il peint ton prénom ? Tu penses que c'est elle ?

— Je ne sais pas... Je ne vois pas comment elle aurait pu.

Irène marqua une pause.

— Je ne veux plus que tu utilises cet hélicoptère, assena-t-elle. Ni les ressources de la gendarmerie pour mener ta petite enquête privée, tu m'entends ? Mais il faut quand même qu'on examine ça de plus près : je vais demander à mes gars d'aller là-bas… Nous aussi, on a trouvé quelque chose.

Ils pénétrèrent à l'intérieur de la gendarmerie, longèrent un couloir et entrèrent dans le bureau d'Enguehard. Elle prit le sac à scellé transparent qui contenait le poème. Le lui tendit.

— Gildas Delahaye affirme avoir reçu ça dans sa boîte aux lettres. Avant l'éboulement. Et il nie avoir frappé Timothée Hosier.

Le regard de Servaz s'attarda sur la phrase :

Ici se pleurent les crimes sans pitié.

— Il a une idée de qui aurait pu le lui envoyer ?
Irène fit signe que non.
— Tu en penses quoi ? demanda Martin.
— Peut-être que le petit con à la réunion de ce matin avait raison : le ou les tueurs nous mettent au défi. Ils ont envoyé ça à Delahaye en sachant que, tôt ou tard, on l'interrogerait. *Ce message lui était peut-être moins destiné qu'à nous.*

Servaz ne put s'empêcher de sourire.

— Comme quoi les petits cons peuvent aussi avoir de bonnes idées…

Mais son sourire disparut rapidement. Si celui ou ceux qu'ils cherchaient jouaient avec la police, ils n'allaient pas tarder à refaire parler d'eux. Et qui sait si, la prochaine fois, ils ne s'adresseraient pas aux médias par la même occasion ?

— Venez voir, dit soudain Enguehard, assis derrière son ordinateur.

Ils contournèrent le bureau, se penchèrent vers l'écran.

— Qu'est-ce que c'est que ça ? dit Ziegler.

Une page Facebook… En haut de la page, la photo du profil était un masque surmonté d'une capuche qu'elle reconnut, contrairement à Servaz : le masque de Dalí à la moustache retroussée et aux grands yeux ahuris porté par les truands de la série espagnole *La casa de papel*. Des Robin des bois modernes, des *anarcho-gangsters* qui mettaient en question la légitimité de la police aussi bien que l'autorité de l'État. Un message à la mode. Et une variante d'un autre masque plus ancien : celui du super-héros de la BD *V pour Vendetta*, qu'avaient repris au cours des décennies précédentes des mouvements comme Occupy Wall Street, les Anonymous ou encore les jeunes des Printemps arabes. Avec les réseaux sociaux, les symboles de la révolution et de l'anarchie circulaient à la même vitesse que les slogans, les colères et les analyses les plus caricaturales.

La page s'intitulait MILICE D'AUTODÉFENSE DE LA VALLÉE D'AIGUESVIVES.

Pas vraiment un appel à l'anarchie, se dit-elle, plutôt à l'instauration d'un ordre nouveau.

Plusieurs posts suivaient. Ils lurent des phrases telles que :

> *La gendarmerie et la police sont incapables de nous protéger.*
> *Avec la route fermée, nous voilà pris au piège.*
> *La mairie ne fera rien : elle est inféodée au pouvoir*
> *et aux puissants, qui se moquent du Peuple.*
> *Qui protégera nos enfants ? Qui nous protégera ?*
> *La réponse est simple : nous-mêmes.*

Ou encore :

> *Rejoignez la MAVA, la Milice d'autodéfense*
> *de la vallée d'Aiguesvives.*
> *Personne ne nous empêchera de faire justice*
> *et d'assurer la sécurité de nos enfants.*
> *Quand l'État fait défaut, le Peuple doit prendre le pouvoir.*
> *Rejoignez-nous !*

Servaz constata qu'il y avait déjà plus de 5 000 likes, c'est-à-dire plus que cette vallée ne comptait d'habitants, alors que le post avait été mis en ligne trois heures plus tôt.

Ce qui voulait dire que d'autres personnes à l'extérieur de la vallée avaient jugé bon d'apporter leur soutien à cette initiative qui ne les concernait pas et dont elles ne savaient rien à part ce qu'elles venaient d'en lire.

— Je n'aime pas ça, dit Ziegler. On va pas tarder à avoir des problèmes...

Elle se redressa.

— Appelez le département cyber du STRJD (le Service technique de recherches judiciaires et de documentation de la gendarmerie). Je veux savoir qui a mis ce truc en ligne avant que ça prenne des proportions incontrôlables.

Il reconnaissait bien là l'Irène qu'il avait côtoyée : droite dans ses bottes, peu portée sur la langue de bois et toujours prête à se dresser face aux innombrables manifestations de la bêtise humaine. Elle tripotait nerveusement le piercing dans sa narine.

— Ça risque de dégénérer si on ne trouve pas l'assassin rapidement. Il faut qu'on réfléchisse sérieusement aux effectifs dont on dispose et aviser la compagnie de ce qui se passe ici...

Enguehard attrapa son téléphone. Elle regarda Servaz.

— Un verre, ça te dit ? J'ai besoin de changer d'air. On en profitera pour prendre la température en ville...

Ils quittèrent la gendarmerie à pied en direction du centre, le long de rues bordées de pavillons. Puis des petits immeubles bas et les premières vitrines apparurent. 21 heures. La soirée était encore chaude. Au-dessus d'une pharmacie, un thermomètre indiquait 29 °C. Un deux-roues passa en pétaradant – et Irène pensa à Gildas Delahaye. En marchant, elle lui narra l'entrevue avec le professeur. Servaz nota que le centre, bien qu'agréable, avait un air fatigué, défraîchi, comme dans de nombreuses petites villes de ce côté-ci des Pyrénées. Trottoirs défoncés, immeubles inoccupés, façades délabrées. Il en allait tout autrement côté espagnol, où les villages étaient pimpants et bien entretenus. À quoi tenait cette différence ? Par les fenêtres ouvertes montait l'écho d'un match de football. Les commentateurs parlaient avec modération, et Servaz en conclut que ce devait être une autre équipe que la France qui jouait ce soir-là.

— Regarde, dit-il soudain.

Sur la façade d'un des immeubles, quelqu'un avait écrit à la bombe REJOIGNEZ LA MAVA. Deux cents mètres plus loin apparut un JUSTICE DU PEUPLE, dont ils n'auraient su dire s'il était là avant ou s'il venait d'être tagué. En arrivant sur une place, ils avisèrent un autre tag :

RÉCUPÉRONS LE POUVOIR

— Ça va tourner mal, cette histoire, commenta Irène.

MARTIAL HOSIER fila aux toilettes, tenaillé par le besoin d'uriner. Mais, une fois en position, les pieds écartés devant la cuvette, il eut des difficultés à pisser et quand, enfin, son jet daigna se présenter, il fut réduit à un ruisselet furtif qui le mit en rogne. Saloperie de prostate. Il poussa. Mais fut incapable de vider entièrement sa vessie. Des gouttes s'éparpillèrent sur la lunette. De toute façon, ce n'était pas lui qui nettoierait. Il revint dans le salon avant d'avoir fini de remonter sa braguette. Il était toujours en proie à la même lancinante inquiétude, à la même taraudante indécision, et il se mit à faire les cent pas dans le séjour, près des baies vitrées.

De temps en temps, il jetait un coup d'œil aux montagnes obscures et à la ville qui s'illuminait en bas.

— Tout ça, c'est ta faute, dit soudain une voix derrière lui.

Il se retourna. Adèle se tenait au milieu du salon. Ses yeux étincelaient d'une lueur nouvelle. La haine avait remplacé la résignation – et il en fut presque réconforté : enfin une *vraie* réaction.

— Tout ce qui arrive, ce qui est arrivé à notre fils… c'est entièrement, intégralement ta faute.

Les mots jaillissaient à présent, tels des projectiles. Coupants, blessants, acérés comme des petits bouts de métal.

— Tu crois que je n'étais pas au courant ? cracha-t-elle. Toutes ces… *putes* qui venaient te consulter dans ton cabinet… Qui venaient se faire avorter ou soigner une saleté de maladie vénérienne… Toutes ces filles que tu faisais entrer en catimini par-derrière… Qui te les envoyait ? On te payait cher pour ça, dis-moi ? Ou bien tu te les tapais, espèce de vieux salaud ?

Il scruta son visage décharné et brisé, aux cernes noirs et au regard vide.

— Tu as détruit nos vies par ton égoïsme, poursuivit-elle. Celle de ton fils, la mienne. Il n'y avait que toi, toi et encore toi. Notre fils était un garçon gentil, intelligent et innocent. Et sa sœur… (Elle eut un hoquet.) Sa sœur, tu l'as détruite encore plus que nous. C'est pour ça qu'il l'a tuée. Pour la *sauver*. Pour la *libérer* de ton emprise. Pour lui épargner ce que tu lui faisais subir. Il n'était pas fou. En tout cas, *avant*.

— Si tu savais, pourquoi tu n'as rien fait ? rétorqua-t-il d'une voix à la fois provocante et agacée, sans une once de remords.

Il vit le visage de sa femme se déformer, se tordre, et les larmes couler sur ses joues arides, comme une source miraculeusement apparue au milieu d'un désert.

— Parce que j'étais faible… parce que j'avais peur de tes coups… parce que je me mentais à moi-même en me disant que ça n'existait pas, que c'était seulement dans ma tête… parce que je ne voulais pas admettre que j'aie pu passer plus de la moitié de ma vie avec un être aussi méprisable…

Elle releva les yeux, planta un regard assassin dans le sien. La haine d'Adèle Hosier envers lui flambait dans ses pupilles.

— Je te hais. Je souhaite que tu meures dans d'atroces souffrances, des souffrances pires que celles qu'ont endurées les enfants par ta faute.

Il sentit une onde de peur glacée courir le long de son échine en revoyant l'image de son fils à l'hôpital.

— Tais-toi, lui intima-t-il.

— Tu vas crever comme un chien. Je ne sais pas qui est derrière tout ça, qui a tué notre fils, qui a tué son animal, mais ce que je sais, c'est que tu as peur… peur que celui qui a fait ça te trouve et te fasse la même chose. Et c'est tout ce que je te souhaite…

— Ferme-la !

— IL DORT ? demanda-t-il à Espérandieu.

C'était l'inversion des valeurs prophétisée par Nietzsche, songea-t-il : le mal célébré et le bien honni. Il n'y avait plus de limites. La haine s'invitait partout. Même les enfants n'étaient pas épargnés.

— Non. Il était trop agité. Il regarde un film avec Charlène et les enfants.

— Passe-le-moi. Je vais lui parler.

Son ex-adjoint venait de lui annoncer qu'il y avait eu un incident à l'école : un incident impliquant Gustav. D'autres écoliers s'en étaient pris à lui parce que son père était *keuf*. Les instits avaient dû intervenir. Il était en larmes quand Charlène était venue le récupérer et il ne voulait plus retourner en cours.

— Ne bouge pas, dit Espérandieu dont le visage s'affichait sur l'écran de son téléphone. Je vais le chercher.

Servaz songea que personne en France ne cachait sa profession à part les policiers. Que disait de lui-même un pays où les enfants de flics devaient taire le métier de leurs parents quand les professeurs le leur demandaient en classe ? À la place, ils déclaraient : « Papa ou maman est fonctionnaire, prof de sport, cuisinier… », mais surtout pas : *policier, keuf, flic, poulet, condé…* Qu'est-ce que pouvaient bien raconter leurs parents aux enfants qui s'en étaient pris à Gustav, simplement parce qu'il avait déclaré que son père était policier ? Quelle sorte de vision déformée, pervertie de la société inculquaient-ils à leur progéniture ? Qu'est-ce qui expliquait une telle haine ? Chaque semaine, un flic se donnait la mort dans ce pays. C'était deux fois plus que dans n'importe quelle autre profession, agriculteurs et enseignants exceptés. Et, chaque fois qu'une bavure réelle ou fictive devenait virale sur les réseaux sociaux, une déferlante de messages haineux s'ensuivait aussitôt : « allez vous suicider », « le corps de métier où il y a le plus de cocus », « à Toulouse, un bon flic est un flic mort », « violez sa meuf », quelquefois même avec le nom et l'adresse du fonctionnaire. Il envisagea avec désespoir le jour où plus personne ne voudrait faire ce métier. Était-ce la faute des flics eux-mêmes ? De certains d'entre eux sans aucun doute : il en avait connu des corrompus jusqu'à l'os, d'autres racistes, violents, au cours de sa carrière. Mais ils n'étaient pas aussi nombreux que certains voulaient le faire croire. Il y avait 144 000 flics dans ce pays. Et il existait des salopards partout... Dans toutes les professions... Toutes les catégories socioprofessionnelles... Chez les bourgeois comme chez les ouvriers, chez les riches comme chez les pauvres, chez les intellos comme chez les incultes, chez les jeunes comme chez les vieux.

Il sentit son cœur se serrer en voyant son fils sur l'écran, qui approchait dans son pyjama trop grand – ils l'avaient acheté ensemble et Gustav avait voulu un pyjama de son âge bien qu'à cause de l'atrésie il fût plus chétif que ses petits camarades –, tête basse, la mèche blonde rabattue devant ses yeux tel un rideau. Il décida de ne pas aborder l'incident lui-même.

— Ça va mieux ? demanda-t-il.

Gustav hocha la tête en silence, sans le regarder, yeux baissés.

— Tu sais que je suis coincé ici pour un petit moment, déclara-t-il. Je me disais qu'à mon retour on pourrait... aller dans une librairie et… acheter tout plein de bandes dessinées, des tonnes et des tonnes de BD…

— Papa, à l'école ils ont dit que je devrais avoir honte du métier de mon père. C'est vrai ?

Il sentit la rage monter en lui, s'efforça de la chasser.

— Ne les écoute pas : non, ce n'est pas vrai. Ils répètent juste ce que disent leurs parents.

— Mais pourquoi des parents disent ça ? Est-ce que les parents ne doivent pas dire la vérité ?

— Écoute-moi, Gustav. Dans mon métier, il y a des gens très différents. Qui font des choses très différentes. Et certains, parfois, se comportent très mal. Ça existe dans tous les métiers. Sauf que, dans le mien, les gens ne le supportent pas. C'est comme ton professeur. Si lui ou un de ses collègues faisait quelque chose de mal, *tous* les parents d'élèves seraient en colère, même si, parmi eux, il y en a sûrement qui font des choses tout aussi moches. Et même pires. Tu comprends ?

— Non…

Il décida de simplifier et de généraliser un peu. Après tout, c'était ce que faisaient ceux d'en face.

— Mon métier consiste à envoyer des gens en prison, à les empêcher de voler, de rouler trop vite, de mettre en danger la vie des autres, de tout casser. Alors, les gens qui roulent trop vite, qui volent ou qui cassent nous détestent.

— Alors, les parents des autres sont des voleurs et ils roulent trop vite, c'est ça ?

— Euh, non… Pas exactement…

Il vit que son fils essayait de comprendre, sourcils froncés, mais n'y parvenait pas.

— Tout plein de bandes dessinées, des tonnes et des tonnes de BD, qu'est-ce que tu en penses ? répéta-t-il pour changer de sujet.

Pas de réaction.

— Et aussi... hum, hum... une... *tablette* ?

Cette fois, son fils releva la tête.

Un grand sourire illumina son visage, comme le soleil jaillit soudain entre les nuages et inonde un paysage qui était encore sinistre la minute d'avant.

— C'est vrai ? demanda Gustav d'une voix où perçait un soupçon d'incrédulité.

— Promis-juré.

Il vit au regard tout à coup transformé de son fils que l'épisode du jour était oublié, que la perspective de ces inépuisables trésors allait accaparer son esprit – et il en ressentit un soulagement d'une intensité qui le surprit lui-même.

— Ça se passe bien avec Mégan et Flavien ?

Les enfants de Vincent et Charlène : Mégan avait quinze ans et Flavien neuf. Servaz était le parrain du second. Il se souvenait de la grossesse de Charlène pour ce dernier, pendant l'hiver 2008-2009, à l'époque où Vincent et lui traquaient le tueur de Saint-Martin.

— On est en train de regarder *Paddington*, répondit Gustav.
— Paddington ?

Son fils le considéra comme s'il débarquait de la planète Mars.

— L'ours... Paddington.
— Ah, Paddington est un ours ?
— Papa ! Bien sûr que Paddington est un ours ! Un ours qui aime la confiture. Il est recueilli par la famille Brown, et aussi Judy et Jonathan. Comme il vient de l'étranger et qu'il est tout seul, tu comprends, Paddington cherche une maison et aussi une famille.

Comme toi, en somme, tu cherchais l'une et l'autre quand il t'a confié à moi, songea-t-il. Merde. Qu'est-ce qu'il lui arrivait ? Il cligna. Respira un bon coup. Il eut honte de sentir ses yeux s'embuer, d'avoir ce poids sur sa poitrine et cette stupide, ridicule envie de pleurer.

— Tu te brosses bien les dents, hein ? demanda-t-il, la voix soudain enrouée, pour faire taire l'émotion qui menaçait de l'étouffer.

Gustav s'approcha de l'écran, ouvrit grand la bouche, retroussa les lèvres, exposant ses quenottes en très gros plan. Des cris et des rires montèrent du salon et, à l'écran, son fils tourna vivement la tête en direction de la porte, pareil à un chat qui a vu rouler une pelote de laine.

— Je peux y aller ? demanda-t-il joyeusement, sans dissimuler son impatience.

— Allez, file.

Il coupa la communication, constata que Léa était en ligne sur WhatsApp.

Il prit une profonde inspiration.

Il ne voulait pas qu'elle voie à quel point la discussion avec Gustav l'avait rendu triste. Ni à quel point il était inquiet. À la fois pour son fils et pour les habitants de cette vallée.

Car la peur était là. Elle était entrée subrepticement en lui et s'était installée – tel un cambrioleur qui aurait trouvé une maison vide et décidé d'y rester.

Et il en avait acquis la certitude au cours de cette journée : ce n'était qu'un début.

Jeudi

SOLSTICE D'ÉTÉ. Une autre journée très chaude et ensoleillée qui ferait le désespoir des agriculteurs dans la plaine mais donnait à la montagne un visage trompeusement rieur – contrastant avec les événements qui venaient de l'endeuiller.

Accoudé au rebord de la fenêtre, sous les toits de l'hôtel, il contemplait ceux d'Aiguesvives, ramassés comme un troupeau de brebis qui craint le loup. Ils gardaient dans l'ombre les ruelles étroites mais flamboyaient dans la lumière matinale, sous le ciel bleu pâle.

Il se redressa, termina son café – en réalité du Nescafé qu'il avait trouvé sur la commode, à côté d'une bouilloire et d'un verre : il n'avait pas envie de descendre dans la salle à manger prendre son petit déjeuner avec les autres. Après quoi, il porta une gomme à sa bouche. Au réveil, il avait été pris d'une terrible envie de fumer.

IRÈNE RENTRA DE SON JOGGING matinal vêtue d'un short, d'un débardeur et d'une casquette dénichés dans un magasin d'Aiguesvives, le dos inondé de sueur, car le soleil tapait déjà. En courant, elle avait écouté le *Live in Berlin* de Depeche Mode. *I've got to get to you first / It's just a question of time*, chantait Dave Gahan dans ses écouteurs, et elle était d'accord avec lui.

Sous la douche, elle songea qu'elle était responsable d'une enquête qui n'allait pas tarder à faire la une de la presse nationale. Là aussi, *c'était juste une question de temps.* Tous les regards allaient être braqués sur elle et sur son équipe. Au moindre faux pas – ou si l'enquête n'avançait pas assez vite –, les critiques pleuvraient, les réseaux sociaux et les experts autoproclamés des chaînes d'info se déchaîneraient. Ils se trompaient plus souvent qu'à leur tour, mais ils n'en continuaient pas moins de donner des leçons à tout le monde.

Elle repensa à la page Facebook de la milice d'autodéfense. *Moi, je suggère qu'on file à celui qui a eu cette brillante idée une étoile de shérif et qu'il nous montre de quoi il est capable*, se dit-elle à voix haute en se séchant. *Y en a marre des donneurs de leçons…*

Irène avait vécu ailleurs. Elle rentrait d'une contrée d'Asie centrale où les dépenses sociales étaient cinquante fois inférieures à celles de la France (qui n'était rien de moins, en la matière, que le pays le plus généreux *au monde*), où les enfants travaillaient dès leur plus jeune âge, où les policiers tiraient sur les foules à balles réelles et frappaient les suspects dans les commissariats (pas seulement à l'occasion de bavures : tout le temps), où les femmes violées étaient rejetées par leur propre famille, où des personnes mouraient encore de faim et où, chaque année, les attentats faisaient plusieurs centaines de morts. Un endroit fascinant et attachant pourtant, à bien des égards, où la population faisait preuve d'un optimisme paradoxal, d'une joie et d'un appétit de vivre communicatifs, mais où, certains jours, elle avait ressenti un terrible *mal du pays…* Une nostalgie telle qu'il lui était arrivé de pleurer dans son lit en regardant le plafond lézardé et en rêvassant à une terrasse de café au soleil, à une boulangerie fleurant bon le pain frais, à une librairie pleine de livres scandaleusement libres, à une plage où on pouvait bronzer les seins nus – ou aux Pyrénées...

De retour en France, en descendant de l'avion, elle aurait voulu s'agenouiller et embrasser le tarmac – comme ces exilés politiques du monde entier qui retrouvent le sol de la mère patrie quarante ans plus tard, une patrie qu'ils ont rêvée, fantasmée, imaginée chaque jour de leur vie. Et, comme eux, elle n'avait pas tardé à se rendre compte qu'au cours de ces années la France avait *changé*. Elle était devenue plus dure, plus intolérante, infiniment moins insouciante. Irène avait été frappée de découvrir à quel point on y cultivait désormais la haine de l'autre, l'injure, l'intransigeance, le sectarisme et la violence. Où était passé le pays qu'elle avait laissé ?

En pénétrant dans la gendarmerie, elle constata que tout le monde était déjà sur le pied de guerre. Les téléphones n'arrêtaient pas de sonner. C'était à qui avait le meilleur tuyau, à qui avait vu son voisin sortir à l'heure du meurtre ou transporter quelque chose qui ressemblait à un corps. Les gendarmes présents notaient tout, enregistraient tout, vérifieraient tout. Un travail de fourmi qui, elle le savait, n'avait pas une chance sur mille de déboucher sur quelque chose de concret.

La vérité est ailleurs, comme le proclamait une célèbre série télé des années 90. Elle tripota son piercing en cherchant Servaz des yeux, mais il n'était pas là. Elle comptait se rendre avec lui là où il avait pris la photo. Qui sait, au fond, s'il n'y avait pas un lien entre Marianne et le meurtre de Timothée Hosier ? La concomitance des deux événements était troublante. Et puis, elle lui devait bien ça. Qui plus est, si Martin ne s'était pas trompé, elle ne pouvait décemment pas laisser une femme à la merci d'un kidnappeur.

Merde, Martin, où es-tu encore passé ?

SERVAZ ÉTAIT EN TRAIN de tendre un livre à Mathis quand son téléphone vibra. *Harry Potter à l'école des sorciers*. Il l'avait trouvé, oublié dans un tiroir de sa chambre.

—Je t'ai apporté ça, lui dit-il quand il le vit dans la salle à manger. Tu l'as lu ?

—J'aime pas lire, répondit le garçon.

—C'est parce qu'on t'a pas donné les bons livres. Essaie.

—J'ai déjà vu le film.

Mathis posa sa tablette et prit le livre à contrecœur, mais sourit quand même.

—Merci, dit-il.

—Pas d'école aujourd'hui ?

Le sourire du gamin s'agrandit.

—Toujours pas...

De nouveau, le téléphone vibra au fond de la poche de Servaz et il le sortit. Il ne reconnut pas le numéro.

—Oui ?

—Je vous appelle au sujet des affiches que vous avez mises en ville, de cette femme qui a disparu, dit une voix d'homme.

Il se raidit. Mathis ne le quittait pas des yeux, le regard suprêmement curieux. Il s'éloigna un peu.

—Je vous écoute.

—*Je l'ai vue. Ici : à Aiguesvives.*

28

IL SENTIT que son cœur pulsait dans sa gorge, que chaque vaisseau sanguin de son cou, de ses tempes et de sa poitrine battait au rythme brutalement accéléré de son pouls.

— Quand ça ? Où ?

— Il y a plusieurs mois de ça. Elle est entrée chez un voisin.

Il soupira. Encore un délire. Il essaya de donner un âge à son interlocuteur. Ce n'était pas une voix jeune. Dans les soixante ans. Peut-être plus. Et l'homme parlait calmement, sans passion excessive. Ce n'était ni le ton ni la voix d'un affabulateur. Servaz sentit son pouls accélérer un peu plus.

— Vous vous appelez ?

— Maugrenier, répondit l'homme. Jean-Paul Maugrenier. J'habite 51, impasse des Roses. Mon voisin, celui chez qui je l'ai vue entrer, habite au 54. Il s'appelle Marchasson, François Marchasson.

Précis. Factuel. Était-il possible que ce type dise vrai ?

— Racontez-moi. Elle était seule, accompagnée ? Comment ça s'est passé ?

— Accompagnée. Elle descendait d'un véhicule.

— Vous ne vous souvenez pas quand c'était ?

— Je vous l'ai dit : ça fait plusieurs mois. Sur le moment, je n'y ai pas trop prêté attention, sinon que Marchasson n'a pas l'habitude de recevoir des jeunes femmes... Je dirais... novembre ou décembre. C'était un après-midi.

— Vous êtes chez vous ? demanda Servaz.
— Euh... oui.
— Ne bougez pas. J'arrive tout de suite. Il vaut mieux qu'on se parle de vive voix.

MAUGRENIER S'ÉTAIT MANIFESTEMENT aspergé d'après-rasage avant d'ouvrir sa porte, aussi solennel qu'un banquier qui va vous proposer des placements. Servaz ne s'était pas trompé. L'homme avait entre soixante et soixante-dix ans, à en juger par ses cheveux blancs et la peau lâche de son cou qu'étranglait une cravate trop serrée. Servaz avait lu quelque part qu'une cravate était un nid à microbes, et aussi qu'elle comprimait les veines jugulaires du cou et réduisait par conséquent l'afflux de sang au cerveau.

Il observa la rue. Une impasse bordée de pavillons miteux, qui avaient l'air sinistres même sous ce soleil ardent, et pas la moindre rose en vue. Un vieil arbre foudroyé se dressait près d'une palissade, ses racines soulevant le trottoir. Une machine à bitume épandait un tapis de goudron noir sur la chaussée, et Servaz se pinça les narines en reniflant l'odeur d'hydrocarbures. Il croisa le regard d'un des ouvriers en combinaison jaune et frissonna : l'homme avait une cicatrice qui lui fendait la joue et des yeux mauvais qui se posèrent sur lui avec une lueur malveillante, dont l'intensité le surprit.

L'instant d'après, penché sur le bitume fumant, l'homme avait repris sa tâche.

Maugrenier l'accueillit dans un petit pavillon des années 70. Une femme qu'il n'entrevit que furtivement le salua avant de disparaître et l'homme l'invita à s'asseoir dans un salon très laid, qu'égayait cependant un rayon de soleil.

— Vous regardez le foot ? voulut savoir le retraité.
— Hein ? Quoi ?

— La Coupe du monde... Vous allez regarder le match ?
— Quel match ?

Maugrenier le considéra comme s'il débarquait d'une autre planète.

— La France joue tout à l'heure. Contre le Pérou. Si elle gagne, elle sera qualifiée pour le deuxième tour. Griezmann a vraiment été bon lors du premier match. Et on compte aussi beaucoup sur Kanté et Mbappé.

Servaz fit glisser la photo de Marianne sur la table basse.

— C'était bien elle ? Vous en êtes sûr ?

Le retraité hocha la tête.

— Oui. Je me suis même demandé ce que venait faire une femme aussi classe chez ce vieux con. Mais elle était un peu plus maigre que sur la photo. Et elle n'avait pas l'air en très bonne santé...

Servaz fixa l'homme. Il eut une sensation de froid intense dans ses veines.

— Racontez-moi, dit-il. Ça s'est passé comment ?

Maugrenier allait se lancer quand le téléphone de Servaz l'interrompit. Celui-ci jeta un rapide coup d'œil à l'écran. Irène... Il répondrait plus tard.

— Allez-y, dit-il sans cacher son impatience, sous le regard toujours aussi calme et pondéré de son hôte.

Il ne pouvait s'empêcher de douter malgré tout. Que Marianne eût tout bonnement pu entrer en plein jour dans la maison d'un voisin comme si de rien n'était lui paraissait insensé.

— Eh bien, commença le retraité en fronçant les sourcils, maintenant que j'y pense, *il y avait quelque chose de pas clair là-dedans...*

Les yeux de Servaz se plissèrent.

— Comment ça ?

L'homme prit le temps de rassembler ses souvenirs.

—Elle était accompagnée d'un autre type qui la tenait par le bras. Et, comme je vous l'ai dit, elle avait l'air fatiguée... ou malade... ou peut-être *droguée*, en y réfléchissant. Oui, c'est ça : elle avait l'air droguée, complètement à l'ouest, en fait...

Servaz avala sa salive.

—Vous avez conscience que tout ce que vous dites est extrêmement important, n'est-ce pas ? énonça-t-il lentement.

—Je ne suis pas idiot, répliqua l'homme, piqué au vif.

Ça non, se dit Servaz. *Tu n'es pas idiot. Et tu aimes bien passer ton temps derrière ta fenêtre. Une chance pour moi.*

—Cet homme qui la tenait par le bras, c'était votre voisin ?

—Non. C'était un jeune homme. Je me souviens d'ailleurs qu'il m'a fait mauvaise impression. Je ne sais plus pourquoi. Marchasson, lui, les attendait sur le pas de sa porte. Et plus j'y pense, plus il me semble qu'elle titubait légèrement en descendant du van. Ou, en tout cas, que son pas n'était pas très assuré...

—Du van ? réagit vivement Servaz.

—Oui. Un van noir. Un fourgon... aux vitres teintées... On ne voyait rien de l'intérieur.

Nom de Dieu ! Servaz tourna la tête vers la rue, visible entre les rideaux : le cantonnier à la cicatrice avait cessé d'étaler le goudron. Il regardait le pavillon, les coudes appuyés sur sa pelle.

—Vous n'auriez pas noté l'immatriculation, par hasard ?

L'homme lui lança un coup d'œil soupçonneux.

—Pourquoi l'aurais-je fait ?

En effet, pourquoi.

—Mais je me rappelle que c'était un Peugeot. Et il avait l'air en bon état, peut-être même qu'il était neuf...

—Votre voisin, c'est quel genre ?

Le regard de Maugrenier se durcit.

—Marchasson ? Un vrai con, je vous l'ai dit. L'année dernière, il a fait plus de six mois de travaux dans sa baraque...

Vous croyez qu'il serait venu s'excuser pour le boucan et le dérangement ? Que dalle. Pas une seule fois…

Servaz se sentit de nouveau gagné par l'impatience.

— Ces travaux, c'était avant que vous ayez vu cette personne ou après ?

— *Avant.*

Servaz éprouva soudain une sensation de vide à l'estomac. Il se rendit compte que ses mains étaient moites sur ses genoux.

— Et cette femme, vous… vous l'avez revue ?

— Non, répondit le voisin vigilant. D'ailleurs, reprit-il après un instant d'hésitation, je me souviens que le jeune homme et le van sont repartis sans elle.

Aussi simple que ça, songea-t-il, le cœur battant. Même avec un voisin comme Maugrenier, on pouvait faire disparaître une personne au vu et au su de tous. Il subsistait toutefois une terrible incertitude. Était-il en train de se fourvoyer ? D'écouter le délire d'un homme oisif qui n'avait de sensé que l'apparence ?

— La maison, vous pouvez me la montrer ?

L'homme se leva et s'approcha de la baie vitrée.

— Celle-là, dit-il.

Servaz le rejoignit. Il suivit la direction indiquée, non sans noter que le cantonnier ne le quittait pas des yeux derrière la vitre. Tout en haut et au bout de l'impasse, à environ vingt mètres en diagonale, se dressait une construction plus imposante que les autres, adossée à la forêt. Servaz frissonna en contemplant la bâtisse délabrée de deux étages, qui imitait vaguement, avec sa petite tourelle carrée, ses rambardes en ciment et ses balcons tarabiscotés, quelque château des Carpates. Ce genre de villas baroques ne manquait pas dans les Pyrénées. Elles dataient pour la plupart du début du siècle précédent. Celle-ci imposait à l'ensemble de la rue sa présence lugubre – mais peut-être était-ce son imagination qui parlait. Les fenêtres aux rideaux lui firent penser à la maison de Norman Bates, la forêt derrière à *Hansel et Gretel*.

Il se tourna vers le retraité.

— Marchasson, vous savez s'il est chez lui ?

— Il est mort.

Servaz sursauta.

— Quoi ? Quand ça ?

— Il y a cinq mois environ. Il est tombé dans l'escalier. Il s'est cassé le cou. Il vivait seul. C'est sa femme de ménage qui l'a trouvé.

Une pensée traversa l'esprit de Servaz.

— Vous savez qui a les clés ?

Le retraité fit signe que non. Servaz se sentait de nouveau gagné par l'impatience.

— Merci pour votre aide, dit-il. Vous ne parlez de ça à personne.

— Vous allez faire quelque chose ? voulut savoir l'homme, d'un ton ouvertement sceptique.

Comme pas mal de gens dans ce pays, Maugrenier doutait de l'efficacité d'une police et d'un appareil judiciaire réduits à l'impuissance par les garde-fous législatifs, le manque de moyens et le découragement face à une délinquance de plus en plus violente.

En émergeant du pavillon, il fut assailli par l'odeur du goudron. Il marchait d'un pas vif vers sa voiture lorsque l'ouvrier au regard mauvais l'interpella depuis la chaussée fumante :

— Quand est-ce que vous allez rouvrir la route ?

Servaz se retourna, s'immobilisa sur le trottoir. Ainsi le cantonnier savait qu'il était flic. Les nouvelles allaient vite dans la vallée. À moins que le type ne l'eût tout simplement aperçu en compagnie de la mairesse ou sortant de la gendarmerie.

— Aucune idée, pourquoi ?

— J'ai ma petite fille à l'hôpital de Lannemezan, lui cria l'ouvrier. On l'a opérée de l'appendicite. Hier, j'ai demandé si je pouvais prendre l'hélico pour aller la voir, on m'a répondu que c'était pas un cas d'urgence.
— Il y a quelqu'un là-bas avec elle ?
— Sa grand-mère, répondit l'homme à contrecœur.
Son ton était hostile, agressif.
— Vous vous appelez comment ? Je vais voir ce que je peux faire...
L'homme haussa les épaules, sous le regard des autres.
— Laissez tomber. Je sais bien que c'est du pipeau, que vous ne ferez rien.
— Je vous dis que...
— C'est toujours pareil, l'interrompit l'homme. Les petites gens comme nous, tout le monde s'en fout. On est invisibles. Suis sûr que si j'étais un politicard ou qu'j'avais du fric, j'y serais déjà dans votre putain d'hélico...
Il braquait sur Servaz des yeux féroces.
— Mais tout ça, les privilèges, les passe-droits, ça se termine : les choses vont bientôt changer. Finito. Et vous serez aux premières loges quand ça va péter, bande d'enculés.
Servaz se demanda s'il devait réagir à l'insulte, mais il laissa couler : il avait d'autres chats à fouetter. Et puis, il aurait sûrement réagi pareil à sa place.

29

— OUI, DIT ENGUEHARD. Marchasson. Bien sûr que je m'en souviens. On l'a trouvé en bas de son escalier la nuque brisée. Le légiste n'a rien noté de particulier. On a conclu à une chute accidentelle.

Servaz plongea son regard dans celui du gendarme.

— Et vous avez perquisitionné la maison ?

Il lut la perplexité sur les traits d'Enguehard.

— Pour quoi faire ? Puisque c'était un accident…

Servaz se tourna vers Ziegler. Très calme, Irène n'en perdait pas une miette, tout en jouant avec son piercing.

— Il faut fouiller la maison, dit-il. À l'évidence, Marianne Bokhanowsky a séjourné dedans.

— Si on en croit un retraité oisif qui détestait son voisin et qui, selon Éloi ici présent, a l'habitude d'appeler la gendarmerie pour un oui ou pour un non…, commenta-t-elle. La maison est vide ? demanda-t-elle à Enguehard.

— Oui. Elle est à vendre. De temps en temps, le notaire la fait visiter. S'il y avait quelqu'un, il s'en serait aperçu…

— C'est lui qui a les clés ? D'accord. Allons-y, décréta-t-elle en décrochant sa veste en cuir.

— On n'a pas de réquisition, fit observer le gendarme.

— Depuis quand on a besoin d'une réquisition pour visiter une maison à vendre ? lui rétorqua Ziegler.

LE NOTAIRE les attendait devant la grande bâtisse. Il ne cacha pas son étonnement quand Irène l'invita à retourner à son étude en leur laissant les clés.

— Vous pouvez quand même me signer le mandat de visite ?

Comme s'ils avaient l'intention d'acheter la fichue baraque... Ziegler soupira. Signa. Ils regardèrent la maison. Grise, massive, lugubre, elle semblait les attendre. Aussi avenante qu'un crocodile dans le bush. Ils repoussèrent le portail rouillé qui grinça sur ses gonds, remontèrent l'allée, grimpèrent les marches en passant gants et chaussons de nitrile qu'Irène leur avait distribués. La porte d'entrée était percée de deux hublots ovales protégés par des motifs complexes en fer forgé.

Irène tourna la clé, poussa le battant. Une odeur de renfermé, comme si on venait d'ouvrir une poubelle. Ils demeurèrent un moment immobiles dans l'entrée, le temps que leurs yeux s'habituent. Le rez-de-chaussée était plongé dans la pénombre ; la seule clarté provenait des fentes des volets clos, comme de petits traits de feu dans l'obscurité. Ils savaient ce qu'ils cherchaient... Le notaire leur avait expliqué qu'il y avait *un sous-sol aménagé en studio*. Cette information avait aussitôt capté leur attention, et Servaz avait dû se retenir pour ne pas se précipiter à l'intérieur.

En face d'eux, un escalier étroit se hissait vers les étages. Une porte sur la droite était restée ouverte et menait visiblement à une chambre surélevée. À leur gauche, un coin bureau avec une cheminée, une bibliothèque et un radiateur électrique, suivi d'un salon.

— Là, dit Servaz.

Il montra à Enguehard et à Irène la porte basse immédiatement à sa droite, avant celle qui menait à la chambre. La poussa. Un couloir d'à peine trois mètres et au bout une nouvelle porte. Servaz l'examina. Quatre petits trous dans le bois, dessinant un rectangle près du bord. Exactement les mêmes sur le dormant.

Il y avait eu un verrou... à l'extérieur... Il tira le battant. Un courant d'air froid caressa son visage, comme s'il avait ouvert un frigo. Un escalier en béton plongeait abruptement vers le sous-sol. En se penchant, il trouva un commutateur. Un néon clignota, la lumière jaillit, éclaboussant l'espace.

Servaz demeura au sommet des marches, statufié.

C'était ici...

Toutes sortes de pensées négatives infectèrent son esprit tandis qu'il restait sans bouger en haut de l'escalier, balayant la cave du regard.

Irène le rejoignit.

— Merde alors, lâcha-t-elle.

Il descendit les degrés très raides. Un spasme glacé le traversa. Toutes ses craintes, tous ses cauchemars prenaient corps. *C'était ici que Marianne avait séjourné...* Combien de temps ? Selon le voisin, elle était entrée dans cette maison au mois de novembre ou de décembre. Descendue de ce van noir aux vitres teintées. Où était-elle détenue avant ça ? Et pourquoi l'avait-on changée de lieu de détention ?

Il promena un regard circulaire. Ce qu'ils contemplaient était une vaste cave au sol bétonné, avec une petite cuisine et un futon élimé dans un coin, recouvert de plastique et d'une couverture crasseuse et tachée. Pas la moindre déco sur les murs en parpaings. Il repéra tout de suite les deux soupiraux obstrués par des panneaux en liège. *Isolation phonique...* Servaz tourna sur lui-même, cherchant à s'orienter – il en conclut qu'ils donnaient à l'arrière de la maison, côté forêt. *Marianne pouvait toujours crier...*

Aucun autre meuble qu'une table et une chaise en formica dans le coin cuisine. Un appareil de chauffage au gaz qu'il tâta : froid. Un évier mais pas de plaque chauffante. Un frigo vide. Puis l'unique tiroir. Il le montra à Irène : des couverts en plastique et des assiettes en carton.

Il ouvrit le robinet, l'eau avait été coupée. Se pencha vers le placard en dessous. Dévissa le siphon. Il se redressa, l'examina dans la clarté violente du néon et une peur glacée lui étreignit le cœur : *il y avait trois cheveux blonds dans le fond.*

— Maintenant, tu me crois ? dit-il.

Elle acquiesça. Sombrement. Prit les cheveux entre ses doigts gantés et les introduisit dans un sachet transparent. Elle le regarda et lut dans ses yeux un mélange de tristesse et d'effarement.

— Je suis désolée, concéda-t-elle. J'aurais dû t'écouter. Te faire davantage confiance... J'ai eu tort. Je vais avertir le parquet de Pau. Qu'ils relancent l'enquête sur sa disparition... Il faut aussi enquêter sur la mort de Marchasson. Et passer ce sous-sol au peigne fin... (Elle se tourna vers Enguehard.) Je veux qu'on appelle les concessionnaires Peugeot de la région, qu'on fouille dans le système d'immatriculation des véhicules et qu'on me dresse la liste des propriétaires de fourgons de cette marque qui habitent dans le secteur. Putain, comme si on n'avait pas assez de boulot.

Servaz sentit que son cœur retrouvait peu à peu un rythme normal.

— Tu crois que tout ça a un lien ? demanda-t-elle. Les meurtres, l'évasion de Marianne, l'explosion... ?

— J'en sais rien.

Encore une fois, il regarda autour de lui. Où était Marianne ? Pourquoi ne donnait-elle pas signe de vie ? C'est alors qu'il le perçut. Le temps qui filait. Le sable qui coulait dans le sablier. L'aiguille de l'horloge qui tournait... Il priait. Pour que le prochain cadavre ne fût pas celui de Marianne. Pour qu'elle fût quelque part en sécurité. Pour qu'un indice les mît enfin sur sa piste. Ce n'était pas véritablement une prière, il ne s'adressait à personne en particulier.

Ou peut-être bien que si.

30

ON AURAIT DIT que tout un pan de la montagne avait été arraché par les crocs d'un animal gigantesque. Une blessure à vif sous le ciel. Incontestablement, la carrière défigurait le paysage.

Ils franchirent un grillage losangé, dépassèrent un écriteau CHANTIER INTERDIT AU PUBLIC, roulèrent jusqu'à l'Algeco un peu plus loin, qui surplombait la carrière et devant lequel étaient garés un Range Rover, une Mini Countryman et un bulldozer aux chenilles farcies de terre ocre.

Un vacarme infernal leur parvint d'en bas quand ils descendirent. Tous les arbres et les buissons alentour étaient recouverts d'une fine pellicule grisâtre. Ils marchèrent jusqu'au baraquement, gravirent deux marches en bois.

Il faisait encore plus chaud à l'intérieur, et la jeune femme assise derrière un comptoir sur leur droite avait des auréoles sous les aisselles malgré le tissu presque diaphane de son chemisier. Elle était très jeune. À peine vingt ans. Et très maquillée.

— Monsieur Gence, la… euh… gendarmerie voudrait vous… euh… parler, balbutia-t-elle dans l'interphone d'une voix à peine audible.

Elle s'appelait Lucille – c'était écrit sur le badge épinglé à son chemisier.

Une bordée de jurons jaillit de l'appareil. La porte s'ouvrit quelques secondes plus tard. Ils s'étaient attendus à découvrir une armoire à glace, mais Gence était un petit homme sec, bronzé et chauve, arborant des lunettes de myope, et ses bras ridiculement maigres dépassaient des manches retroussées de sa chemise à carreaux.

— Oui ? dit-il en les toisant tous les trois.

Irène Ziegler lui expliqua le motif de leur visite et il parut au bord de la crise de nerfs à l'idée de perdre son précieux temps.

— Suivez-moi, répondit-il sèchement. Lucille, qu'on ne me dérange pas.

Il avait parlé du ton cassant du petit chef tyrannique accoutumé à se défouler sur ses employés. Lucille haussa les épaules. Comme s'il y avait la moindre chance de recevoir deux visites d'un coup dans ce trou à rats.

Irène, Enguehard et Servaz s'entassèrent dans le minuscule bureau où trônait un climatiseur de belle taille – et aussi des trophées sportifs sur les étagères, comme dans le bureau du gendarme, ainsi que des photos dudit Gence visant dans la lunette d'une carabine : à l'évidence, le taulier pratiquait le tir. Irène alla droit au but :

— Je vous préviens : je n'ai pas beaucoup de temps. La moitié de mes employés a déserté pour voir le match et je dois tout faire moi-même... Vous voulez savoir quoi exactement ?

— Vous utilisez des explosifs ici, n'est-ce pas ?

Gence la fixa à travers ses lunettes.

— Oui. Dans les carrières de roches massives, l'extraction nécessite l'emploi d'explosifs, en effet.

— J'imagine qu'il faut des spécialistes...

— Oui, absolument. Seul un professionnel qualifié peut obtenir une explosion contrôlée... (Il marqua une pause.) Si vous faites allusion à ce qui s'est passé sur la route d'Aiguesvives, sachez que c'est l'œuvre de quelqu'un qui s'y connaît, pas de doute.

Il se leva, s'approcha d'un classeur métallique.

— Et comme je m'attendais à votre visite, je vous ai préparé ceci.

Il leur tendit une chemise cartonnée.

— Vous trouverez là-dedans la liste des explosifs et des détonateurs que nous utilisons, avec toutes leurs caractéristiques, les numéros de registre, les quantités utilisées, les entrées et sorties de stock. J'ai déjà tout vérifié. *Il n'y a eu aucun vol.* Vous pourrez aussi les comparer avec les traces d'explosif que, j'en suis sûr, vous avez dû trouver sur place. J'y ai joint également la liste de mes employés. Leurs qualifications, leurs postes. Vous pourrez les entrer dans vos fichiers et aussi les interroger. Je n'ai rien à cacher.

Ziegler songea aux démineurs du centre Landes-Pyrénées, à quarante kilomètres de Bayonne, qui intervenaient en ce moment même dans la montagne, sur l'éboulis, avec leur robot pourvu d'un bras et d'une pince, de plusieurs caméras et d'un canon à eau, à la recherche d'un éventuel détonateur non activé – car, contrairement à ce que l'on pourrait penser, c'étaient les détonateurs contenant environ un gramme de charge explosive qui représentaient le plus grand danger au cours d'un déminage.

— Combien de vos employés manipulent des explosifs ?
— Sept.
— Vous vous êtes inclus dans la liste ? demanda-t-elle.

Le directeur parut choqué. Une étincelle de fureur passa dans son œil et, pendant une seconde, Servaz pensa à ce qu'avait dit le Dr Fatiha Djellali : deux agresseurs, un grand, *un petit*.

— Non, dit-il. Mais vous trouverez là-dedans mon emploi du temps au cours des jours qui ont précédé l'explosion et le jour même. Et maintenant, si vous permettez, j'ai du travail.

Ce type adore se la jouer, songea Servaz.

— Je veux qu'on entre sans perdre de temps les noms de cette liste dans les fichiers, lança Irène en regagnant leur véhicule. TAJ, FAED, FNAEG, FIJAIS... passez tout en revue. Vite... Et n'oubliez pas d'y inclure le directeur.

Elle avait sorti la liste de la chemise cartonnée. Une fois dans la voiture, elle la parcourut des yeux :

Vincenzo Benetti
Grégory Boscher
Nader Osmani
Frédéric Rozlan
António Sousa Antunes
Manuel Teixeira Martins
Abdelkader Zerrouki

31

20 H 45, 26 °C, AFFICHAIT le tableau de bord. Il tourna la clé de contact. Respira. D'ordinaire, l'odeur de neuf de sa Volvo XC90 et le silence du moteur l'emplissaient d'une forme de bien-être, de paix intérieure. Mais pas cette fois. Cette fois, Martial Hosier se sentit assailli par un doute et une inquiétude qui faisaient courir sous sa peau des milliers de fourmis.

En s'écartant du trottoir, il jeta un coup d'œil en direction du chalet. Adèle se tenait derrière la baie vitrée du salon, et elle le suivit des yeux sans se départir du mépris qu'elle affichait désormais chaque fois qu'elle s'adressait à lui. *Après tout ce qu'il avait fait pour elle...* Si elle avait vécu dans le confort, sans se soucier du lendemain, c'était grâce à lui. S'ils avaient pu prendre des vacances aux Maldives, aux Seychelles, faire du voilier dans les Caraïbes, des safaris en Afrique du Sud, c'était grâce à tout le pognon qu'il rentrait. Si elle avait pu jouer au tennis, au golf, dîner avec ses amies chez Sarran, se faire bichonner dans les meilleurs spas et salons de beauté de Toulouse, c'était grâce à son oseille. Elle lui jetait à présent les putes, les maîtresses, les mensonges à la figure... Que ne l'avait-elle fait avant ? *Elle avait bien trop à perdre*, évidemment. Maintenant que les choses se gâtaient, les rats quittaient le rafiot.

De rage, il donna un coup sur le volant en traversant Aiguesvives – un groupe de rock jouait dans le kiosque municipal, torturant des guitares électriques devant un parterre d'une trentaine de jeunes, et il se souvint qu'en plus de la Coupe du monde, c'était la Fête de la musique. Le GPS sur le tableau de bord indiquait l'itinéraire à suivre et aussi qu'il faudrait douze minutes pour atteindre la destination finale. Il avait reçu l'appel une heure plus tôt. La personne croyait savoir qui avait tué Timothée. Mais elle ne tenait pas à ce qu'on les voie ensemble. Elle lui avait donné rendez-vous près de l'ancien moulin à eau, à six kilomètres de la ville. Il se souvenait d'être passé par là une fois, alors qu'il cherchait des champignons : le sentier qui y menait était presque totalement envahi par les ronces et plus personne ne l'empruntait. Il avait été un peu étonné que cette personne lui donne rendez-vous dans un endroit pareil : *Je crois savoir qui a tué Timothée, il faut qu'on parle, vous l'ignorez peut-être, mais moi aussi j'ai participé à ce que vous savez... Ça doit vous surprendre, mais cette affaire a de nombreuses ramifications...*

Il avait été surpris, en effet. Il n'aurait jamais cru que cette personne-là pût être mêlée à cette histoire. Et si c'était un piège ? Il n'était pas né de la dernière pluie. Il connaissait toutes les ficelles. Mais non. Absurde. Ce n'était pas son genre. N'importe qui d'autre peut-être... Et c'était bien sa voix au téléphone.

Il arriva au sommet de la piste en pente légère, cahotant dans les ornières, la bande d'herbe au milieu fouettant le bas de caisse, et il freina. Coupa le moteur. Le soleil couchant transperçait les bois : des lances de lumière projetées entre les frondaisons et les taillis obscurs. La forêt saignait et, déjà, se peuplait d'ombres peu engageantes.

Il descendit de voiture et sentit son pouls battre dans ses carotides. Se demanda si, en fin de compte, c'était une bonne idée de venir ici à la tombée du jour. Martial Hosier s'était attendu à découvrir la voiture de son rencard garée sur la sente, mais sa Volvo était le seul véhicule présent dans le sous-bois.

— Vous êtes là ?

Il n'y eut pas de réponse. Tout à coup, il eut envie de remonter au volant et de repartir. Mais un SMS arriva dans son téléphone : *Je suis derrière le moulin, ne criez pas si fort…* Il sourit. Comme si quelqu'un pouvait les entendre. Il en profita pour uriner contre un tronc d'arbre mais, comme d'habitude, son envie irrépressible ne fut récompensée que par un filet intermittent aussitôt emporté par la brise. Il remonta sa braguette, se mit en marche, écartant les hautes herbes et les ronces qui obstruaient la partie supérieure de la piste. Les ruines du moulin à eau se découpaient en ombres chinoises un peu plus loin, dans une trouée de verdure. Sur sa gauche, le torrent faisait entendre sa voix.

En temps normal, il aurait trouvé ça beau, il aurait aimé cette paix seulement troublée par le bruit du ruisseau. Toute sa vie, il avait joui d'être à la fois l'innocent promeneur champêtre d'Aiguesvives, qui connaissait les champignons mieux que personne, le gynécologue respecté qui écartait les jambes de ces dames et avait atteint les hauts grades de sa loge maçonnique et l'homme qui sniffait des rails de coke entre les seins des putes dans les clandés de Toulouse. Personne ne savait quel être complexe il était. Personne n'avait assemblé toutes les pièces du puzzle. Personne n'avait sondé les profondeurs de ténèbres et de mensonge que dissimulaient son sourire tolérant et son discours modéré. Il avait exploré le monde, il était descendu dans ses bas-fonds, il en avait vu la laideur constitutive – mais c'était cette laideur qui en faisait justement le prix à ses yeux. Car il était un homme aux appétits vils, à la méchanceté irréductible : il l'assumait et s'en flattait. Seul un autre homme avait lu en lui comme dans un livre ouvert. Un homme semblable à lui. Ou plutôt non : *cet homme était aussi mauvais que lui, mais il était infiniment plus puissant, plus redoutable.* Et l'individu avait compris à qui il avait affaire au premier coup d'œil, dès le premier instant où il l'avait vu.

Il franchit les dernières hautes herbes et atteignit les parages du moulin : dans la pénombre vert d'eau, il n'en restait que des pans de pierre à demi effondrés, dévorés par la mousse et par des racines tordues comme des lianes. Le torrent chantait sur la roue désormais inerte. Mais c'était un chant froid et sinistre.

— Hé ! Montrez-vous ! cria-t-il. Vous pouvez sortir ! Il n'y a personne ici à part nous !

Aucune réaction.

— Vous êtes là ?

Pas de réponse. Un oiseau s'envola, secouant le feuillage, le faisant sursauter. Putain ! jura-t-il tout haut. Il eut honte de sa peur. Il n'était pas seulement un homme cruel, il était aussi un homme orgueilleux.

Il regarda autour de lui l'enchevêtrement des troncs noirs et des buissons caressés par le soleil couchant.

À présent, l'anxiété le gagnait.

Il commençait à se dire que la personne ne viendrait pas. Qu'elle n'était pas là. Alors, pourquoi ce message ? Il tourna la tête. *Là-bas.* Ça avait bougé… Une ombre. Entre deux arbres. Un animal ? Il avait vu quelque chose. *Ou quelqu'un…*

Il en était quasiment sûr, même s'il avait enregistré le mouvement à l'extrême bord de son champ de vision. Il se raidit. Impossible d'entendre quoi que ce soit avec le fracas du torrent.

Tout à coup, il y eut un deuxième mouvement, à l'opposé, et il tourna vivement la tête de l'autre côté. Cette fois, il la vit : une ombre qui s'enfuyait, ne laissant derrière elle qu'un feuillage en mouvement. Incontestablement humaine…

— Hé ! Vous !

Deux ombres… Trop éloignées l'une de l'autre pour qu'elles appartinssent à la même personne. *Ils étaient au moins deux là-dedans…* Il regarda fébrilement autour de lui. La panique commençait à poindre. Il pensa à son fils, à Kamel Aissani, tous deux morts dans d'atroces souffrances, et les poils de sa nuque se dressèrent.

Il se souvint qu'il avait reçu un jour à son cabinet une très jeune femme enceinte. Treize semaines. Elle pleurait beaucoup. Elle ne voulait pas de cet enfant. Elle était terrifiée à l'idée d'être mère. Il lui avait souri, lui avait expliqué qu'en France l'IVG chirurgicale pouvait être réalisée jusqu'à la fin de la douzième semaine de grossesse. Pas une de plus. En ce qui la concernait, il était donc trop tard… *d'une semaine.* À moins que le fœtus n'eût une malformation grave, avait-il ajouté perfidement – ce qui n'était pas le cas, il le savait.

— Vous n'avez pas de chance, lui avait-il susurré d'un ton doucereux, vous seriez néerlandaise ou suédoise, vous pourriez encore avorter… Eh oui : jusqu'à la vingt-quatrième semaine aux Pays-Bas… Ah, ces Hollandais, quel peuple… Hélas, vous êtes française, vous allez donc devoir mettre cet enfant au monde, je le crains, que ça vous plaise ou non. C'est la justice de Dieu.

Il ne croyait pas en Dieu – mais il avait aimé la voir pleurer en entendant ces mots : « justice de Dieu ». *Tsedaka. Dikaiosunè. Iustitia…* Était-ce ce dont il s'agissait ici et maintenant ? Il essaya, en vain, de ralentir les battements de son cœur.

— Montrez-vous ! les défia-t-il, mais seul le silence lui répondit. Allez, putain, montrez-vous !

Martial Hosier allait ajouter quelque chose, qu'il n'avait pas peur d'eux – encore un mensonge, un de ces innombrables bobards qu'il avait débités tout au long de sa vie –, quand un choc très violent à l'arrière de son crâne fit sauter d'un coup toutes les connexions de son cerveau et débrancha toute pensée.

Black-out…

SERVAZ ET ZIEGLER se tenaient dans le grand édifice désaffecté. Ils regardaient la haute fenêtre où quelqu'un avait peint son prénom. Avec la disparition du soleil derrière les montagnes, la même ombre buvait la clairière au-dehors que lorsqu'il était venu seul ici, la même fraîcheur et la même humidité les faisaient frissonner, le même silence de cathédrale régnait.

Ils étaient accompagnés de deux TIC qui passaient le vaste espace au peigne fin à l'aide de leurs torches, et prélevaient tout ce qui leur semblait digne d'intérêt. Irène avait également demandé à Roland Castaing, le procureur de la République de Pau, de les rejoindre au cours d'une rotation de l'hélico. Le magistrat levait à présent les yeux vers la fenêtre peinte, comme s'il contemplait un vitrail. Castaing avait écouté Servaz lui résumer les événements. Il était bien placé pour se souvenir de Marianne Bokhanowsky : c'était lui qui avait confié l'enquête à Martin quand le fils de Marianne avait été impliqué dans le meurtre d'une professeure, en 2010.

— Vous voulez que je rouvre l'enquête sur la disparition de Marianne Bokhanowsky, dit-il, mais je ne peux pas vous la confier : *vous êtes suspendu*. Et la SR de Pau a déjà suffisamment à faire... Mais je reconnais qu'on doit agir. Et vite. Vous auriez pu m'en parler avant... Vous avez quelqu'un à me suggérer ?

Servaz pensa à Vincent et à Samira – mais les règles de sa suspension lui interdisaient d'entrer en contact avec eux. *Et il voulait être de la partie, il voulait rester dans le jeu...*

— Non, avoua-t-il.

Castaing le considéra du haut de ses presque deux mètres.

— De mon point de vue, la personne la mieux à même de retrouver cette malheureuse femme, c'est *vous*... Mais, en tant que représentant du parquet, il n'est pas question que j'enfreigne le règlement en vous confiant l'enquête. Jusqu'à nouvel ordre, vous n'êtes plus flic. Je me rends bien compte qu'il s'agit là d'une situation exceptionnelle... Et que le temps presse. Il nous faut trouver une solution.

Le magistrat considéra la pointe de ses souliers vernis que la poussière du hangar avait maculés, repoussa négligemment des gravats du bout de sa chaussure. Un silence s'installa, qui dura quelques secondes. Le regard de Ziegler passa de Servaz au procureur.

— Je crois que mon service peut assumer cette charge de travail supplémentaire, intervint-elle soudain en coulant un nouveau regard vers Martin.

À son tour, Castaing jeta un coup d'œil à Servaz, avant de reporter son attention sur Irène.

— Vous voulez dire que cela ne va pas porter préjudice à l'autre enquête ?

— Nous ferons tout pour que cela n'arrive pas. De plus, il n'est pas exclu que les deux affaires soient liées : la coïncidence dans l'espace et dans le temps est quand même troublante...

— Bien entendu, le commandant... le *capitaine* Servaz, pardon, n'interviendra ni dans l'une ni dans l'autre, nous sommes d'accord ?

— Bien entendu.

— Si, d'aventure, il lui arrivait de rester dans le coin et d'enquêter de son côté, poursuivit Castaing, il serait... hum... le seul à en être tenu pour responsable...

— Et ce serait à notre insu, renchérit Irène.

— À votre insu, médita le proc en hochant la tête. Oui, oui, bien sûr... Le fait... le fait qu'il se trouve ici avec nous en ce moment n'est que... pure coïncidence.

— Disons plutôt qu'en tant que simple citoyen – et non en tant que policier –, il a jugé bon de nous informer de ce qu'il avait trouvé ici et nous l'avons... *auditionné* en tant que témoin, poursuivit-elle sur le même ton procédural.

— Témoin qu'il continuera à être, approuva Roland Castaing.
— C'est ça.
— Et rien d'autre...
— Rien d'autre.
— On ne peut cependant pas empêcher un simple citoyen de faire des recherches ni de fouiner, continua le proc en regardant une nouvelle fois Servaz, dans la mesure où il n'enfreint aucune loi, évidemment...
— Évidemment, renchérit Irène.
— Bien, bien, trancha le géant, satisfait, en tapant dans ses mains, l'affaire est réglée. Allons-y ! Rien de ce qui s'est dit ne devra sortir d'ici et je n'ai pas prononcé les paroles que vous venez d'entendre, c'est compris ?

Un chien était apparu à l'entrée du hangar. L'unité cynophile.

HOSIER FUT RÉVEILLÉ par une épouvantable douleur en haut de la nuque. L'impression que quelqu'un s'amusait à forer sa boîte crânienne avec une perceuse. Il ouvrit la bouche pour aspirer un peu d'air, sentit aussitôt le liquide chaud au goût ferreux sur sa langue. *Du sang...* Il avait dû se mordre la langue quand on l'avait frappé.

Il tira sur ses liens. Il était attaché. Étendu à même le sol, bras et jambes écartés.

Il ne voyait que les feuillages, là-haut, rougeoyant dans le soleil couchant. Il releva la tête, menton contre la poitrine, vit quatre piquets métalliques solidement plantés en terre, à côté de ses chevilles et de ses poignets. Ses membres avaient été attachés en forme de X, de croix de Saint-André... On l'appelait ainsi parce que, disait-on, c'était la forme de la croix qui avait servi à supplicier le saint éponyme.

Le fracas du torrent continuait d'emplir ses oreilles. Un gros caillou sous sa nuque, enfoncé comme un coin entre deux cervicales, lui faisait mal et une feuille d'ortie lui enflammait la joue gauche. Aussi essaya-t-il de garder la tête relevée, mais son cou se fatigua vite.

En bas, à Aiguesvives, c'était peut-être une soirée comme les autres. Ou *presque* comme les autres, compte tenu des circonstances. Mais ici, dans ce sous-bois, loin de tout, c'était l'enfer qui se déchaînait, l'horrible perspective de sa mort imminente, avec, pour officier, pour porter le coup de grâce, *ça*...

Comment était-ce possible ? Jamais il ne se serait attendu à être vaincu et tué par... *ça*. Soudain, il émit un rire puissant, à mi-chemin entre le rugissement et le hennissement :

— Putain, je le crois pas !

Il hoqueta de rire, se prit aussitôt un coup de pied dans les côtes, qui sans nul doute en brisa une ou deux, car la douleur lui cisailla le torse. Martial Hosier hurla. Les insulta. Il allait dire quelque chose quand il reçut une douche chaude, malodorante, sur la figure et dans les cheveux, qui le fit tousser et suffoquer. *De l'urine...* On lui avait pissé dessus ! Il hoqueta, cracha, leva les yeux vers les deux jambes debout et écartées derrière sa tête. Puis il baissa le regard vers ses propres jambes. Car des mains fébriles défaisaient la boucle de sa ceinture, les boutons de sa braguette.

— Qu'est-ce que vous faites ? Vous êtes malades ! Arrêtez ça ! Qu'est-ce que vous faites !

Son souffle court, rapide, soulevait violemment sa poitrine. Son cœur cognait trop fort. La sueur et la pisse inondaient son visage. Quand il vit, yeux écarquillés et larmoyants, la grosse pince s'approcher de ses organes, pour la première fois depuis bien longtemps il urina sans la moindre retenue.

SERVAZ N'ENTENDIT PAS le hurlement déchirant s'élever dans la forêt. Personne ne l'entendit, hormis le ou les assassins eux-mêmes : tout le monde ou presque était devant sa télé à écouter les commentaires d'après-match – en tout cas ceux qui aimaient le sport à la télé. Pas lui. Il n'aimait pas le sport à la télé, ni le sport tout court, du reste. À l'hôtel, il s'était envoyé trois whiskies et c'était assez pour le rendre ivre ou pas loin. Il n'avait jamais tenu l'alcool. À présent, alors qu'il était allongé tout habillé dans son lit – il avait seulement retiré ses chaussures –, son esprit était comme une maison ouverte à tous les vents où des pensées s'introduisaient tels des cambrioleurs sans y avoir été invitées. Toutes revenaient à Marianne :

Que fais-tu en ce moment ? Où es-tu ? Où te caches-tu ?
Est-ce que tu ne dis rien parce que tu as peur qu'il te retrouve ? Mais qui, « il » ? Ou bien t'a-t-il déjà retrouvée, enfermée, enlevée loin d'ici ? Non : tu es là, tout près, je le sens...
D'où venais-tu quand tu es sortie de ce van ? À l'évidence, ils t'avaient droguée. Tu t'es laissé faire, tu n'as même pas tenté de t'enfuir... Et qui était ce jeune type qui te tenait le bras ? Marchasson est mort, lui aussi... Ça ne peut pas être une coïncidence. Ils sont venus lui régler son compte. Pour l'empêcher de parler, de dire qui est derrière tout ça ?
Sont-ils un ou plusieurs ? Ils étaient au moins deux en tout cas : le jeune et Marchasson. Est-ce le jeune qui te garde prisonnière maintenant ? Est-ce lui que tu fuyais cette nuit-là ?
Dans la cave, il y avait des assiettes en carton et la table présentait des angles arrondis pour éviter que tu te fasses mal... Mais tu aurais quand même pu essayer de t'ouvrir les veines avec les couverts en plastique... ou d'arracher les panneaux de liège... Étais-tu enchaînée ? Tu ne l'as pas fait parce que tu n'avais pas envie de mourir ? Ou pour une autre raison ? Après toutes ces années, tu as bien dû avoir tes moments de faiblesse, non ?
Ou bien est-ce parce que Marchasson t'avait à l'œil ? Parce qu'il te surveillait ? Parce qu'il ne te quittait pas des yeux ?

IRÈNE RÉPONDIT à la première sonnerie. Il se dit qu'elle ne dormait pas plus que lui.

— Il faut vérifier s'il n'y a pas une caméra planquée quelque part dans la cave, dit-il.

— Une caméra ?

— Oui, une caméra : je crois que Marchasson la surveillait en permanence. Il ne pouvait pas se permettre qu'elle lui claque entre les doigts. Et il faut demander au voisin de dresser un portrait-robot du jeune qui l'a fait descendre du van.

— Tu sais bien qu'après tant de mois il y a très peu de chances pour que ton portrait-robot soit fiable.

— Il faut quand même essayer. Ce type n'a rien d'autre à faire de ses journées que de surveiller ce qui se passe dans sa rue. Je suis sûr qu'il est capable d'oublier l'anniversaire de ses enfants mais pas un visage inconnu devant chez lui...

— D'accord, je mets quelqu'un sur le coup demain. Tu devrais essayer de dormir, Martin.

IRÈNE COUPA la communication. Elle non plus n'avait pas sommeil, en réalité. Ce n'était pas seulement l'excitation due à l'enquête, la compulsion de l'enquêteur lancé sur une piste et qui ne peut s'empêcher de brasser des hypothèses : elle avait parlé avec Zuzka via Skype une heure plus tôt et, à présent, elle avait envie de crier, de casser quelque chose, de cogner contre les parois, de pleurer.

Elle se revit à Santorin, hôtel Delfini, quelques années en arrière. Zuzka s'étirant sur le balcon comme un chat au soleil, la mer et le ciel symétriquement bleus, le blanc aveuglant des maisons étagées au bord de la falaise, la roche noire, volcanique, tout aussi volcanique que leurs corps enlacés. Elles avaient passé leur temps à danser, à picoler et à baiser... Zuzka était la plus belle femme qui fût jamais entrée dans sa vie. Tous les hommes de l'île se retournaient sur elle. Ils devinaient qu'ils n'avaient aucune chance et enrageaient secrètement de toute cette beauté qui leur échappait.

Elle savait qu'il était profondément injuste de penser ainsi, mais le fait que cette maladie eût frappé une femme comme Zuzka lui apparaissait comme une anomalie. Une hérésie. Une blague cosmique. Car, si Dieu existait, alors son amie était la plus belle créature née de son dessein. Mais Dieu était un putain de bricoleur du dimanche dans son atelier merdique. Et il avait tout foiré, une fois de plus...

Elle regarda sa montre. 0 h 10. Dehors, la ville dormait – ou feignait de le faire.

Car combien d'habitants d'Aiguesvives parlaient ou pensaient à l'affaire en ce moment même ? Combien, dans le secret de leurs foyers, soupçonnaient Untel ou Untel parmi leur voisinage ? Combien doutaient de l'efficacité de la police ?

Elle se leva, alla jusqu'à la fenêtre, contempla les lumières de la ville, les montagnes obscures.

Elle ne vit pas les deux silhouettes cagoulées, vêtues de survêtements noirs, qui se glissèrent dans les ruelles proches de l'hôtel, bombes de peinture à la main, et taguèrent *LA POLICE PROTÈGE LES ASSASSINS* sur la façade, avant de se fondre dans la nuit d'où elles avaient surgi.

Vendredi

32

LA VIBRATION DE SON portable interrompit son rêve. Dans celui-ci, il regardait Léa qui dansait avec un autre. Dansait et *flirtait*. Une fête avec des gens qu'il ne connaissait pas. Il ne savait pas comment Léa et lui avaient atterri là. La musique était un poilant *mashup* de bossa-nova, d'Elvis Presley et de Queen, que Vincent lui avait fait un jour écouter en disant : « le Roi et la Reine ». Léa dansait avec ce gars qui avait vingt ans de moins qu'elle et qui la reluquait dans sa robe trop moulante comme si elle était un fruit rouge et appétissant.

Ce qui n'avait pas l'air de lui déplaire, constatait-il dans son rêve en surprenant les œillades qu'elle lui lançait en retour.

Est-ce qu'il était jaloux ? Un peu, qu'il était jaloux…

La vibration l'avait tiré du rêve au moment où il traversait la piste et attrapait Léa par le bras en disant : « Bon, maintenant, ça suffit », et où elle se libérait en riant pour se jeter de plus belle dans les bras de son jeune partenaire. À quoi rêvent les hommes en général quand ils dorment ? Rêvent-ils que leur femme les trompe ? Que leurs enfants les assassinent ? Qu'on leur chipe leur argent ? Qu'ils perdent leur emploi ou se font pourrir par leur patron ? Il était flic. Il faisait des rêves de flic. On lui tirait une balle dans le cœur, on lui passait un sac en plastique sur la tête, deux hommes enlacés brûlaient vifs devant lui, il marchait pieds nus dans la neige après une opération du foie, il était emporté par une avalanche, il roulait à contresens sur l'autoroute avec un étudiant suicidaire au volant. Non, ça, ce n'était pas vraiment des rêves. *Plutôt des souvenirs*, qui se mêlaient à ses rêves comme une fausse note dans un orchestre. Mais pas cette fois. Cette fois, il avait rêvé de Léa…

— Martin, c'est Irène, dit Ziegler.

Il se demanda quelle heure il était. En tout cas, il faisait grand jour.

— Il faut que tu viennes.
— Qu'est-ce qu'il y a ?

Un silence.

— On a trouvé le corps de Martial Hosier. Sa femme a appelé il y a moins d'une heure pour dire qu'il n'était pas rentré cette nuit. On l'a localisé grâce à son cellulaire.

Il hésita.

— Comment c'est ?
— Comme les autres fois… moche. Dépêche-toi de rappliquer, tu jugeras par toi-même. J'ai envoyé un message avec les coordonnées GPS dans ton téléphone.
— Et comment je fais ça ? demanda-t-il.

Irène avait sans doute oublié qu'il était le contraire d'un geek. Elle lui expliqua.

— D'accord.

En raccrochant, il réalisa qu'il avait dormi habillé dans le lit haut et large au matelas défoncé qui occupait presque tout l'espace de sa chambrette sous les toits. Il se doucha rapidement, se brossa les dents, non sans penser au rêve. Il en connaissait l'origine : deux semaines plus tôt, il avait rendu une visite impromptue à Léa, à l'hôpital. Alors qu'il remontait un couloir, il l'avait aperçue en grande conversation avec un confrère, un jeune médecin dans la trentaine, cheveux courts et bruns, séduisant et athlétique, d'une taille légèrement inférieure à celle de Léa – comme lui.

Le jeune toubib avait l'air cool et sûr de lui, mais la façon dont Léa le regardait droit dans les yeux et la proximité de leurs visages comme de leurs corps tandis qu'elle lui parlait l'avaient mis mal à l'aise. Et il s'était approché d'eux avec la sensation de manquer d'oxygène. Quand Léa avait découvert sa présence, il avait eu la désagréable impression qu'il les dérangeait, qu'il y avait entre eux une connivence secrète dont il était exclu. Machinalement, il avait retenu le nom du toubib marqué sur son badge : *Dr Jérôme Gaudry*.

Il se sécha, regagna la chambre, examina son portable. Il avait un appel de Léa. Elle avait dû téléphoner pendant qu'il était sous la douche. La veille au soir, il s'était endormi sans s'en rendre compte et sans passer le moindre coup de fil. Il renonça à la rappeler. Il n'avait pas le temps.

Quand il sortit de l'ascenseur dans le hall, il découvrit Mathis assis sur une chaise. *Harry Potter* avait remplacé la tablette. Cela lui fit plaisir. En même temps, il se dit que ce gosse n'avait jamais l'air complètement heureux. Même quand il souriait, il y avait en lui un fond de tristesse qui serrait le cœur de Servaz, et lui rappelait Gustav. Il s'en voulut soudain de ne pas avoir appelé son fils la veille ; il se promit de le faire dès qu'il aurait un moment de libre.

— Alors ? lança-t-il en passant.

Mathis détacha les yeux de son livre et lui sourit.

— C'est mieux que le film !

— Je te l'avais bien dit, triompha-t-il en s'éloignant.

— Mathis, qu'est-ce que tu fous ? s'écria sa mère de l'arrière de la réception. Toujours à traîner ! Tu es pire que ton père ! Viens ici ! Magne-toi !

Il n'y avait pas une once de tendresse dans cette voix et Servaz vit le garçon se lever et hausser les épaules en lui adressant un regard désolé.

IRÈNE AVAIT RAISON. Il se demanda laquelle était pire : la mort du père ou celle du fils. Il évitait de trop s'attarder sur la plaie ensanglantée, au-dessus du pantalon et du slip souillés. Il se focalisa plutôt sur les liens qui amarraient les chevilles et les poignets de Martial Hosier aux quatre piquets rouillés plantés en terre : des cordes tressées de couleur bleue, enroulées plusieurs fois autour des piquets.

— Des longes de relais en corde dynamique, dit Ziegler en suivant son regard. Faites pour se vacher en toute sécurité.

— Quoi ? fit-il avec une mimique d'incompréhension.

— De la corde pour l'alpinisme et le canyoning, résuma-t-elle.

Il se souvint de ce qu'un guide lui avait dit un jour. La différence entre les mots *alpinisme* et *pyrénéisme*. Le premier avait une connotation presque exclusivement sportive, le second au contraire sous-entendait une approche à la fois physique, culturelle et esthétique. L'alpinisme était un sport, le pyrénéisme une philosophie.

— Il a dû sacrément hurler, fit-il remarquer en jetant un rapide coup d'œil à la plaie béante entre les cuisses et en frissonnant.

On lui avait aussi tranché les tétons – sans doute avec une paire de ciseaux, un couteau émoussé ou tout autre objet tranchant assez rudimentaire, car les plaies étaient pleines de croûtes noires. L'expression sur le visage de Martial Hosier était celle d'une terreur radicale. La mort l'avait figé les yeux exorbités.

— L'habitation la plus proche est à cinq kilomètres. Et plus personne ne vient par ici, à part les cueilleurs de champignons, mais ce n'est pas la saison.

Servaz écouta les eaux vives. Aperçut le tas de vêtements en vrac un peu plus loin.

— Et, comme la dernière fois, le bruit du torrent a dû couvrir tous les autres bruits… Pourquoi s'est-il jeté dans la gueule du loup alors que son fils venait d'être assassiné dans un endroit très semblable à celui-ci ?

Ziegler emprunta au procédurier un sac à scellé contenant un petit téléphone, le montra à Servaz.

— Il a reçu un appel quelques minutes avant de sortir de chez lui. Visiblement, il avait assez confiance en la personne qui a appelé pour venir jusqu'ici…

— Donc, il connaissait son assassin…

— Ça m'en a tout l'air.

— Et c'était sans doute pour lui quelqu'un d'*insoupçonnable*.

— Exact.

— Il a également reçu un SMS une fois sur place, dit Ziegler. Il faut tracer l'appel et interroger sa veuve sur ses relations dans la vallée, voir en qui il pouvait avoir suffisamment confiance pour venir ici seul en un moment pareil…

Une confiance bien mal placée, se dit Servaz en contemplant le cadavre aux jambes et aux bras en croix. Il se pencha, fronça les narines.

— Il s'est pissé dessus.

— Pas seulement… On lui a uriné sur la figure : on a voulu l'humilier, le rabaisser.

— C'est pas avec ça qu'on va avoir un ADN, dit-il.

— Oui, mais on peut pas tout à fait l'exclure. On a quand même des exemples où on en a trouvé un peu, tempéra Ziegler.

— À condition qu'il soit dans le fichier. Et côté traces ? demanda-t-il en essayant, sans y parvenir complètement, de se fermer mentalement à l'image de Martial Hosier subissant *ante mortem* tous ces sévices.

— Les traces de pas ont été méticuleusement effacées. Comme les autres victimes, il a été frappé violemment et maîtrisé une fois qu'il était inconscient… Et il y a aussi ça.

Elle l'emmena un peu à l'écart, là où la terre et les cailloux étaient remplacés par les hautes herbes. *Deux galets...* Un triangle et un X.

— Et le... les organes génitaux ? hasarda-t-il.

— Disparus... Peut-être qu'un animal les a emportés et en a fait son quatre-heures.

Il regarda Irène. Elle avait dit ça avec le plus grand sérieux. Elle n'avait pas l'air spécialement affectée par le spectacle, mais il savait que c'était une façade. Qu'on ne ressortait jamais complètement indemne d'une telle vision. Personne ne le pouvait.

— Décidément, là où vous êtes, il se passe toujours quelque chose, déclara une voix derrière eux.

Servaz se retourna. Roland Castaing le fixait de toute sa hauteur.

— Là où vous êtes aussi, répliqua-t-il.

Au coup d'œil nerveux que le proc lui adressa, il comprit que celui-ci n'avait pas envie de plaisanter.

— On en est à trois, dit le géant.

Il remua un caillou de la pointe du soulier, comme il l'avait fait avec des gravats dans l'usine désaffectée. Sans doute n'avait-il pas conscience de son tic.

— Il faut avancer. Mettez plus d'hommes sur le coup...

— Ça risque de nous encombrer et de disperser nos forces inutilement, protesta Irène. Gérer les nouveaux venus, les mettre au parfum, les former à nos méthodes va nous faire perdre un temps précieux... Et mettre en péril l'unité du groupe.

Castaing lui jeta un regard sombre.

— Je ne veux pas qu'on soit accusés de ne pas avoir fait ce qu'il fallait. Vous savez comme moi comment sont les médias de nos jours. Et les réseaux sociaux. Tous ces gens qui passent leur temps à chercher la petite bête, à expliquer ce qu'il aurait fallu faire... Ces chaînes d'info qui montent en épingle le moindre embryon d'information, et qui meublent avec à longueur de journée. Je ne veux pas qu'on leur fournisse des munitions…

—L'enquête vient à peine de commencer, s'insurgea Ziegler.

—Ouais, et on en est déjà au deuxième meurtre. Trois si on compte Aissani… Quelqu'un a regardé le match hier ? demanda-t-il ensuite.

Le proc n'en démordait pas. Il faisait en sorte de se couvrir. Irène se sentit en colère. C'était désormais comme ça partout : à force de vouloir se prévenir des critiques et tenir compte de tous les avis, ne froisser aucun groupe ni aucune minorité et éviter tout commentaire négatif, plus personne n'osait bouger le petit doigt dans ce pays.

—Comme vous voudrez, répondit-elle, en se faisant la réflexion que, parfois, les couilles sans la cervelle étaient plus utiles que la cervelle sans les couilles.

Une réflexion sans doute inspirée par l'état de Martial Hosier.

33

— LA DATE DU CONSEIL de discipline n'a toujours pas été arrêtée, annonça le représentant syndical dans l'appareil. Et elle ne le sera pas tant que la justice n'aura pas rendu son verdict au pénal.

Servaz songea que rien ne pressait tant que la route n'était pas rouverte, mais il s'abstint de tout commentaire. Il faisait les cent pas devant le chalet de feu Martial Hosier ; Irène et Enguehard se trouvaient à l'intérieur avec sa veuve. Par miracle, il n'apercevait pour l'instant aucun journaliste. L'éboulement avait du bon, en fin de compte. Le seul reporter coincé avec eux ne pouvait être sur tous les fronts, mais, avec ce nouveau meurtre, les autres n'allaient pas tarder à rappliquer par leurs propres moyens.

— Dès que j'ai du nouveau je te préviens, ajouta le syndicaliste. Tiens-toi prêt.

Il hésita à révéler où il se trouvait.

— On va faire le maximum, conclut l'homme, et Servaz jugea que la formule manquait singulièrement d'optimisme.

Il remercia et raccrocha. Il savait très bien qu'il n'avait aucune chance d'échapper à une radiation après ce qui s'était passé en février au cours de l'affaire Lang. Il glissa une gomme antitabac dans sa bouche, il avait de plus en plus envie de fumer.

— Mon mari n'était pas un homme bien, était en train de dire Adèle Hosier quand il retourna à l'intérieur.

— Comment ça ? demanda Irène Ziegler.

Le regard de la veuve glissa d'Irène à Enguehard, puis sur Servaz en train de s'asseoir. La voix inquiète avait fait place à un ton plein de fermeté. Son mari à peine refroidi, elle semblait avoir repris du poil de la bête. C'était une tout autre femme qu'ils avaient devant eux.

Il avait déjà observé ce genre de métamorphose chez des épouses qui avaient passé leur vie dans l'ombre de leur mari : la mort de celui-ci les soulageait d'un fardeau et les révélait à elles-mêmes. Elles se sentaient soudain libres d'écouter leurs instincts, leurs désirs si longtemps réprimés, d'exprimer leurs opinions sans peur d'être jugées ou ridiculisées.

— Mon mari était une ordure, estima-t-elle en guise d'oraison.

Ziegler interrogea Adèle Hosier du regard.

— Il... pratiquait des avortements clandestins sur des prostituées mineures... Ne me demandez pas comment elles arrivaient chez lui, je n'en sais rien. Sûrement ces coups de fil qu'il recevait tard le soir. Et pour lesquels il s'éloignait avant de répondre. Je suppose que quelqu'un les lui envoyait. Ce que je sais, c'est qu'elles entraient toujours par la porte de derrière. Des filles parfois très jeunes...

Les macs, se dit Servaz, c'étaient eux qui appelaient Martial Hosier le soir pour les *chandelles*, ainsi que les flics surnommaient les filles qui faisaient le trottoir. À Toulouse, elles se concentraient désormais au nord du secteur Minimes-Barrière de Paris, à Ponts-Jumeaux et le long du canal du Midi. Chassées par les arrêtés municipaux et la police, elles avaient déserté le centre. Mais parce qu'elles étaient repoussées toujours plus loin au nord de la ville, leur situation n'en devenait que plus précaire et plus alarmante, sans parler des riverains confrontés au ballet incessant des clients et des filles.

— Souvent aussi il passait la nuit dehors. Je ne suis pas dupe : je sais que mon mari fréquentait certains milieux. Il recevait de l'argent, mais pas seulement : il devait aussi être payé en nature. C'était un grand consommateur de… pornographie et de femmes. Et… ce n'est pas avec moi qu'il pouvait satisfaire ses plus bas instincts.

Ziegler l'observa intensément.

— Comment vous savez tout ça ?

La veuve haussa les épaules.

— Quand vous avez passé autant de temps avec quelqu'un, vous connaissez sa nature profonde, ses petits secrets : ceux qu'il a cherché à vous cacher pendant toutes ces années… (Servaz la vit rassembler ses souvenirs.) Quand j'ai connu Martial, c'était un jeune homme qui venait de terminer ses études, ambitieux, séduisant, plein de charme et amusant… J'ignorais qu'il portait un masque… J'étais jeune et naïve en ce temps-là, je n'avais connu qu'un seul homme avant lui. Un gamin de mon âge. Martial était plus vieux, plus mûr… Je ne savais pas ce que sont vraiment les hommes. Des animaux, des porcs… Et puis, petit à petit, il a révélé sa vraie nature, il est devenu plus vicieux, plus sombre… Il a voulu faire des choses que j'ai refusées. Qui m'horrifiaient. Alors, il s'est mis à me mépriser, à m'humilier. Et il est allé voir ailleurs… Et puis, je vous l'ai dit : je voyais ces filles entrer et sortir.

— Et vous n'avez jamais eu envie d'en savoir plus ? Vous ne l'avez jamais suivi ? Vous ne lui avez jamais posé de questions ? s'étonna la gendarme.

Adèle Hosier secoua la tête.

— J'avais trop peur de ce que j'aurais pu découvrir, répondit-elle, mal à l'aise. Il y avait quelque chose chez lui de malsain. D'inquiétant. Quelque chose qui me terrorisait. Et puis, mon mari était un homme autoritaire. Qui pouvait aussi se montrer… violent, à l'occasion.

Servaz sentait la haine dans chacune des paroles d'Adèle Hosier.

— Violent physiquement ou violent psychologiquement ?

— Les deux.

— Et vous n'avez jamais envisagé de prévenir la police ? demanda soudain Irène.

Adèle Hosier cilla, ne répondit pas.

— Vous ne vous êtes jamais dit que ces... gamines avaient peut-être besoin d'aide, d'être secourues, tirées des griffes des proxénètes ? Vous savez comment ces prostituées sont *dressées* ? Qui sont les individus derrière ces réseaux ?

Ziegler ne quittait pas la veuve des yeux.

— À Toulouse, ce sont les mafias de l'Est, d'Albanie et d'Afrique centrale qui contrôlent les filles. Des gens ultraviolents – les Albanais en particulier...

Irène avait parlé d'une voix égale mais glacée.

— Ils les arrachent très jeunes à leurs familles, les séquestrent, les font violer à la chaîne par d'autres hommes, les cognent, puis ils les envoient en Europe de l'Ouest... Imaginez que vous êtes une gamine de seize ans et que vous vous retrouvez soudain loin de chez vous, de vos parents, de vos frères et sœurs, de votre maison, de votre animal de compagnie... Toute seule au milieu de ces porcs... Enfermée dans un lieu sordide... Battue et violée tous les jours par des hommes qui vous gueulent dessus, font pleuvoir les coups et les cris, vous font tout ce qu'il est possible à un taré sadique de faire à une jeune fille sans défense... Imaginez qu'on vous crame les seins avec des cigarettes, qu'on vous tatoue comme du bétail avec le nom du chef de la bande... C'est ce qui est arrivé aux filles qui sont tombées sous la coupe d'un gang d'Albanais démantelé à Toulouse l'an dernier. Une affaire de famille, ce que sont la plupart des gangs venus d'Albanie : le père, les frères. Ces salopards contrôlaient un kilomètre de trottoir le long de l'avenue des États-Unis. Vous croyez que ça les a arrêtés, que les filles ont disparu du jour au lendemain des trottoirs toulousains ? Oh que non. Ils ont continué de contrôler leur réseau de leur prison... grâce à des complicités... et aussi à des gens comme vous.

Adèle Hosier tremblait à présent.

— Si ça ne tenait qu'à moi, on leur couperait les couilles avant de les mettre à l'ombre, siffla la gendarme. Mais ils ont une sacrée chance : il y a des lois dans ce pays. Des juges, des avocats. Et aussi des gens qui pensent que parler à la police, c'est mal. C'est un pays rêvé pour les ordures dans leur genre.

Le ton d'Irène était sévère, et Servaz vit qu'Adèle Hosier était ébranlée.

— Ce n'est pas ma faute, balbutia-t-elle, la lèvre tremblante.

— Vous avez vu les signes... vous avez vu ces filles mineures qui défilaient dans le cabinet de votre mari, poursuivit-elle, et vous n'avez rien fait, rien dit. Vous avez préféré... *fermer les yeux.*

— Ce n'est pas ma faute, répéta la veuve en essuyant les larmes qui perlaient au bord de ses paupières.

— Peut-être qu'on vous a appris à ne pas dénoncer, qu'on vous a dit que ça rappelle de sinistres époques... ce genre de conneries, cracha Irène. Qu'advient-il de ce beau principe quand se taire c'est se rendre complice d'un crime bien plus grand ? Quand la loi du silence permet à la barbarie de prospérer ? Quand nos grands principes se heurtent à une sauvagerie qui n'a qu'un but : les dévoyer à son profit ? Si vous avez la moindre idée de l'identité de l'assassin, si vous pensez savoir qui pourrait être derrière tout ça, je vous conseille de nous le dire maintenant, conclut la gendarme. C'est le moment de racheter votre lâcheté. N'oubliez pas qu'il a tué non seulement votre mari, mais aussi votre fils.

Le visage d'Adèle Hosier tressaillit. Sa voix vibra de fureur et de douleur quand elle s'écria :

— Vous croyez que je ne le sais pas !

Irène ne broncha pas, en attente. Il y eut un silence.

— Quand on est entrés dans le chalet après la mort de Timothée, on a trouvé son chien dans le salon... Mort lui aussi.

Quelqu'un avait écrit le mot « bienvenue » dessus... Avec une peinture lumineuse. Et puis, juste après, il y a eu cette explosion. À l'évidence, quelqu'un nous attendait pour nous piéger...

— Ce chien, il se trouve où ?

— Martial l'a enterré au fond du jardin.

Ziegler se tourna vers Enguehard, qui se leva et sortit.

— Votre mari a aussi reçu un coup de fil, dit Irène. C'est sans doute suite à cet appel qu'il est parti dans la montagne. (Elle planta son regard dans celui de la veuve.) Réfléchissez. C'est quelqu'un en qui il avait confiance. Suffisamment en tout cas pour s'aventurer seul dans la forêt après ce qui était arrivé à votre fils.

Adèle Hosier secoua la tête.

— Mon mari n'avait confiance en personne. (Elle hésita.) Mais je sais qu'il avait peur ces derniers temps.

— Peur ?

— Oui. Pas à Toulouse : *quand il venait ici...*

—JE VEUX QU'ON effectue des prélèvements ADN sur le corps de ce chien, qu'on analyse la peinture et qu'on voie quels magasins dans la région vendent ce genre de camelote luminescente. Et aussi qu'on passe tout le foutu chalet en revue : celui qui a déposé le clebs a peut-être laissé une trace, dit Irène en contemplant l'animal mort que deux TIC dégageaient maladroitement de son trou, au fond du jardin, leurs gants de nitrile glissant sur le poil noir, humide et souillé de terre rougeâtre.

Les yeux clos, le bestiau alangui avait l'air de dormir.

Elle se tourna vers Servaz

— Des avortements clandestins... deux victimes qui ont l'air de femmes enceintes... une troisième émasculée : on commence à avoir un fil rouge, non ?

Servaz hocha pensivement la tête. Une idée lui était venue – mais il était trop tôt. Et cette idée l'emplissait à la fois de terreur et d'espérance. Le téléphone de Ziegler réclama son attention. Elle répondit.

— Ils ont trouvé une caméra dans le sous-sol de Marchasson, lui dit-elle en remettant l'appareil dans sa poche. Une caméra miniaturisée, le genre qui détecte automatiquement les mouvements et envoie une alerte sur votre téléphone, équipée de leds infrarouges et d'un objectif grand angle. Elle était planquée au-dessus d'un placard de la cuisine. Elle couvrait tout l'espace. Il y avait aussi plusieurs micros ultrasensibles, qui devaient alerter Marchasson dès que Marianne bougeait.

Servaz avait déjà rencontré dans des enquêtes ce genre de caméra espion à peine plus grosse qu'un doigt : on les trouvait désormais sur Internet pour moins de cinquante euros.

Une nouvelle fois, la question surgit : à en croire le témoignage du voisin, Marianne avait été brièvement enfermée dans la cave de Marchasson… *Où était-elle avant ça ? Pendant toutes ces années ?*

TOURNANT LE DOS au balcon, Léa Delambre rentra dans le salon. Consulta sa montre. Elle avait une petite demi-heure devant elle avant de partir pour l'hôpital. Elle se servit un autre café derrière le bar, à la machine semi-automatique avec moulin broyeur pour le grain et buse à vapeur pour la mousse. Son appartement donnait sur la promenade du Bazacle, l'un des plus beaux points de vue de Toulouse. De son salon au quatrième étage, elle embrassait les moulins, l'écluse de Saint-Pierre et Notre-Dame-de-la-Daurade d'un côté, le dôme de la chapelle Saint-Joseph-de-la-Grave de l'autre, la Garonne et les ponts droit devant.

Ce matin-là, le soleil tardait à percer la brume qui recouvrait le fleuve, mais on devinait l'incendie qui couvait derrière, comme dans une toile de Turner.

Un tableau trompeusement idyllique. Comme un pansement plaqué sur les plaies de la cité. Brutalité, délinquance, trafics, révoltes – au cours des dernières années, la ville avait perdu de son innocence, une partie de sa joie de vivre. Traversée par des convulsions de plus en plus violentes, Toulouse était devenu un théâtre de tensions et de déchirements.

Léa en voyait les effets jusqu'à l'hôpital, où les rapports avec les parents des enfants qu'elle soignait se tendaient chaque jour un peu plus : il y avait ceux qui croyaient en savoir davantage que le médecin parce qu'ils avaient lu trois articles sur Internet, ceux à qui leur conception de la religion interdisait de serrer la main d'une femme, ceux aux yeux de qui un toubib n'est jamais qu'un bourgeois et donc un ennemi de classe... C'était à croire que le monde entier était entré en fusion... Léa éteignit la télé branchée sur une chaîne d'info, où un de ces tribuns qui soufflaient chaque jour sur les braises d'un pays déchiré éructait des mots creux et des phrases définitives. Tant que la seule réponse à la corruption et à l'incurie serait idéologique, on ne s'en sortirait pas, se dit-elle.

Elle attrapa son téléphone sur le comptoir de la cuisine.

Hésita.

Comment Martin le prendrait-il ? Elle savait qu'il lui en voudrait terriblement. Qu'il serait blessé par son geste, furieux contre elle. Il était trop droit, trop intègre, trop exigeant avec lui-même et avec les autres pour comprendre ce qu'elle s'apprêtait à faire.

Il vivrait ça comme une trahison. Mais ce n'en était pas une. C'était une tentative pour rétablir l'équilibre, pour remettre les choses à leur place.

Elle composa le numéro.

— Allô, dit-elle, c'est Léa...

34

— MÊME MÉTHODE QUE pour les deux autres, constata le Dr Fatiha Djellali deux heures plus tard à l'écran. Un seul coup très violent porté sur l'occipital, qui lui a fait perdre connaissance. Ensuite, il a dû se réveiller ligoté. Il s'est violemment débattu : il présente de profondes lacérations aux poignets et aux chevilles.

Ça n'avait pas traîné, cette fois, pour l'autopsie. Avec ce nouveau meurtre, toutes les procédures allaient être accélérées. Il nota que la légiste avait passé des pendants d'oreilles et que son maquillage – crayon noir et blush – était un brin plus appuyé que l'autre jour. Il la trouva belle en cet instant. À plusieurs reprises, avant de rencontrer Léa, il avait songé à inviter le Dr Djellali à dîner mais, chaque fois, il l'avait vue alors telle qu'il la voyait la plupart du temps – en train d'ouvrir des cadavres à l'aide de scalpels et d'écarteurs, d'instruments métalliques et froids dans la lueur des scialytiques –, sculpturale déesse du pays des morts, incarnation terrestre d'Izanami, la divinité japonaise, ou de la Nordique Hel, et il avait renoncé.

— C'est l'hémorragie massive consécutive à l'ablation du pénis et des testicules qui a causé la mort, continua-t-elle d'un ton neutre en montrant l'horrible plaie béante au niveau du bassin – et il comprit pourquoi il avait reculé : il s'était demandé ce qui se passerait quand ils seraient nus tous les deux et qu'elle poserait les mains sur lui. Penserait-il à ce moment-là que ces mêmes mains gantées venaient, un peu plus tôt dans la journée, de tripoter viscères, membres et organes génitaux morts ?

UNE HEURE PLUS TARD, à la gendarmerie, Irène rassemblait son groupe d'enquête dans la petite salle de réunion. Des visages fatigués, des yeux rouges. Il devait y en avoir parmi eux pour douter qu'une gendarme qui, à quarante ans passés, arborait tatouages et piercings et revenait d'un pays lointain où elle avait été mutée pour un motif disciplinaire, eût les compétences et le sang-froid requis pour boucler cette affaire. Il y avait aussi probablement des hommes – certes de plus en plus rares – pour penser qu'une femme ne devrait pas diriger un groupe d'enquête.

La dernière fois, Servaz avait identifié au moins quatre profils autour de la table. La jeune gendarme aux taches de rousseur : *timide*. Manque de confiance en soi. Mieux valait lui poser des questions fermées. Le hipster : *rebelle*. En désaccord systématique, cherchait l'affrontement. Et aussi *je-sais-tout* frais émoulu de l'école, persuadé que les vieilles méthodes ont fait leur temps. Mais avec de bonnes idées. L'amener à faire des propositions, le faire basculer dans la critique constructive. Enguehard : *tatillon*, perfectionniste, attachant trop d'importance aux détails ; du coup, manquait de vue d'ensemble. Mais excellent pour prendre des notes. Enfin, le grand type, là-bas, qui parlait sans arrêt à l'oreille de son voisin : *bavard*. Lui donner la parole le moins possible, ou il perdrait tout le monde dans des digressions sans fin.

— Qu'est-ce qu'on a ? demanda Ziegler d'emblée.

Enguehard hésita.

— Le... téléphone que nous a confié le capitaine Servaz, commença-t-il. Celui qu'il a trouvé dans la forêt... On a reçu les résultats de l'analyse : *ce sont bien les empreintes de*

Marianne Bokhanowsky. Et l'appareil n'a servi qu'une seule fois : pour passer le coup de fil que le capitaine Servaz a reçu. On attend les résultats de l'analyse des cheveux trouvés dans le siphon…

Irène jeta un coup d'œil à Martin, qui acquiesça en silence.

— Revenons aux meurtres de Timothée et Martial Hosier, dit-elle. On en est où de la perquisition ?

Ils avaient demandé à une équipe de la SR de Toulouse de perquisitionner le cabinet et la maison de Martial Hosier là-bas.

— Elle est en cours…

— Je veux qu'on épluche ses comptes en banque, qu'on trouve son notaire s'il en avait un, qu'on appelle les impôts et qu'on fasse la liste de tous ses biens immobiliers. Qu'on interroge aussi les voisins au sujet de ces filles et d'autres visiteurs éventuels. Qu'on trace son téléphone portable. Appelez les opérateurs. D'après sa femme, il sortait beaucoup la nuit. Voyez avec la SR de Toulouse, demandez-leur de faire la tournée des grands-ducs et de se renseigner sur ses fréquentations nocturnes. Voyez aussi avec les Écofi ce qu'il faisait de son fric.

Les « Écofi » : la brigade financière de la Section de recherche.

— On a quoi d'autre ? demanda-t-elle ensuite. Les ADN des scènes de crime : les mégots ? l'urine ?

— Pas dans le fichier, répondit l'un d'eux.

Quelqu'un tourna l'écran de son ordinateur portable vers l'assemblée. Un portrait-robot. Un homme aux traits réguliers, entre trente et cinquante ans, cheveux courts, bouche moyenne, nez moyen, écartement des yeux moyen – autrement dit un truc parfaitement inexploitable.

— C'est le portrait-robot du type descendu du van noir établi grâce au voisin de Marchasson, expliqua le gendarme d'un ton piteux. Il dit qu'il ne l'a vu que brièvement et essentiellement de trois quarts arrière…

— Inutilisable, trancha Ziegler. Oubliez. Il pourrait vous fermer l'esprit à d'autres visages. Quoi d'autre ?

— La lettre trouvée par Gildas Delahaye dans sa boîte aux lettres est en cours d'analyse graphologique.

— En cours ? Ça prend tant de temps que ça ?

— L'expert assermenté près le TGI de Pau est en vacances.

Irène écarquilla les yeux, incrédule.

— Et on n'a personne d'autre sous la main ?

Servaz songea qu'il y avait une grande différence entre une expertise « technique » en écriture censée authentifier un manuscrit ou débusquer un faux à travers un protocole rigoureux, et une étude graphologique qui prétendait établir la personnalité de l'auteur. La seconde, popularisée par la littérature et le cinéma, lui inspirait une confiance modérée.

— On pourrait peut-être utiliser des outils de stylométrie en open source, proposa le hipster qu'elle avait mouché.

— Des quoi ? fit Ziegler.

— La stylométrie permet de reconnaître l'identité de l'auteur d'un texte à travers les mots qu'il emploie, expliqua le barbu. Par exemple, il y a des années que journalistes et membres de la communauté du bitcoin cherchent à découvrir l'identité réelle de Satoshi Makamoto – c'est le pseudonyme derrière lequel se cache le légendaire créateur de la cryptomonnaie. On dit même que la NSA y serait parvenue grâce à la stylométrie, précisément. Certains de ces outils sont dispo en open source...

Tout le monde le regarda comme s'il parlait une langue étrangère.

— On a la liste des fourgons Peugeot et des concessionnaires ? demanda Ziegler sans tenir compte de l'intervention.

La jeune gendarme au visage grêlé de taches de rousseur brandit deux feuillets. Irène la désigna, elle et un autre, pour se rendre chez les vendeurs de voitures et les propriétaires.

— Et cette page Facebook ? demanda-t-elle, faisant allusion à la page intitulée « Milice d'autodéfense de la vallée d'Aigues-vives » et aux posts appelant les habitants de la vallée à faire justice eux-mêmes. On a eu le STRJD ? On sait qui est derrière ?

— Ils ont envoyé une requête à Facebook, dit le hipster. Ils attendent le retour.

Il leur tendit une impression sur les conditions de confidentialité de Facebook. Servaz lut : « À l'international, nous partageons vos informations avec les autorités judiciaires pour répondre à une demande légale *si nous pensons en toute bonne foi* que la loi l'exige. Nous pouvons également répondre aux demandes légales *lorsque nous pensons en toute bonne foi* que la réponse est requise par la loi de cette juridiction et qu'elle est conforme aux normes internationalement reconnues. »

Autrement dit, les gens de Facebook s'arrogeaient le droit de refuser « en toute bonne foi » une demande parfaitement légale. Aux yeux de Facebook, la loi de Facebook prévalait sur toute autre loi dans tous les pays où Facebook était présent et même sur les accords internationaux. Qu'en pensaient les autorités judiciaires des pays concernés ? se demanda Servaz, sidéré. Après tout, cela concernait la bagatelle de deux milliards et demi de personnes.

Ziegler promena son regard sur la petite assemblée. Pas de quoi ranimer la flamme. Et pourtant, ça ne faisait que commencer… Une enquête criminelle de cette envergure, c'était l'Ultra-Trail du Mont-Blanc. Les premiers jours étaient plutôt faciles, les réserves d'énergie, l'envie d'en découdre et l'adrénaline au plus haut… Puis, bientôt, viendraient le manque de sommeil, les doutes, les remontrances et la pression de la hiérarchie – à moins qu'ils ne découvrent très vite une piste sérieuse ou que le meurtrier ne leur facilite la tâche par son incompétence, mais Ziegler n'y croyait pas ; ils avaient affaire à un ou plusieurs superprédateurs, le genre qui ne laissait aucune chance à leurs proies : orques adultes, grands requins blancs, crocodiles du Nil, *Spinosaurus*...

— Je sais ce que vous ressentez, dit-elle en élevant la voix. On a très peu de pistes et un nouveau meurtre. Pourtant, la solution se trouve là-dedans (elle leur montra un sachet à scellé) : dans la masse de données dont nous disposons déjà ! Là-dedans, il y a une information qui nous a échappé, un détail qui va tout éclairer... Ne vous découragez pas. La presse, la hiérarchie vont nous mettre la pression. Mais le temps de l'enquête n'est jamais celui des médias – et le jour où nous arrêterons le coupable, tout le monde oubliera le temps que ça a pris.

— Pas s'il y a de nouveaux cadavres, fit remarquer le hipster.

Le silence se fit autour de la table. Il défiait ouvertement son autorité. Servaz reluqua Irène, s'attendant à une riposte cinglante. Mais Irène considéra froidement le grand jeune homme à la barbe fournie et impeccablement taillée sans qu'aucune vacherie lui vînt. Elle avait dépassé ce stade.

— Soignez vos rapports, termina-t-elle.

ILS SE FAUFILÈRENT dans les ruelles en direction de l'hôtel de ville. Servaz eut la sensation que même la qualité de l'air et du silence avait changé. Ce n'était plus tout à fait la ville qu'ils avaient trouvée en arrivant. Ce serait désormais la vallée où trois meurtres atroces avaient eu lieu. Pas sûr qu'elle parviendrait un jour à se défaire de cette image, à s'en relever. À moins de changer de nom, comme Bruay-en-Artois.

La mairesse les attendait dans une salle de l'hôtel de ville plus grande que celle du conseil municipal. Suffisamment grande en tout cas pour accueillir les deux cents citoyens d'Aiguesvives venus écouter la conférence conjointe de la mairie et de la gendarmerie.

Il régnait une atmosphère d'impatience et d'énervement qui n'échappa pas à Servaz quand ils firent leur entrée. Toute la salle bruissait de conversations feutrées, mais qui ne le resteraient pas longtemps s'ils n'apportaient pas quelque élément de réponse. On devinait la tension qui courait entre les travées. Ils remontèrent l'allée centrale en direction de l'estrade, où Isabelle Torrès trônait en majesté derrière une longue table, entourée de quelques membres de son staff municipal, sous les lustres en cristal qui rappelaient une époque glorieuse mais révolue.

Isabelle Torrès avait un physique qu'on eût plus volontiers associé à des activités de plein air, le torse et les fesses passés dans un baudrier, manipulant mousquetons, assureurs et descendeurs contre la paroi d'une montagne, plutôt qu'aux ors passablement ternis de la République, se dit-il. C'était un petit bout de femme comme Servaz les aimait. Un roc brut, sur lequel une ville comme Aiguesvives pouvait s'appuyer. Un berger solide.

Un siège vide et un micro attendaient Irène à gauche de Mme le maire, mais il n'y en avait pas pour Servaz, qui n'était pas censé être ici, et – quand il constata que les premiers rangs étaient intégralement occupés – il alla s'asseoir au cinquième.

Irène contourna la grande table et se posa sur sa chaise sans saluer personne, le feu aux joues, suivie par deux cents paires d'yeux. La mairesse tapota sur son micro et le bruissement des conversations s'éteignit.

— Bonsoir, dit-elle.
— On n'entend rien ! gueula quelqu'un dans le fond.

Isabelle Torrès aussi avait l'air fatigué et les yeux rouges. Elle tira vers elle le micro qui se trouvait devant Irène.

— Bonsoir à tous, répéta-t-elle, et sa voix jaillit, forte et claire cette fois, dans les haut-parleurs.

L'ampoule d'un des lustres au-dessus d'elle choisit cet instant pour clignoter. Elle leva la tête.

— Il va falloir que je signale ça aussi au service technique, plaisanta-t-elle.

Quelques rires un peu forcés accueillirent cette saillie. Mais ils devinèrent où elle voulait en venir : à ce que c'était que de devoir penser à tout, tout le temps, pour finir par essuyer les mêmes sempiternelles doléances.

— Vous avez une piste ? cria d'emblée un retraité à l'évidence peu sensible à l'humour municipal.

— On va y venir, Roger, répondit Isabelle Torrès d'un ton las. Le capitaine Ziegler à ma gauche, de la Section de recherche de Pau, a eu la gentillesse de bien vouloir faire un point avec nous. Étant entendu qu'elle ne peut divulguer certains éléments clés de l'enquête.

— Dans ce cas, à quoi ça sert tout ce cirque, si c'est pour nous dire des choses qu'on sait déjà ? lança d'une voix autoritaire une femme aux longs cheveux gris d'Indienne *new age* et aux grandes lunettes à monture fluo.

Il y eut quelques murmures d'approbation. La mairesse fit un geste vague à Irène, visage fermé.

— DÉSOLÉE, dit Ziegler une heure plus tard. J'ai vraiment été nulle.

— Chacun son métier, estima Isabelle Torrès sans la démentir, en les guidant au pas de charge le long d'un couloir étroit.

Elle ouvrit la porte de son bureau, les invita à entrer.

— Mais j'ai bien peur que vos hésitations aient été... contre-productives, en effet.

Servaz vit Irène pâlir. En termes diplomatiques, cela signifiait : « Oui, ma fille, tu as été nulle. Carrément. » Il fallait bien reconnaître que Ziegler s'était quelque peu emmêlé les pinceaux et son attitude distante sous le feu roulant des questions n'avait guère aidé. La séance, très vite houleuse, s'était terminée en apothéose : dans un brouhaha de cris indignés, d'invectives et de protestations.

Une fois la porte refermée, la mairesse se tourna vers eux.

— Et je vais vous répéter la première question qui vous a été posée : vous avez une piste ? S'il vous plaît, donnez-moi des bonnes nouvelles.

— Je crains qu'il n'y en ait pas encore, répondit Ziegler. Si on vous tient au courant, on peut être sûrs que ça ne sortira pas d'ici ?

Une lueur d'agacement passa dans les prunelles de la mairesse.

— Bien entendu.

La gendarme lui fit un résumé de ce qu'ils avaient et des résultats qu'ils attendaient. Torrès l'écouta en hochant la tête.

— Je comprends que l'enquête ne fasse que commencer, mais ça m'a quand même l'air maigre, commenta-t-elle lugubrement.

— Ce ne sera pas facile, concéda Ziegler. Nous avons affaire à quelqu'un qui s'est bien préparé et qui est intelligent, méthodique, déterminé, prudent… On ne peut pas s'attendre à ce qu'il fasse beaucoup d'erreurs mais, tôt ou tard, il en fera une. C'est toujours le cas.

Isabelle Torrès lui jeta un regard aigu. Un regard d'une intensité qui surprit la gendarme et qui, l'espace d'un instant, fit courir un friselis pas désagréable le long de sa colonne. Puis la mairesse ouvrit la porte-fenêtre et sortit sur le balcon. Ils la rejoignirent, les toits d'Aiguesvives étalés devant eux, dans la cuvette formée par les flancs boisés des montagnes, les plus hauts sommets en toile de fond. La rumeur de la ville montait jusqu'à eux. Rien à voir cependant avec celle de Toulouse : quelques voitures, la pétarade agaçante d'un deux-roues rompant la tranquillité du bourg, un morceau de rap à distance, où les basses dominaient…

Accoudée à la rambarde en fer forgé, la mairesse se tourna vers eux.

— J'ai beaucoup réfléchi à celui qui pourrait faire tout ce mal ici, dans la vallée…

Leur attention grimpa en flèche.

— Et... ? fit Ziegler, adoptant la même position.

— Je ne vois personne parmi mes administrés qui soit capable de *ça*... Vous avez envisagé la possibilité que l'assassin ne soit pas d'ici, qu'il vienne de l'extérieur... ?

Ziegler fronça les sourcils.

— Vous voulez dire qu'il se serait volontairement laissé piéger ici avec nous, mais qu'il n'habiterait pas la vallée ? *Qu'il serait arrivé à une date récente ?*

Isabelle Torrès acquiesça. *Un loup qui se glisse au milieu des brebis*, songea Servaz. Il crut entendre un autre bruit. Lointain. Peut-être le tonnerre.

— C'est une idée intéressante, admit Ziegler. Mais tenez compte du fait que celui qui a commis ces crimes est habitué à la dissimulation, au mensonge, à porter un masque. Qu'il a une double nature... C'est peut-être quelqu'un de beaucoup plus proche que vous ne le pensez, quelqu'un que vous connaissez... *qui vous connaît tous*... depuis longtemps. Quelqu'un d'insoupçonnable. Sans quoi Martial Hosier ne se serait pas rendu seul à ce rendez-vous. (Son regard s'arrêta sur les toits de la ville.) Je crois au contraire qu'il se fond dans la population comme une ombre, qu'il est l'un des vôtres, que vous le croisez tous les jours, que son visage vous est familier – *mais qu'il est le dernier que vous soupçonneriez...*

Irène avait parlé d'une voix un peu plus profonde, un peu plus rauque, et Servaz vit que ses paroles faisaient leur effet sur la mairesse. Que celle-ci avait la chair de poule. Cette fois, il l'entendit nettement : un sourd mais distinct grondement de tonnerre.

— J'ai eu la DIRSO aujourd'hui, enchaîna Torrès en baissant la voix. Ils sont assez pessimistes, ils pensent que les travaux vont durer plus longtemps que prévu. On a deux morts, et un assassin en liberté. Et la population commence à être nerveuse.

Il faut que vous trouviez le coupable. Vite. Sinon les choses ici vont dégénérer…

— Que voulez-vous dire ?

La femme sortit un papier de sa poche, le tendit à Irène. Qui l'approcha de la clarté tombant de la porte-fenêtre. Une impression de messages sur les réseaux sociaux :

Pourquoi vous protéger cet assassin ? C'est un des vôtres ?

Tu es nulle Torrès. Faut que tu dégages. Sinon c'est nous qui allons te dégager.

Le coupable est forcément un bourgeois ya pas de justice dans ce pays mais ça va changé

Tu es une conne, Torrès, une salope incompétente.

Servaz songea de nouveau à Bruay-en-Artois, 1972 : une adolescente de seize ans, issue d'une famille modeste, retrouvée étranglée dans un terrain vague près de la maison d'un notaire, dans une ville du Nord touchée par le chômage et la fermeture des mines de charbon. Un coupable idéal, grand bourgeois antipathique, membre du Rotary Club local, fréquentant les prostituées, et, face à lui, des petites gens réclamant justice, un juge partisan, un comité populaire soutenu par Jean-Paul Sartre, une presse transformant l'affaire en feuilleton et en symbole de la lutte des classes. Elle avait défrayé la chronique pendant des mois. C'était ce qui les attendait ici s'ils ne trouvaient pas le coupable très vite.

— On est assis sur un baril de poudre, ça peut péter à tout instant, estima Isabelle Torrès.

Image classique mais appropriée, songea-t-il. Qui s'appliquait désormais au pays tout entier.

Le craquement du tonnerre, beaucoup plus proche, fit trembler le ciel noir – tandis qu'une brusque rafale de vent chaud soulevait leurs cheveux.

35

L'APPEL LEUR PARVINT alors qu'ils quittaient la mairie.
— Ziegler, répondit Irène.
Elle actionna le déverrouillage centralisé du véhicule dans le même temps et se planta devant sa portière ouverte. Par réflexe mimétique, il resta lui-même debout près de la sienne. Vit qu'un ado – capuche de son sweat rabattue sur le front – les observait à une dizaine de mètres, chevauchant son scooter à l'arrêt. Il reporta son attention sur Irène. De nouveau, le ciel trembla.
— D'accord, merci, on y va, conclut-elle.
Elle mit fin à la conversation et s'assit au volant du Ford Ranger.
— La liste des employés de la carrière, attaqua-t-elle quand il l'eut rejointe dans la voiture. Un des noms a matché. Grégory Boscher. Il a un casier. Long comme le bras.
Ils démarrèrent. Servaz jeta un coup d'œil au rétro intérieur. Le phare du scooter les suivait. Puis il s'écarta de leur trajectoire et disparut dans une rue perpendiculaire. Ils quittèrent la ville et prirent la direction des montagnes, là où la carrière traçait une grande plaie grise à flanc de coteau. L'orage éclata au bout de deux kilomètres, alors qu'ils grimpaient les derniers lacets, déversant des trombes d'eau sur le pare-brise.
Quand ils franchirent la clôture de la carrière et dépassèrent le panneau CHANTIER INTERDIT AU PUBLIC, le

déluge brouillait leur vision en dépit du ballet frénétique des essuie-glaces. Le Range Rover et la Mini Countryman étaient toujours là. Servaz regarda sa montre. 20 h 12. La journée n'était pas finie, apparemment. Ils descendirent sous la pluie et il regretta de ne pas avoir pris de blouson. Sa chemise fut tout de suite trempée. Ils grimpèrent les marches de la baraque de chantier, passèrent devant Lucille sans s'arrêter.

— Qu'est-ce que vous... ? leur lança Gence en les voyant faire irruption dans son bureau.

— Grégory Boscher, il est où ? s'enquit Ziegler en brandissant un papier qui n'était pas une commission rogatoire mais qu'elle tenait trop loin du petit homme pour qu'il pût s'en apercevoir.

— Qu'est-ce que vous lui... ?

— IL EST OÙ ?

Gence rentra la tête dans les épaules. Au sein de la chaîne alimentaire, il savait reconnaître sa place.

— Ils sont en pleine opération de minage, répondit-il. C'est Grégory le « boutefeu », ce soir : le responsable du tir. Vous devriez attendre : c'est dangereux.

— De *minage* ? répéta Ziegler.

— On fore des trous dans la roche selon des paramètres très précis en fonction de la quantité de roche à abattre et on place les explosifs dedans. Le tir est déclenché au moyen de détonateurs électriques placés au fond des trous. Selon un minutage étudié pour limiter l'impact sur l'environnement, qu'on mesure à l'aide de sismographes enregistreurs. On va avoir un tir dans quelques minutes...

— Ça se passe où ? répéta Ziegler.

Gence fit un geste vague. Ils repassèrent devant Lucille et sortirent sous l'orage, s'approchèrent du bord de la falaise.

Les oreilles de Servaz se mirent à bourdonner. Il avait peur du vide. Pas autant que James Stewart dans *Sueurs froides*, mais presque. Acrophobie... Le gouffre de la carrière s'ouvrait à leurs pieds, sous le ciel noir où vacillait la lueur livide des éclairs. Il inhala l'air humide, ferma un instant les yeux, les rouvrit.

Il les plissa à cause de la pluie qui lui fouettait le visage. Le vaste amphithéâtre à ciel ouvert, les falaises, les pistes inclinées où circulaient d'énormes *dumpers* aux roues immenses, leurs bennes gavées de roche, et les longs tapis roulants des convoyeurs à bande qui transportaient le tout-venant vers les concasseurs : tout cela évoquait un cercle de l'Enfer dévolu à la pierre et au métal. Entre le vacarme des appareils de broyage, le choc métallique des blocs tombant dans les bennes, les vibrations des tapis roulants chargés de roche et l'ululement strident des avertisseurs de recul des camions, le bruit aussi était infernal. Pour couronner le tout s'y ajoutaient les détonations de la foudre. Servaz se demanda s'ils n'auraient pas dû stopper les opérations et attendre que l'orage finisse. Qui décidait ? Sans doute Gence... Mais une telle activité devait être encadrée de normes strictes...

Soudain, ils eurent l'impression que le sol tremblait, et il recula d'un pas, tandis qu'un nuage de poussière et d'éclats de roche jaillissait comme la fumée d'un canon de la paroi opposée, de l'autre côté de la grande cuvette. *Le tir de mine annoncé...*

Le flic déglutit. La pluie dégoulinait dans sa nuque, trempait son col. Il regarda Ziegler.

— Allons-y, dit celle-ci.

Merde... Il la suivit quand elle contourna la falaise incurvée en direction d'une piste, un peu plus loin, qui descendait vers le niveau où opérait l'équipe de minage. Il avisa trois hommes casqués, en combinaison de travail, dont l'un était sans doute Grégory Boscher... Dans la lueur intermittente des éclairs, le paysage changeait continuellement d'aspect, sombre au sommet de la carrière, là où la pluie cinglait les broussailles, illuminé au fond par les puissants éclairages artificiels fixés aux machines. L'un de ces éclairs, d'une intensité lumineuse supérieure aux autres, resta gravé sur sa rétine pendant plusieurs secondes. Quand ils commencèrent à suivre la piste inclinée qui reliait le niveau supérieur au niveau intermédiaire, il se fit l'effet d'un spéléologue s'enfonçant dans une vaste cavité souterraine. Tout en bas, plusieurs personnes les avaient repérés et levaient la tête vers eux à présent. Il se rendit compte qu'ils étaient les seuls à ne pas porter de casque.

À mi-hauteur, sur une bande de terrain plane, les trois hommes examinaient un appareil monté sur un trépied, qui était peut-être un sismographe, tandis que le grand nuage de poussière finissait de retomber dans l'air saturé de pluie. L'un d'eux pivota dans leur direction et plissa les yeux sous la visière de son casque.

— Hé, vous ! Qu'est-ce que vous faites ici ? C'est interdit au public ! Où sont vos casques ?

— Grégory Boscher ? lança Irène.

Ils virent le type les fixer, son regard changer. Soudain envahi par une noirceur qu'ils connaissaient bien.

— Ouais ? dit-il d'une voix enrouée.

Mais l'instant d'après, il avait détalé dans la direction opposée. Aussi rapide qu'un lapin qui a entendu un coup de fusil.

— Merde ! glapit Ziegler en se lançant à sa poursuite.

Servaz l'imita. Dans la violente clarté des lampes, il n'y avait pas mille endroits où se diriger. Boscher galopait le long de la piste inclinée en direction du fond plat de la carrière. Brusquement, il dévia sa course et disparut de leur champ de vision, avalé par le grand trou. Ils s'approchèrent du bord et le virent qui dévalait, mi-courant, mi-trébuchant, une pente abrupte constituée de terre et de caillasse qui s'achevait à hauteur des grands concasseurs et des tapis de roulage. Au moment précis où Servaz s'élançait sur le remblai, pendant que Ziegler décidait de faire le tour par la piste au triple galop, toutes les lumières de la carrière s'éteignirent d'un coup.

Putain ! jura-t-il. Il fut si surpris qu'il trébucha et roula sur la pente, le dos et les bras aussitôt cisaillés par les aspérités et les saillies de la caillasse. Il se redressa, reprit sa descente, gêné par le manque de luminosité et cherchant sans arrêt à conserver son équilibre sur le sol instable qui se dérobait sous ses pieds, tandis qu'une avalanche de cailloux le précédait et l'accompagnait dans un bruissement pierreux. Où était passé Boscher ? De temps en temps, un éclair illuminait le décor et le vertige menaçait de le paralyser quand il découvrait qu'il était suspendu à mi-hauteur de la carrière, sur une pente beaucoup plus raide qu'il ne l'avait escompté.

Tout à coup, il interrompit sa progression. S'immobilisa. *Il y avait quelqu'un, là, tout près...* Une silhouette. Qui semblait l'attendre dans la pénombre. Sur sa droite. Un nouvel éclair et il le vit : Boscher le regardait fixement, les yeux écarquillés, brillants sous la visière de son casque. Une rage pure brûlait en eux. La seconde suivante, l'homme casqué s'était rué sur lui, l'avait attrapé par le col de sa chemise, le poussant vers le vide. Servaz tenta de se libérer, mais l'autre était plus grand et plus fort.

Une onde de peur parcourut le flic : le type allait le balancer dans le vide ! Il l'agrippa pour l'entraîner dans sa chute et les deux hommes tombèrent en poussant un cri.

Quelque chose de très pointu s'enfonça douloureusement dans le dos de Servaz quand il se reçut sur un sol mouvant et vibrant comme celui d'un escalator. Pas seulement une pointe : des dizaines d'arêtes coupantes, qui lui entrèrent dans le dos, les épaules et les fesses. Ça vibrait, trémulait là-dessous. Et ça bougeait aussi : *ils se déplaçaient.* Un convoyeur à bande. Ils avaient atterri sur un tapis roulant plein de caillasse. Il n'eut pas le temps d'y penser plus avant : Boscher était déjà sur lui et le bourrait de coups de poing dans les côtes qui lui coupèrent la respiration. Le torse en feu, la douleur courant le long de ses nerfs intercostaux, leurs membres mêlés dans une lutte étroite et acharnée, il sentit le poids de son adversaire sur lui, son souffle brûlant, son haleine et l'âcre odeur de transpiration qui émanait de son corps lourd, musclé mais trop gras. La seconde d'après, Boscher lui donna un coup avec la visière de son casque, d'arrière en avant, comme on donne un coup de tête, et le nez de Servaz explosa, répandant un flot de sang chaud et salé sur ses lèvres. L'espace d'un instant, il n'eut plus que des points blancs devant les yeux. Puis il recracha le sang, le visage lavé par la pluie, et il essaya de rendre les coups, mais Boscher était presque couché sur lui, ôtant toute amplitude à ses gestes. La pluie le giflait, coulait dans sa bouche. La fatigue s'insinuait dans les moindres recoins de son corps. Il pouvait sentir son cœur, son cœur fatigué, insuffisamment entraîné, battre trop vite dans sa poitrine, et il eut soudain peur de faire une crise cardiaque. Au-dessus de lui, tout proche, le visage de Boscher luisait dans la pénombre et sa respiration sifflait à ses oreilles, par moments couverte par le vrombissement du convoyeur et le vacarme des pierres dansant sur le tapis. Servaz jeta un coup d'œil vers le bas. Et ce qu'il vit l'emplit d'effroi : le tapis les entraînait vers les mâchoires d'un énorme concasseur conique en métal. Ils allaient finir broyés !

— Boscher ! gueula-t-il. Il faut qu'on sorte de ce truc ! On va crever, putain !

Il vit son agresseur lever la tête, roulant des yeux blancs. Il en profita pour écraser violemment la pierre qu'il tenait dans la main droite sur le nez et la bouche de celui-ci. Il avait frappé de toutes ses forces, malgré le manque d'élan dû à sa position, et il entendit nettement le nez et les dents de Boscher craquer sous l'impact. *Œil pour œil*, songea-t-il. Il était revenu à l'état sauvage. Il sentait la rage et l'adrénaline bouillonner en lui, annihilant la peur et la douleur. Mais, aussitôt, nullement dissuadé, rendu plus enragé au contraire par la perte de quelques dents, Boscher émit un rugissement et fit de nouveau pleuvoir les coups, suant et ruisselant comme un bœuf, collé à lui et le bourrant de coups de poing dans les côtes. Deux boxeurs enlacés dans les cordes. Ce con se foutait de finir broyé dans le concasseur ! Il voulait juste avoir le dessus ! Gagner le match… Quel abruti ! Ou alors il comptait sauter du tapis au dernier moment…

— Boscher ! gueula Servaz, à bout de souffle. Arrêtez, merde ! Arrêtez ! On va… !

Pendant une seconde, il ne comprit pas ce qui se passait. *Le tapis… Il s'était immobilisé… et la lumière était revenue.* Elle les inondait. Une douche de lumière blanche. Aussi surpris que lui, Boscher s'interrompit et tendit le cou, jetant des regards à droite et à gauche. Servaz vit Ziegler accourir, arme à la main.

— Descends de là, enfoiré ! rugit-elle en mettant le fuyard en joue. Descends de ce truc et allonge-toi par terre ! Ou je te fais bouffer ton putain de casque !

— Hé, hé ! fit l'ouvrier sans se démonter, en essuyant sa bouche sanguinolente d'un revers de manche. On dirait que t'as mangé du lion, poulette… Toi, tu dois être…

Elle attendit qu'il eût passé une jambe dans le vide, par-dessus le rebord du convoyeur, tandis que l'autre restait encore sur le tapis, pour viser la seule partie délicate de sa personne avec la crosse de son arme. Boscher poussa un long gémissement aigu qui ressemblait à un soupir d'agonie et porta ses deux mains à son bas-ventre en se laissant tomber sur le sol, près du tapis.

— Putain d'salooopeeeee, gémit-il, à genoux, le front contre les cailloux.

Ce dernier mot fut accueilli comme il se doit : par la pointe d'une botte dans les côtes, qui le fit rouler et hurler de douleur.

— Je vais porter plainte, sale pute ! rugit-il.

— C'est ça, commenta Ziegler en aidant Servaz à s'extirper du tapis et à prendre pied sur le sol.

Il essuya ses mains pleines de terre sur son jean. Secoua la pluie dans ses cheveux. Perçut l'ululement plaintif des sirènes. Il leva la tête, aperçut les clignotements des gyrophares, là-haut, au-delà de l'à-pic de granite, qui rebondissaient sur le ventre des nuages. La pluie s'était un peu calmée. À quel moment, il n'en avait aucune idée. Il avait été pris dans un tourbillon de violence qui lui avait fait perdre toute notion du temps. Ses jambes tremblaient. Il était perclus de douleurs et trempé jusqu'aux os, couvert de boue, les vêtements déchirés. Il ne saignait plus. Ou bien la pluie lavait-elle le sang au fur et à mesure qu'il coulait ? Mais il se sentait bien. Euphorique. Léger. Ils avaient une piste. Ils avaient un suspect. Enfin.

— IL A UN ALIBI, dit Ziegler en entrant dans la petite pièce où Servaz se faisait soigner.

Il avait refusé d'être évacué par l'hélico. Ils avaient fait venir un médecin qui, après l'avoir examiné et tâté en lui demandant si ça lui faisait mal (*un peu, que ça lui faisait mal*), avait vivement recommandé une radiographie du torse et des cervicales. Par miracle, le nez n'était pas cassé, même s'il avait abondamment saigné – et il avait deux mèches enfoncées dans les narines qui le faisaient ressembler à un vieux boxeur pour qui il est temps de raccrocher les gants. On avait également désinfecté les nombreuses plaies dans son dos.

— Quoi ? fit-il.

Sous les néons blafards, il était assis au bord d'une table et une infirmière enroulait à présent des bandes d'Elastoplast de six centimètres de large autour de son torse plein de bleus et de ses côtes meurtries. Une scène qu'il avait déjà vécue il n'y a pas si longtemps. *Ça commençait à devenir une habitude…*

— Ce con a un alibi. Il a sans doute commis un autre délit et il devait croire qu'on était là pour ça. C'est un multirécidiviste.

En liberté conditionnelle… C'est pour cette raison qu'il s'est carapaté en nous voyant. Mais pour le meurtre de Martial Hosier, c'est pas lui : il a passé la nuit avec une femme.

— Et elle a confirmé ? demanda-t-il en frissonnant au contact de la bande et des doigts sur sa peau.

— Oui…

— Son témoignage est fiable ?

Servaz observait une tache noirâtre qui se déployait au plafond. Elle commençait à goutter. Quelqu'un avait placé un seau en dessous. Enguehard lui avait expliqué qu'elle apparaissait les jours de pluie, qu'ils avaient cherché un artisan – mais qu'on leur avait rétorqué que l'administration payait mal et toujours en retard. Il avait aussi noté qu'une plaque manquait au faux plafond de la salle de réunion. Cela lui rappela un policier de la BAC qui l'avait un jour accompagné en intervention et qu'il avait vu enfiler un gilet pare-balles plein de trous : « C'est pas pour me protéger, lui avait-il expliqué. C'est pour ma femme et mes gosses : si je prends une balle et que je l'ai pas sur moi, ils toucheront pas la pension. »

Ziegler hésita.

— Je crois que oui, dit-elle en jetant un coup d'œil à Enguehard debout à côté d'eux. Éloi, vous en pensez quoi ?

Le gendarme eut l'air d'être dans ses petits souliers.

— Je n'ai pas de raison de douter de sa bonne foi, confirma Enguehard, visiblement gêné.

Servaz haussa un sourcil.

— Vous la connaissez ?

— Euh… c'est une gendarme de ma brigade.

Ziegler émit un soupir audible par tous.

— Je vais interroger Boscher en attendant. Sur ses collègues… Il sait qu'il va retourner en prison, il a intérêt à se montrer coopératif.

Mais le ton manquait de conviction.

Samedi

36

BOSCHER NE DIT RIEN cette nuit-là. Pas un mot. *Nada*. On avait prescrit à Servaz un antidouleur : 500 mg de paracétamol associés à 30 mg de codéine à raison de six comprimés par jour. Le toubib lui avait recommandé d'arrêter le traitement dès que la douleur diminuerait et l'avait informé qu'il y avait un risque de somnolence, mais, pour l'heure, Servaz – monté dans sa chambre après le dîner rapide pris en compagnie d'Irène – se sentait tout sauf endormi.

Il se demanda s'il avait jamais été confronté à une situation pareille : toute une population prisonnière d'une vallée avec un assassin parmi elle. L'alibi de Boscher l'avait rayé de la liste, mais cela n'empêchait pas que le suspect se trouvait sans nul doute parmi les manipulateurs d'explosifs. Restaient six noms, qu'il avait sous les yeux :

Vincenzo Benetti
Nader Osmani
Frédéric Rozlan
António Sousa Antunes
Manuel Teixeira Martins
Abdelkader Zerrouki

Ziegler avait décidé de les interroger un par un le lendemain. Il espérait que l'un d'eux se trahirait – d'une expression, d'un geste, d'un regard – ; il se tiendrait immobile dans un angle mort, et il scruterait leur communication non verbale, leur langage corporel, pendant qu'ils balanceraient leurs mensonges habituels. Les petits, les grands... Mais il pensait d'abord à Marianne.

Là, quelque part, il y avait une porte qui menait à elle. Une porte qui restait à ouvrir. Marchasson était mort. Tombé dans l'escalier. *Poussé ? Possible...* Quoi d'autre ? Le message peint sur la vitre... *Qui l'avait peint ? Pourquoi ?* Assis à la tête du lit, il se leva, marcha jusqu'à la fenêtre. Il sentait l'enflure de son visage, la peau qui tirait autour des pommettes, les mèches dans ses narines. Il avait envie de fumer. Il mâcha une gomme en pensant à Léa. Contempla les lumières de la ville. Marianne... *Elle était là... Quelque part...*

Puis il songea que l'antidouleur allait finir par faire effet, et il prit son téléphone pour appeler Gustav et Léa avant de tomber dans les vapes.

AU BORD DU SOMMEIL, la femme ouvrit les yeux. Écouta. Dans la nuit, l'orage se déchaînait. Il grondait et tonnait autour des montagnes comme une canonnade. La femme n'avait jamais connu la guerre – contrairement à son mari, qui dormait à côté d'elle, et qui était rentré du Nord-Mali quelques mois plus tôt, après avoir été blessé à la jambe par un tir de kalachnikov –, mais elle se dit que c'était le bruit que devait faire une bataille.

Le ciel tremblait, la pluie fouettait les volets et elle entendait le vent siffler et chanter sous les ardoises de l'avant-toit. Pourtant, elle n'avait pas peur. Elle se sentait en sécurité. Elle aimait ça, l'orage. Quand la nature dehors se déchaînait et qu'elle était dedans, bien au chaud, bien à l'abri, protégée par des murs solides, un toit étanche, un lit douillet aussi sûr qu'un canot de sauvetage sur les flots de la nuit.

Elle entendit la respiration régulière de son homme tout près. Il ne ronflait pas vraiment, c'était plutôt une respiration profonde, et soudain elle se demanda si elle avait bien fermé tous les volets. *Elle s'en voulut de penser ça…* C'était comme quand, avant de monter dans sa voiture, elle revenait vérifier pour la troisième fois qu'elle avait verrouillé la porte d'entrée tout en sachant pertinemment qu'elle l'avait fait. C'était plus fort qu'elle.

Cela portait un nom : TOC. Trouble obsessionnel compulsif. Tout le monde savait ça. Mais c'était une chose de le savoir, c'en était une autre de s'en corriger.

D'accord. Elle avait bien fermé les volets. *Elle en était sûre à cent pour cent* : jamais elle ne manquait de faire le tour des fenêtres avant de se mettre au lit. Elle entendit la foudre craquer pas très loin, le vent hurler, la pluie tomber. Elle ferma les yeux. Tenta de se rendormir. Les rouvrit. *Rien à faire…* Ce volet qu'elle avait peut-être oublié, bien qu'elle sût que ce n'était pas le cas, *l'obsédait…*

ET MERDE. Elle écarta la couette. Ce n'était pas compliqué. Elle allait vérifier rapidement que toutes les fenêtres et tous les volets étaient clos et se glisserait vite fait dans le lit avant d'être définitivement réveillée. Ensuite, elle roupillerait à poings fermés jusqu'au matin.

Profondément endormi à côté d'elle, son mari ne risquait pas d'être assailli par ce genre d'interrogation : il s'était assommé de somnifères. Mais elle savait qu'il en avait d'autres, des interrogations… Et qu'il faisait, nuit après nuit, le même cauchemar. Il revivait ce qu'il avait vécu là-bas : des djihadistes attaquant leur camp, leurs regards hallucinés derrière les foulards sombres, les cris, les tirs, les explosions, la panique, les odeurs de poudre, de sueur, de peur, et la balle qui l'avait atteint à la jambe… 80 % des militaires blessés souffraient d'un stress aigu dans les semaines qui suivaient leur blessure, et un tiers environ conservaient un stress chronique par la suite. C'est ce qu'on lui avait expliqué à la « cellule famille » de l'armée de terre. Comme les autres, son mari était passé par un sas de décompression à Chypre, avant de rentrer en France. Où il faisait l'objet d'un suivi.

Elle connaissait par cœur les symptômes. Il pouvait entrer dans des colères noires pour des vétilles ; il protégeait leur foyer comme s'il s'agissait d'un camp retranché au milieu du désert et refusait toute intrusion – y compris des membres de sa propre famille – ; il se cachait souvent pour pleurer parce qu'il ne voulait pas que son fils et sa femme voient ses larmes ; il sursautait au moindre bruit, même lorsqu'elle mettait de la musique… Petit à petit pourtant, à force de diplomatie, de douceur et d'écoute, elle était parvenue à ce qu'il relâche un peu la pression. Mais le psychiatre de l'armée l'avait prévenue : le SPT – le stress post-traumatique – pouvait demeurer « silencieux » pendant des mois et, tout à coup, ressurgir plus violemment que jamais.

Soudain, elle eut une envie folle de courir pour s'assurer qu'aucun volet ne battait, qu'aucune fenêtre n'était ouverte. Mais elle se raisonna. Se leva aussi lentement qu'elle put et remonta le couloir. *À se demander lequel des deux est le plus cinglé…* Elle marcha jusqu'au séjour plongé dans le noir, alluma, ouvrit une par une les trois fenêtres. Le vent hurlait à la mort derrière les volets qui tremblaient, elle entendait la pluie gifler le bois de l'autre côté. Comme elle s'y attendait, tous étaient fermés. Peu à peu, son angoisse retombait, son stress se dénouait. *Putain, on fait la paire, tous les deux…* Elle revint vers le couloir qui menait à leur chambre, ouvrit au passage la porte de Théo. Ensuite, elle irait se coucher et elle dormirait comme un bébé.

Elle sentit tout de suite l'air froid et en mouvement sur sa joue. L'humidité… Se figea, les yeux grands ouverts… Son rythme cardiaque accéléra.

Le spectacle de la chambre, qui n'était pas plongée dans le noir comme les autres pièces mais éclairée par la lueur intermittente des éclairs, de la fenêtre ouverte et des rideaux à carreaux que les rafales soulevaient, tandis que la pluie oblique mouillait le plancher de la chambre de son fils, lui arracha un hoquet de terreur. Elle eut l'impression que son univers familier se disloquait, explosait en mille morceaux. Que tout, autour d'elle, avait l'irréalité effrayante du cauchemar. Sa gorge se bloqua quand elle tourna son regard vers le lit de Théo…

Vide.

L'instant d'après, elle hurla.

IL SE TENAIT sur le seuil, torse nu, livide, maigre.

Son pistolet automatique à la main.

Une arme qu'il n'avait pas rapportée de l'armée mais achetée chez un armurier. Un Glock 19, 9 mm Parabellum. Auquel, selon ses propres dires, « il pouvait confier sa vie et celle de ceux qu'il aimait ». Il lui en avait expliqué la fiabilité, lui avait dit que cette arme était utilisée par la plupart des forces de sécurité et d'intervention dans le monde – y compris le GIGN et le Raid. Mais la présence du pistolet dans la maison la perturbait. Elle savait – bien qu'il s'en défendît – qu'il pensait parfois au suicide, et elle se demandait s'il n'allait pas un jour la retourner contre lui. *Ou contre eux…*

Mais, en cet instant, tout ça était très loin.

— Théo a disparu, souffla-t-elle, la voix réduite à un filet atone.

— Tu l'as cherché dans la maison ?

— *La fenêtre est ouverte…*

— Fouille la maison… Je vais chercher dehors…

Elle regarda la main qui tenait le pistolet, le canon dirigé vers le sol.

— Pose ça, l'implora-t-elle. Tu n'en as pas besoin pour retrouver Théo. Un coup pourrait partir. Par accident… Ton fils a onze ans, Walter. Ce n'est pas un… terroriste.

— Il y a la sûreté, répliqua-t-il.

Elle considéra son visage : les joues creuses, les yeux caves, le nez long, les lèvres rouges, la barbe anarchique et clairsemée. *Christique*, songea-t-elle. *Un Christ armé d'un flingue…* Ou alors un Charles Manson en plus grand et plus beau. Mais Manson n'avait pas les couilles pour tuer lui-même, il envoyait les autres le faire à sa place.

— Trouve notre fils, le supplia-t-elle.

Il la regarda, mais son regard était vide.

— Ne t'inquiète pas. Il n'a pas pu aller bien loin. Je vais le retrouver.

Et il fila vers la porte de derrière en courant, penché en avant, pieds nus sur les tapis, comme un putain de commando… En cette seconde, elle sut que la guerre l'avait définitivement déglingué.

Il émergea sous la pluie, le pantalon de pyjama descendant sur ses hanches maigres, et courut autour du chalet, toujours incliné et aux aguets, ses orteils s'enfonçant dans l'herbe détrempée.

— Théo ! hurla-t-il. Théo !

Il courait, les doigts crispés sur son arme, et la nuit lui paraissait si hostile, si dangereuse. Il était de nouveau là-bas. Cerné par les ennemis, les faux amis et les traîtres complotant dans la nuit. Tous ceux qui haïssaient leur mode de vie, leur civilisation, leur richesse, leur liberté… Il s'attendait à voir surgir un de ces salopards, la tête enveloppée d'un chèche noir, un petit rouleau d'argent contenant des versets du Coran fixé à sa coiffe, qui arroserait la maison avec son AK-47 en hurlant que Dieu était grand. Il passa côté rue, s'avança au milieu de la chaussée inondée, appela encore, puis rentra dans la maison.

— Tu l'as trouvé ? lança-t-il.

— Non ! répondit-elle. J'appelle la police !

Elle se rua sur le téléphone, au bord de la nausée.

— UN GAMIN A DISPARU, annonça Enguehard.

— Quoi ?

Elle écouta ses explications, l'esprit encore lourd de sommeil et plein des bribes du rêve. Elle avait rêvé qu'elle caressait Zuzka sur une piste de danse, en public : elles s'embrassaient, et elle avait la main plongée sous sa jupe, entre ses cuisses, sous le regard fasciné et avide des autres personnes – hommes et femmes – présentes dans le club échangiste. Zuzka haletait, vibrait comme un moteur et gémissait, et Irène sentait sa moiteur, sa chaleur sur ses doigts. Elle chassa cette image. Zuzka ne pouvait plus danser. Mais elle pouvait encore *aimer*.

— Tu crois que ça a un rapport ?

— J'en sais rien.

— J'arrive.

Elle coupa la communication. Hésita. Appela Martin. Il répondit dès la première sonnerie. Son ton, sa voix : il ne dormait pas. Elle vérifia l'heure.

2 heures du matin.

LES GYROPHARES avaient alerté les voisins. Une petite troupe de badauds s'était rassemblée sous la pluie – certains habillés, d'autres en pyjama et pantoufles sous leurs robes de chambre et les corolles sombres et ruisselantes de leurs parapluies.

L'intérieur du chalet n'était pas moins peuplé de gendarmes, d'amis et de voisins venus à la rescousse, et Irène pesta. *Bonjour les traces...* Elle croisa des regards inquiets – un couple dans la trentaine, comme les parents de Théo, qui avait peut-être un enfant du même âge, des représentants de la maréchaussée qui avaient l'air dépassés. Toutes les lampes étaient allumées. On aurait dit une fête d'anniversaire qui a mal tourné. Elle remonta le couloir. Passa une tête à l'intérieur de la chambre du gosse. Servaz était là, devant la fenêtre ouverte, le dos tourné à la porte. Il regardait dehors.

Ziegler observa la chambre. Typique d'un garçon de onze ans. Des posters de super-héros Marvel – Iron Man, Thor, Spider-Man, Wolverine – et de Rafael Nadal soulevant le trophée de son énième Roland-Garros, une raquette de tennis dans sa housse, des Transformers éparpillés sur le tapis bleu. Un lit bas. Des voix et le grésillement des talkies-walkies montaient du salon.

— Il y a trop de monde ici, observa-t-elle.
— Ça n'a peut-être rien à voir avec les meurtres, dit-il sans se retourner, le regard toujours fixé sur la prairie et les bois obscurs à l'arrière de la maison.

— Un gosse de onze ans qui fait une fugue ? suggéra-t-elle sans cacher son scepticisme.

— Pourquoi pas ?

Ils méditèrent en silence cette hypothèse.

— Tu as remarqué le père ? demanda-t-il. Il t'a fait quelle impression ?

Irène chercha ses mots.

— À l'ouest… ?

Il se retourna enfin, la regarda, les mains enfoncées dans les poches de son pantalon, sa silhouette se découpant sur la fenêtre ouverte au-delà de laquelle la pluie tombait à seaux renversés. Hypnotique. Quand il s'avança dans la lumière jaune du plafonnier, elle vit les marbrures brun-violet autour de son nez enflé et sur ses pommettes. Elles dessinaient sur son visage comme un loup de bal masqué. Et ses pommettes étaient aussi gonflées que si un chirurgien esthétique y avait injecté de l'acide hyaluronique.

— J'ai parlé avec Enguehard, dit-il. Le père est un ancien militaire. Blessé au Mali. Stress post-traumatique. Il est suivi. Les voisins l'ont vu courir autour de la maison en pyjama, pieds nus, un flingue à la main. Selon Enguehard, il a effectivement une autorisation de détention d'arme. Il faudrait voir où elle se trouve.

— Aucune des victimes n'a été tuée par arme à feu, souligna-t-elle. Tu penses à quoi ?

— À ce stade, à rien du tout. Mais ce type a été confronté à une violence considérable, il en est resté traumatisé. Il doit faire des cauchemars… nourrir peut-être des fantasmes de violence, de vengeance… Autant de données qu'on ne peut négliger.

— Ça ne colle pas vraiment avec le profil de notre assassin… Pas plus que la disparition du gamin.

— Je sais.

Ils se retournèrent comme un seul homme quand Enguehard fit irruption dans la pièce, son talkie-walkie à la main.

— On a retrouvé le gosse !
— Où ça ?
— Dans les bois, à trois cents mètres d'ici.
— Il n'a rien ?
— Apparemment, il est sain et sauf. Mais j'en sais pas plus...

Ils se hâtèrent le long du couloir, puis à travers le living, où tout le monde s'agitait, franchirent une minuscule véranda peuplée de plantes vertes et martelée par la pluie et dévalèrent la volée de marches qui descendaient vers la prairie, à l'arrière du chalet. Des lueurs dans les bois. Irène nota que l'herbe détrempée entre la maison et la forêt avait été abondamment piétinée, et elle fit la grimace. Des voix résonnaient parmi les arbres. Bientôt, ils virent le garçon émerger entre deux gendarmes. Les cônes lumineux de leurs lampes tremblaient et balayaient la clairière en tous sens, tandis qu'ils avançaient vers eux. Un enfant entre deux adultes. Surgissant de la forêt. Servaz pensa aux contes de fées de Grimm et de Perrault. La mère de Théo courut à travers la clairière pour prendre son fils dans ses bras.

Servaz observa le père. Il avait l'air absent. C'était comme si tout ça ne le concernait pas. Il restait immobile sous la pluie battante, à côté d'eux, regardant son garçon approcher comme s'il s'agissait du fils de quelqu'un d'autre. Le flic se dit qu'il y avait quelque chose en lui de familier. Il fouilla dans ses souvenirs. *Christique*. Oui, c'était ça : il ressemblait à cet acteur non professionnel, Enrique Irazoqui, dans *L'Évangile selon saint Matthieu*... Le plus grand Christ de toute l'histoire du cinéma. Un jeune Espagnol, militant antifranquiste, qui ne croyait pas en Dieu mais en Marx !

Le père avait le même regard que l'acteur, à la fois brûlant et doux. Dans les trente ans. Torse nu sous la pluie. Son pantalon de pyjama trempé était descendu si bas qu'on voyait la naissance de ses poils pubiens, mais ça ne semblait pas le gêner le moins du monde, ou alors il n'en avait pas conscience. Servaz se dit qu'il en avait vu d'autres dans l'armée.

Quand son fils parvint à sa hauteur, les épaules entourées par le bras protecteur de sa mère, ce fut tout juste si le père lui caressa les cheveux. Un geste plus mécanique qu'affectueux. Théo ne lui prêta pas la moindre attention ; il passa devant lui comme s'il n'existait pas. Servaz scruta le père : il ne sembla pas s'en émouvoir, ça ne l'affectait pas. *Il était ailleurs...* Peut-être toujours au Mali. Servaz se tourna vers le gamin. Il était en veste et pantalon amples de pyjama, les deux complètement imbibés, ses cheveux collés à sa frimousse effarée, comme s'il venait de se réveiller d'une crise de somnambulisme. *Mais il avait ses chaussures.* Elles étaient crottées : un gros paquet de glaise collait à chaque semelle.

Ils retournèrent en silence dans la maison.

— On va devoir lui poser quelques questions, dit Ziegler à la mère quand celle-ci eut fini de sécher son fils à l'aide d'une serviette et de le changer.

Elle se tourna vers les gendarmes qui l'avaient ramené.

— Où vous l'avez trouvé ?

— Sur un sentier, répondit l'un d'entre eux. Au cœur de la forêt. Quand il a vu la lumière des torches, il a eu l'air effrayé et puis, juste après, il est redevenu silencieux et calme...

— Comment ça ?

— On lui a demandé ce qu'il faisait là, ce qui s'était passé... Il n'a pas répondu. Il n'a strictement rien dit.

Servaz considéra le gosse. Il avait onze ans mais en paraissait neuf. Plus petit et chétif que la moyenne, et il ne put s'empêcher de penser à Gustav. Il regardait droit devant pendant que sa mère séchait ses cheveux avec un appareil électrique. Il n'avait pas l'air traumatisé. Ni inquiet. Juste... *indifférent*.

Peut-être qu'à force de voir son père planer, il avait développé cette même forme d'apathie. *Les enfants imitent leurs parents...* Ou alors on l'avait drogué.

— Il faut le faire examiner par un médecin, dit Ziegler comme en écho à ses pensées. Vous en avez un d'astreinte ?

Enguehard acquiesça.

— Sortez-le de son lit et dites-lui de rappliquer tout de suite.

Elle se tourna vers Servaz.

— Il faut interroger ce gosse, mais je ne suis pas une spécialiste de l'interrogatoire des enfants. Et toi ?

Il pensa à quelque chose.

— Gabriela Dragoman, dit-il. Sur sa carte, il est écrit psychiatre et *pédopsychiatre.* On pourrait peut-être lui demander d'assister à l'audition.

Irène lui lança un coup d'œil dubitatif.

— Tu es sûr que c'est une bonne idée ?

Une voix grésilla dans le talkie-walkie d'Enguehard : « On a trouvé quelque chose... »

— Quoi ? dit celui-ci après avoir pressé le bouton d'émission. À vous...

— Des traces de pas à côté de celles de l'enfant. *Celles d'un adulte...* À vous.

Ils se regardèrent.

— Allons-y, dit Irène.

POINTURE 41 OU 42. Des chaussures d'homme à semelles crénelées. Sur un sentier qui s'enfonçait dans l'ombre profonde de la forêt. Une forêt si sombre pour un enfant, se dit-il. Elles accompagnaient à l'évidence les pas de Théo pendant un moment, dans une direction, puis en sens inverse, comme si les deux avaient parlé en marchant, allant et venant au beau milieu de la nuit. Puis celles de l'adulte s'éloignaient dans les bois, alors que l'enfant était resté sur place. Elles étaient récentes, sans quoi la pluie les aurait déjà effacées.

— Vous avez quelqu'un qui suit ces traces ? demanda Ziegler à Enguehard en désignant celles de l'adulte.

— Oui, répondit-il.

— Est-ce que ça ne pourrait pas être des traces laissées par l'un d'entre vous ?

— Non, dit le gendarme qui les avait découvertes. Personne n'est venu jusqu'ici, à part ceux qui ont trouvé le gosse, et ce ne sont pas leurs traces. Les leurs sont là, ajouta-t-il en désignant d'autres empreintes à proximité.

— OK. Mais vérifiez quand même auprès des personnes présentes dans la maison qu'aucune n'est venue jusqu'ici avant que nous débarquions...

Elle les regarda de nouveau. Elles commençaient déjà à s'effacer, emportées petit à petit par l'averse et la boue liquide qui coulait sur le sentier. Ils n'auraient pas le temps de faire des prélèvements. *Merde, merde...*

— Trouvez-moi une règle graduée ! gueula-t-elle à la cantonade. Il doit y avoir ça dans la chambre du gosse ! Vite ! Et dites au photographe de rappliquer !

En attendant, elle s'accroupit à côté des traces, ouvrit une main à leur hauteur, le téléphone dans l'autre, et le flash de l'appareil les illumina.

— ALORS ? demanda-t-il cinq minutes plus tard.

— Elle a semblé apprécier très modérément qu'on la réveille au beau milieu de la nuit, dit Ziegler en rangeant son téléphone. Elle m'a dit que je l'avais tirée d'un rêve érotique, un rêve remarquable dans lequel elle... « *baisait* avec un... hum... *oni* »... Ou quelque chose d'approchant... Ce sont ses mots.

Mais quand je lui ai parlé de Théo, elle a tout de suite paru réveillée et elle a accepté de venir immédiatement. Elle a même recommandé de l'attendre avant de le questionner. Et de garder le gosse dans une pièce tranquille, familière, à l'écart des gens qui se trouvent dans la maison. Sa chambre, par exemple. Un endroit où il se sente en sécurité. Et aussi de laisser sa mère momentanément auprès de lui, en attendant, pour le rassurer... Mais qu'il ne parle à personne d'autre. C'est quoi, un « oni » ?

— Un démon japonais, répondit-il. Ils portent des pagnes, ont la peau rouge, des cornes sur le front et sont d'une taille gigantesque.

— Des diables nippons, en somme... Intéressant comme rêve, commenta Irène.

— Elle s'est payé ta tête.

— Ça m'en a tout l'air. Je me demande comment je réagirais si c'était un homme qui me faisait ce genre de vanne au téléphone...

38

GABRIELA DRAGOMAN ouvrit son trench court à double boutonnage et tendit le vêtement dégoulinant à un gendarme comme s'il était le responsable du vestiaire dans un restaurant chic. Elle portait en dessous un combishort bois de rose à encolure cache-cœur qui réussissait l'exploit de mettre en valeur à la fois ses jambes bronzées, ses épaules nues et ses seins siliconés. Une montre en or et des talons hauts complétaient la panoplie.

Le living était rempli d'hommes qui tous la regardèrent passer et Servaz nota que cela agaçait Irène, qui devait trouver la tenue de la psychiatre quelque peu déplacée eu égard aux circonstances.

Mais dès qu'elle ouvrit la bouche, la psy utilisa le même ton hautain, professionnel et froid que la dernière fois.

— Où est-il ?
— Dans sa chambre, répondit Ziegler.

La psychiatre jeta un coup d'œil rapide aux gendarmes entassés dans le chalet, qui la reluquaient ouvertement.

— Il y a beaucoup trop de monde ici. Il a été examiné par un médecin ?

Ziegler donna le nom du toubib, qui parut familier à la psy.

— Pas de blessures, pas de marques particulières, aucun signe d'agression sexuelle... mais on a trouvé les traces de pas d'un adulte à côté des siennes dans les bois...

Gabriela Dragoman plissa les yeux. Irène lui avait déjà résumé la situation au téléphone.

— Sa mère est avec lui ?
— Oui.
— Et son père ? Est-ce qu'il est allé vers son père ?

Irène fit signe que non.

— Il l'a ignoré, répondit-elle. Son père… il souffre d'un syndrome de stress post-traumatique. C'est un ancien militaire qui a été blessé au combat. Il est suivi par un psychiatre des armées.

— J'ai entendu parler de cette histoire, confirma la psy.

Gabriela Dragoman fronça ses beaux sourcils noirs sous sa mèche blonde.

— Je suis toujours très attentive, lors d'un premier rendez-vous avec un enfant, à la configuration familiale. L'enfant avec sa mère, à cet âge, est une configuration normale, dont on ne peut tirer aucun enseignement. L'enfant avec ses deux parents s'observe aussi bien dans des familles jeunes, très motivées par l'éducation des enfants et le partage des tâches, que chez des couples en désaccord, où chacun veut surveiller le discours de l'autre parent. L'enfant seul avec le père est souvent la conséquence d'une discorde ou d'un divorce. Mais quand la mère est seule avec l'enfant, elle va être tentée d'inclure le clinicien – ou, en l'occurrence, les policiers – dans sa maîtrise omnipotente de l'univers de l'enfant. De biaiser consciemment ou inconsciemment la communication entre lui et les autres adultes. Il faut la faire sortir, l'interroger en son absence, maintenant qu'il est rassuré. D'autre part, si vous voulez obtenir des résultats, il va falloir établir une communication qui repose sur un échange affectif positif, éviter de provoquer un rejet qui serait dû au caractère intrusif de vos questions. Laissez-moi faire. Allons-y.

Ils remontèrent le couloir lambrissé, comme l'étaient toutes les pièces du chalet, entrèrent dans la chambre. Théo était assis par terre, sur un coussin. Comme Mathis, il jouait avec une tablette, sa mère auprès de lui.

— Bonjour, Théo, dit la psy.

Sa voix à la fois chaude, amicale et emplie d'autorité – et Servaz remarqua que le garçon lui jetait un regard plein de curiosité, qu'elle avait réussi à capter son attention, ce que Ziegler n'était pas parvenue à faire précédemment.

— Je peux m'asseoir ?

Sans attendre de réponse, elle saisit un deuxième coussin et le posa à cinquante centimètres du garçon, c'est-à-dire, se dit-il, à l'exacte frontière entre la sphère personnelle et la sphère intime. Puis il se demanda si les distances sociales et la gestion de l'espace interpersonnel étaient les mêmes chez l'adulte et l'enfant.

Pendant cinq bonnes minutes, Gabriela Dragoman posa des questions à Théo sur ses jouets. Elle semblait passionnée par le sujet. Elle était enjouée, riait volontiers, et Servaz ne reconnut pas la femme distante et arrogante qui les avait accueillis dans son bunker ultramoderne plein de tableaux étranges.

Puis elle s'adressa à la mère :

— Je vais vous demander de sortir…

— Je…

— S'il vous plaît.

Ce n'était pas une requête. Plutôt un ordre. Sec, impérieux. La mère pâlit, se leva. Gabriela se tourna vers le jeune garçon et lui adressa un sourire complice.

— Théo, fit-elle quand sa mère fut sortie, ce qu'on va se dire à partir de maintenant je ne le répéterai pas à tes parents, je ne leur en parlerai pas. Mais toi, tu es libre de leur en parler après si tu veux, c'est toi qui décides. Tu comprends ?

Théo hocha lentement la tête.

— Il faut que tu saches que ce sera notre petit secret, ce qu'on va se dire maintenant, d'accord ?

De nouveau, l'enfant hocha la tête.

— Bien. Quand les gendarmes t'ont trouvé, tu étais dans la forêt. Que faisais-tu dans la forêt ?

— Quoi ?

— Qu'est-ce que tu faisais dans la forêt ?

— J'ai pas envie d'en parler, répondit le garçon.

— Pourquoi ça, Théo ?

— Parce que.

— Théo, je te l'ai dit : je ne le répéterai pas à tes parents. Ça restera entre nous.

— Celui-là, il s'appelle Megatron, dit Théo en montrant l'une de ses figurines, c'est le chef des Decepticons.

— Théo, tu ne veux pas parler de ce qui s'est passé dans les bois ?

— Non.

— Pourquoi ?

— Je veux pas en parler ! hurla soudain l'enfant de toutes ses forces. Je veux pas ! Allez-vous-en !

— Et celui-là, il s'appelle comment ? s'empressa de demander Gabriela Dragoman, en attrapant un autre Transformer.

Le garçon soupira, soudain calmé.

— Lui, c'est Optimus Prime ! Pfff…

Il semblait déçu par l'ignorance de la psy.

— Théo, tu aimes dessiner ?

Il leva les yeux de ses jouets et considéra la psy. Acquiesça.

— Tu veux bien me faire un dessin ?

Il alla jusqu'à son petit bureau, en revint avec une feuille et des crayons de couleur.

— Tu veux bien *te* dessiner dans la forêt cette nuit ?

Servaz retint son souffle. Théo réfléchit. Il prit ses crayons et commença un dessin. Gabriela se leva et s'approcha d'eux.

— Chez l'enfant, expliqua-t-elle, entre sept et onze ans, en situation d'investigation, l'un des modes de communication conseillés est le dessin. Avant, c'est le jeu. Après, ce qu'on appelle dans notre jargon le « dialogue type adulte ».

Servaz se dit qu'entre ses patients adultes atteints de diverses paraphilies et les enfants qu'elle soignait, la pratique psychiatrique de Gabriela Dragoman relevait du grand écart. Mais après tout, la société s'infantilisait de plus en plus, bon nombre d'hommes adultes aujourd'hui ne voulaient guère se séparer de l'enfance.

— Ça y est! lança Théo derrière eux.

Ils se retournèrent, s'approchèrent du garçon. Gabriela se pencha, saisit lentement le dessin entre ses doigts manucurés.

— Je peux, Théo?

Le garçon acquiesça vigoureusement, à l'évidence pas peu fier du résultat. Ils se rassemblèrent autour de la psy. Contemplèrent le croquis. Des arbres gribouillés au crayon noir, la pluie qui les zébrait de brefs traits bleus, un chemin de terre marron qui s'enfonçait au milieu des arbres et *deux silhouettes marchant dessus, côte à côte. L'une était plus grande que l'autre.*

Un enfant et un adulte...

— THÉO, c'est qui, ça?

Gabriela Dragoman désignait la silhouette à côté de celle de l'enfant. Servaz frissonna. Il y avait quelque chose de peu rassurant dans cette forme grossièrement ébauchée, quelque chose qui le remplit d'inquiétude. Il éprouvait une sorte d'effroi en la contemplant. Comme si le dessin allait soudain prendre vie et la silhouette s'échapper de la feuille. Il détourna les yeux. Reporta son attention sur le garçon, redevenu mutique, enfermé dans son silence.

— Tu veux pas me le dire?

La voix de la psy était toujours aussi douce, feutrée, et Servaz lui-même n'était pas insensible à ce timbre caressant qui massait son cerveau reptilien. Mais l'enfant secoua la tête.

— Pourquoi ?

Pas de réponse.

— Théo, je suis ton amie, tu le sais ?

Assentiment silencieux du garçon.

— Alors pourquoi tu ne veux pas le dire à ton amie ?

Pas de réponse.

— Pourquoi tu as mis tes chaussures ? Pourquoi tu es allé dans la forêt si tard ?

Pas de réponse.

— Tu avais rendez-vous ?

Pas de réponse.

— Tu n'as pas le droit d'en parler, c'est ça ?

Ils virent Théo acquiescer sans les regarder. Il fixait un point droit devant lui.

— Tu veux bien que je garde le dessin ? Il est pour moi ?

De nouveau, l'enfant acquiesça. Gabriela se releva, le dessin dans une main, tirant sur le bas de son combishort de l'autre, et Servaz admira un instant ses jambes bronzées.

— Il ne dira rien cette nuit... Je crois qu'on est trop nombreux, qu'on exerce une pression trop grande pour un enfant de cet âge, qu'il est très fatigué. Et qu'il est aussi trop tôt, s'il a promis à quelqu'un de ne rien dire. Il faudra plusieurs séances. Mais il finira par parler...

— Nous n'avons pas beaucoup de temps, fit observer Irène.

La psy lui jeta un regard condescendant, hostile.

— Si vous avez une meilleure idée, je suis tout ouïe...

Servaz vit le visage d'Irène s'empourprer. Ils sortirent de la chambre. La mère attendait dans le couloir, elle se précipita à l'intérieur. Le séjour s'était vidé. Il ne restait plus que le père, affalé dans un fauteuil, la tête renversée en arrière, les pieds sur la table basse, qui contemplait le plafond. Un Christ sur la Croix avant qu'on ne la redresse.

Ziegler s'approcha de l'ancien militaire et lui parla à voix basse. Servaz devina qu'elle lui demandait de passer à la gendarmerie le lendemain. Le père l'écouta l'air absent, sans cesser de fixer le plafond.

En ressortant sous la pluie nocturne, il se sentit toujours habité par le même sentiment de malaise tenace qui l'avait saisi en scrutant le dessin de Théo. Une inquiétude de plus en plus grande. *Ce qui se passait dans cette vallée allait bien au-delà d'une série de crimes, si épouvantables fussent-ils.* Un appel au secours, Marianne, des cadavres suppliciés, un éboulement, des explosifs... et à présent un adulte qui s'entretenait avec un enfant dans les bois au milieu de la nuit. Et un gosse qui refusait de parler...

C'était à n'y rien comprendre.

— Il est en train de se passer quelque chose qui nous échappe complètement, dit-il en s'asseyant dans la voiture. Quelque chose d'encore plus... terrifiant que tout ce que nous imaginions...

La pluie martelait le toit du véhicule.

— Plus terrifiant qu'un type nu et mort gelé avec un bébé en plastique dans le ventre ? dit Ziegler, sceptique, en mettant le contact. Plus terrifiant qu'un autre mort noyé après qu'on l'a attaché, la bouche ouverte, sous une cascade ?

— Plus terrifiant que tout ce à quoi nous avons été confrontés jusqu'ici, Irène...

Elle mit en route les essuie-glaces. La pluie dansait sur le pare-brise.

— Tu as oublié l'hiver 2008-2009.

— Non. Je n'ai rien oublié. Mais ceux qui sont à l'œuvre ici, ceux à qui nous faisons face sont peut-être encore plus retors, encore plus sournois que Julian Hirtmann. Je crois que ceux qui les côtoient tous les jours dans leur travail ou dans la rue ne soupçonnent pas à quel point ils sont le mal incarné. À quel point ils sont dangereux. Et ici, personne ne peut leur échapper...

— Bon Dieu, est-ce que tu t'entends ?

Mais elle avait suffisamment connu les intuitions de Martin par le passé pour en tenir compte. Et elle sut qu'après ça elle avait peu de chances de trouver le sommeil cette nuit.

39

ILS LA VIRENT trop tard. La petite foule d'une cinquantaine de personnes qui s'était rassemblée devant l'hôtel. Elles criaient des slogans, peut-être pour réveiller les gendarmes présents dans l'établissement, car, à cette heure, il n'y avait personne d'autre dans les rues.

— Merde, fit Ziegler.

Dès qu'elle aperçut le Ford Ranger aux couleurs de la gendarmerie, la petite foule se précipita vers eux. Cerna le véhicule. Servaz entrevit des visages furieux ou simplement curieux, une ou deux pancartes écrites à la hâte, qui dénonçaient l'inaction de la police et de la mairie, dont une qui exigeait : PROTÉGEZ NOS ENFANTS ! Il entendit le tam-tam des poings sur la carrosserie. Trop tard pour faire marche arrière. Malgré l'heure, la nouvelle de l'épisode Théo avait dû se répandre sur les réseaux sociaux et les téléphones portables – et quelqu'un avait eu la bonne idée de sortir tout ce joli monde de son lit.

— Bordel, grommela Irène en ouvrant sa portière.

Aussitôt, des sifflets et des huées l'accueillirent. Irène leva les mains en signe d'apaisement, tandis qu'il descendait côté passager.

— Du calme ! On voudrait juste passer... Comme vous le savez, l'enquête est en cours et nous... euh... *nous avançons* !

Les cris et les sifflets reprirent de plus belle, sans tenir compte de son intervention.

— Y a-t-il quelqu'un ici qui peut parler au nom des autres ? lança-t-elle.

Servaz sentit un frémissement indécis parcourir la foule. Puis un grand gaillard barbu se détacha et s'avança. Large d'épaules, vigoureux sans être svelte, il avait le genre de charpente qu'on associe généralement à des métiers exigeant force et endurance, un visage énergique, arcades proéminentes, sourcils épais sur des yeux à l'éclat dur et froid. Malgré cela, il n'avait rien, en apparence, d'un fanatique. Plutôt l'air d'un homme libre, qui n'accepte l'autorité que dans la mesure où elle lui paraît légitime, et ne se soumet qu'à des lois que sa morale personnelle a d'abord acceptées. Servaz lui donna la cinquantaine.

— Moi.

— Vous vous appelez ?

— Qu'est-ce que ça peut faire comment je m'appelle ? Vous allez m'arrêter ? répliqua-t-il d'un ton de défi, mais sans animosité, en prenant la foule à témoin.

Sifflets, huées. Servaz surveillait leurs arrières, au cas où un énergumène aurait décidé tout à coup que deux flics au milieu de la nuit étaient des proies faciles, mais le petit groupe n'était à l'évidence constitué que d'honnêtes citoyens en colère ou inquiets, ce qui, estima-t-il, était on ne peut plus compréhensible.

— Pas tout de suite, répondit Ziegler en souriant. Je veux juste votre prénom…

— William, dit l'homme prudemment, comme si cette seule concession frisait déjà l'abdication face aux forces de l'ordre.

— Eh bien, William, qu'est-ce que vous voulez, exactement ?

Servaz vit un sourire amusé affleurer sur les lèvres épaisses du grand gaillard : il goûtait son moment de gloriole. Mais il redevint tout de suite sérieux.

— *Qu'est-ce qu'on veut ?* répéta-t-il, faussement incrédule, avant de se tourner vers les autres. Que la vérité soit faite. On veut savoir où vous en êtes. *Cette nuit, un garçon de onze ans s'est retrouvé dans les bois en compagnie d'un adulte…* On veut savoir ce que vous allez faire pour protéger nos enfants et le reste de la population.

— Vous savez bien qu'on ne peut pas parler de l'enquête à ce stade, lui répondit Ziegler, assez fort pour que les autres entendent. On avance… Vous en saurez plus le moment venu.

— Quand ? demanda le barbu.

— Je ne vais pas vous mentir : je n'en sais rien, dit Irène fermement.

L'homme était plus grand qu'elle, mais elle le défiait du regard. Le colosse parut apprécier cette attitude. Il caressa sa barbe.

— Je suis sûr que vous avez une piste, un suspect, dit-il. Mais, comme il s'agit d'un notable, vous gardez tout ça sous le tapis tant que vous n'êtes pas sûrs ou que vous n'avez pas un autre coupable. S'il s'agissait de l'un d'entre nous, son nom serait déjà étalé dans les journaux…

Il regarda les autres et une clameur approbatrice lui répondit.

— Ah, nous y voilà, constata Irène, le bon vieux truc des élites contre le peuple… Il est vrai que ça marche toujours, ce coup-là…

— On veut aussi savoir quand la route va être rouverte, l'informa-t-il. Dites à Mme le maire qu'on a besoin d'aller bosser. Qui décide de ceux qui ont le droit de monter dans l'hélicoptère ? On veut pouvoir décider nous-mêmes. Il y a des gens ici qui risquent de perdre leur boulot. Des gens qui ont la tête sous l'eau et que chaque journée de travail perdue enfonce un peu plus. Des gens qui ont besoin de soins, d'aller remplir des papiers à la sous-préfecture…

Irène demeura inflexible.

— Les rotations sont décidées en fonction des urgences médicales et des risques de pénurie. Mais je ferai part de vos doléances à Mme le maire.

— Ça ne va pas suffire, réagit William.

Irène le toisa.

— Et vous comptez faire quoi ?

— Dites à Mme le maire qu'à partir de maintenant rien ne se fera sans nous, ni contre nous, sinon...

— « Nous », c'est qui ? demanda Ziegler en balayant du regard la petite foule. Sinon quoi... ?

Servaz la vit contourner le colosse et se mettre en mouvement, fendre résolument la foule en direction de l'hôtel. Sans se soucier des protestations et des sifflets. Il l'imita. En grimpant les marches de l'établissement, accompagné par les huées, il songea à ce qu'avait dit un jour un psychologue lors d'une conférence à laquelle il avait assisté : les foules aimaient les réponses simples. Les mots comme « justice », « liberté ». Les slogans. Elles préféraient l'irréel au réel, les croyances aux faits, la désobéissance à l'autorité, la colère à la raison, la simplification à la complexité. Les revendications d'une foule pouvaient être légitimes, avait expliqué le psychologue, et elles l'étaient souvent – mais les travaux de Le Bon, de Freud, de Festinger, de Zimbardo sur la psychologie des masses avaient établi que la plupart des individus présents dans une foule ont beau être des gens sensés, raisonnables, dès qu'on les plonge dans un collectif ils perdent non seulement leurs inhibitions, mais aussi leur sens commun, leur indépendance d'esprit et bien souvent leurs valeurs personnelles. En psychologie sociale, on appelait ça la *désindividuation de groupe*. Servaz avait apprécié la formule. La conséquence, avait ajouté le psychologue avec un sourire gourmand au-dessus de son nœud papillon, c'était que les foules aimaient le sang : les guillotines, les incendies, les lapidations, les lynchages, les destructions, les boucs émissaires... Sur l'écran derrière lui passaient des images d'Inde, du Pakistan, de Centrafrique, mais aussi de Garges-lès-Gonesse.

Sauf qu'aujourd'hui, se dit-il, les réseaux sociaux plongeaient des individus naguère autonomes et autoconscients dans une *désindividuation* permanente, un bain de faits et de fantasmes constamment alimenté par le ou les groupes avec lesquels ils restaient connectés.

—Putain, jura Irène en entrant dans l'hôtel, mais c'est quoi, ce délire ? Fait chier !

—Tu veux boire un coup ? lui proposa-t-il.

Elle se retourna.

—Sérieux ? Il est presque 4 heures du matin…

—Et toute la ville est réveillée, manifestement. Je crois qu'on en a besoin.

Dehors, les cris semblèrent se calmer un peu. Ils avaient eu leur premier contact avec l'autorité, ils reviendraient à la charge plus tard. Servaz se fit la réflexion que ce William n'avait pas l'air d'un homme déraisonnable, qu'il était sans doute mû par un souci sincère de changer les choses. Mais il y avait longtemps que la confiance était brisée dans ce pays. Il alla jusqu'au bar, décida qu'il était officiellement rouvert sur réquisition policière, s'empara d'une bouteille de Laphroaig et se servit un verre.

—La situation devient incontrôlable, estima Ziegler en tendant le sien. Bientôt, ils chercheront eux-mêmes le coupable. Et n'importe qui fera l'affaire…

—MARTIN, qu'est-ce qu'il y a ? Tu as vu l'heure ?

—Désolé, toubib, dit-il. J'avais juste envie de parler.

Elle demeura muette un instant. Il l'imagina seule dans son lit.

—Ça avance, ton enquête ? demanda-t-elle d'une voix endormie.

—Ce n'est pas mon enquête, dit-il. Oui et non. Je sais pas trop.

— Mmm... (Elle bâilla.) Tu veux un coup de main ?

Il sourit.

— Ça va aller, Sherlock.

— C'est comme vous voulez, Watson. J'ai lu les journaux, dit-elle, redevenant soudain sérieuse. C'est affreux... Comment peut-on tuer des gens de cette façon ?

— De cette façon ou d'une autre, rectifia-t-il.

— Mmm... ce n'est pas ce que je voulais dire...

Il l'entendit bouger dans le lit.

— Tu veux que je te laisse dormir ?

— Ça va aller, Martin. Tu sais bien que je me réveille plusieurs fois par nuit. Vous avez une piste, quelque chose ?

— Rien de précis pour le moment, répondit-il. Et toi, ta journée, ça a été ?

Il se dit qu'il était un peu tard pour poser ce genre de questions. Et il craignit qu'elle ne lui décrivît un autre de ses cas d'enfant malade. Au lieu de quoi elle partit dans une tout autre direction.

— Je me suis accrochée avec un confrère hier. Il contestait mon diagnostic devant tout le monde, il a essayé de me rabaisser... Ce con croit tout savoir mieux que personne. Il a toutes les infirmières à ses pieds, et il s'imagine qu'aucune femme ne peut lui résister. Tu vois le genre. Putain, je peux plus l'encadrer.

Tout à coup, il eut la puce à l'oreille.

— Comment il s'appelle, ton confrère ?

— Gaudry. Jérôme Gaudry. Tu le connais pas...

Elle gloussa. Mais il avait perçu l'amertume dans sa voix. Il eut soudain une crampe à l'estomac. Léa se mettait rarement dans cet état à cause de son travail. Elle avait l'air furieuse et blessée. Était-ce parce que le Dr Jérôme Gaudry, à un moment donné, avait été *plus qu'une relation de travail* ?

— Désolé, trésor, dit-il.

— Je ne sais pas pourquoi je me mets dans des états pareils juste pour un connard.

—Ça fait longtemps que tu travailles avec lui ?
—Deux ans.

Un temps suffisant pour se rapprocher et pour se séparer. Il s'en voulut de penser ça. C'était injuste.

—Tu me manques, dit-elle soudain.
—Toi aussi.
—Beaucoup.

Il ne dit rien. Il la revoyait parlant au Dr Jérôme Gaudry dans ce couloir d'hôpital, leurs visages très proches. Elle n'avait pas l'air de le détester tant que ça quand il les avait aperçus, cette fois-là.

—Martin, y a quelque chose qui ne va pas ?
—Non, non, tout va bien.
—Martin, je te connais... Tu es en train de penser quoi, là ?
—Rien, je t'assure.
—Martin...
—C'est le boulot, mentit-il. C'est cette vallée. Être enfermé dedans avec un tueur... (Il avait failli dire « des », mais c'était suffisamment angoissant comme ça.) Se demander s'il va frapper de nouveau... On patine. Et ce soir, il s'est passé un drôle de truc.
—Quel truc ?
—On a été arrêtés par une petite foule en rentrant à l'hôtel, il y a une heure. Ils nous ont entourés comme s'ils voulaient s'en prendre physiquement à nous. C'était assez... flippant.

Un silence à l'autre bout.

—Il y a une heure ? releva-t-elle.
—Oui. Pourquoi ?

Un silence.

—Et tu as fait quoi depuis ?
—On a bu un coup au bar.

— « On » ? Qui ça, « on » ? Il est pas fermé à cette heure-là ?
— Je l'ai rouvert pour l'occasion : Ziegler et moi.
— Ah bon... Et vous étiez... rien que tous les deux ?

Il ne put s'empêcher de sourire.

— Je le crois pas, t'es jalouse.
— Va savoir.
— Tu n'as pas confiance en moi ?
— Si, Martin. Mais j'ai un peu fouiné sur Internet : c'est une très jolie femme, Irène Ziegler.
— Tu as *quoi* ?

Il entendit un petit rire à l'autre bout.

— Je bluffe, idiot... Mais je sais pas pourquoi, quelque chose me dit, à la façon dont tu en parles, qu'elle doit être jolie, ton Irène.
— Elle est lesbienne, Léa. Et ce n'est pas « *mon* Irène ».
— Que tu dis... Elle est peut-être bi, va savoir.
— Et toi, tu es bi ? Tu as déjà eu des pensées pour une autre femme ?
— On a déjà eu cette conversation, je te signale, répondit-elle d'une voix un brin plus rauque.

Il devina que le tour pris par leur badinage lui plaisait, quand elle lui demanda tout doucement :

— Tu as envie de te caresser ?
— J'ai envie que *toi* tu te caresses...

Un silence.

— Je dois me lever tôt, Martin... Je ne sais pas si c'est une bonne idée... Tu veux que je me caresse ? Vraiment ?

La voix de Léa était descendue d'une octave.

— Oui, répondit-il.
— Vraiment, vraiment ?
— Je vais pas te supplier...
— Pas besoin, beau gosse. Si c'est ce que tu veux.

LE BROUILLARD.

Un mur d'ouate grise.

Une main de fumée refermée sur la ville.

8 heures du matin.

Il avait dormi trois petites heures.

En pyjama devant la fenêtre, il contemplait les toits presque entièrement engloutis par la purée de pois, puis il s'empressa d'aller dans la minuscule salle d'eau avaler deux comprimés de paracétamol et de codéine. Tout son corps lui faisait mal, les douleurs l'avaient réveillé. Et il avait un goût désagréable dans la bouche.

— Vous avez trouvé l'assassin ? lui demanda Mathis au petit déjeuner.

Servaz ébouriffa les cheveux du garçon.

— Presque, mentit-il. Et toi, t'as fini le livre ?

— *Presque*, répondit Mathis avec un clin d'œil.

Malgré lui, Servaz ne put s'empêcher d'être déçu : le garçon avait repris sa tablette, laissé le livre quelque part. Il considéra le gamin, son air sérieux et triste d'adulte en miniature, de gosse mûri trop tôt, et il pensa à Gustav.

— Quel métier tu veux faire plus tard, Mathis ?

Il vit le garçon se concentrer, froncer les sourcils.

— Je sais pas... Pas flic en tout cas...

Il se sentit pris de court par la réponse.

— Pourquoi ça ?
— Parce que mon père déteste les flics, *tout le monde déteste les flics...*

Servaz sursauta. Il se dit qu'il aurait une petite discussion plus tard avec le père. La colère était de retour.

— Moi, je suis flic, dit-il. Tu me détestes ?
— Vous, c'est pas pareil, dit Mathis.
— Ah bon, pourquoi ?
— Ben, parce que vous êtes pas comme les autres flics... Parce que vous m'offrez des livres. Parce que vous êtes quelqu'un de bien.

Il quitta l'hôtel très énervé, marchant à travers la brume jusqu'à sa voiture, eut la sensation de s'enfoncer dans le bain de vapeur d'un hammam. Le brouillard n'était pas immobile : il dérivait dans les rues, léchait les façades. Soudain, Servaz sentit une crispation sur sa nuque. Il se retourna. L'espace d'un instant, il avait eu l'impression que quelqu'un le suivait. L'observait. *Mais il n'y avait personne...*

En pénétrant dans la gendarmerie, il vit que le bureau d'Enguehard était vide et il se dirigea vers la salle de réunion, sans que sa mauvaise humeur se fût totalement dissipée. On avait allumé les néons à cause de la gaze blafarde plaquée contre les fenêtres, et ils étaient tous déjà à pied d'œuvre. Il pouvait sentir l'électricité courir autour de la table. On aurait dit le comité de rédaction d'un grand journal couvrant un événement important.

— Trois victimes adultes et, brusquement, on a une histoire avec un gamin de onze ans. Il y avait un adulte avec lui dans les bois... *Est-ce la même personne ? Est-ce le meurtrier ?* Avait-il l'intention de tuer l'enfant et y a-t-il renoncé au dernier moment ? Ou bien ces deux affaires sont-elles sans rapport ?

Irène donna deux petits coups de règle sur le tableau blanc. Servaz aperçut un schéma dessiné au feutre effaçable.

— N'oublions pas que, dans le cas des Hosier, on a d'abord assassiné le fils avant de s'en prendre au père. Fouillez dans la vie des parents de Théo : le père est rentré du Mali. Il souffre de stress post-traumatique. Intéressez-vous à lui… J'ai demandé qu'on établisse un profil du meurtrier en partant de l'hypothèse que l'homme qui se trouvait dans les bois cette nuit est aussi le meurtrier de Kamel Aissani, de Timothée et de Martial Hosier…

— Il n'y a rien qui vienne étayer cette hypothèse, objecta le hipster en élevant la voix. Elle risque de nous égarer plutôt que nous faire avancer, non ? Ne devrait-on pas au contraire séparer les deux cas ?

Servaz vit les narines d'Irène frémir comme les naseaux d'un cheval stressé. Elle lança au barbu un regard sans aménité. Mais Martin devait bien admettre que les objections du jeune homme étaient rarement dénuées de pertinence.

— Et donc, rétorqua Ziegler d'un ton venimeux, tu nous suggères quoi ? De mettre de côté ce qui s'est passé cette nuit et de laisser ça aux gendarmes de la brigade ?

— Non, ce n'est pas ce que j'ai dit, riposta-t-il en prenant les autres à témoin. Mais je crois qu'on ne devrait pas chercher à relier artificiellement deux affaires qui n'ont peut-être rien à voir.

— Et, d'après toi, qui était avec le gosse dans les bois cette nuit ?

— Comment je le saurais ! réagit-il en levant les mains. Peut-être qu'il n'y avait personne, peut-être que le gamin a tout inventé…

C'était l'ouverture qu'elle attendait.

— Et qu'il chausse du 42…, ironisa-t-elle.

Rires autour de la table. Servaz vit le hipster se rembrunir. Il décida que c'était le moment d'intervenir.

— Je suis d'accord. Je crois qu'on ne doit pas chercher à relier coûte que coûte l'épisode du gosse et les meurtres. Qu'il est trop tôt pour cela. Que quelqu'un fouille dans la vie du garçon et de ses parents, mais le reste du groupe ne devrait pas en tenir compte… pour le moment.

Une vive lueur d'irritation passa dans l'œil d'Irène.

— Martin, je te rappelle que tu n'es pas là, siffla-t-elle. Et que tu ne fais pas partie de ce groupe.

— Disons que vous entendez des voix, alors.

Nouveaux rires. Plus forts ceux-là. Même parmi les membres de la maréchaussée, personne n'ignorait qu'il y avait une légende dans la salle. Il vit le jeune hipster lui adresser un regard reconnaissant. Et qu'Irène était furax.

— Autre chose, enchaîna-t-elle, les employés de la carrière : Boscher a un alibi. On doit donc les auditionner un par un. Je sais qu'on est samedi, mais trouvez-les-moi et amenez-les ici. Voyez s'il y a d'autres histoires, des rumeurs. Il y a de grandes chances pour que le type qui a fait péter la montagne soit sur la liste.

Elle marqua une pause, la règle toujours pointée vers le tableau blanc où Servaz lut : **2 assassins.**

— Enfin, n'oublions pas que, selon le légiste, Timothée Hosier aurait été victime de deux agresseurs. Son père, lui, n'a reçu qu'un seul coup… Cela signifie-t-il qu'il y a deux assassins ? Ou un seul qui a bénéficié d'une complicité temporaire ?

— *La Dépêche* semble avoir sa petite idée sur la question, lança un gendarme qui venait d'entrer dans la pièce.

Il jeta un journal sur la table. Ils se penchèrent, lurent :

COMBIEN D'ASSASSINS À AIGUESVIVES ?
L'hypothèse du Dr Devernis, psychiatre, p. 6-7.

Irène attrapa le journal, l'ouvrit aux pages indiquées :

Le Dr Devernis connaît bien Timothée Hosier, l'une des victimes de la vallée d'Aiguesvives : c'est lui qui a examiné Timothée, adolescent, après que celui-ci a été reconnu coupable du meurtre de sa petite sœur, lui qui a conclu, avec une autre psychiatre, à son irresponsabilité pénale. Timothée Hosier avait 16 ans quand il est rentré de l'école et a tué sa petite sœur dans sa chambre, en l'absence de leurs parents. Plus de quinze ans après les faits, on retrouve son cadavre attaché sous une cascade, à proximité d'Aiguesvives, cette commune de 4 000 habitants à la limite de la Haute-Garonne et des Hautes-Pyrénées.
Est-il possible que les motivations du ou des tueurs soient liées au passé du jeune homme ? À son tour, le père de la victime, Martial Hosier, gynécologue à Toulouse, a été retrouvé assassiné dans cette même vallée. C'est donc la troisième fois qu'une terrible épreuve frappe cette famille dont seule la mère, Adèle Hosier, reste en vie…
Mais, selon une source digne de foi, Timothée Hosier aurait été victime non pas d'un seul mais de deux agresseurs. Deux assassins séviraient donc dans cette vallée reculée des Pyrénées. *Des duettistes du crime*, en quelque sorte. On peut d'ores et déjà leur attribuer un troisième meurtre : celui de Kamel Aissani, en février dernier, crime passé sous silence par les autorités judiciaires et qu'on aurait imputé jusqu'alors à un simple accident de montagne.
Que se passe-t-il à Aiguesvives ? Qui tue, et pourquoi ?
Et surtout, les Duettistes vont-ils frapper de nouveau ? Alors même que la population d'Aiguesvives est prise au piège d'un éboulis qui a coupé la seule route d'accès – et dont la DIRSO, la Direction interdépartementale des routes du Sud-Ouest, nous assure qu'elle ne sera pas rouverte avant des jours, voire des semaines. On peut facilement imaginer dans quelle angoisse vivent les habitants. Sollicitée par nous, la maire d'Aiguesvives, Isabelle Torrès, a répondu que « tout était mis en œuvre, en collaboration avec la gendarmerie, pour que la sécurité des habitants de la vallée soit assurée ». Pour combien de temps ?

— Les *Duettistes*! s'écria Irène. Bordel! Qui leur a refilé cette information?

Son regard balaya la petite assemblée – et Servaz vit chacun se plonger dans la contemplation de la table devant lui.

— À l'évidence, ça vient des services de médecine légale, ajouta-t-elle, sans doute pour ne pas donner l'impression qu'elle accusait directement les personnes présentes.

— Le Dr Djellali, c'est à exclure, intervint-il. On n'a jamais eu de souci avec elle, c'est une grande professionnelle.

— Quelqu'un à l'hôpital de Pau alors... Merde! La population va paniquer en apprenant qu'il y a plus d'un assassin! Déjà qu'ils sont sur les nerfs. Putain!

Les yeux d'Irène lançaient des éclairs.

— Je veux parler au Dr Devernis! Et à l'autre psy! Trouvez le moyen de les joindre. Je veux savoir si *La Dépêche* a raison: s'il y a des éléments dans le passé de Timothée Hosier qui pourraient éclairer le présent...

— NE ME FAIS PLUS *jamais* un plan pareil!

— De quoi est-ce que tu parles?

— De ton intervention au sujet de la disparition de cette nuit, qu'il faudrait séparer ce cas des autres, selon ce petit con – et selon *toi*...

— Désolé, dit-il d'un air faussement contrit.

Il regarda le gobelet du distributeur tomber et se remplir de café.

— Tu sapes mon autorité, ajouta-t-elle.

— Le petit con avait raison, intervint-il.

— Non, il n'avait pas raison! C'est juste de la... solidarité entre mecs. Parce que tu le voyais se faire humilier par une femme...

— Quoi?

Il avait redressé la tête. Il fixait Irène à présent, sidéré, les doigts sur le gobelet plein.

— T'es pas sérieuse, là ?
— Bien sûr que si, répliqua-t-elle d'un ton buté.

Il soupira.

— De la *solidarité entre mecs* ? répéta-t-il, incrédule. Irène…
— C'est toujours pareil… Qu'on mette une femme à la tête d'un service et vous ne pouvez vous empêcher de la critiquer, de penser qu'elle fait mal son boulot…

Il la considéra, abasourdi.

— Quoi ? Irène, je voulais juste…
— Que ça te plaise ou non, c'est comme ça que le monde fonctionne, Martin. Les femmes qui réussissent dans les métiers où les hommes dominent sont la cible de dix fois plus de critiques que ces mêmes hommes. Les femmes qui marchent dans certaines rues de certains quartiers sont harcelées, insultées, alors que les hommes ne le sont pas. De tout temps, les femmes ont été dépréciées, rabaissées, moquées, agressées, violées… Et aujourd'hui que les lignes de cette culture d'oppression des femmes commencent à bouger, les mecs comme toi ont du mal à l'accepter…
— Quoi ? s'énerva-t-il. Tu me prends pour qui, putain ?
— Tu vois : rien que ce mot, ce vocabulaire, il…

Il ne l'écoutait plus. Il savait qu'elle avait raison, bien sûr. Sur les femmes et les hommes en général – et il se souvint qu'Irène elle-même avait été victime d'un viol : elle lui avait tout raconté, une nuit de décembre 2008, le calvaire qu'elle avait vécu, le piège dans lequel elle était tombée, les prédateurs qui l'attendaient[1] –, mais il songea aussi qu'elle avait tort le concernant : *il n'avait rien fait*, il n'avait pas soutenu le hipster

---

1. Voir *Glacé*, XO Éditions et Pocket.

par solidarité masculine, mais parce que celui-ci avait raison, et surtout il n'avait pas à payer pour d'autres. Il songea aussi que le tissu social craquait de toutes parts, que les lignes de faille se multipliaient. Ce pays était en train d'imploser. Peut-être qu'Irène avait raison, mais jamais auparavant ils ne se seraient opposés si frontalement… Aujourd'hui, tout le monde semblait se chercher des ennemis.

— Carl Rogers, dit-il soudain.

— Quoi ?

— Carl Rogers, l'un des plus grands psychologues du XXe siècle.

Il la vit froncer les sourcils.

— De quoi est-ce que tu parles ?

— Carl Rogers a dit que la majorité d'entre nous ne sait pas écouter. Selon lui, nous nous sentons obligés de juger, parce qu'il est trop risqué d'écouter. Il a proposé une méthode pour ceux qui s'affrontent verbalement et qui ont des désaccords irréconciliables : « Interrompez la discussion et établissez la règle suivante : chacun ne peut prendre la parole qu'après avoir reformulé correctement l'idée et les sentiments de son interlocuteur, et lorsque ce dernier estime que cette reformulation correspond à ce qu'il a voulu dire. » Carl Rogers… On pourrait peut-être essayer, qu'est-ce que tu en penses ?

Il lut dans ses yeux un mélange de suprême agacement et de stupeur. Quelqu'un s'éclaircit la gorge pas loin.

— J'ai réussi à joindre le Dr Devernis, les interrompit Enguehard. Il est prêt à vous parler. *Tout de suite…* Il dit qu'il a des révélations à faire au sujet du fils Hosier. Et aussi de sa consœur qui a conclu avec lui à l'irresponsabilité pénale de Timothée, à l'époque : le Dr Gabriela Dragoman.

41

DES CRUCIFIXIONS. Une femme aux seins nus. Un chien. Un cheval. Une chauve-souris. Tous cloués à la sainte Croix. Comme chaque fois qu'il venait ici, l'abbé se demandait ce que l'artiste avait voulu exprimer.

Était-ce le goût du blasphème – ce dernier recours des artistes en mal d'inspiration – ou y avait-il une signification plus profonde ? Il devait bien reconnaître que le peintre ne manquait pas de talent, ni de technique. Il y avait fort à parier que de telles toiles s'écoulaient à des prix exorbitants sur le marché spéculatif de l'art contemporain, où un ridicule lapin en acier de Jeff Koons valait 91 millions de dollars, alors qu'il ne trouvait pas d'argent pour rénover son monastère.

Il se demanda si l'artiste aurait eu l'audace de peindre *une femme voilée à la place de cette femme aux seins nus*. Probablement pas...

— Elles vous fascinent, hein, mon père ? dit Gabriela Dragoman derrière lui.

— Elles m'intriguent, rectifia-t-il en se retournant vers elle. Je me demande ce que l'artiste a voulu dire. Qu'en pensez-vous ? Qu'en pense la psychiatre ?

— Qu'elles vont bien sur mon mur, répondit-elle avec un sourire.

Elle lui montra le coin salon aux canapés noirs.

—Venez. Allons nous asseoir.

Il se laissa tomber sur l'un d'eux, Gabriela dans l'autre. Au-delà des grandes baies vitrées, le brouillard oblitérait les montagnes, dérobait le paysage, cernait le vaisseau de béton, favorisant l'imagination, les fantasmes, l'intimité. Le père Adriel venait ici comme on vient à confesse. En somme, la psy était son confesseur. Comme lui, elle était tenue par le secret professionnel. Il ne lui avait jamais avoué toutefois que, le soir, sur sa couche dure, il lui arrivait de rêver qu'il la prenait au milieu de ses tableaux, nue contre l'un des murs noirs – et qu'elle le suppliait de la crucifier.

—C'est toujours étrange de venir ici, dit-il. De m'ouvrir à vous, au lieu de le faire dans le cadre de ma religion... au lieu de m'adresser à un autre prêtre...

Gabriela le regarda droit dans les yeux, sa voix toujours si neutre et professionnelle.

—Peut-être que vous vous sentez un peu moins *jugé* ici... ou... comment dire ? un peu plus loin du... *regard de Dieu*... Ça fait un moment que vous n'êtes pas venu, mon père. Je croyais que vous aviez renoncé.

—C'était le cas. Jusqu'à...

—... *ces meurtres ?*

L'abbé lissa sa barbe poivre et sel. Il acquiesça.

—Que vous inspirent-ils ?

—De l'effroi... de l'incompréhension... du doute.

La psy l'observait avec attention.

—Quel genre de doute ? Vous doutez de... l'existence de Dieu ?

Elle nota la dilatation des pupilles, la large poitrine qui se soulevait.

—Non... pas de son existence... de sa victoire.

—Depuis quand ?

—Longtemps...

L'ecclésiastique fronça ses sourcils noirs et broussailleux. Sous sa barbe, il passa un doigt dans son col romain.

— Tous ces scandales dans l'Église... Au Vatican, dans les paroisses... Ces cardinaux, ces évêques qui prêchent le contraire de ce qu'ils font, qui mènent des vies de débauchés à quelques mètres à peine du Saint-Père, qui vivent dans le luxe et le péché, tous ces prêtres pédophiles... S'ils n'étaient qu'une poignée, mais on a l'impression qu'ils... qu'ils sont des milliers... L'Église en est infestée ; la foi, la tempérance, la force morale, la justice, où sont-elles aujourd'hui ?

— « Mon nom est Légion, car nous sommes nombreux »...

Il lui lança un regard à la fois plein d'interrogation et de frayeur.

— Et maintenant, ces meurtres... ici... à Aiguesvives. Ces horreurs sans nom autour de nous... Je nous croyais à l'abri du tumulte du monde. Je croyais qu'en nous réfugiant dans ces montagnes nous échapperions au mal.

— Vous voulez dire vos... *frères* et vous ?

— Oui.

— Le mal se serait-il insinué dans l'abbaye ?

Il baissa les yeux, frotta ses grandes mains noueuses l'une contre l'autre, où les grosses veines soulevaient la peau comme des tuyaux mal enterrés.

— Bien sûr, dit-il, le mal s'insinue jusque dans la maison de Dieu : il s'insinue partout.

— Peut-être parce que Dieu n'existe pas, suggéra-t-elle.

Il releva la tête. Elle le considérait froidement, jambes croisées, buste droit. Sévère et impartiale. Une déesse.

— Que voulez-vous dire ?

— Que la science fait reculer Dieu partout. Bertrand Russell disait déjà au siècle dernier que l'immense majorité des hommes scientifiquement éminents ne croit pas en la religion chrétienne – ni en aucune autre, d'ailleurs. Quand des apologistes de votre Dieu cherchent à prouver qu'il existe des prix Nobel authentiquement croyants, ils n'en trouvent que six sur plusieurs centaines. Benjamin Franklin déclarait déjà : « Les phares sont plus utiles que les églises. » Vous connaissez Richard Dawkins, mon père ?

Le vieil homme secoua la tête.

— Non.

— Dawkins est un biologiste et un théoricien de l'évolution athée membre de la Royal Society britannique. Il a déclaré qu'un monde sans religions, comme l'imaginait John Lennon, signifierait pas d'attentats suicides, pas de 11-Septembre, pas de croisades, pas de partition de l'Inde, pas de massacres en Irlande du Nord, pas de télévangélistes faisant les poches des gogos, pas de talibans pour dynamiter les statues, pas de décapitations publiques, pas de femmes fouettées pour avoir montré une parcelle de peau...

Elle avait dit cela en se penchant et en promenant ses ongles nacrés sur son tibia bronzé. Il ne put s'empêcher de regarder dans cette direction. Mais le vieil aigle autoritaire ne tarda pas à renaître de ses cendres.

— Absurde, réagit-il en se redressant. Votre Dawkins est un imbécile... Et Hiroshima ? Et les deux guerres mondiales ? Et le IIIe Reich ? Et le goulag ? Et les Khmers rouges ? Et la deuxième guerre du Congo ? Et la Révolution culturelle ? Aucune de ces monstruosités n'a eu pour origine la religion. Au contraire, la plupart ont été causées par les idéologies qui l'ont remplacée !

— Un point pour vous, mon père, admit Gabriela en souriant finement. Hannah Arendt ne disait-elle pas que l'idéologie s'apparente au délire psychotique ? Que, comme lui, elle n'a que faire du réel... Il faut croire que l'homme ne peut s'empêcher d'inventer de nouvelles croyances, de tuer et de détruire en leur nom, vous ne pensez pas ? Vous permettez que je fume ?

Il eut un geste à la fois impatient et magnanime.

— Ne trouvez-vous pas étrange, mon père, que ni Jésus, ni Socrate, ni Bouddha n'aient rien écrit ? Tout ce que nous savons de leurs paroles nous est rapporté par d'autres... Qu'est-ce qui nous prouve que Socrate a bien dit ce que Platon prétend ? Que Jésus a bien prononcé les mots que les évangélistes lui prêtent ? Si tant est qu'il ait existé...

L'abbé ne répondit pas. Il avait l'air d'un vieux sanglier blessé en cet instant.

— Celui qui tue dans cette vallée est pareil, reprit-elle. *Il ne parle pas, il ne dit rien...* Ce sont les autres – la police, la presse – qui parlent en son nom... Nous ne le connaissons qu'à travers eux... à travers leurs mots... Les siens, on ne les a pas entendus jusqu'ici.

Les yeux de l'abbé étincelèrent.

— Vous rêvez de l'avoir ici, à ma place, constata-t-il.

Elle tira sur sa cigarette, esquissa un sourire dangereux.

— J'avoue que ce serait un défi *excitant*... D'entrer dans sa psyché, je veux dire. D'entendre ses motivations et sa folie.

Il se pencha en avant, et l'air donna l'impression de se densifier.

— Qui sait ? Peut-être l'avez-vous déjà fait...

— Comment ça ?

— Je ne suis pas venu seulement pour parler de moi, à vrai dire, enchaîna-t-il.

Elle souffla la fumée entre ses lèvres pleines, une curiosité nouvelle brûlant au fond de ses pupilles.

— Ah non ?

Il planta son regard dans celui de la psy.

— Non... Vous et moi avons quelque chose en commun. Vous l'avez dit : nous entendons des gens en confession. Des gens viennent me confesser leurs péchés, leurs angoisses de mortels ; ils viennent vous confier leurs névroses, leurs psychoses, leurs troubles. Et vous comme moi sommes tenus au secret...

— J'ai du mal à vous suivre, mon père.

— Combien de morts faudra-t-il pour que vous disiez à la police ce que vous savez ?

— Je vous suis de moins en moins.

— Ne me dites pas que vous n'y avez pas pensé...

— Pensé quoi ?

— Que le meurtrier est peut-être là : quelque part dans vos fiches, répondit-il en esquissant un geste ample pour désigner ce qui était à la fois le cabinet de la psy et sa maison.

— Et quand bien même, vous l'avez dit : nous sommes tenus, vous et moi, au secret, répliqua-t-elle en plissant les yeux et en laissant la fumée monter en volutes devant son visage.

— Même quand des vies sont en jeu ? Même quand ce monstre risque de récidiver et de faire de nouvelles victimes ? En votre âme et conscience, Gabriela, êtes-vous prête à assumer cette responsabilité ?

Elle sourit.

— C'est la première fois que vous m'appelez par mon prénom, mon père.

Il la vit réfléchir, hésiter. Jambes toujours croisées, elle laissa un escarpin glisser sur le tapis et il admira son pied au dessin délicat, aux ongles brillants.

— Bien sûr que j'y ai pensé, admit-elle.

— Et... ?

— *Il y a quelqu'un qui pourrait correspondre...*

L'abbé sentit son vieux cœur fatigué battre plus vite, sa pomme d'Adam fit un aller-retour dans sa gorge.

— Qui ?

— Ça, je le dirai à la police le moment venu…

— Le moment venu ? (Il émit un soupir.) Gabriela, il y a urgence. Il peut recommencer à tout instant. Il est peut-être en train de préparer son prochain crime, songez-y !

Elle haussa les épaules.

— Je ne peux décemment pas accuser quelqu'un sans quelque certitude, vous ne croyez pas ?

Le silence les enferma. Le vieil abbé était livide, étouffé par l'émotion et le doute. Il inclina la tête avec humilité.

— Oui… entre laisser un monstre en liberté et accuser un innocent, quelle option choisir : c'est l'éternelle question… Vous devriez faire attention : s'il se doute que vous avez le pouvoir de le démasquer, *il pourrait s'en prendre à vous.*

De nouveau, elle sourit.

— Je ne crois pas, non. Mais sait-on jamais…

Elle se leva, tira sur sa jupe, chacun des muscles de ses jambes tendu comme un câble sous sa peau satinée.

— Je crois que nous en avons fini pour aujourd'hui, mon père. Comme d'habitude, vous ne me devez rien. C'est toujours stimulant de discuter avec vous. Peut-être qu'en échange, un de ces jours, je vous demanderai de m'entendre en confession. Je suis sûre que vous trouverez mes péchés… *intéressants.*

Elle le précéda vers la porte, en faisant claquer ses talons.

— Gabriela, je vous en conjure, pensez à ce que je viens de vous dire.

— Vous devenez ennuyeux, mon père…

Elle ouvrit la porte blindée sur les voiles mouvants du brouillard, se retourna vers lui avec un large sourire.

— Je suis sûre que vous aussi vous avez votre petite idée sur la question, n'est-ce pas ? Dans ce cas, vous devriez également faire attention…

IL ROULAIT dans le brouillard. Tantôt épais et compact comme un mur blanc, tantôt réduit à des fumées trompeuses, qui jouaient avec les formes sur le bord de la route, avalaient le paysage pour mieux le restituer plus loin.

Accroché au volant de son antique DS, l'abbé se sentait suprêmement inquiet. Il revoyait Gabriela disant : «Vous devriez également faire attention.» S'il avait peur, c'était moins pour lui-même – il avait fait son temps, il espérait qu'il y avait une place pour lui Là-haut, même s'il lui arrivait d'en douter – que pour les autres.

Il franchit le sommet de la colline, au milieu des bois, redescendit de l'autre côté, traversa la rivière. La masse sombre et sévère de l'abbaye surgit du brouillard, et il klaxonna. Aussitôt, le prieur vint lui ouvrir le portail.

Frère Anselme le salua avec l'air maussade d'un gardien de prison qui regarde un détenu rentrer au bercail après une autorisation de sortie. Ces derniers temps, les relations s'étaient tendues entre le prieur et lui. Il n'ignorait pas que frère Anselme avait une ambition : prendre sa place.

Deux minutes plus tard, il était dans son bureau aux allures de chapelle. Les bougies allumées répandaient un parfum de cire. Il s'approcha des rayons de livres, prit celui qui s'appelait *Commentaires de la Somme théologique de Thomas d'Aquin*. L'ouvrit à la page intitulée «Des diverses lois»: «Y a-t-il plusieurs sortes de lois qui puissent nous regarder et nous regardent en effet? Oui, il y a plusieurs sortes de lois qui peuvent nous regarder et nous regardent en effet. Quelles sont ces diverses sortes de lois? Ce sont: la loi éternelle, la loi naturelle, la loi humaine et la loi divine.»

Une simple feuille de papier coincée entre les pages.

Il la déplia, la main tremblante. Une liste.

Il en avait rayé les deux premiers noms :

> *Kamel Aissani*
> *Martial Hosier*

Il considéra les autres noms. Est-ce que ça pouvait être une coïncidence ? Il pensa à la personne qui lui avait fourni cette liste. À la façon dont ses paroles l'avaient empli d'effroi, ce soir-là, dans le silence de la nef et du confessionnal, et à l'éclat de rire lugubre, semblable à des osselets qu'on agite, qui l'avait fait sursauter de l'autre côté de la grille.

— Mon père, avait dit la voix. Je ne me repens de rien et je crache à la face de votre Dieu, je tenais à vous le dire…

Il songea à cette question présente dans la *Somme* de saint Thomas : « L'orgueil est-il le premier de tous les péchés ? Réponse : Oui, l'orgueil est le premier de tous les péchés, car aucun péché ne peut exister qui n'implique ou ne présuppose l'orgueil. »

Puis il tomba à genoux sur le sol en pierre et se mit à prier.

42

— JE VOUS PRÉVIENS, je n'ai pas beaucoup de temps, les avertit le Dr Devernis. Je consulte aussi le samedi. Mais je vous écoute.

Il les fixait à travers l'écran. Servaz se dit qu'il correspondait à l'image que l'on se fait d'un psychiatre. Ses cheveux épais, gris et souples, soigneusement domptés, son visage long, un brin chevalin, qui exprimait une empathie non dénuée d'esprit critique, et le double nœud Windsor de sa cravate – bleu marine sur chemise rose – juste de la grosseur voulue. Tellement conforme à l'imagerie traditionnelle que Servaz se demanda s'il n'était pas un brin *trop* conforme.

À tout prendre, il préférait le Dr Dragoman et son sanctuaire de béton dédié aux sexualités déviantes.

L'évocation de la psychiatre remua quelque chose en lui. Il ne pouvait nier qu'elle l'attirait. Elle s'était montrée agressive et provocatrice lors de leur premier entretien, mais il avait senti que, derrière cette agressivité, il y avait autre chose. Un jeu. Une forme paradoxale de séduction. Il savait que la relation psychiatre-patient impliquait des processus à la fois cognitifs, affectifs et inconscients, que c'était une relation *intuitu personae*, spécifique à chaque personne – et il se demanda jusqu'où il aurait eu envie de pousser cette… *spécificité* s'il avait été célibataire. Puis il pensa à Léa. Au Dr Fatiha Djellali.

Était-il atteint d'un genre de paraphilie : une attirance sexuelle pour les professions médicales ?

— Docteur, dit Irène devant l'écran, c'est vous l'expert qui avez examiné Timothée Hosier après le meurtre de sa petite sœur ?

— Oui. Moi et le Dr Dragoman.

— Elle ne nous en a rien dit...

— En réalité, c'était de mon ressort. Mais j'ai voulu entendre son point de vue. À l'époque, elle exerçait à Lannemezan, où elle a d'ailleurs eu Timothée comme patient par la suite, avant de le suivre à Aiguesvives. Elle débutait, mais... j'aimais sa façon de raisonner, d'envisager les problèmes... J'ai demandé qu'elle soit associée à l'expertise psychiatrique de Timothée.

Il y avait dans sa voix et sur son visage une nuance de mélancolie qui ne leur échappa pas.

— Le Dr Dragoman est quelqu'un qui peut avoir, reprit-il, des opinions très tranchées sur un certain nombre de sujets. C'est une personne brillante. Mais ce n'est pas quelqu'un qui doute. Ni qu'on peut faire changer d'avis... Et j'ai toujours étouffé au milieu des gens pleins de certitudes.

Camus, songea Servaz. Cette phrase-là était empruntée à Albert Camus. Il vit le psychiatre passer une main dans ses cheveux épais.

— Il faut que je vous dise quelque chose... À l'époque... hum... Gabriela était jeune et, si vous l'avez déjà rencontrée, vous savez que c'est une femme fort séduisante, attirante, et qui en joue *très consciemment*. Pendant le laps de temps où nous avons évalué Timothée, nous sommes devenus amants...

Un voile descendit sur les yeux du Dr Devernis, comme s'il se tournait vers l'intérieur de lui-même et fouillait dans ses souvenirs.

— Ce n'était pas une chose facile pour moi... J'étais jeune marié, père d'un garçon de cinq mois, j'étais amoureux de ma femme mais… Gabriela est une personne à qui il est difficile de résister – et aussi qui sait ce qu'elle veut. Et, en ce temps-là, elle me voulait moi. Oh, ça n'a pas duré… Quand Gabriela obtient quelque chose, elle s'en lasse très vite.

L'espace d'un instant, ils surprirent une ombre de tristesse dans son regard.

— Et puis, cela compliquait tout. Nous n'étions pas d'accord concernant Timothée. J'estimais qu'il était pleinement responsable, elle pensait le contraire. Elle voulait à tout prix me convaincre – ou plutôt *m'imposer* son point de vue. C'est Gabriela… Elle a toujours raison. Elle est têtue, elle refuse de céder. Elle ne laisse aucune place à la discussion. On doit se ranger à son avis, quoi qu'il en coûte. Il n'y a pas d'alternative dans son esprit. C'est elle qui a raison. Point. Et elle ne se remet jamais en question. C'est épuisant, les gens comme elle, ajouta-t-il, et Servaz faillit hocher la tête en se remémorant son ex-femme, Alexandra.

— Et pourtant, vous avez conclu à l'irresponsabilité mentale, signala Ziegler.

— C'est exact. À une « bouffée délirante aiguë », ce que les Américains appellent de leur côté « trouble psychotique bref ». Une pathologie qui survient chez des adolescents ou des jeunes adultes sans aucun signe psychiatrique avant-coureur.

— Mais ce n'était pas votre diagnostic, suggéra-t-elle.

Il eut l'air d'un gamin pris en faute.

— Non. En effet.

— C'était le sien… Que s'est-il passé ?

— Elle m'a *convaincu*… Ou, plutôt, elle m'a *manipulé*. Il m'arrive de penser qu'elle n'a couché avec moi que pour parvenir à ses fins… Gabriela est capable de n'importe quoi quand elle veut quelque chose. Ou pour ce qu'elle croit juste… C'est la personne la plus intransigeante, la plus inflexible, la plus implacable que j'aie jamais rencontrée. Je me demande si cette inflexibilité n'est pas un danger parfois pour ses patients. Si vous voulez mon avis, cette femme ne devrait pas exercer…

Servaz s'interrogea sur l'objectivité du Dr Devernis. Si ce n'était pas son cœur brisé et jamais totalement réparé qui parlait.

— Comme par hasard, notre liaison a cessé très peu de temps après que nous avons rendu notre évaluation, expliqua-t-il. C'est elle qui y a mis fin, bien entendu.

Bien entendu. *Toi, tu ne risquais pas. Tu étais le papillon attiré par la flamme.*

— Et puis, il y a eu autre chose…

Il s'éclaircit la gorge. Il avait baissé la voix sur cette dernière phrase, et il eut l'air encore plus mal à l'aise, tout à coup. Servaz comme Irène furent aussitôt aux aguets.

— À plusieurs reprises, je l'ai surprise à parler d'hommes qu'elle avait connus avec une véritable… *haine*. Je ne vois pas d'autre mot. Quand elle les évoquait, elle les rapetissait, elle les accablait, elle les humiliait verbalement, les avilissait par des paroles d'une dureté, d'une cruauté qui me faisaient froid dans le dos… Je me disais que, la vache, je n'aurais pas aimé être à leur place. Et puis, juste après, que j'y serais peut-être un jour… Aucun de ces hommes ne trouvait grâce à ses yeux. À l'entendre, c'étaient tous des pleutres, des salauds, des porcs et des idiots. À tel point que je me demandais si elle n'était pas capable de leur nuire d'une manière ou d'une autre, tant il y avait de rage en elle.

Servaz et Ziegler retinrent leur souffle. Des plis soucieux barraient le front du psychiatre.

— Et quand elle a rompu, ce que vous craigniez est arrivé ?

Ils le virent leur lancer un regard aux abois, à travers l'écran. Il se frotta les yeux.

— Quelques mois plus tard, le téléphone s'est mis à sonner en pleine nuit, ça a duré un certain temps, et puis ça s'est arrêté... On n'arrivait plus à dormir, ma femme et moi... Vous savez ce que ça fait quand chaque nuit votre téléphone sonne à la même heure et qu'il n'y a personne au bout du fil ? (Irène lorgna Servaz : comme lui, elle pensait aux coups de fil nocturnes reçus par Gildas Delahaye.) Et puis, un jour, ma femme a trouvé un paquet dans la boîte aux lettres... Dedans, il y avait une culotte en dentelle souillée... avec un mot qui disait : « Votre mari vous a trompée une fois, il recommencera. »

Servaz pensa à l'ex-mari de Gabriela, mort d'un cancer qui avait fait d'elle une riche veuve, et à la façon dont elle avait parlé de lui.

— Comment a réagi votre femme ? voulut savoir Irène.

— Je lui ai expliqué qu'il s'agissait sûrement d'une patiente. Je lui ai parlé transfert, lui ai dit que c'était un classique qu'une patiente tombe amoureuse de son thérapeute... que ça arrivait tout le temps.

— Elle vous a cru ?

Il regarda le bureau devant lui.

— On était jeunes mariés, on avait un enfant en bas âge. Elle a *choisi* de me croire...

— Vous avez soupçonné Gabriela, j'imagine. Vous en avez parlé avec elle ?

Il leva les yeux ; ils lurent une peur toute-puissante en eux.

— Oui... Je l'ai appelée... Je l'ai accusée... J'étais furieux, hors de moi. Elle m'a d'abord ri au nez, puis elle m'a dit que ces accusations étaient ridicules, absurdes. Elle m'a insulté, humilié, m'a dit que j'étais nul au pieu, que pas une seule fois je ne l'avais fait jouir, qu'en tant que psychiatre je ne valais rien. Ce genre de choses... Que, quand je la baisais, elle pensait à un autre qui l'avait prise quelques heures plus tôt... « Un mec avec des couilles », c'était son expression. Ensuite, elle m'a dit de ne plus jamais la rappeler, sans quoi elle m'accuserait de violences sexuelles, d'abus sur personne vulnérable, de harcèlement

– et elle ruinerait ma carrière comme ma vie privée… Je me souviens encore de sa voix au téléphone : *elle parlait tout bas.* Mais jamais jusqu'alors ni depuis je n'ai entendu un murmure aussi effrayant…

Même après toutes ces années, il avait l'air secoué, il avait l'air de crever de trouille.

—Vous lui avez reparlé depuis ?

—Non, nous n'avons plus jamais été en contact. Je vous l'ai dit : quand Gabriela n'a plus besoin de quelqu'un, elle l'humilie d'abord, ensuite elle le jette hors de sa vie comme un chiffon, et elle passe à autre chose.

—Docteur, dit soudain Ziegler, vous savez ce sur quoi nous enquêtons. Si je demandais au Dr Dragoman de nous dresser un profil du ou des meurtriers, pourrais-je vous l'envoyer et vous demander ce que vous en pensez ?

Il y eut un silence. Il avait l'air contrarié.

—Je n'aime pas trop l'idée de critiquer ou de dénoncer le travail d'une consœur, bafouilla-t-il, malgré ce que je viens de vous en dire. Surtout de manière aussi… officielle.

Tiens donc, le bon docteur cherchait à se couvrir. Après toutes ces années, Gabriela le terrifiait encore. Irène jeta un coup d'œil à Servaz.

—Il n'y aura rien d'officiel là-dedans. Mon collègue ici présent et moi serons les seules personnes au courant. Et vous pourrez nous donner votre avis oralement, si vous ne voulez pas laisser de traces écrites.

Ils lurent l'indécision dans son regard.

—Très bien, mais vous devez vraiment me promettre qu'elle n'en saura rien.

—NOUS AVONS AFFAIRE à une femme manipulatrice, déséquilibrée, qui nous a menti, et dont tu as dit toi-même qu'elle nous cachait quelque chose. Elle a été en relation avec au moins une des victimes, déclara Irène une fois la communication coupée. Et, comme l'a dit notre ami, elle a en elle une véritable rage contre les hommes… Ce pauvre Devernis avait l'air terrifié.

— Ça ne fait pas un mobile, dit-il. Pourquoi s'en serait-elle prise à ces hommes ?

— À nous de le découvrir. Ça ne fait pas un mobile, mais ça fait une suspecte. Je serais d'avis de lui rendre une petite visite…

— Elle se drapera dans le secret professionnel. Mais je dois reconnaître que j'aime bien l'idée de la psychiatre évaluée à travers sa propre évaluation. Brillant.

Irène haussa les épaules.

— Oui. Proposons-lui de collaborer, faisons appel à son orgueil. Si on en croit le Dr Devernis, il est immense.

— Le Dr Devernis est un amoureux éconduit, objecta-t-il. Et un trouillard de première. Ça ne fait pas de lui un témoin très objectif.

Il la vit sourire.

— J'ai dit quelque chose de drôle ?

— Si j'avais prononcé cette phrase, tu aurais pensé que c'était un truc féministe…

Cette fois, ce fut au tour de Servaz de sourire. Elle chercha un numéro dans son téléphone.

— Avec ce témoignage, on doit en tout cas pouvoir obtenir une autorisation de perquise…

43

ILS VIRENT LES SILHOUETTES se profiler dans le brouillard au deuxième rond-point. Sur le moment, Servaz se dit qu'Enguehard avait mis en place des contrôles routiers sans en aviser Irène. Dans quel but ? Il y avait une voiture qui attendait devant eux pour passer, ses feux rouges perçant difficilement la brume, et ils freinèrent juste à temps. Pas vraiment une bonne idée, ce barrage, avec cette purée de pois…

Puis il reconnut le grand type de la nuit dernière, William. Il se penchait sur la portière conducteur de la première voiture. Ils le virent dire quelques mots à la femme au volant, puis faire signe aux autres d'écarter la barrière métallique posée en travers de la route.

— C'est quoi, ce bordel ? dit Ziegler.

On leur enjoignit d'avancer. Il y avait une demi-douzaine de personnes autour du barrage. Le grand gaillard marcha vers eux, côté Ziegler. Elle avait déjà baissé sa vitre et Servaz sentit l'humidité de la brume se faufiler dans l'habitacle.

— Qu'est-ce que vous faites ? demanda-t-elle.

— On contrôle les véhicules qui circulent dans la vallée. Ah, c'est vous…, ajouta-t-il en caressant sa barbe.

— Vous contrôlez *quoi*… ?

Servaz entendit la note d'incrédulité quasi hystérique dans la voix de la gendarme.

— Virez-moi ça tout de suite ! balança-t-elle.

— Sinon quoi ?

Il vit les yeux d'Irène virer au noir d'encre.

— Vous n'avez plus aucune autorité dans cette vallée, poursuivit le barbu penché sur sa portière. Vu que vous êtes incapables d'assurer la sécurité de ses habitants, vu que l'unique préoccupation de la police de nos jours est de protéger les élites et de réprimer le peuple, vu que l'État est discrédité à nos yeux, nous avons décidé d'assurer nous-mêmes la sécurité de nos concitoyens et de faire régner l'ordre et la loi dans cette vallée.

Servaz vit qu'il était sérieux. Il y avait pourtant un grand calme chez lui, comme s'il avait pris une décision dont il connaissait les conséquences et qu'il les acceptait.

— Vous venez vous-même de vous placer hors la loi, siffla-t-elle. Ce que vous faites s'appelle un délit, William. Et même un crime...

— La loi de cette République discréditée n'est plus la nôtre, répliqua-t-il – une formule qu'il avait à l'évidence préparée – en mettant la gendarme au défi de faire respecter celle dont elle se prévalait.

Elle ouvrit sa portière si brusquement qu'il l'aurait prise dans le ventre s'il ne s'était pas écarté au dernier moment. Servaz vit les autres se rapprocher à travers la brume et il sentit ses nerfs s'aiguiser.

— La loi, ici, c'est nous, continua William en la toisant.

— Vous faites une grave erreur, gronda Ziegler à voix basse, tout en jetant un regard prudent aux autres.

— Où est-ce que vous allez ? demanda le colosse.

— En quoi ça vous concerne ?

Servaz était descendu de voiture. De nouveau, il sentit le brouillard humide sur ses joues. Et la tension qui montait de minute en minute.

— Vous savez ce qui va se passer ? dit-elle en poussant un soupir sonore. Je vais vous le dire : dans quelques jours, cette vallée va être rouverte à la circulation. Et alors la police va débarquer en masse et vous arrêter. Vous passerez en jugement pour rébellion à l'autorité, menaces envers un représentant de la loi… Il y a de grandes chances pour que vos petits copains soient relâchés. Mais vous, William, dit-elle en se rapprochant et en baissant la voix pour parler près du pavillon de son oreille, en tant que meneur, vous irez direct en taule. Vous avez déjà été en zonzon ?

— Vous croyez que ça me fait peur ? répliqua-t-il.

Mais elle le vit réfléchir. Il devait se dire que, de nos jours, on pouvait balancer des boulons et des bouteilles d'acide sur les flics, incendier leurs bagnoles, lyncher collectivement un policier à terre, insulter leurs femmes et leurs gosses sur les réseaux sociaux et rentrer tranquillement chez soi pour regarder les images à la télé.

— Vous avez l'air de quelqu'un de raisonnable, dit Ziegler avec conviction. Pas d'un illuminé ou d'un fanatique. Je comprends votre inquiétude et votre colère mais…

— N'essayez pas de m'amadouer, dit-il.

— William, réfléchissez. Il y a certainement d'autres moyens d'action. Et vous serez plus utile dehors qu'en prison. Vous n'êtes pas un imbécile, je le vois bien.

— Ah non ? Qu'est-ce qui vous fait dire ça ?

— OK, laissez tomber, dit-elle, furax.

— Vous vous appelez comment ? demanda-t-il soudain.

Elle hésita.

— Ziegler, capitaine Ziegler. Et vous, votre nom ?

— Guerrand, je m'appelle William Guerrand, j'ai une scierie plus haut dans la montagne… Je vous aime bien, capitaine Ziegler. Si tous les flics étaient comme vous, les choses se passeraient différemment.

Il se tourna vers les autres.

— On laisse passer ! lança-t-il.

— Quoi ? Mais...

— Fabrice, tu veux bien ouvrir la barrière, s'il te plaît ?

Servaz entendit le dénommé Fabrice grogner et renâcler en écartant la barrière métallique. Il vit la troupe échanger des regards. Ils appréciaient modérément qu'il jouât les petits chefs : *ils n'allaient pas tarder à se déchirer...* Mais, en attendant, ils faisaient de cette vallée une zone de non-droit. « Le droit, c'est fait pour être tordu », disait l'un de ses profs à l'école de police, lequel leur apprenait à rédiger des procès-verbaux inattaquables.

— Et dégagez-moi ce barrage, William, s'il vous plaît, lança Irène en se remettant au volant. Si je le retrouve en redescendant, je vais être obligée de vous mettre les pinces, et ça, je n'en ai pas envie, l'avertit-elle en redémarrant.

Ils entendirent des sifflets derrière eux. Quelqu'un donna un coup sur la carrosserie au passage. Ils captèrent aussi un « sale pute » et un « collabos », le premier étonnamment lancé par une femme.

— Pas de ça ! lança Guerrand derrière eux à ses troupes, et il y eut quelques protestations.

— C'est moi qui vieillis ou c'est le monde qui perd la boule ? demanda Irène en accélérant.

44

— ENTREZ, dit Gabriela Dragoman.

Elle arborait une brassière dos nageur en nylon noir, qui laissait voir son ventre plat, tonique, ses bras maigres et ses épaules à la musculature tout aussi définie, et des leggings assortis qui moulaient ses hanches et ses cuisses dures.

Elle retourna se positionner sur le tapis de caoutchouc, dans une attitude de yogi, le crâne posé sur le sol ainsi que les avant-bras et les coudes, mains autour de la tête, fesses en l'air, orteils pointés vers le plafond, buste vertical.

Irène la considéra, interloquée, puis jeta un regard à Servaz, qui haussa les épaules. Après une vingtaine de respirations, Gabriela se remit debout.

— *Shirshasana*, commenta-t-elle. Très bon pour les *nadis*, les circuits d'énergie du cerveau, qui sont purifiés par l'afflux de sang. Ça renforce l'énergie vitale…

Ziegler hocha la tête d'un air dubitatif.

— Qu'est-ce qui vous amène ? demanda la psy en essuyant la sueur sur elle à l'aide d'une serviette.

— *Vous*, répondit Ziegler. Vous avez omis de nous dire que vous étiez l'un des deux psychiatres à avoir déclaré Timothée Hosier irresponsable après le meurtre de sa sœur.

— Simple omission. Péché véniel, estima la psy.

— Peut-être pas aux yeux de la justice… Pourquoi ne pas l'avoir dit, pourquoi nous l'avoir caché ?

La blonde en tenue de yoga eut un haussement d'épaules.

— Ça n'avait rien à voir avec votre affaire... Et je n'avais pas envie de remuer ces vieux souvenirs... C'est de l'histoire ancienne. J'étais jeune, doctrinaire, fanatique en ce temps-là. Je croyais que les vieux ne comprenaient rien, qu'ils étaient dépassés, obsolètes, et que le simple fait d'être jeune vous donne raison en tout... Je suppose que vous avez parlé à Jacques, ajouta-t-elle.

Le prénom de Devernis.

— Ce pauvre Jacques... Il était si facile à manipuler. Il aurait tué père et mère pour me mettre dans son lit. Et, en même temps, toute cette culpabilité qui le rongeait. Il était si... plein de principes. Il me disait qu'il n'avait jamais rencontré une femme comme moi. Une femme aussi... *ensorcelante*. C'est le mot qu'il employait. Et aussi *envoûtante, dissolue, impudique, immorale*, ajouta-t-elle en regardant Servaz. Ce pauvre Jacques avait plus de vocabulaire que de centimètres et d'imagination. Qu'est-ce que vous voulez ?

— Avoir accès aux dossiers de vos patients, répondit Ziegler.

Gabriela Dragoman haussa ses sourcils noirs.

— Vous rigolez ?

Ziegler sortit l'autorisation de la poche intérieure de son blouson. La tendit à la psy.

— Vous devez savoir que le secret médical ne permet pas, sauf motif légitime, de s'opposer à la requête, énonça-t-elle. Et que le fait de s'abstenir d'y répondre est pénalement sanctionné.

Servaz vit Gabriela esquisser un sourire glacé.

— C'est à l'appréciation du médecin, répliqua-t-elle. Les médecins ont *la faculté, non l'obligation*, de remettre les documents demandés... Articles 56-1 à 56-3...

Elle eut un geste vague, désinvolte.

— Et, de toute façon, même si j'envisageais de répondre favorablement à votre demande, il est vivement recommandé de ne le faire qu'en présence d'un membre du conseil de l'Ordre.

—Je vois que vous avez étudié la question, commenta Ziegler.

—Exact.

Gabriela la défiait de ses yeux gris, et Servaz se dit qu'il n'y avait pas que les hommes qui jouent à qui pisse le plus loin.

—J'ai aussi le pouvoir de vous mettre en garde à vue, là, tout de suite, balança Irène froidement. Quel effet ça fera sur votre clientèle quand elle l'apprendra ? Vous savez comme moi que, de nos jours, les fuites dans la presse sont monnaie courante. « Une psychiatre mise en garde à vue dans le cadre de l'enquête sur les assassinats d'Aiguesvives ». Même si vous n'êtes pas nommément citée, à votre avis, à qui penseront les gens en lisant ça ?

Elle décocha à la psy un sourire cruel.

—Vous êtes pédopsychiatre, dit-elle. Vous imaginez l'effet sur les parents des enfants que vous soignez ?

Gabriela tenta une ultime bravade :

—Qui sait ? Peut-être que ça m'amènera un nouveau genre de clientèle plus… *intéressante*.

—À vous de voir, *Gabriela*, conclut Irène en haussant les épaules.

Il lut dans l'œil de la psychiatre plus que de la colère – une haine viscérale pour tout ce qu'ils représentaient, un mépris tout-puissant – et il pensa aux paroles de Devernis. Puis cette rage disparut comme elle était venue, et un sourire étira les lèvres de Gabriela Dragoman.

—Venez.

Elle se dirigea vers le fond du loft, passant devant les grands tableaux, poussa une porte. Une petite pièce aux murs en béton brut, gris, privée de fenêtre, éclairée au néon, avec des étagères métalliques qui supportaient des dizaines de cartons étiquetés.

— Voilà, c'est ici.

Ziegler balaya du regard les rangées de cartons.

— Par où on commence ?

Gabriela avait déjà recouvré une partie de sa superbe. Elle décocha à Ziegler un sourire presque jovial.

— À vous de voir... Je n'en ai pas la moindre idée. Ça dépend de ce que vous cherchez.

— Vous le savez bien, rétorqua Ziegler, agacée. Un de ces malades dont vous faites votre miel. Un dingo qui ouvre le ventre de ses victimes ou les émascule... Ça ne doit pas courir les rues.

Il vit la psy redevenir sérieuse. Ses pupilles s'étrécirent. Elle s'approcha d'un des cartons, le tira à elle et l'ouvrit. Tendit à la gendarme plusieurs chemises cartonnées.

Ziegler réfléchit. Elle couva Gabriela du regard.

— À votre avis, est-ce qu'il pourrait s'agir d'une personne qui... *déteste les hommes*? suggéra-t-elle sans quitter la psychiatre des yeux.

Servaz guetta la réaction de celle-ci, en pensant à ce pauvre Devernis.

— Vous voulez dire *une femme* : c'est bien ça que vous entendez par *personne*, n'est-ce pas, capitaine ? (Gabriela garda un instant le silence. Ses yeux brillèrent plus intensément.) Je ne vois pas une femme avoir la force et l'énergie suffisantes pour faire ce que ce monstre a fait...

— Sauf s'ils sont deux, hasarda Irène.

Un silence.

— Une femme et un homme... oui, je vois..., commenta la psy d'un ton prudent.

Servaz se souvint des conclusions de la légiste après le meurtre de Timothée Hosier, quand elle leur avait dit que les deux coups portés sur l'arrière de son crâne l'avaient été à des hauteurs différentes, *qu'il y avait eu deux agresseurs, l'un plus petit que l'autre* – et à sa propre hypothèse. Celle-là même que venait d'évoquer Ziegler. Fatiha Djellali avait admis que c'était une hypothèse envisageable – mais qu'il y en avait d'autres. Une nouvelle pensée lui vint, qui ne lui plut pas du tout : *et s'ils étaient plus de deux ?* Ce fut Gabriela qui, la première, rompit le silence :

— Commencez donc par là. En plus de mes notes, vous verrez : toutes mes séances sont enregistrées sur disque dur. Vous pouvez vous servir de mon ordinateur. Je vais prendre une douche. Et n'hésitez pas, si vous avez des questions : je suis à côté et je n'ai pas de patient avant cet après-midi. Je tiens autant que vous à ce qu'on arrête celui qui commet ces horreurs.

Elle se montrait très coopérative, tout à coup, se dit-il. Essayait-elle encore une fois de les manipuler ? Probablement. Chez Gabriela Dragoman, le sentiment de sa propre supériorité, joint à la certitude d'avoir toujours raison, ne tolérait aucune forme de renoncement.

Puis, tandis qu'elle s'éloignait, il surprit une autre expression sur son visage aux mâchoires serrées : *elle aussi avait peur, comme tout le monde ou presque dans cette vallée.*

GABRIELA – Et ensuite ?

TIMOTHÉE – Ensuite, il y a mon père : *cette ordure*. Je rêve que je le surprends dans son sommeil, et que je le larde de coups de couteau pendant qu'il se réveille, les yeux écarquillés de terreur. Je suis assis sur ses genoux et je concentre mes coups sur sa poitrine et sur ses parties génitales. Je regarde la lame brillante qui entre et qui sort, qui fend la peau fine comme du papier, s'enfonce jusqu'à la garde et ressort, rouge de son sang. Il pisse le sang. Ça jaillit comme un geyser. Il fait des sauts de carpe dans le lit, il hurle à la mort. Il y a du sang plein les draps, les oreillers, dans son cou, sur mes avant-bras, mes mains, partout…

GABRIELA – Pourquoi une telle rage, Timothée ?

TIMOTHÉE – Je crois que c'est à cause de ce qu'il fait aux femmes…

GABRIELA – Quelles femmes ?

TIMOTHÉE – Celles qui croisent son chemin. Mon père déteste les femmes.

GABRIELA – Pourtant, il est gynécologue, c'est ça ?

TIMOTHÉE – Oui. Si les gens savaient ce qu'il pense des femmes, il perdrait sa clientèle… Sans parler de ce qu'il fait à certaines d'entre elles.

GABRIELA – Précisez…

TIMOTHÉE – Il avorte de très jeunes filles… aux mains de mafias de l'Est… Et, en récompense, ces salopards lui offrent une fille de temps en temps, à ce vieux porc…

GABRIELA – Comment vous savez tout ça, Timothée ?

TIMOTHÉE – Je le sais, c'est tout.

GABRIELA – Et vos propres fantasmes, Timothée ? Parlez-moi de vos fantasmes...

TIMOTHÉE – J'aime les choses religieuses.

GABRIELA – Religieuses ?

TIMOTHÉE – Oui. Les statues d'église, les cierges, les tableaux de crucifixion, les descentes de croix, les madones, l'encens, les bonnes sœurs, les moines... Je suis incollable en peinture religieuse. Piero Della Francesca, Giotto, Masaccio, Lorenzetti, le Tintoret, le Greco, Rembrandt... Les trucs religieux, ça m'excite.

GABRIELA – Sexuellement ?

TIMOTHÉE – De quoi est-ce qu'on parle, là, bon Dieu, à votre avis ?

GABRIELA – D'accord... Quoi d'autre ?

— JE RÊVE QUE je suis devant une immense tour carrée très haute et très large qui monte jusqu'au ciel, sur une vaste place. Il y a un unique ascenseur avec une grande porte métallique... et une foule immense sur cette place. Des milliers et des milliers de personnes... Je suis avec mes frères, parmi la foule. J'attends que l'ascenseur arrive en bas.

La voix de l'abbé.

— Quand les portes de la cabine s'ouvrent, la foule se presse pour entrer dedans ; je suis poussé, bousculé, mais je ne vois plus mes frères autour de moi. Alors, je me retourne, je les cherche des yeux parmi la foule qui pousse, qui pousse, je ne les vois pas. Finalement, l'ascenseur part sans moi. Bien que la cabine soit grande, elle n'emporte qu'une toute petite partie de la foule, qui continue de grossir...

GABRIELA – Et que se passe-t-il ensuite ?

L'ABBÉ – Je cherche mes frères partout et je finis par les retrouver à l'autre extrémité de la place, ils me disent : « On n'arrivera pas à entrer, c'est impossible. » Je regarde autour de nous : il y a de plus en plus de monde et, chaque fois, l'ascenseur n'emporte qu'une petite fraction de la foule.

GABRIELA – Mon père, ici les symboles sont assez clairs : vous avez bien conscience, je suppose, que cet ascenseur est celui qui vous emporte au paradis. Que vos frères moines et vous-même espérez monter au paradis, mais que, finalement, vous restez en bas. Cette foule, *c'est la foule des morts*. L'une des notions les plus importantes apportée par Jung est celle des archétypes, ces structures mentales inconscientes et collectives qui sous-tendent nos consciences. L'*imago Dei*, l'image de Dieu, en est un. Tout comme la montée au ciel… Ces archétypes sont présents chez chacun de nous, ils figurent dans l'architecture mentale de base.

IL Y AVAIT AUSSI des cartons qui, à la place de noms, portaient des prénoms. Lucas. Enzo. Valentin. Chloé. Océane. Benjamin. Ziegler en tira un à elle, en sortit des chemises. Revint vers l'ordinateur. Elle ouvrit une chemise marquée : « Valentin, 15 ans ». Un CD à l'intérieur.

GABRIELA – Tu te sens bien, Valentin, on peut y aller ?
VALENTIN – Ouais.
GABRIELA – Parle-moi de ton père.
VALENTIN – Ce bâtard, ce fils de pute. Il a encore cogné maman.
GABRIELA – Et comment tu as réagi ?
Silence.
GABRIELA – Comment tu as réagi, Valentin ?
VALENTIN – J'ai rien dit…
GABRIELA – Tu as eu peur ?
Silence.

IRÈNE ET SERVAZ ouvrirent le dossier suivant : « Benjamin, 14 ans ». Comme pour les autres, ils le feuilletèrent avant d'écouter l'enregistrement. Lurent le résumé qui l'accompagnait.

> Analyse syndromique :
> – Transgression des règles établies (fugues, école buissonnière)
> – Passages à l'acte hétéro-agressifs
> – Colères fréquentes. Irritabilité
> – Opposition aux adultes
> – Troubles oppositionnels avec provocations
> – Complications : consommation de toxiques – cannabis
> Antécédents familiaux :
> – Alcoolisme
> – Personnalité du père : antisociale
> – Conflits intrafamiliaux, antécédents de violence conjugale
> Complications scolaires et sociales :
> – Échec scolaire
> – Marginalisation
> – Délinquance

— ON EN A POUR des jours, fit remarquer Irène au bout d'un moment.

Ils se trouvaient dans la petite pièce éclairée au néon, devant les piles de cartons. Il éternua à cause de la poussière soulevée par leur peu méthodique recension. Quatre heures qu'ils passaient en revue des dossiers, des enregistrements. Hommes, femmes, enfants, ados... La clientèle du Dr Dragoman était aussi variée que les maux dont souffraient ses patients.

— Il nous faudrait une méthode, continua-t-elle. Peut-être qu'on devrait lui demander d'opérer un premier tri pour nous...

— Regarde ça, dit-il soudain.

Elle se pencha. Sur une chemise qu'il venait d'extraire d'un carton, il était écrit :

François Marchasson

L'homme qui avait séquestré Marianne. Celui qui était tombé raide mort dans son escalier. Ils échangèrent un regard, revinrent vers l'ordinateur. Lancèrent la lecture.

MARCHASSON – J'arrive plus à dormir, putain ! Je fais le même rêve toutes les nuits ou presque. Ça m'réveille. Il m'faut un truc pour dormir, docteur.

GABRIELA – Parlez-moi d'abord de ce rêve.

MARCHASSON – Z'avez pas une clope ? Je fumerais bien, là…

GABRIELA – Le rêve d'abord.

MARCHASSON – J'entends des hurlements, des coups donnés contre la cloison : *en bas, dans le sous-sol*. Ça me rend fou, putain, ces hurlements. Heureusement que mes voisins peuvent pas entendre.

— Bon Dieu, s'exclama Irène.

La voix douce mais ferme de la psy :

— Dans votre rêve, il y a quelqu'un enfermé dans le sous-sol ?

MARCHASSON – Euh… ouais.

GABRIELA – Qui ça ?

MARCHASSON – Une… femme.

GABRIELA – C'est vous qui l'avez enfermée là ?

MARCHASSON – C'est un rêve, docteur, j'en sais rien.

GABRIELA – D'accord. Et cette femme, c'est qui ?

MARCHASSON – Quelqu'un… N'importe qui… Je sais pas. Qu'est-ce qu'on en a à battre ? Mais elle hurle toutes les nuits, putain. Même si c'est insonorisé, j'l'entends. Ça m'empêche de dormir. Il m'faut des somnifères…

GABRIELA – Mais c'est un rêve. Ce n'est pas la vraie vie… C'est dans votre rêve que vous avez besoin de somnifères.

MARCHASSON – Je crois qu'un somnifère m'aiderait à plus faire ce cauchemar… à pas m'réveiller toutes les nuits, docteur.

GABRIELA – Ce rêve, vous le faites depuis longtemps ?

MARCHASSON – Non.

GABRIELA – Soyez plus précis.

MARCHASSON – J'ai pas envie.

GABRIELA – Je trouve ce rêve intéressant...

MARCHASSON – Si on parlait d'autre chose.

GABRIELA – J'aimerais qu'on l'étudie un peu plus, si vous le voulez bien.

MARCHASSON – Et moi, j'vous dis que j'ai pas envie, putain !

— MARCHASSON, voulut savoir Ziegler, ça fait longtemps que vous le suiviez ?

Gabriela réfléchit.

— Je dirais... deux ans.

— La première fois, vous vous souvenez pourquoi il est venu consulter ?

La psy expira la fumée de sa cigarette en les regardant à tour de rôle.

— Oui. Injonction de soins, répondit-elle sans hésiter. Décision de justice. Dans le cadre de la loi sur les auteurs d'infractions sexuelles. Marchasson avait été condamné pour viol. Il avait purgé sa peine, mais il était soumis à une injonction de soins dans le cadre d'un suivi socio-judiciaire. J'étais son médecin coordonnateur.

Servaz savait comment ça fonctionnait : le juge d'application des peines choisissait le médecin coordonnateur chargé d'être l'interface entre les services médicaux et la justice dans une liste préétablie de psychiatres exempts d'inscription au bulletin n° 2 du casier judiciaire.

— Comme souvent chez les agresseurs sexuels, il était fuyant, évitant, dit Gabriela en tirant sur sa cigarette. Il présentait les mécanismes de défense habituels : clivage, déni... Il avait violé une femme de cinquante ans, mariée, trois enfants, dans un camping, alors qu'elle faisait la sieste dans son mobil-home et que mari et gosses étaient partis à la plage. Il prétendait qu'il ne l'avait pas violée, qu'il s'agissait d'une relation entre adultes consentants... Il n'en était pas à sa première condamnation. Il était immature, égocentrique, anxieux... Le profil classique.

Gabriela Dragoman s'était changée. Elle avait passé un tee-shirt à manches trois quarts et décolleté bénitier sur un jean, chaussé des sandales à brides. Le regard d'Irène s'attarda sur elle.

— Vous n'avez pas peur de recevoir des délinquants sexuels seule dans votre cabinet ?

La thérapeute eut un sourire entendu.

— Pas plus que vous n'avez peur de mettre à l'ombre de dangereux criminels qui ressortiront un jour. Je sais les manœuvrer, c'est mon métier, et eux savent que leur liberté dépend de moi. Qu'ils peuvent s'en prendre à toutes les autres femmes, sauf à moi. Je suis leur... hum... vache sacrée.

Le regard d'Irène se durcit.

— Marchasson, est-ce qu'il vous a semblé changer au cours de l'hiver dernier ? Est-ce que son attitude s'est modifiée ?

Le silence dura quelques secondes. Gabriela hocha la tête affirmativement.

— C'est à cette période qu'il a commencé à parler de son rêve...

Ziegler tiqua.

— Celui du sous-sol ?

— Oui...

La gendarme regarda Martin.

— Qu'est-ce qu'il vous a inspiré, ce rêve ? demanda-t-elle doucement.

Pendant un instant, la psy resta silencieuse. Son regard était aussi brillant que la pointe d'un couteau.

— À un moment donné, j'ai pensé que *ce n'était pas un rêve...* qu'il y avait vraiment quelqu'un dans ce sous-sol.

— Qu'est-ce qui vous a fait penser ça ?

La psy hésita.

— Marchasson, il était redevenu fuyant, évitant... comme

au début, quand on évoquait le viol qu'il avait commis. Il voulait juste son somnifère... Dès que je commençais à m'intéresser au rêve, à vouloir revenir dessus, il sortait de ses gonds.

— Et vous n'avez pas songé un seul instant à avertir la police ? glissa Ziegler d'un ton cinglant.

— Pourquoi ? (Le regard de la psy les fouilla.) Ce n'était pas un rêve, c'est ça ? *Il y avait bien quelqu'un...* Vous avez trouvé quelque chose dans ce sous-sol... Oui... Ça a un rapport avec l'enquête ? Avec ces meurtres ? Marchasson est impliqué ? Mais il est mort avant que... *Timothée soit tué.*

Elle avait l'air déstabilisée, pour une fois.

— J'ai bien pensé à en parler, se justifia-t-elle, seulement...

— Seulement les gens comme vous se méfient des flics, des gendarmes, et même des juges, dit Ziegler. Ils pensent que nous ne sommes là que pour punir, pour cogner et pour emprisonner. Que tous les délinquants ont droit à une deuxième, une troisième, voire une dixième ou une vingtième chance. Et tant pis s'il y a quelqu'un, là, dehors, de *vraiment innocent*, quelqu'un qui sera peut-être sacrifié au nom de votre... idéologie.

La voix de Ziegler était un filet d'eau glacée. Servaz vit la psy tressaillir comme un pur-sang qu'on éperonne.

— Comme si la police de ce pays était une police sans préjugés, sans racisme et sans idéologie, ricana-t-elle. Vous êtes mal placée pour...

— Il nous faut tous les enregistrements de Marchasson, l'interrompit Servaz, toutes les notes que vous avez prises. S'il a évoqué d'autres personnes au cours de ses séances – des connaissances, des rencontres, des lieux –, on doit le savoir. Et vite !

— Pas que je me souvienne, répondit Gabriela, mais je vais voir ce que j'ai... En attendant, il y a quelqu'un d'autre que vous devriez écouter, ajouta-t-elle.

— Qui ? demanda Ziegler.

— Gildas Delahaye, le professeur.

46

— CES GOSSES, ils vous font peur, Gildas ?

— Oui. (*La voix de Delahaye, ferme mais inquiète.*)

— Ce ne sont que des enfants, des ados sur des scooters pourtant.

Un silence.

— C'est de la racaille. Des délinquants. Des criminels en puissance. Je les vois en classe... Ils n'hésiteraient pas à voler et à tuer s'ils étaient sûrs de ne pas se faire prendre. Ce sont des barbares.

— Vous avez essayé de parler avec eux ?

— Pour quoi faire ?

— Ou avec leurs parents...

— Oui... vous avez raison : ce sont les parents, les responsables... Ils ne sont pas foutus d'éduquer leurs enfants, de les élever correctement, et après ils s'en prennent à la société, à l'Éducation nationale, aux profs... Mais ce sont eux les incapables, ce sont eux les coupables. Eux et tous les pourvoyeurs de cette culture de la violence qui s'enrichissent sur le dos de ces gamins... cette musique, ce rap, ces films...

— Vous leur en voulez ?

— Je les hais.

— Les parents ?

— De qui est-ce qu'on est en train de parler ?

— *Haïr*, c'est un mot fort...

— Et alors ? Vous croyez que j'ai jamais eu envie d'en attraper un et de le frapper ou de serrer mes mains autour de son cou quand il vient me voir en me demandant pourquoi j'ai mis une mauvaise note à son foutu gosse ou pourquoi je l'ai exclu de mon cours ?

— Vous êtes un homme violent, Gildas ?

— Non, je ne ferais pas de mal à une mouche.

Il avait dit à peu près la même chose en leur présence : «Je suis le plus doux des hommes, incapable de la moindre violence.»

— Intérieurement, je veux dire...

— Oui, j'ai toute cette violence, toute cette colère en moi... Elles me rongent comme un acide. Parfois, j'ai envie de m'en prendre à quelqu'un. N'importe qui. Le premier qui passe.

— Un des gosses ?

— Oui. Ou un de leurs parents...

— Et de lui faire quoi, Gildas ?

— De le... de le... de lui faire mal.

— Il vous arrive d'avoir des envies de meurtre ?

— Comme tout le monde. Ce n'est qu'une envie. Un fan-fantasme. Ça n'est pas... *réel*.

— Vous avez souvent ce genre de pensées ?

— De temps en temps.

— Depuis longtemps ?

— Depuis... depuis la mort de ma femme...

— Nous allons travailler sur cette colère, Gildas. Nous allons l'évacuer.

— Il n'y a qu'un moyen de l'évacuer. Il faut que ça s'arrête.

—ET SI CETTE RUMEUR comme quoi Gildas Delahaye a agressé Timothée Hosier était vraie ? dit Ziegler en quittant le bunker de béton six heures plus tard. Seigneur, les choses se compliquent. Nous voilà avec une belle brochette de suspects.

— Ou alors, elles se simplifient au contraire.

Il regarda la lumière qui baissait sur les montagnes et l'ombre qui coulait en bas, dans la vallée. Le brouillard s'était levé, remplacé par un début de soirée plus automnal qu'estival. Une fraîcheur agréable après la touffeur des derniers jours.

— Ce qui signifie ?

— Que le ou les coupables sont sans doute là-dedans : parmi les patients de Gabriela.

À son tour, elle fixa les éclairages urbains qui s'allumaient en contrebas. Concentrée.

— Et il y a ces gens qui ont décidé de faire le boulot à notre place, dit-elle d'un ton sinistre. Je vais demander à Enguehard de multiplier les patrouilles. Même si ses hommes sont déjà très sollicités. Tant pis : ils dormiront plus tard. Et je vais aussi réclamer des renforts : pas question de laisser l'anarchie s'installer dans cette vallée.

Elle contempla les toits de la ville qui s'enfonçaient lentement dans la nuit. Une nuit de plus, un jour de plus. Et ensuite ?

— On est samedi soir, constata-t-elle. Si toutes les femmes qui s'apprêtent à sortir savaient le nombre de prédateurs et de malades qui circulent dans les rues, elles seraient mortes de trouille et elles s'enfermeraient chez elles à double tour.

Il se tourna vers elle.

— Il me semble que, pour le moment, nos victimes sont des hommes, dit-il. L'air est plutôt malsain à Aiguesvives pour les individus à forte pilosité, à la voix grave, aux épaules plus larges que le bassin et dépourvus de glandes mammaires fonctionnelles.

— Eh ben, pour une fois, ça change... Tu es drôle, tu sais, quand tu veux, apprécia-t-elle en souriant.

À L'AÉROPORT DE TOULOUSE-BLAGNAC, Léa regarda la porte de son vol s'afficher sur l'écran tout en avalant quelques tranches de jambon ibérique à la terrasse d'un des nouveaux services de restauration mis à disposition du public dans la zone après contrôles. Elle ignorait si cela avait un rapport avec les Chinois qui avaient racheté les parts de l'État dans l'aéroport mais, en attendant, ces nouvelles boutiques avaient une autre allure que le minable comptoir exigu et surpeuplé qui accueillait auparavant les passagers de ce côté-ci.

Malgré tout, quelqu'un avait comparé ces grands aéroports modernes et inhumains à nos sociétés actuelles pour expliquer les maux des secondes. Selon ce penseur, les législateurs avaient voulu bâtir des démocraties trop normatives, dont l'idéal de perfection se heurtait à deux écueils : d'un côté, des élites elles-mêmes insuffisamment vertueuses, quand elles n'étaient pas tout simplement corrompues, de l'autre un homme du peuple trop imparfait, pas assez idéaliste pour adhérer à ces modèles rigides exigeant trop de chacun. Dans de tels environnements hyper contraints, les hommes n'étaient plus ni libres ni indépendants. On ne leur donnait d'autre choix que de suivre à la lettre une multitude d'instructions, comme dans ces grands aéroports internationaux, rationnels mais inhumains.

Comment, dans ces conditions, ne pas se révolter contre cette avalanche absurde de normes, de lois et de contraintes morales de plus en plus hypocrites ?

Elle attrapa son petit sac. Elle comptait passer une seule nuit à Paris et prendre un vol de retour dès le lendemain. Se dirigea vers sa porte. Rien qu'une brève escapade. Sans conséquences. Mais que se passerait-il si Martin venait à l'apprendre ? S'il découvrait ce qu'elle faisait dans son dos ?

Elle sentit son cœur accélérer à cette idée, tandis qu'elle atteignait la porte et se glissait dans la file d'attente. Il ne le lui pardonnerait jamais. Il en serait blessé. Elle commençait à le connaître. Il y avait un certain nombre de principes sur lesquels il ne transigeait pas. La loyauté en était un. Mais, enfermé qu'il était dans cette vallée, il n'avait aucun moyen de le découvrir, se dit-elle pour se rassurer. Et tant qu'il ne savait pas, il ne pouvait en souffrir.

Elle pensa à ce que lui avait dit Jérôme avant qu'ils ne se fâchent : *Personne n'est parfait, Léa, ni lui ni toi, mais, de temps en temps, il faut renoncer à ses principes et laisser parler son instinct.*

En remontant le tunnel jusqu'à l'avion, elle se demanda cependant si c'était une bonne idée. Si elle n'était pas en train de commettre une erreur irréparable. Et son pas, au moment de prendre pied dans la cabine, fut nettement moins assuré.

47

IRÈNE TROUVA LE SMS pendant qu'elle attendait l'ascenseur. Elle s'apprêtait à remonter dans sa chambre.

Pourriez-vous passer à la mairie ? Merci

Elle consulta sa montre. 23 h 30. Soupira. Après un dernier point à la gendarmerie, elle voulait dormir quelques heures. Elle retourna à son véhicule, prit la direction de l'hôtel de ville. Elle se sentait épuisée, la tête vide ; il fallait qu'elle se repose. Avec une nervosité croissante, elle suivit d'un pas vif le couloir étroit qui menait au bureau de la mairesse au premier étage, en se préparant à devoir rendre des comptes.

— Entrez ! lança la voix quand elle cogna à la porte.

En la voyant, Isabelle Torrès se leva et attrapa son sac à main suspendu à un portemanteau. Chemise rouge à manches courtes sur un jean droit à taille basse qui moulait parfaitement ses fesses et ses cuisses : Ziegler nota qu'il y avait un motif d'aile brodé sur chaque poche arrière. Elle s'efforça de regarder ailleurs.

— On va où ? demanda-t-elle prudemment.

— J'ai pensé que ça vous ferait du bien de prendre un verre et de vous détendre un peu. On est tous à cran avec cette histoire. Je connais un endroit sympa.

Irène sursauta. Isabelle Torrès ne lui demandait pas son avis. L'espace d'un instant, elle eut peur que cette invitation ne fût rien d'autre qu'une énième réunion de travail déguisée.

— Ne vous en faites pas, dit Torrès en marchant vers la porte, on ne parlera pas boulot ce soir.

— Et de quoi est-ce qu'on va parler ? voulut-elle savoir en suivant l'édile dans le couloir.

— Détendez-vous, capitaine, lança la mairesse en faisant claquer ses talons. Ce soir, on n'est pas en service. Ce soir, on va picoler.

SERVAZ REÇUT l'appel peu avant minuit. Gabriela. Elle avait une voix tendue, inquiète, au téléphone.

— Désolée de vous déranger, mais je crois... *je crois qu'il y a quelqu'un dehors...*

Il se redressa sur son lit.

— Vous voulez dire devant chez vous ?

— Oui... J'ai vu une ombre passer derrière les vitres... et j'ai entendu un bruit. *Il est là...* Il rôde autour de la maison. C'est *lui...*

Les mots se pressaient dans le téléphone et il devina qu'elle respirait trop vite, trop fort. Qu'elle paniquait.

— Vous avez verrouillé la porte et les baies vitrées ?

— Oui. Tout est bouclé.

— Vos vitres, elles sont antieffraction ?

— Oui, oui. Elles sont censées retarder le... *l'intrusion...* À supposer qu'il ait... hum... *envie d'entrer...*

Elle avait prononcé cette dernière phrase très bas, comme si elle avait peur que le rôdeur entende, que ça lui donne des idées. *S'il y avait vraiment quelqu'un...* Mais la psychiatre n'était pas du genre à avoir peur pour rien.

— Ne bougez pas. Ne sortez pas. J'arrive !

Il était encore habillé. Il attrapa son blouson, enfila ses chaussures, les laça, se hâta hors de la chambre. Se demandant s'il devait prévenir Ziegler. Il n'avait pas d'arme, Irène oui... Mais ce n'était probablement rien. Rien qu'un jeu d'ombres dans la nuit. Rien qu'une frayeur nocturne.

GABRIELA L'ATTENDAIT sur la terrasse, devant son bunker ultramoderne, quand il se gara.

— Je vous avais dit de ne pas sortir...

Elle haussa les épaules, frotta ses bras couverts de chair de poule.

— Je suis sortie seulement quand je vous ai entendu arriver.
— Où est-ce que vous l'avez vu ?
— Venez. Je vais vous montrer.

Elle le précéda à l'intérieur. À cette heure, les grands espaces de la maison étaient éclairés avec une théâtralité qui ne le surprit pas, les masses d'ombre et de lumière alternant au gré des appliques, des spots, des lampes soigneusement disposées. Si bien qu'ils traversèrent une succession de flaques de ténèbres et de taches de lumière.

Elle s'immobilisa devant une des baies vitrées. Servaz contempla la surface réfléchissante du verre, qui leur renvoyait leur propre reflet diaphane, et il se vit debout à côté de la psy, avant d'ouvrir la baie sur la nuit et de sortir sur l'herbe autour de la maison.

C'était une fraîche nuit de juin, et une légère brise caressa sa joue tandis qu'il faisait quelques pas et regardait autour de lui.

Sur sa gauche, la masse sombre des montagnes, à peine trouée par les lueurs isolées des dernières maisons ; sur sa droite, au bas de la pente, Aiguesvives et ses nombreux éclairages publics, qui s'éteindraient bientôt.

Il examina les alentours : les meubles de jardin sur un petit rectangle dallé à l'écart, le bosquet de bambous juste derrière, les arbustes taillés, l'allée qui serpentait dans l'herbe autour du bunker…

— Il n'y a personne, dit-il.

Il la vit frissonner.

— Il y avait bien quelqu'un, pourtant.

Il fit lentement le tour de la construction, scrutant les ombres. Entendit des grillons – il y avait encore des grillons… Il s'avança vers les broussailles un peu plus loin, tentant de percer l'obscurité. N'importe qui aurait pu se planquer là et demeurer inaperçu, même à quelques mètres de lui. Il pivota vers la maison. *Un poste d'observation parfait…* D'où on pouvait suivre les moindres mouvements à l'intérieur. Il y avait fort à parier qu'elle avait *cru* voir une présence – mais il ne pouvait pas en être tout à fait sûr. *Il y avait peut-être eu quelqu'un…*

Quelqu'un qui suivait leurs mouvements, qui les avait vus venir jusqu'ici, Irène et lui, et y passer plusieurs heures. Quelqu'un qui *savait*, et pour cause, que la solution était dans ces dossiers… Quelqu'un pour qui la tentation devait être grande d'y mettre le feu, ou de faire taire la seule personne qui les connaissait parfaitement… Il refit le chemin en sens inverse. Gabriela était restée de l'autre côté de la maison, près de la baie vitrée ouverte.

— Il a dû filer, dit-il. Retournons à l'intérieur.

Elle referma la baie derrière lui, puis le dépassa pour le conduire vers un bar dans le coin salon.

— Vous avez un système d'alarme ? demanda-t-il. Il fonctionne ?

Elle lui donna le nom de la société de surveillance. Lui détailla le dispositif. Rien de transcendant. Juste de quoi la rassurer. Et donner l'alarme en cas d'intrusion.

— Puisque vous êtes là, vous boirez bien quelque chose ?

Il la regarda. Non. Bien sûr que non. Il était presque minuit et une autre longue journée l'attendait dans quelques heures. Et il se souvenait des paroles de Devernis la concernant.

— S'il vous plaît, insista-t-elle. Je ne suis pas pressée de me retrouver seule. Et s'il y a quelqu'un, ça l'incitera à partir... Restez juste un moment.

Son ton s'était fait presque suppliant. Il avait toutes les raisons de dire non. Il n'était certes pas en service ; il était suspendu ; seul avec une femme dangereuse, manipulatrice, et qui faisait accessoirement partie des suspects. Et il avait Léa... Léa qui, dans son rêve, flirtait avec un autre homme, *le Dr Gaudry...* Il jeta un coup d'œil aux tableaux de crucifixions. Reporta son attention sur Gabriela.

Il ne lui avait pas échappé qu'elle était prête pour la nuit : seulement vêtue d'un top très léger à fines bretelles en coton jaune canari, tendu sur ses seins libres, et d'un minishort assorti. Sous la lumière des spots, ses bras et ses épaules paraissaient encore plus bronzés.

— Ne me dites pas que vous avez peur de moi, susurra-t-elle.

Elle s'était encore rapprochée. Assez près pour qu'il sentît son parfum. Un cocktail épicé. Qui lui allait comme un gant. Ou alors c'était son cerveau pourvu d'un chromosome X et d'un chromosome Y qui commençait à déconner.

— D'accord, dit-il. Un verre et je file.

L'ENDROIT S'APPELAIT le Korova Milk Bar et, en dehors du fait qu'on y servait fort peu de lait, Irène devait admettre qu'elle aimait bien. Simple. Sans chichis. Des boiseries aux murs façon chalet. Des lettres de néon. Des affiches d'*Orange mécanique*, de *2001*, de *Shining*, du *Docteur Folamour*... Et de la bonne musique. Enfin, bonne selon ses critères. Simple et sans chichis elle aussi : White Stripes, Rival Sons, Fontaines D.C.

La clientèle avait entre vingt et quarante ans, et c'était à l'évidence le *spot* local de la jeunesse branchée. Sans doute faute de mieux. Un concentré de gènes jeunes, agressifs et fertiles, de comportements façonnés au cours de millénaires d'évolution par la compétition sexuelle. Irène adressa à Isabelle Torrès un sourire appréciateur.

— Sympa…
— Le lieu ou la musique ?
— Les deux.
— À votre enquête, dit la mairesse en levant sa bière brune et en la dévisageant.
— Je croyais qu'on ne devait pas parler boulot ?
Isabelle Torrès sourit.
— Désolée. C'est plus fort que moi.
— Droguée au travail, hein ?
Isabelle porta sa bière à ses lèvres.
— On est pareilles, je crois… Ou je me trompe ?
— Non…
Ziegler baissa la tête vers son Cuba libre. Elle se demanda si la mairesse faisait allusion au boulot. Ou à *l'autre chose*. Il y avait un rire dans les yeux d'Isabelle Torrès, une lumière qui contrastait avec la dureté de son regard quand elle endossait l'habit de maire. Et aussi quelque chose de plus profond, de plus souterrain, quand elle fixa Irène – qui fit courir des fourmillements sur la peau de celle-ci.

— Pas un boulot facile, maire, hein ? dit la gendarme pour se donner une contenance.
— Aujourd'hui ? Il faut être maso pour vouloir être maire par les temps qui courent… (La mairesse promena son regard sur le reste de la salle.) On se fait dézinguer à longueur de journée par des gens qui, quand on leur demande de ne pas prendre les places handicapés, vous envoient chier. On a de

moins en moins de moyens et de plus en plus de critiques… Comment a été votre journée ?

Irène passa sous silence la visite à la psychiatre mais lui narra l'épisode du barrage routier. Elle vit le visage de la mairesse se durcir.

— Je connais celui qui est à leur tête. William Guerrand. Il a une scierie… Un type intelligent. Et qui veut ma place…

— Il a apparemment assez de bagout pour entraîner pas mal de gens derrière lui, fit remarquer Irène.

All your friends, chantaient The Snuts dans les haut-parleurs.

— Il y a de vraies situations de pauvreté et d'exclusion sociale dans ce pays, répondit la mairesse. À Aiguesvives comme ailleurs. Des situations terribles. Des gens qui, tous les jours, doivent trouver le moyen de tenir jusqu'à la fin du mois, qui se perdent dans le dédale des démarches administratives pour toucher les aides, qui affrontent le regard de ceux qui les soupçonnent de profiter du système, qui subissent la stigmatisation et la méfiance. Imaginez ce que c'est que de vivre ça tous les jours quand vous êtes une femme seule qui élève tant bien que mal ses trois enfants, ou un ancien agriculteur qui a travaillé plus dur que quiconque toute sa chienne de vie pour toucher en fin de compte 289,90 euros par mois d'allocation de vieillesse agricole, plus 578,30 euros d'allocation supplémentaire au titre du minimum vieillesse. Et, bordel, personne n'aurait pu arrondir ces putains de chiffres, au lieu de leur jeter ces 30 centimes à la figure ? Je trouve ça insultant et indécent. Il n'est pas normal qu'une part croissante de la population se batte au quotidien pour survivre alors que les classes moyennes et supérieures de ce pays y paient bien plus d'impôts que dans n'importe quel autre pays au monde.

Elle termina sa bière, la reposa sur la table.

— Mais les types comme Guerrand ne font que décrédibiliser ce combat. Ils ne sont pas là pour résoudre les problèmes.

Ils n'y connaissent rien. Ils ont juste envie de faire parler d'eux, de capter la lumière, de passer à la télé ou dans les journaux. C'est toujours la même histoire. Ils se grisent de leur propre importance.

Irène se fit la réflexion que Guerrand lui avait plutôt donné l'impression d'une personne aux élans sincères.

— En tout cas, les habitants d'Aiguesvives semblent vous apprécier, dit-elle pour alléger l'atmosphère. Ils vous ont systématiquement réélue.

Torrès fit la grimace.

— Ça aussi, c'est en train de changer... L'atmosphère est délétère. Un maire sur deux envisage de ne pas se représenter en 2020. C'est chacun pour soi désormais. On va dans le mur, si vous voulez mon avis.

Elle s'était exprimée avec, au coin de la bouche, un pli amer.

— De plus en plus de maires jettent l'éponge, poursuivit-elle. Prendre en pleine gueule le mécontentement d'habitants de plus en plus exigeants et agressifs, se démerder avec de moins en moins de dotations, affronter des services de l'État qui vous prennent de haut... Trop c'est trop...

Elle secoua la tête. *Try walking in my shoes*, pensa Irène. Dave Gahan *again*.

— Vous comptez faire quoi au sujet de Guerrand et de sa milice ? demanda soudain la mairesse.

— Lui rendre une petite visite... Mais ça peut attendre demain, non ? suggéra Irène en souriant.

Le rire revint dans le regard d'Isabelle Torrès. Elle couva Irène de ses yeux bruns et chauds comme du sucre caramélisé. Dans les haut-parleurs, The Lumineers chantaient : *Oh, Ophelia, you've been on my mind, girl, since the flood.*

— Et dire qu'on devait pas parler boulot...

— Il faut croire qu'on est incorrigibles, s'amusa Irène.

Elles éclatèrent de rire. Ce «on», elle en était bien consciente, était destiné à créer entre elles une complicité qui n'était pas seulement d'ordre professionnel et, pendant un instant, elle pensa à Zuzka. Une bouffée de honte lui monta aux joues. *And I can't feel no remorse*, poursuivaient The Lumineers.

Elle regarda sa montre.

— Faut que je rentre, annonça-t-elle. Je finis mon verre et je file.

La main chaude et sèche de la mairesse se posa sur la sienne.

— J'aimerais que *tu* restes encore un peu…

48

— À VOTRE ENQUÊTE, dit Gabriela Dragoman en levant son verre et en rivant son regard au sien.

Ils trinquèrent. Puis la psychiatre se rejeta contre le dossier et avala une gorgée de vin en balançant un de ses pieds nus devant elle. Elle avait croisé les jambes et, pendant une fraction de seconde, il ne put s'empêcher d'admirer les muscles tendus de ses cuisses. Il vit qu'elle l'avait remarqué et qu'elle en éprouvait de la satisfaction et, soudain, il eut envie de partir.

— Votre collègue, elle ne m'aime pas beaucoup, reprit-elle en le dévisageant.

Il songea qu'elle avait totalement laissé tomber ses grands airs. Au contraire, elle semblait vouloir entrer dans ses bonnes grâces. C'était peut-être dû à la peur qu'elle avait éprouvée.

— Vous ne lui facilitez pas la tâche, fit-il remarquer.

Le vin était excellent. Un côte-rôtie. Elle rit d'une manière décomplexée.

— Oui, je peux être cassante parfois. Mon ex-mari me le disait tout le temps. Et vous, commandant, est-ce que vous me trouvez si difficile à *aimer* ?

La question le prit au dépourvu. Tout autant que le mot choisi. Est-ce qu'elle était en train de lui faire du rentre-dedans ? Ses yeux gris étaient plus clairs, plus brillants, plus intenses dans la lumière, et ils étaient posés sur lui avec une insistance calculée.

— C'est vous la psy. Moi, je ne suis qu'un flic lambda.

—Vous êtes trop modeste. Je suis allée voir sur Internet : vous avez de sacrés états de service...

Elle promena sa main sur son tibia puis massa son pied nu, penchée en avant. Remua les orteils.

—Je serais plus tranquille si vous passiez la nuit ici, dit-elle.

—Je peux demander qu'une voiture monte la garde devant chez vous, si vous voulez. Tant qu'on n'a pas trouvé le coupable...

—Parce que vous pensez que vous le coincerez ?

L'ironie dans sa voix ne lui échappa pas.

—Vous l'avez dit vous-même : j'ai de sacrés états de service, répondit-il en lui décochant un sourire.

Il n'aimait pas la tournure que prenait la conversation. Derechef, il pensa à ce qu'avait dit Devernis à son sujet. Il se demanda si elle était véritablement détraquée ou seulement manipulatrice et terriblement sûre de son pouvoir, de son ascendant sur les hommes. Il se hâta de finir son verre.

—Je vous en sers un autre ?

—Non, merci. J'envoie une voiture pour une surveillance cette nuit.

—Je préférerais que vous la demandiez maintenant, et que vous partiez ensuite... Je ne tiens pas à me retrouver seule si ce dingue est encore dans les parages...

Il hésita, jeta un coup d'œil à la nuit noire derrière les baies vitrées, à cette grande maison vide dont les murs étaient hérissés d'épines comme une dame de fer du Moyen Âge. Elle le regardait avec un curieux mélange de distance et de curiosité.

—D'accord, dit-il en sortant son téléphone.

Soudain, il la vit se raidir.

—Vous avez entendu ?

Elle était aux abois, tout à coup.

—Entendu quoi ?

Elle levait les yeux vers le plafond.

— Il y a eu un bruit… *là-haut*.

Il dirigea à son tour son regard vers le plafond constellé de petits spots.

— Non, je n'ai rien entendu… Quel genre de bruit ?

— Je ne sais pas… un objet lourd qu'on fait tomber… quelque chose comme ça…

— Qu'est-ce qu'il y a en haut ?

— Des chambres et des salles de bains, mon dressing…

Il écouta. N'entendit que le léger ronflement du frigo derrière le bar.

— Je n'entends rien, dit-il finalement.

— Il y a eu un bruit, persista-t-elle.

Il songea aux cadavres des Hosier père et fils et, en cet instant, il regretta de ne pas avoir son arme.

— D'accord, allons voir.

Ils se levèrent. Elle lui montra l'escalier, puis le laissa passer devant. Il grimpa les degrés tout en prêtant l'oreille, aux aguets. Toutes les deux marches, un led projetait un petit cône de lumière au ras du sol. Le sol moquetté du premier étage apparut à hauteur de son visage. Il continua de grimper. Ils parvinrent à l'étage. Servaz écouta de nouveau. Aucun bruit. Il y avait une pièce éclairée au fond du couloir ; il aperçut un lit.

Il ouvrit les portes des chambres une par une, entra dans les salles de bains, ressortit, progressa ainsi de porte en porte jusqu'à la suite tout au fond. Un grand lit dont la couette rose était défaite d'un côté seulement, une porte donnant sur une autre salle de bains à gauche, une fenêtre à droite. La tête de lit était un pan de mur ouvert de chaque côté, et il devina un dressing derrière. Il explora minutieusement chaque recoin.

— Il n'y a personne.

Il la regarda. Elle avait allumé une cigarette et finissait de siroter son verre de vin. Elle suivait chacun de ses gestes tandis qu'il faisait lentement le tour de la pièce. Elle ne semblait plus du tout effrayée. Il remarqua qu'un léger parfum montait des draps comme du reste de la chambre, une combinaison d'eau de toilette, de savon et de crème de jour – mais c'était surtout l'odeur de la cigarette qui le tourmentait. Il sentit un gouffre s'ouvrir dans ses tripes. Elle aspira une profonde bouffée. Quand elle exhala la fumée, longuement, le regard de Martin s'attarda sur les lèvres pleines, corail, de Gabriela – *et sur le nuage bleuté*.

—Je vais appeler, dit-il.

Elle s'était approchée. Trop près. La cigarette et elle : *trop près…* Il la vit plonger un doigt dans son vin presque noir, le verre et la cigarette tenus dans la même main, le lever jusqu'à ses lèvres à lui : elle les humecta doucement, comme si elle le baptisait. Il y avait l'odeur du tabac sur le bout de son doigt. Elle enfonça lentement le majeur dans sa bouche, le faisant aller et venir. Le doigt de Gabriela avait un goût de vin et de cigarette tout du long, et il le suça. Ses yeux plongèrent dans ceux de la psy. Cigarette, doigt, bouche, regard. Il avait la tête vide. L'instant d'après, elle avait collé ses lèvres aux siennes ; elle expirait un flot de fumée délicieux dans sa bouche. La nicotine lui monta directement au cerveau. Comme la boule lancée par un excellent joueur de bowling, elle fit un *strike* dans la zone dédiée aux addictions, envoyant valser toutes ses préventions. Une vague de plaisir insoutenable, un *shoot* dément ; il fut couvert de chair de poule.

Gabriela avait posé son verre sur la table de nuit. Elle tourna la cigarette vers lui et la glissa entre ses lèvres en souriant. Il tira dessus comme un junkie, tandis qu'elle déboutonnait sa chemise et embrassait son cou, mordillait le lobe de son oreille.

Une fois sa chemise ouverte, les ongles de Gabriela coururent sur les bandes qui ceignaient son torse. Son regard s'alluma. Mais elle ne lui posa pas de question. Elle se lova contre lui et sa main descendit entre eux pour le faire durcir, le bout de ses doigts épousant la forme rigide et déjà gonflée à travers l'étoffe. Il les sentit défaire la boucle de sa ceinture, les boutons de son pantalon, plonger à l'intérieur. Ils étaient chauds et habiles.

Elle s'empara de la cigarette et s'assit sur le bord du lit sans cesser de le caresser, avant de le prendre dans sa bouche. Tout en allant et venant sur son membre, elle tendit haut le bras pour présenter la cigarette devant les lèvres de Martin, et il se pencha pour tirer dessus une longue et exquise bouffée, en se demandant laquelle des deux sensations était la plus intense.

Le cerveau shooté à la nicotine et au désir tel un rat de laboratoire qui oublie de manger et de dormir pour sniffer de la coke, il se dit que Gabriela était passée maîtresse dans l'art d'exploiter les faiblesses des autres. Elle avait repéré la sienne au premier coup d'œil. Mais, en cet instant, il s'en moquait éperdument. Il voulait sa dose. De nicotine. De sexe. De vice. De *trahison*... Car il était en train de trahir, il en avait conscience. Il trahissait Léa. Il trahissait ses principes. Il trahissait son métier.

Il inhala la fumée, le cerveau plein d'une lumière brillante et pailletée. Déresponsabilisé. Égoïste. Camé... Il avait chaud. Ses tempes bourdonnaient. Ses lèvres aussi arides que le sable d'un désert. La cigarette se terminait. Il tira une dernière bouffée. L'écrasa dans le cendrier sur la table de nuit. Gabriela s'était allongée sur le lit, pieds au sol, cuisses ouvertes. L'intensité dans son regard, le côté impérieux de son appel muet étaient presque dérangeants. Elle se caressait en l'attendant.

Il se pencha, remplaça les doigts de Gabriela par les siens. Elle gémit. Elle ruisselait. L'effet de la nicotine diminua dans le cerveau de Servaz. Le regard de Gabriela ne le lâchait pas. Elle attendait qu'il la pénètre.

— Les préservatifs sont dans la table de nuit.

Sa voix : posée, froide, raisonnable. Ce n'était pas une requête, c'était un ordre. Il continua de la caresser, ses doigts en elle. Il était tendu, *il était prêt*. Soudain, il vit Léa dans cette position, caressée par son jeune toubib. Léa qui voulait être pénétrée par un autre que lui, Léa qui s'offrait à Jérôme Gaudry. Il débanda sur-le-champ.

— Qu'est-ce que tu fais ? demanda-t-elle quand il retira ses doigts, les essuya sur la couette.

Il ferma les yeux, respira profondément, penché en avant, bras tendus, poings serrés sur le lit, de part et d'autre de Gabriela.

— Martin…

Il se redressa, boutonna sa chemise, la rentra dans son pantalon.

— Qu'est-ce que tu fais !
— Je vais appeler, dit-il. Ils seront là dans cinq minutes…
— Ne fais pas ça !

Elle était furieuse. Ses yeux lançaient des éclairs, à présent. Il secoua la tête.

— Ce n'est pas une bonne idée, Gabriela… Je suis… désolé. On ne peut pas faire ça…

Elle se rassit sur le bord du lit, puis se leva d'un bond.

— Quoi ? Non, mais pour qui tu te prends ? Tu crois que… que tu peux m'allumer, me provoquer, fourrer tes sales petits doigts dans mon con et ensuite me jeter ?

— Je ne t'ai pas provoquée, Gabriela… C'est toi qui t'es jetée sur moi. Qui m'as collé cette cigarette et tes doigts dans la bouche…

Debout devant lui, elle entreprit de défaire de nouveau sa ceinture. Elle rit nerveusement.

— Espèce de salaud, tu ne peux pas t'arrêter au milieu du gué ! Qu'est-ce que tu crois ? Que tu vas t'en tirer comme ça ? Tu vas me baiser, putain !

Il attrapa son poignet, le tordit presque. Plein de fureur lui aussi.

— J'ai dit non !

— *Tu n'as pas le droit de t'arrêter maintenant, tu m'entends ? Tu n'as pas le droit !*

Elle avait crié. Elle se libéra, s'attaqua à son pantalon à deux mains, cette fois. Il l'écarta.

—Arrête ça !

Il la lâcha, la gifle partit aussitôt : elle l'avait frappé de toutes ses forces. Il sentit la brûlure sur sa joue. Il avait même senti ses dents bouger à l'intérieur.

—Sale type ! hurla-t-elle. Pauvre mec !

Il la fixa. Pendant une infime fraction de seconde, il eut envie de lui retourner sa gifle, mais il savait qu'il ne pouvait pas. Qu'il ne *devait* pas. Que ce n'était pas lui. *Il ne frappait pas les femmes*. Même quand il était furieux et blessé. Même quand il était assailli par une harpie déchaînée.

Il marcha jusqu'à la salle de bains, alluma, s'avança jusqu'au miroir. La marque des doigts bien visible sur sa joue.

Il attrapa une serviette, la mouilla et frotta. Puis il retourna dans la chambre. Gabriela, redevenue froide et distante, fumait, assise à la tête du lit.

—Tu es un beau connard, dit-elle en le toisant, sourire aux lèvres.

Voix moqueuse, mépris, fiel : elle avait retrouvé une contenance. Elle ne se laisserait humilier par aucun homme : *c'était elle qui les humiliait*. Devernis avait dit vrai, elle n'était plus que *haine, mépris* en cet instant.

Elle recracha la fumée dans sa direction.

—Tu ne sauras jamais ce que tu perds… Tu fais vraiment pitié.

Elle contempla ses orteils aux ongles peints, les pieds sur la couette, les remua, genoux repliés.

—Casse-toi, conclut-elle sans plus le regarder.

—Gabriela…

—Dégage !

Il sentit la colère revenir.

— Tu es dingue, tu sais ça ?

Il n'avait plus aucune envie de la ménager, il avait envie de l'humilier, au contraire, de l'atteindre dans ses derniers retranchements. Mais elle était dure comme du fer.

— CASSE-TOI, PAUVRE MINABLE !

IL FIXAIT LA BOÎTE à gants. Assis au volant, dans la pénombre. Il se demanda si Gabriela l'observait de la maison, après avoir éteint toutes les lumières, mais il n'en avait plus rien à foutre. Il pensait à Léa. Rien qu'à Léa... Où était-elle en ce moment ? Que faisait-elle ?

Il savait que ce serait une défaite. Que Léa se dirait qu'il était un homme faible, sans volonté. Que lui-même se le dirait. Comme il se l'était dit maintes fois auparavant.

Et merde...

Il ouvrit la boîte à gants. Un paquet de cigarettes à l'intérieur. *Un paquet neuf.* Encore dans son enveloppe de cellophane. Et un briquet à côté... Il tendit le bras, la main tremblante. Prit le paquet, déchira l'enveloppe, tapota dessus. Saisit une cigarette entre deux doigts.

Il entendit la voiture de patrouille arriver pour la surveillance, vit ses phares dans le rétroviseur extérieur.

Quand il inhala la fumée, il se dit qu'il n'existait rien de meilleur au monde que la défaite : rien de plus délicieux, rien de plus atroce, rien de plus humain.

LA LANGUE d'Isabelle Torrès avait un goût de houblon dans la bouche d'Irène. Avec, en arrière-plan, un parfum de chewing-gum à la menthe. Elle s'enroulait autour de celle de la gendarme depuis une bonne dizaine de secondes, dans la pénombre de la voiture. La mairesse avait également défait les boutons de son jean, glissé une main dans sa culotte, et Irène sentait une vague de chaleur exploser dans son ventre.

Autour d'elles, les bois obscurs abritaient leur parade nuptiale. Irène gémit et s'accrocha à Isabelle quand un doigt la pénétra. La respiration sifflante, elle ferma les yeux. Elle sentit les muscles de ses cuisses se contracter, trembler. Elle était moite. Plus rien n'existait que ces sensations dans sa bouche et dans son sexe.

Dans l'habitacle, la chanson précédente s'éteignit et monta soudain la voix rauque, androgyne et éthérée – dont on aurait juré qu'elle appartenait à une femme – de Greg Gonzalez, le chanteur de Cigarettes After Sex : *Nothing's Gonna Hurt You Baby.* L'une des chansons préférées de Zuzka : « Rien ne pourra plus te blesser, bébé. »

Irène se raidit. Elle attrapa le poignet d'Isabelle.

— Non, dit-elle.

Cette dernière lui jeta un regard interrogateur.

— Non, désolée, je ne peux pas.

— Quoi ?

— Je ne peux pas, répéta Irène.

La mairesse la scruta. Elle avait retiré sa main. Elle vit les yeux de la gendarme s'embuer, une larme perler au bord de sa paupière.

— Je peux savoir ce qui se passe ?

Irène hésita.

— C'est cette chanson… (Elle chercha ses mots.) Elle me rappelle… elle me rappelle quelqu'un qui est très malade. *Quelqu'un que j'aime…* Je suis désolée.

Isabelle Torrès demeura silencieuse un moment.

— D'accord, dit-elle finalement.

Elle hocha la tête. Une fois, deux fois.

— D'accord, je comprends. (Elle caressa furtivement la joue et les cheveux blonds d'Irène.) Je te ramène.

Irène essuya les larmes qui coulaient sur ses joues. Elle ne vit pas le regard noir de la mairesse quand celle-ci manœuvra sur le chemin pour faire demi-tour et quitter la clairière.

GABRIELA SE CONTEMPLAIT dans le miroir. Contrairement au visage du flic, le sien ne portait aucun stigmate de l'affrontement. Mais elle savait qu'en cas de plainte, c'était elle qu'on croirait. Il était l'homme – le prédateur, l'agresseur. Quoi qu'il fît. Ou ne fît pas.

L'espace d'un instant, elle fut tentée de fracasser son crâne contre la glace avant d'appeler les gendarmes. *Il fallait qu'elle fasse quelque chose…* Il ne pouvait s'en tirer comme ça.

Les larmes lui montèrent aux yeux. Des larmes de rage. De frustration. Son maquillage avait coulé. Elle attrapa les lingettes démaquillantes et commença à se les passer furieusement sur le visage.

Une silhouette sortit de l'ombre, derrière elle. Gabriela l'entrevit dans l'angle du miroir, mais elle ne se retourna pas. Elle continuait de se démaquiller. Comme si de rien n'était. La voix s'éleva dans son dos :

— Il va payer pour ça aussi, ne t'en fais pas… Pour ça comme pour tout le reste.

Dimanche

PEUT-ON DIRE qu'il avait eu sa part de responsabilité ? Ou était-ce seulement qu'elle l'avait manipulé et forcé à entrer dans son lit ? Non. Personne ne l'avait *forcé*... Il était un grand garçon, il était capable de dire non. Stop. *À tout moment...*

Il savait qu'il avait déconné. Même s'il avait essayé de rattraper le coup par la suite, il avait failli à ses principes. Il avait été près de trahir Léa. Non : *il l'avait fait* – il avait eu ses doigts dans le sexe de Gabriela et elle, le sien dans sa bouche, merde. Mais ce n'était pas si simple. Les choses ne l'étaient jamais.

À la différence des foules affamées de vérités simples, des politiciens vendeurs de simplifications et d'outrances, et des idéologues croyant à leurs propres mensonges, les juges, les avocats et les flics savaient que chaque situation est différente. Et ceux qui les vivaient aussi...

8 heures du matin. Un dimanche. Il avait retiré les bandes qui lui ceignaient le torse et il s'était examiné tant bien que mal dans le petit miroir moucheté de la salle d'eau : les plaies, peu profondes, avaient presque complètement cicatrisé, les bleus, en revanche, tournaient au jaune moutarde. Sorti de la douche, il était en train de s'habiller quand son téléphone se mit à vibrer sur la table de nuit.

Il le regarda.

Irène... Pendant un instant, il eut peur. C'était Gabriela. Elle avait osé. Il attrapa l'appareil, un seul pied glissé dans une jambe de pantalon, l'autre jambe traînant par terre comme une mue de lézard.

—Oui ?

—T'es où ?

—À l'hôtel, je finis de m'habiller. Pourquoi ?

—Il s'est passé quelque chose chez Théo, le gamin…

Il respira un grand coup.

—Qu'est-ce qui se passe ?

—C'est peut-être rien, mais les parents du gosse ont trouvé quelque chose dans sa chambre.

Il allait demander quoi quand elle raccrocha.

Je le vois, lui aussi.

Il n'est pas différent des autres.

Il se croit plus juste, plus intègre, moins corrompu. Il se croit meilleur. Il croit que ses doutes, ses questionnements sont la preuve de sa droiture, de son humanité.

Il se croit profondément, sincèrement humain.

Il se trompe.

Il est tout aussi faible, amoral et indigne de pardon que les autres. Et, comme eux, il n'échappera pas au châtiment. Ses bons sentiments, sa morale personnelle, ses tentatives pour être quelqu'un de bien ne le sauveront pas. Il ne suffit pas d'essayer.

Pourquoi devrait-il échapper à la rétribution ?

Il leur ressemble plus qu'il ne croit.

Tous au fond se prennent pour des gens bien, tous croient bien se comporter. Tous s'imaginent avoir une vie digne, respectueuse, honorable. Même quand ils humilient, mentent, trompent ou trahissent. Péchés véniels à leurs yeux. Rien de bien méchant. Rien d'irréparable.

Ils n'ont jamais tué, jamais volé.

Ils croient qu'encore une fois ils vont passer entre les gouttes. Mais cette époque-là est finie. Terminée.

Le temps où ils pouvaient faire comme si de rien n'était, vaquer à leurs occupations, ignorer la souffrance, la misère, le malheur qu'ils laissent dans leur sillage, ce temps-là est révolu.

Le moment est venu de les écraser comme on écrase un serpent. Sous une botte. Un talon. Finis les tergiversations, les atermoiements, les beaux discours et les bons sentiments. Saluons la barbarie qui vient. Le chaos. La peur.

Tremblez, bonnes gens. Les loups sont dans la place. Et ils iront vous chercher jusque dans vos maisons. Ils vous tireront de vos lits. Ils s'en prendront à vos conjoints, à vos enfants. À tout le monde.

C'est le prix à payer…

Il n'y a pas d'innocents. Et tout le monde paiera.

À commencer par lui…

50

— Y A AUSSI ÇA qui est arrivé dans la boîte aux lettres de la gendarmerie, dit Ziegler quand il eut rejoint l'équipe.

Elle lui tendit une feuille imprimée de format A4 glissée dans une poche transparente pour scellé.

À partir de maintenant ce sera œil pour œil. On sait où vous habitez, ordures. ACAB.

ACAB pour *All Cops Are Bastards*: «tous les flics sont des salauds». Un slogan apparu au cours de la terrible grève des mineurs britanniques de 1984. La grève avait duré un an. Margaret Thatcher n'avait pas plié et y avait gagné son surnom de «dame de fer». Les mineurs, eux, n'avaient rien obtenu. Le conflit avait fait trois morts: deux grévistes et un chauffeur de taxi tué par des grévistes parce qu'il transportait un non-gréviste. Le mouvement avait sonné le glas des syndicats ouvriers en Grande-Bretagne.

— Charmant, dit-il.

— Et Isabelle Torrès a aussi reçu un message.

— Disant quoi?

— Que si elle ne faisait rien, ils allaient cramer sa mairie.

— On vit une époque épatante. Si tu me disais ce que les parents de Théo ont trouvé dans sa chambre, à t'entendre ça avait l'air important.

— Allons-y. Je t'expliquerai dans la voiture.

UNE PAGE WEB. Sur la tablette de Théo. Sa mère était entrée dans sa chambre sans prévenir et elle avait surpris le geste de son fils planquant la tablette sous sa couette.

Elle avait soulevé celle-ci et s'était emparée de l'objet avant que Théo ait pu fermer la page.

C'était l'image sur l'écran qui avait éveillé sa curiosité. *Et fait naître son effroi...* En la contemplant à leur tour, ils comprirent pourquoi. L'image était mobile, dynamique, une sorte d'animation GIF qui se répétait en boucle. Une silhouette marchait de dos dans un couloir sombre, un boyau obscur qui débouchait sur un paysage éclairé par la lune : une clairière entourée d'arbres très hauts, comme ceux d'une forêt mythologique, se découpant en ombres chinoises sur un ciel étoilé. Il y avait quelque chose d'insolite, de *malsain* dans ce paysage – et Servaz comprit au bout de quelques secondes, en fixant la même séquence qui se répétait encore et encore. *Des bouches...* De minuscules bouches apparaissaient furtivement, presque subliminales, dans les arbres, esquissant des sourires cruels ou hurlant des cris muets, et s'évanouissaient presque aussitôt. En même temps, de petits crânes humains surgissaient par dizaines de l'herbe de la clairière en ricanant, comme des champignons après la pluie, et disparaissaient tout aussi rapidement.

Cela ne durait qu'une poignée de secondes – mais suffisamment pour distiller une impression de malaise tenace dès la deuxième ou la troisième vision. Ce genre d'animations sinistres n'était pas rare sur Internet, mais Servaz se sentit profondément perturbé à l'idée qu'un garçon de onze ans contemplât ce spectacle lugubre nuit après nuit.

Au bout de quelques instants cependant, l'animation fit place à un écran noir, une flaque de ténèbres denses et impénétrables, sur lesquelles vinrent s'inscrire en lettres de feu les mots suivants :

Bienvenue sur
QUAND LES PARENTS DORMENT

Suivis d'une injonction : *Entre le mot de passe et rejoins-nous.*
Ziegler fixait l'écran. Servaz vit qu'elle était blême. Elle leva les yeux vers Théo, qui boudait dans son coin.
— C'est quoi ça, Théo ?
— C'est un jeu.
— Un jeu ?
— Oui.
— Et tu connais le mot de passe ?
Une hésitation.
— Non.

Il mentait, à l'évidence. Servaz regarda fixement l'écran en se demandant ce que c'était que ce nouveau cauchemar. Il se demanda aussi où toute cette histoire allait les mener. *Quand les parents dorment...* Que se passait-il quand les parents dormaient ? Cette page web avait-elle un rapport avec les meurtres ? L'idée paraissait absurde. Saugrenue. Mais peut-être la page en avait-elle un avec l'homme qui s'était trouvé dans les bois en compagnie de Théo. Peut-être Théo et lui communiquaient-ils via le site. Disposait-il d'une messagerie ? *La silhouette sur le dessin...* Qui était cet homme ? Une nouvelle fois, Servaz sentit l'étreinte de ses propres terreurs, de ses propres cauchemars prendre corps au sein de cette vallée. Qu'était-il venu faire ici ? Et dire que tout avait commencé par un coup de fil de Marianne au beau milieu de la nuit.

— On devrait appeler Gabriela Dragoman, proposa Irène, son regard allant de la tablette à l'enfant.

Il tressaillit.
— Non.

Se tourna vers Théo.
— Théo, demanda-t-il doucement, comment tu as découvert ça ? Qui te l'a montré ?

Ils virent le garçon hésiter. Se ronger les ongles. Tordre le col de son pyjama.

— Un copain...
— Il s'appelle comment, ton copain ?

Une nouvelle hésitation.

— J'ai pas le droit de le dire.

Irène et lui se regardèrent.

— Pourquoi ça, Théo ?
— Parce que... c'est comme ça...
— C'est ton copain qui te l'interdit ?

Ils le virent hocher la tête. Soudain, Servaz pensa à quelque chose.

— Théo, ton copain, c'est un *adulte* ?

À sa grande surprise, il vit Théo faire «non» de la tête. Ça ne colle pas, se dit-il, un adulte était avec lui dans les bois... Ou alors il nous ment.

— Non ? Un copain de ton âge ?

Nouvelle dénégation silencieuse.

— Plus vieux ?

Théo hocha la tête affirmativement.

— Ton copain, il est tout seul ou ils sont plusieurs ?

Le garçon hésita. Il parut se demander s'il avait le droit de répondre à cette question-là.

— Plusieurs...

Servaz pensa à un groupe. Avec ses codes, ses secrets, son règlement, si élémentaire fût-il.

— D'accord. Mais tu n'as pas le droit de nous dire qui, c'est ça ?

Nouveau hochement de tête affirmatif.

— Pourquoi ?
— Ils me tueront si je le fais.
— Quoi ?

— *Ils me tueront si je le fais.*

Servaz se sentit parcouru par un long frisson. Des menaces comme en profèrent les gosses, songea-t-il pour se rassurer.

— Tu as peur d'eux ?

Il vit le visage du garçon se fermer avant d'acquiescer.

— Théo, celui qui était avec toi dans les bois, c'était qui ? Comment il s'appelle ?

Pas de réponse.

— Comment il s'appelle, Théo ? Dis-le-moi.

Il attendit. Toujours pas de réponse.

— Théo, c'était un adulte avec toi dans les bois ?

Le garçon acquiesça.

— Comment tu l'as connu ?

Il demeura silencieux.

— Théo, comment il s'appelle ? Tu dois me dire comment il s'appelle, Théo. Je ne sortirai pas d'ici tant que tu ne me l'auras pas dit.

Pas de réponse.

— Théo, tu dois me le dire…

Pas de réaction.

— Théo, tu vas aller en prison si tu me le dis pas…

— Martin, fit doucement Irène à côté de lui.

Ils virent le gosse lever vers eux des yeux pleins de larmes.

— Tu veux aller en prison, Théo ?

— Martin…, insista Ziegler.

Le gamin secoua la tête.

— Tu veux vraiment aller en prison, Théo ?

Il secoua la tête si fort que des larmes tombèrent sur la moquette.

— Dis-moi qui c'est alors…

— Bon Dieu, Martin, souffla Irène.

— M. Delahaye.

— MERDE, DELAHAYE... Tu crois que... ?
— Je ne sais pas.
Ils se tenaient devant la porte de la chambre fermée, dans le couloir. Ils avaient laissé le garçon à l'intérieur.
— « Quand les parents dorment », dit Ziegler. Seigneur. Ce gosse a onze ans et ce truc est absolument sinistre...
— Et il connaît forcément le mot de passe, il accède au site, fit observer Servaz en revoyant les minuscules bouches cruelles qui hurlaient en silence dans les arbres.
— Il faut trouver qui a créé ce site, contacter l'hébergeur, et obtenir ce putain de mot de passe.
— Vous avez quelqu'un qui s'y connaît à la SR ?
— Oui... En attendant, on confisque ça, dit-elle en brandissant la tablette. Et on file chez Delahaye...
Ils remontèrent le couloir lambrissé jusqu'au salon, où les parents de Théo les attendaient.
— Il vous a dit ce que c'est ? s'enquit la mère.
— Un jeu...
— Un jeu ?
— Oui. Ne vous inquiétez pas, mentit Irène devant le visage préoccupé de la femme.
Le père ne disait rien. Il se contentait de les couver de son regard rêveur. Servaz se demanda si, dans sa tête, le Christ d'Aiguesvives quitterait un jour le Mali. S'il reviendrait parmi eux. Peut-être avec le temps. Ce matin-là, il portait un *qamis* blanc et marchait pieds nus à travers le salon. Servaz aperçut des haltères et des *hand grips* sur le sol, une barre de traction dans l'encadrement d'une porte.
Il se tenait prêt...
Mais prêt pour quoi, au juste ?

51

RIEN NE BOUGEAIT. La maison de Gildas Delahaye était silencieuse. Ils avaient sonné par trois fois, puis Ziegler avait fait signe au serrurier. Derrière eux, dans le long couloir en contrebas de la rue, deux voisins intimidés les suivaient. Ils étaient là en tant que témoins, conformément aux règles de la perquisition.

— Allez-y, dit Ziegler aux gendarmes. Fouillez partout.

Elle jeta un coup d'œil aux cadres sur les murs – ceux qui, tous, représentaient la femme qui ne souriait jamais –, puis elle s'avança dans le petit salon où Gildas Delahaye les avait reçus. La même odeur de renfermé et d'homme seul négligeant son hygiène que la fois précédente.

Servaz parcourut des yeux les reliures des livres anciens. De vieilles éditions de *La Comédie humaine* et de Stendhal – et puis Barrès, Maurras, Léon Daudet, Montherlant, Drieu la Rochelle, Jouhandeau, Chardonne... Il fronça les sourcils. Les goûts littéraires de Delahaye épousaient visiblement ses idées politiques, lesquelles avaient la même odeur que sa baraque. Il aperçut quelques vieux numéros de *La NRF* version Drieu et de *L'Action française*. Un collectionneur, mais d'un genre particulier.

Il sentit qu'il commençait à comprendre qui était vraiment Delahaye. Un être qui vivait dans le passé et dans la haine. Il supposa que cela n'était pas apparu du jour au lendemain, mais que cela s'était sans doute aggravé avec la mort de sa femme et l'addiction de son fils. Cette haine des jeunes, des parents d'élèves, de la vie moderne… Une haine suffisante pour tuer ? Que faisait Delahaye en compagnie de Théo l'autre nuit ? Pourquoi rôdait-il dans les bois avec un garçon de onze ans ? Servaz frissonna. Cette maison était comme l'un des cercles de l'Enfer. Un univers concentrique… Un cercle à l'intérieur d'un autre cercle : Aiguesvives, elle-même enfermée dans le cercle des montagnes et des vallées qui les entouraient. On n'en sortait pas… Un enfer en miniature, où prospéraient des haines recuites, des fantasmes de vengeance, comme des micro-organismes dans un bouillon de culture.

Cette image – les cercles de l'Enfer – lui fit penser à la missive que Delahaye avait trouvée dans sa boîte aux lettres. L'y avait-il mise lui-même ?

Il repassa devant les deux voisins plantés au milieu du couloir. Il savait ce qu'il cherchait : des secrets, des tiroirs fermés à clé, une cachette derrière une penderie… Des coupures de presse, des photos… Les types comme Delahaye ne pouvaient s'empêcher de garder des trophées. Ils se croyaient supérieurs aux flics et à la justice, qu'ils méprisaient.

Les gendarmes, de leur côté, démontaient tout, ouvraient tout, vidaient tout. On les entendait s'agiter dans les étages, marcher d'un pas pesant sur les planchers.

La maison était remplie de bouquins, de poussière, de vieux objets assez laids. Les goûts de Gildas Delahaye n'étaient pas ceux d'un antiquaire. Plutôt de quelqu'un qui accumulait.

Il entra dans un bureau. Une pièce de taille modeste, une table de travail en bois sombre encombrée de papiers, un gros PC avec une tour, un écran et un clavier.

Quelque chose clochait. Il ne voyait pas Delahaye se connectant sur un site comme « Quand les parents dorment ». Il était trop vieux jeu pour cela.

Il n'y avait aucune trace de modernité dans cette maison, à part la télé, la box et le PC. Et pourquoi Théo aurait-il accepté un rendez-vous en pleine nuit avec son professeur ? Ce n'était pas un garçon spécialement courageux. Il aurait eu bien trop peur. Il y avait fort à parier qu'il connaissait parfaitement celui avec qui il avait rendez-vous. Que s'était-il dit cette nuit-là dans les bois ? Comment Delahaye aurait-il convaincu le gosse de sortir de chez lui ?

Une seule certitude, ils étaient bien deux : *un enfant et un adulte.*

Et, selon Théo, l'adulte s'appelait Gildas Delahaye.

Servaz sortit des gants de nitrile, les passa. Il jeta un coup d'œil vers la porte. Il n'aurait pas dû faire ça, il était ici en simple observateur. Il alluma l'ordinateur. Pas de mot de passe, accès direct. Rien de prime abord sur cet ordinateur qui méritât qu'on s'y penche. Il afficha l'historique des recherches. Delahaye ne l'avait même pas effacé. À moins qu'il ne fût plus rusé que cela et qu'il n'eût supprimé que les requêtes compromettantes. Ou qu'il se connectât sur les sites sensibles en mode espion.

Il examina ensuite la table. Des copies à corriger. Des notes. Des livres de cours. Les tiroirs ne lui apportèrent pas plus de réponses. Il sortit de la pièce. Une porte dans le fond. Fermée. Il s'avança vers elle, posa la main sur la poignée.

Tourna.

Poussa le battant. Les persiennes étaient tirées et seul un jour vague, cendreux, pénétrait à l'intérieur. Il fit un pas dans la pièce. Aussitôt, son pouls s'accéléra. L'espace d'un instant, il crut qu'il avait des visions, une hallucination.

Une douzaine d'animaux le cernaient, le scrutaient, prêts à bondir, à se jeter sur lui. Il avala sa salive.

Tous se trouvaient à hauteur d'homme, rassemblés sur une table en bois au centre de la pièce.

Des pelages sombres, moirés, des crins comme des poils de pinceau, des museaux retroussés sur des babines pleines de dents pointues, des pattes aux muscles durs, des plumes lisses… Et surtout des regards fixes, cruels ou agrandis par la peur. Un renard. Une pie. Une martre. Un blaireau. Et même un faon.

Leurs yeux morts le regardaient. Un cercle de prunelles d'une fixité dérangeante, une population de fantômes. Ces créatures avaient été vivantes. Elles avaient couru, volé, chassé, mangé. Et, à présent, elles étaient mortes – mais soigneusement mises en scène. *Comme les victimes des Duettistes ?* Tout à coup, Servaz se sentit mal. Une bouffée de chaleur, un vertige. Ses jambes se ramollirent et les murs se mirent à tourner. Il dut se cramponner à la table pour ne pas tomber.

Il ferma les yeux, les rouvrit. Respira un grand coup.

Bon sang, que lui arrivait-il ? Il laissa son esprit se stabiliser, son corps recouvrer un semblant d'équilibre.

C'était peut-être le contrecoup de la course-poursuite de l'autre nuit, dans la carrière. Ou bien le stress… Inconsciemment, le conseil de discipline à venir et sa révocation prochaine devaient le travailler. Même s'il s'efforçait de ne pas y penser, il savait qu'une partie de son cerveau, en arrière-plan, ne perdait jamais de vue cette échéance. Ou alors c'était ce qui était arrivé à Gustav.

Il s'empressa de ressortir. Dans le couloir, il croisa Irène.

— Ça ne va pas ? Tu es tout pâle.

— Si, si, ça va…

— Ça n'a pas l'air… Qu'est-ce qu'il y a dans cette pièce ?

— Rien. À part des animaux empaillés.

Elle lui jeta un regard curieux, il ouvrit le battant.

— Ça pourrait coller avec quelqu'un qui aime les mises en scène, tu ne trouves pas ? commenta-t-elle après avoir longuement observé les animaux depuis le seuil.

Il acquiesça.

— C'est aussi ce que je me suis dit.
— En attendant, c'est quand même maigre : on a que dalle.
— Il a peut-être une autre cachette...
— Et où est-ce qu'il est, bordel ? Il ne répond pas au téléphone. Et s'il avait quitté la vallée...

Ils marchèrent vers la porte d'entrée, sortirent sur la petite place. Il avait besoin d'air. De s'en fumer une. Il alluma une cigarette, non sans une pointe de remords. Terminé les gommes. De retour le cancer en tube.

— Ça ne doit pas être si difficile que ça de se tirer d'ici, dit-elle. Il suffit de connaître les sentiers qui mènent aux vallées voisines. Ou de marcher à travers bois.

— Tu crois que c'est ce qu'il a fait ?

— Il a peut-être pris peur quand il a vu qu'on débarquait chez Théo...

— Il n'est pas parti, dit-il soudain en contemplant le square et l'église de l'autre côté, dans le lacis des ruelles. *Il est toujours là*. C'est un spectacle bien trop unique, il a attendu ça trop longtemps pour s'en priver. C'est son terrain de chasse. Il s'y sent tout-puissant. Ça faisait partie de son plan : nous faire venir ici... Ici, il nous surveille, il nous contrôle, il a toujours un coup d'avance. *Il est là : il n'est pas parti...*

Elle se raidit, le regarda.

— Tu veux dire... *ils sont là*... « Les Duettistes », tu te souviens ?

Sans détacher ses yeux de l'église, il poursuivit :

— Oui... Ils sont toujours là... Mais le deuxième n'est qu'un acolyte, un suiveur. Qui est soumis au premier, qui lui obéit. Il y en a un des deux qui a le contrôle, le pouvoir. *C'est lui qui joue à être Dieu.*

52

— LE SITE EST SÛREMENT hébergé offshore, déclara le geek.

Il venait d'arriver par l'hélico. Un rouquin dans la trentaine, arborant, tel un uniforme, un tee-shirt Star Wars. Il voulait examiner la tablette de Théo et aussi l'état du réseau, le débit dans la vallée.

— Un hébergeur offshore, précisa-t-il devant leurs mines perplexes, est un service d'hébergement qui vous donne accès à des serveurs basés au Panamá, aux Bermudes, aux Bahamas, en Russie... c'est-à-dire hors de portée des administrations de ce pays.

Il les regarda à tour de rôle.

— Pour qu'un site web soit disponible 24/24, il faut qu'il soit hébergé sur un serveur relié en permanence à Internet. Techniquement, on peut héberger son site Internet soi-même, à condition toutefois d'avoir un débit *montant* suffisant. Vu que, sur un site Internet, les visiteurs font essentiellement du téléchargement dans le sens descendant, *download*, et que, par conséquent, le serveur de son côté fait essentiellement de l'envoi de pages dans le sens montant : *upload*.

Servaz ne comprenait rien à ce charabia mais Irène et Enguehard, eux, semblaient suivre.

— Pour autant, il est conseillé de recourir à un hébergeur. Et il y a de fortes chances pour qu'il s'agisse d'un hébergement anonyme. Comme son nom l'indique, un tel service vous permet de ne pas révéler votre identité, de vous inscrire via un VPN ou Tor.

Il se tourna vers l'écran.

— Il faut déjà que je prenne le contrôle de ce truc. Dès que j'ai le mot de passe, je vous fais signe. On va voir aussi comment c'est codé. Si on a affaire à de vrais pros ou à des amateurs.

Il se mit à pianoter. Quelqu'un avait baissé les stores pour maintenir le petit bureau dans la pénombre, et l'écran brillait lugubrement au milieu. Ils passèrent dans le bureau voisin, celui d'Enguehard.

— Pourquoi on ne réinterroge pas le gosse pour qu'il nous donne le mot de passe ? demanda Ziegler.

— Il ne dira rien, répondit Servaz. Il a trop peur pour ça.

— Mais peur de qui ? Peur de quoi ? Il nous a bien donné Delahaye.

— Ça veut tout simplement dire que ce n'est pas de lui qu'il a peur.

Elle lui jeta un regard plein d'une sourde inquiétude. Il jeta un coup d'œil dehors. Le ciel était noir, couvert, bien qu'on fût au mitan de la journée. Mais il faisait toujours aussi lourd. Il se sentait de plus en plus rongé par l'angoisse. Quelque chose allait se passer. «Les Duettistes» n'allaient pas en rester là.

Et Marianne ? La succession quasi ininterrompue des événements lui avait fait presque oublier qu'il devait agir vite. Mais comment ?

L'angoisse était un poing serré dans son ventre.

— Il faut faire quelque chose, dit-il. On ne peut pas rester à attendre. Il faut…

— Delahaye, lança le hipster en entrant en coup de vent dans la pièce, il fait de la spéléo. On a trouvé un baudrier, un casque et du matériel chez lui. On vient d'appeler le spéléo-club du Comminges.

Ils se tournèrent vers lui.

— Selon ses membres, il y a un gouffre pas loin qu'il aime bien visiter. Et, toujours selon eux, ce gouffre, dont l'entrée est à dix kilomètres d'ici, communique avec rien de moins que le plus grand réseau spéléologique de France.

Ziegler haussa les sourcils.

— Le réseau Trombe, du nom de Félix Trombe, un célèbre spéléologue né dans la région, expliqua-t-il en consultant ses notes, cent dix-sept kilomètres de galeries, pas moins de cinquante-sept entrées... Il a très bien pu passer par là pour quitter la vallée. Il avait peut-être peur que les sentiers soient surveillés.

Il déploya sur le bureau une carte de la région, montra une croix au stylo. Irène et Servaz se regardèrent, incrédules.

— Et ce réseau se trouve ici ? demanda Servaz, stupéfait. En Comminges ?

Il n'en avait jamais entendu parler... Et pourtant, il était souvent venu dans ces montagnes, enfant, avec ses parents.

— Si on a trouvé son matériel chez lui, ça peut vouloir dire qu'il n'en a rien fait, justement, suggéra-t-elle.

— C'est aussi ce que je me suis dit, répondit le hipster. J'ai posé la question au président du spéléo-club. Selon lui, il pouvait très bien avoir plus de matériel que ça.

Elle hocha la tête.

— Beau travail, commenta-t-elle.

Servaz vit le hipster esquisser un sourire. La gendarme prit la carte et Enguehard et lui la suivirent vers la sortie. En émergeant de la gendarmerie, Servaz scruta le ciel en ébullition, sombre et saturé de volutes géantes qui se défaisaient et se reformaient au-dessus des toits d'Aiguesvives.

ISABELLE TORRÈS LEVA les yeux vers le sommet du gigantesque tronc. Il se dressait sur l'aire de terre battue, à bonne distance des maisons. Douze mètres de haut. Soixante centimètres de circonférence. Grimpant droit vers les nuages annonciateurs de pluie, lesquels ne laissaient pas d'inquiéter la mairesse.

Le tronc était fendu en de nombreux endroits et sur toute sa hauteur : des rainures verticales, que des coins de bois maintenaient béantes, tandis que des employés municipaux les bourraient de paille et de copeaux pour rendre le tout plus combustible. Ils empilaient également branches et fagots au pied du grand totem planté en terre.

Le ciel nuageux les préoccupait aussi. Car, à 21 h 45 précises, la mairesse embraserait le bûcher, se conformant à une tradition ancestrale dans cette partie des Pyrénées, celle du brandon de la Saint-Jean, qui remontait sans doute, comme la plupart des fêtes célébrant le solstice d'été, aux rituels de bénédiction des moissons et peut-être même aux fêtes sumériennes saluant la mort et la résurrection du dieu Dumuzi. Après quoi, les chrétiens étaient arrivés et ils avaient adapté à leur sauce ces rituels – avec à peu près autant de respect qu'Hollywood en a pour la vérité historique.

Mais le ciel n'était pas le seul sujet de préoccupation de la mairesse. La veille, elle avait réuni son conseil municipal pour savoir s'il fallait maintenir la fête.

Eu égard aux *circonstances*...

La décision était tombée.

On maintient.

Soit, se dit-elle, *mais que se passera-t-il si, comme par hasard, le ou les assassins choisissent ce moment pour frapper?* Les mêmes qui lui auraient reproché de ne pas avoir maintenu la fête lui reprocheraient alors de ne pas l'avoir annulée. Ce serait elle la responsable. Et tous ceux qui avaient pris cette décision avec elle, qui l'avaient approuvée, se feraient discrètement oublier. Comme chez les singes bonobos, les conflits sociaux se résolvaient le plus souvent en prenant pour cible un bouc émissaire.

Oui, se répéta-t-elle, *comment vont-ils réagir si, cette nuit, un nouveau crime a lieu ?* Elle jeta un coup d'œil prudent autour d'elle, comme si elle craignait que quelqu'un eût surpris ses pensées. Leva une nouvelle fois les yeux vers le grand totem. Elle se demanda si d'autres éléments n'allaient pas venir troubler la fête. *William Guerrand et sa milice, par exemple...* Les gendarmes étaient occupés à traquer les meurtriers, mais Enguehard lui avait promis la moitié de la brigade pour sécuriser la cérémonie. La moitié de la brigade, ce n'était pas grand-chose... Et il n'y avait pas que ce bûcher qui menaçait de s'embraser.

LE SILENCE RÉGNAIT.

L'entrée du gouffre, au milieu des fourrés, était à peine plus grande qu'une bouche d'égout.

Les feuillages dansaient autour du trou : c'était l'air chaud qui en émanait.

Servaz examina le ciel gris encombré de nuages. L'orage approchait. Pas le moment de s'aventurer là-dedans, songea-t-il.

D'ailleurs, il n'en avait nulle envie. Il était claustrophobe. Même les cabines d'ascenseur l'angoissaient. Alors un réseau de boyaux et de cavernes qui s'enfonçait à quatre cents mètres sous terre ? Non, merci, sans façon.

Ils avaient déjà failli se faire aplatir, en montant jusqu'ici, par un camion grumier qui dévalait la pente et roulait trop vite dans les virages.

Ensuite, ils avaient chaussé des bottes et escaladé, hors sentier, une pente assez raide jusqu'à l'accès au gouffre, au pied de la montagne.

Il s'était attendu à une entrée comme celles qu'on voit dans *La Guerre du feu* ou au Mas-d'Azil. Au lieu de cela, un simple trou dans lequel il eût fallu se glisser à quatre pattes, comme un lapin dans un terrier. Très peu pour lui. Il aperçut des canettes de Coca dans les buissons à proximité, et aussi des mégots de cigarettes et des emballages de bonbons. L'endroit était fréquenté.

— Qu'est-ce qu'on fait ? dit Ziegler.

— CETTE LISTE, demanda l'abbé, comment l'avez-vous eue ?

Un silence de l'autre côté de la grille ouvragée, dans la pénombre du confessionnal, au fond de la nef qui sentait l'encens et la pierre humide.

— C'est important, mon père ?

— Deux des hommes sur cette liste sont morts depuis que vous me l'avez donnée... Y en aura-t-il d'autres ?

La personne de l'autre côté s'abstint de répondre. Le père Adriel l'avait fait entrer par la porte de derrière : celle qui donnait sur le petit cimetière et sur les bois. Celle qu'on appelait traditionnellement *la porte des morts*.

— Je vais parler à la police, dit-il.

— Vous êtes tenu par le secret de la confession, lui rappela doucement la voix, si bas qu'il dut tendre l'oreille.

— Même lorsqu'il y a des vies en jeu ?

— Qui vous dit que c'est le cas ?

— J'aurais déjà dû tout raconter à ce policier...

— Il n'est pas meilleur que les autres.

— Vous voulez dire : ceux qui sont morts, c'est ça ? C'est pour ça qu'on les a tués ? Qu'est-ce que vous savez ? Confessez-vous !

Un rire sonore accueillit cette dernière injonction. Il rebondit comme une balle de squash dans l'espace minuscule du confessionnal, si oppressant et si étouffant, en cet instant, pour l'abbé.

— Mon père, mon père... chaque chose en son temps. Vous avez déjà eu droit à ma confession.

— Qui était pleine de trous, dit-il.
— Ils seront comblés le moment venu...

Il hésita à tourner la tête, à observer le profil sur sa gauche à travers la grille, préféra regarder droit devant lui.

— Quant au secret de la confession, dit la voix très douce de l'autre côté – une douceur qui fit dresser les poils sur la nuque de l'abbé –, des trois secrets professionnels, celui du médecin, de l'avocat et du prêtre, il est le seul qui soit *absolu*, selon le droit canonique. Il ne souffre pas d'exception, sous peine d'excommunication pour celui qui l'enfreint. Relisez le code du droit canon, mon père.

Oui, songea-t-il. *Le confesseur qui viole directement le secret sacramentel encourt l'excommunication latæ sententiæ réservée au Siège apostolique.* Canon 1388. Quant à la loi française, la seule exception qu'elle retînt était le cas où le crime était perpétré sur un mineur de moins de quinze ans. En dehors de celle-ci, on pouvait confesser un meurtre et le prêtre devait garder ça pour lui. Combien troublant, dérangeant, torturant cela pouvait être pour le dépositaire du secret, partagé entre le respect de la confidence et sa morale personnelle, apparemment ni Dieu ni les hommes ne s'en souciaient.

L'âme humaine est un puits sans fond, se dit-il, dans lequel le prêtre se doit de plonger, seul et abandonné à lui-même au milieu des péchés innombrables d'une humanité qui, au lieu du chemin de la sagesse, a depuis longtemps choisi la route de la folie, des ténèbres et du carnage.

— J'aurais pu dire à ce flic tout ce que je sais et qui n'entre pas dans le secret de la confession, fit-il observer.

Ses pensées revinrent à cette nuit où le policier avait sonné à la porte de l'abbaye, où ils avaient fouillé les bois ensemble.

— Mais vous ne l'avez pas fait...
— Non.
— Pourquoi ?

Le père Adriel chercha la bonne réponse, en se disant que de confesseur il était devenu confessé.

— Parce que vous avez demandé ma protection.

— Non, mon père : parce que vous avez eu *peur* des conséquences.

— Je n'ai pas peur.

Mais sa voix manquait de fermeté, tout à coup. Elle n'était pas celle du berger qu'il était censé être, plutôt celle d'une brebis égarée loin du troupeau, et qui sent le prédateur tout près, telle la chèvre de M. Seguin.

— Oh si, *vous avez peur.* Je peux flairer votre peur de là où je suis...

Un long reniflement derrière la grille. Il sentit la chair de poule hérisser tout son corps sous ses habits sacerdotaux.

Ses pensées tentaient de s'évader de cette cage de bois, mais elles étaient comme un oiseau pris au piège dans une maison : elles ne trouvaient pas la sortie.

— S'il n'y avait ce secret, vous seriez même un témoin gênant, mon père, chuchota la voix presque dans son oreille.

Il sentit sa pomme d'Adam effectuer un aller-retour douloureux sous sa barbe.

La remarque renfermait une menace évidente, et il s'aperçut qu'il était en nage sous sa robe malgré la fraîcheur de l'abbatiale.

— Je devine un conflit entre votre désir d'empêcher que ces crimes recommencent et votre engagement de prêtre, continua-t-elle dans un murmure trop doucereux. Mais il n'y a aucun rapport entre mes confessions et ces crimes, mon père, je vous assure.

Il se rendit compte qu'il n'en croyait rien.

— Alors pourquoi m'avoir donné cette liste ? Et pourquoi les noms des victimes sont-ils dessus ?

— Il y a d'autres noms sur cette liste...

—Vous allez les tuer aussi ?

Il sursauta. Pourquoi avoir dit ça ? Ça avait été plus fort que lui.

—*Moi ?*

Merde, il aurait dû se taire. Il se mordit la lèvre inférieure.

Il transpirait comme un bœuf.

Il n'y avait personne d'autre qu'eux dans la nef. Il aurait bien aimé qu'un des frères entrât à ce moment pour changer les bougies ou faire la poussière dans le chœur.

Il aurait mis fin à la confession illico et serait sorti en vitesse du confessionnal.

Mais il n'y avait personne...

À part eux.

—À quoi vous pensez, mon père ?

—Je pense que je me suis trompé sur vous.

—Ah bon ? Comment cela ?

—Vous n'êtes pas une brebis, *vous êtes un loup.*

Silence. Odeurs de cire et de peur mêlées. Respirations. L'une oppressée, l'autre calme. Grincement du bois quand la personne remua sur son banc pour se rapprocher de la grille qui les séparait. Petite voix, murmure à travers les croisillons. Un souffle léger caressa le pavillon de son oreille :

—Et vous, mon père, qu'êtes-vous ? Une brebis ? Un berger ? Ou un loup ?

— MERDE ! dit Ziegler. Cent dix-sept kilomètres de galeries qu'il connaît comme sa poche. Il peut être n'importe où...

— Et sans doute ressorti par l'une des cinquante-sept entrées, fit remarquer Enguehard que la montée avait essoufflé – à l'évidence, il ne tenait pas la forme.

— Ce gouffre, il est fréquenté par qui ? demanda Irène au guide spéléo qui les accompagnait.

— C'est un réseau karstique mythique, l'un des plus complexes de la planète. Les spéléologues viennent du monde entier pour le visiter. Il y a aussi les clubs spéléo de la région, les classes vertes, les jeunes du coin... On fait également de l'initiation pour des comités d'entreprise, des ados de centres sociaux. Le grand classique, c'est la Henne-Morte, un gouffre de 358 mètres. Il y a aussi la traversée depuis le gouffre des Hérétiques jusqu'à Pène-Blanque, la salle Prévert, le gouffre Pierre, le gouffre de la Coquille, le gouffre de l'Apocalypse, de l'Amazonie, des Hérétiques, des Pyrénois, en tout, plus de cinquante cavités : les parcours ne manquent pas... Et vous avez raison, Gildas connaît bien le réseau. Il peut être n'importe où. On va jamais le trouver... En 2001, il a fallu vingt-deux heures à une vingtaine de spéléologues pour parcourir la totalité du réseau.

Servaz contempla la bouche noire, qui s'ouvrait entre les fourrés, où s'accumulaient mégots, canettes et emballages de bonbons ; il imagina des dizaines de galeries obscures, des salles secrètes, des puits remplis de ténèbres courant sous la montagne, soudain réveillés par la lueur des lampes frontales – et il frissonna. Comment pouvait-on aimer s'enfoncer ainsi sous la terre et dans le noir ? Il avait compris *Haine-Morte*. Un nom approprié, se dit-il. La radio d'Enguehard grésilla.

— Oui ?
— Capitaine, vous devriez venir voir…
— Qu'est-ce qui se passe ? demanda le gendarme.
— On a un rassemblement près du brandon.
— Un rassemblement ?
— William Guerrand et sa clique.
— Qu'est-ce qu'ils foutent ?
— Pour l'instant rien, mais on dirait bien qu'ils ont l'intention de perturber la fête…

Enguehard hésita, jeta un coup d'œil à Ziegler, qui hocha la tête.

— C'est bon, on arrive.

Il mit fin à la communication.

— Merde, grogna-t-il.

Ils redescendirent avec précaution le talus vers la voiture. Servaz songea que les fractures sociales, géographiques, générationnelles, idéologiques qui désormais traversaient ce pays menaçaient d'abattre l'édifice bâti il y a longtemps par des hommes plus courageux, plus clairvoyants et surtout plus responsables que ceux d'aujourd'hui. Un néomanichéisme était à l'œuvre. Tout devait être ou noir ou blanc. Plus de nuances. Plus de gris. Comme s'il existait des êtres humains absolument coupables, et d'autres absolument purs, sans la moindre tache morale. Ils roulèrent vers Aiguesvives. À 17 heures, ils freinaient devant le terrain vague, à la sortie de la ville, où était dressé le brandon de la Saint-Jean. Ils virent qu'un groupe s'était rassemblé à la lisière du terrain, autour du colosse barbu. Ils observaient les préparatifs en silence.

La mairesse était sur place, accompagnée de deux adjoints, surveillant à la fois les préparatifs de la fête et l'attroupement. En les voyant approcher, Isabelle Torrès marcha rapidement vers eux.

— Ils sont là depuis une heure environ. À mon avis, ils préparent quelque chose pour ce soir. On ne peut pas agir préventivement ? Leur demander de se disperser ?

La gendarme haussa les épaules.

— Ils ont le droit de se rassembler, dit Ziegler, aucune loi ne l'interdit. Ils ne manifestent pas. Et il n'y a pas de trouble à l'ordre public.

— Mais ça risque de changer quand il y aura du monde...

— On avisera à ce moment-là.

Servaz nota que les deux femmes évitaient de se regarder. Il décelait une distance nouvelle entre elles ; il se demanda ce qu'il s'était passé.

19 HEURES. Delahaye demeurait introuvable. Ils étaient retournés chez lui, avaient interrogé le voisinage : le professeur s'était évanoui dans la nature. Envolé. Disparu, le suspect nº 1. Ils avaient intérêt à le retrouver fissa. Sinon le temps se couvrirait sérieusement pour Irène Ziegler et son groupe d'enquête. Mais ils avaient beau remuer ciel et terre, pas plus de Gildas Delahaye que de beurre en branche.

— Bordel, avait répété Irène à plusieurs reprises.

À 20 heures, Enguehard annonça que ses hommes et lui allaient sécuriser la fête. Irène et Servaz se retrouvèrent quasiment seuls dans les locaux étonnamment silencieux de la gendarmerie. De son côté, le geek de la SR n'avait toujours pas réussi à percer les secrets du site web « Quand les parents dorment ». Qu'est-ce que c'est que ce monde numérique qui coexiste à côté du monde réel ? se demanda Servaz. Et qui menace de prendre la place du réel lui-même... Qu'est-ce qui se passera quand la réalité deviendra secondaire et le fantasme, l'illusion réels ? Mais n'était-ce pas déjà le cas ? Et pouvait-on épargner à un pays qui se nourrissait de chimères, de rage et de haine de sombrer dans le chaos ?

— Tu crois que ça va finir comment ? demanda soudain Ziegler.

Elle tapait son rapport sur le clavier devant elle tout en tripotant de temps à autre son piercing.

— Je n'en ai pas la moindre idée, dit-il.

— Que se passera-t-il si, là, dehors, ça dégénère ? Ou s'il y a une nouvelle victime ?

— Et Castaing, il est où ? demanda-t-il.

— Il est reparti. Par l'hélico.

Bien sûr. Le proc avait tout de même une carrière à maintenir sur les rails. Mieux valait se tenir un peu éloigné au cas où les choses tourneraient mal. En revanche, si Ziegler et son groupe d'enquête parvenaient à appréhender rapidement le coupable, il s'attribuerait certainement une part des lauriers. De bonne guerre.

— Si c'est vraiment Delahaye, qui est son complice ? lança-t-il soudain. Le prof m'a tout l'air d'un type passablement solitaire...

Elle leva le nez de son écran.

— Il n'a peut-être pas de complice, suggéra-t-elle.

Il la regarda.

— Comment ça ?

— J'ai repensé à l'hypothèse du Dr Djellali : deux agresseurs. Elle est uniquement basée sur le fait que l'une des victimes a reçu deux coups portés à des hauteurs différentes et avec une force également différente. Il y a des tas d'autres explications possibles. Par exemple, le changement de position de la victime entre les coups, ce qui paraît plutôt logique : quand tu prends un coup violent derrière la tête, tu ne restes pas tranquillement debout à attendre que le suivant arrive...

— Hum... Le Dr Djellali se trompe rarement dans ses hypothèses, fit-il remarquer. Je suppose qu'elle a dû envisager celle-là aussi. Et la rejeter pour une raison ou pour une autre. Et il y en a une troisième, ajouta-t-il.

— Laquelle ?

— Si ce n'était pas Delahaye cette nuit-là avec Théo dans les bois ? Le gosse a balancé le premier nom qui lui venait à l'esprit pour protéger la bonne personne. Et le premier nom qui lui est venu à l'esprit, c'est celui de son prof.

— Dans ce cas, ça nous ramènerait au point de départ...

— Exact.

Servaz remarqua le changement d'expression d'Irène. Il nota que son téléphone vibrait dans sa poche. Il ne reconnut pas le numéro.

— Oui ?

— Capitaine ? C'est le père Adriel...

Il se redressa sur son siège : la voix de l'abbé était réduite à un murmure, mais un murmure tendu comme une corde.

— Qu'est-ce qui se passe, mon père ?

Un silence à l'autre bout de la ligne.

— J'ai... hum... quelque chose de très important à vous dire.

— Je vous écoute.

— La femme que vous cherchez... *je l'ai vue.*

— Quoi ?

Il se pencha brusquement en avant.

— *Quand ça ?*

— Il y a quelques heures. Elle est venue se confesser... Et ce n'est pas la première fois... je vous ai... *menti.*

Il sursauta. Sentit son cœur s'affoler dans sa poitrine. Il prit une profonde inspiration. Mais sa voix manquait de fermeté quand il demanda :

— Se... *confesser* ? De quoi est-ce que vous me parlez, mon père ?

— Elle m'a fait promettre de ne rien vous dire. Elle ne voulait pas que vous la trouviez...

Il expira. Se rendit compte que le sang bourdonnait dans ses oreilles. Il ne comprenait rien.

— Qu'est-ce que vous me racontez ? Qu'est-ce qu'elle vous a *confessé* ? Expliquez-vous !

Nouveau silence. Mais il perçut la respiration de l'abbé, lourde, sifflante – comme si le vieil homme faisait un malaise.

— Vous savez bien que je suis tenu au secret de la confession... Tout ce que je peux vous dire, c'est qu'elle... qu'elle est ici... pas loin...

— OÙ ?!

Il avait crié. Il vit Irène le fixer intensément. Elle ne le quittait pas des yeux. Servaz mit le haut-parleur et écarta le téléphone de son oreille.

— Je n'en sais rien... Elle ne me l'a pas dit... Mais elle n'est pas loin, elle est venue à pied.

— Ne bougez pas ! J'arrive ! dit-il en repoussant sa chaise et en se levant d'un bond.

— Il y a autre chose, poursuivit l'abbé. La première fois, elle m'a donné une liste de noms. Sur cette liste figuraient Kamel Aissani et Martial Hosier.

— Quoi ?!

Il leva les yeux vers Irène. Elle avait l'air scotchée.

— Cette liste, vous l'avez toujours ?

— Oui...

— Ne bougez pas ! On arrive ! Ne bougez surtout pas !

IL REPOSA LE TÉLÉPHONE sur la grande table en bois qui évoquait celle de la Cène, dans le bureau qui ressemblait à une chapelle. Jeta un coup d'œil aux images pieuses et à la littérature chrétienne sur les rayons de la bibliothèque. Toute cette sagesse millénaire. Que pesait-elle aujourd'hui ? Dans un monde où, d'un côté, on uniformisait l'opinion, on abolissait la vérité, on hygiénisait la pensée et où, de l'autre, on encourageait la haine et on laissait se produire les crimes les plus monstrueux, quelle place y avait-il encore pour une quelconque forme de sagesse et d'autonomie ? Que l'humanité fût devenue folle, il n'en doutait pas un instant. Que le Mal fût partout à l'œuvre, et surtout chez ceux qui voulaient imposer aux autres *leur* vision du Bien, encore moins. Il était trop vieux, trop las pour ne pas voir que le combat était perdu. L'Occident était en route vers un nouvel âge des ténèbres.

Il se leva. Lourdement. Il sentit qu'il dominait la situation maintenant. Qu'il savait exactement, au geste près, ce qu'il convenait de faire. Cette certitude le rassura. Il aimait la précision. Il avait placé toute sa vie sous la règle de saint Benoît : un équilibre rigoureux entre travail manuel, travail intellectuel et prière. Il avait ses défauts – il était colérique, il était impatient, il pouvait se montrer dur avec les autres comme avec lui-même –, mais il les avait domptés. Quand il y songeait cependant, il se rendait compte que la liberté était le grand manque de sa vie. Il avait connu l'enthousiasme, la joie, la fraternité et le partage – mais il avait renoncé à la liberté, cet acte d'amour envers soi-même.

Tandis qu'il sortait du bureau, remontait la galerie à arcades et descendait les deux volées de marches vers le cloître et l'église, l'abbé souriait.

Il n'était pas trop tard...

Il allait conclure par un ultime acte de liberté. De *libération*. Une pensée vertigineuse le traversa : cet acte était parmi les plus blâmables aux yeux de Dieu et de l'Église – et c'était précisément pour cela qu'il y voyait la plus grande des libérations.

Il ne ressentit nulle part le souffle de Dieu en pénétrant dans la nef, par la petite porte près du chœur. Rien qu'un sépulcre obscur et froid. Un monumental amas de pierres érigé par les hommes en hommage à un Dieu absent. Dire qu'au nom de cette absence on avait construit pas moins de dix mille abbayes et quinze mille prieurés rien que dans ce pays. Sans parler du reste du monde. Des églises, des temples, des mosquées, des synagogues, des chefs-d'œuvre innombrables de la peinture et de la sculpture... L'homme était décidément une créature de paradoxes et d'excès.

Il remonta l'allée latérale vers l'endroit où il avait laissé la veille une échelle double – celle qu'utilisait un des frères pour changer les ampoules. La lumière du soir entrait lourdement par une haute fenêtre percée dans le pignon ouest.

L'échelle en aluminium était toujours là, à la même place, dépliée, dressée. Il trouva ensuite ce qu'il cherchait dissimulé derrière le piédestal d'une statue.

54

ILS FREINÈRENT DEVANT le monastère, sortirent comme un seul homme du véhicule. Virent tout de suite le prieur venir à leur rencontre. Il avait dû entendre le bruit du moteur. Il n'y avait aucun autre bruit dans la vallée.

Il s'était dépouillé de l'air arrogant et hostile qu'ils lui connaissaient.

Servaz fronça les sourcils en le voyant approcher, flairant le drame : le gros frère avait pleuré, visiblement, ses yeux étaient encore rouges. Il avait les mains nouées sur son ventre, sous le scapulaire noir.

— Il s'est passé quelque chose de terrible, leur dit-il d'emblée. Quelque chose d'affreux.

— Quoi ? demanda Ziegler impatiemment.

Mais le prieur, incapable de prononcer un mot de plus, fit volte-face.

Il les précéda rapidement à travers la cour pavée vers l'ancien passage des convers qui menait au cloître, dont ils firent le tour par les galeries, à gauche puis à droite, remontant la galerie de la *collatio* bordée de banquettes de pierre, marchant jusqu'à la porte qui donnait dans l'église. Ils débouchèrent dans la nef, face au chœur, mais le prieur prit encore une fois à gauche. Servaz les vit tout de suite. Les autres moines. Ils s'étaient rassemblés dans l'allée latérale – et ils auraient aussi bien pu être, à ce moment-là, des animaux empaillés par Gildas Delahaye, tant ils se tenaient tous parfaitement immobiles et silencieux, les yeux écarquillés, le regard levé dans la même direction.

L'abbé pendait au bout d'une corde de chanvre aux fibres grossières, dont la boucle passait sous sa barbe poivre et sel, le visage incliné sur le côté – peut-être parce qu'il avait eu les cervicales brisées –, mais, à part ça, calme, empreint d'une sérénité toute chrétienne, les pieds à un mètre du sol et à quelques centimètres d'une double échelle métallique qui devait être dévolue d'ordinaire à d'autres usages.

Une de ses sandales avait glissé au sol et Servaz aperçut un grand pied crasseux aux orteils longs et tordus, gros orteil presque opposable, comme celui, préhensile, d'un chimpanzé.

Il se souvint qu'en 1619 Lucilio Vanini, physicien et philosophe italien de passage à Toulouse, avait eu la langue coupée avant d'être brûlé vif sur un bûcher de la ville pour avoir professé, entre autres, que l'homme n'est pas si éloigné de l'animal.

Il chassa cette pensée et se concentra sur le corps et le cordage.

L'abbé l'avait fait passer par-dessus une poutre horizontale qui servait de tirant à la charpente. *Il s'était pendu dans la maison de Dieu*. Un acte d'une rébellion absolue. Servaz lisait l'effroi et le saisissement sur les traits des moines.

Il se demanda combien de temps encore il allait supporter l'horreur de cette vallée. Il se sentait au bord de l'épuisement, à bout de nerfs. Ses pensées étaient en proie à la plus grande confusion. Il jeta un coup d'œil à Irène. Elle était très pâle. Elle avait les yeux rivés sur le pendu.

Il se tourna vers le prieur. Croisa le regard de celui-ci.

— Lorsqu'on se tue, c'est un homme qu'on tue, dit l'ecclésiastique d'un ton sévère.

— Saint Augustin, releva Servaz – et le prieur ne cacha pas sa surprise. La liste, ajouta-t-il.

— Pardon ?

— Donnez-moi la liste.

Il vit le prieur hésiter, puis plonger la main droite dans une poche de sa robe blanche pour en ressortir un papier plié en deux.

— Merci.

Il déplia la feuille. Parcourut la liste. Une pensée le traversa.

Il tendit le papier à Irène. Elle comprit aussitôt. Il la vit fouiller dans la poche de son blouson, en extraire une autre liste.

Celle des employés de la carrière ayant accès aux explosifs.

Elle pointa un index sur la première liste, puis vers la seconde.

Un nom figurait dans les deux.

Frédéric Rozlan.

LES NUAGES AVAIENT disparu. Le ciel s'obscurcissait. Il serait bientôt noir et étoilé au-dessus des montagnes. L'air était parfaitement immobile, les éclairages publics jetaient des taches de lumière jaune. Un chien aboya, sa voix à la fois lointaine et proche, conférant au silence une profondeur que seules possèdent les nuits d'été.

Puis l'employé de mairie approcha son briquet de la torche que tenait la mairesse ; la torche prit aussitôt feu dans un beau crépitement.

Après quoi, Isabelle Torrès s'avança solennellement vers le bûcher et elle la jeta dans l'amas de fagots et de planches au pied du brandon, geste immortalisé par un photographe.

Les flammes coururent à travers le tas de bois, avant de lécher la base du grand totem, puis de grimper rapidement tout le long de la structure, comme des serpents de feu, jusqu'à son sommet où la nuit s'embrasa.

Des applaudissements crépitèrent à leur tour, accompagnés de cris de joie et de sifflets enthousiastes.

Isabelle arbora un petit sourire protocolaire, les flammes se reflétant dans ses yeux brillants, mais elle n'en jeta pas moins un coup d'œil contrarié vers le groupe présent de l'autre côté du terre-plein – William Guerrand en tête – qui avait déployé une banderole clamant :

TORRÈS DÉMISSION

Que croyait-il ? Qu'elle allait le laisser lui pourrir la vie sans réagir ? Pensait-il qu'il allait réussir là où toutes les oppositions avaient échoué avant lui ? Que la population d'Aiguesvives avait la moindre envie d'élire quelqu'un comme lui ? Elle savait un certain nombre de choses sur son compte qui feraient un peu tache dans le tableau. Par exemple, qu'il était sur le point de déposer le bilan. Ou qu'il payait fort mal ses employés. Qu'il traînait plusieurs faillites derrière lui.

Elle se fit la réflexion que William Guerrand voulait juste être quelqu'un.

De nos jours, tout le monde voulait être quelqu'un.

Tout le monde voulait exister, être dans la lumière.

Son regard balaya le terre-plein depuis le petit groupe qui agitait la banderole en passant par la haute colonne de feu au centre jusqu'au reste des habitants, à l'opposé, qui riaient et applaudissaient, leurs visages éclairés par les flammes. Des gerbes crépitantes d'étincelles grimpaient joyeusement dans la nuit, par salves successives. Elle sentait la chaleur du brasier sur ses joues.

Au bout d'un moment, rongée par le feu, la colonne s'effondra sur elle-même dans un grand soulèvement de braises incandescentes et d'escarbilles, qui brasillèrent comme un essaim de lucioles.

Les adolescents et les jeunes adultes d'Aiguesvives, filles et garçons, s'avancèrent alors pour dérober des tisons au bûcher, comme ils le faisaient chaque année.

Son regard braqué sur la place, qui se remplissait à présent de monde, de mouvement et de bruit, Isabelle Torrès pensa à tout ce qui s'était passé dernièrement dans cette vallée. Les enfants couraient entre les adultes, les gens riaient, la fumée et les étincelles montaient dans la nuit en même temps que les voix. Tous semblaient avoir oublié pour un temps la terreur qui régnait. Elle hocha pensivement la tête. L'humanité avait cette capacité d'escamoter le pire pour se focaliser sur les moments de joie. *Mais ça n'était pas terminé*, se dit-elle en fixant les flammes, lesquelles dansaient dans ses yeux noirs comme un incendie se reflétant sur une nappe de pétrole.

Oh non.

Ça n'était pas terminé…

55

À 23 HEURES, Frédéric Rozlan éteignit sa télé, se leva et marcha, torse nu et en short, jusqu'à la salle de bains attenante à la chambre à coucher. Il faisait encore chaud et lourd et il avait laissé les fenêtres ouvertes. Les rires et les cris de la fête lui parvenaient. Sa maison – qui faisait partie d'un petit lotissement sorti de terre trente ans auparavant – n'était qu'à quelques dizaines de mètres du terrain vague où on avait dressé le brandon.

Ces rires, ces voix joyeuses dans la nuit, comme un concentré d'humanité… Il n'aimait pas quand les autres étaient joyeux. Il n'aimait pas avoir à entendre leurs rires, l'écho de leur bonheur. Ça l'humiliait que les autres soient en train de rire et pas lui. Ça le faisait toujours se sentir idiot – idiot et seul.

Il se brossa soigneusement les dents, se gargarisa, cracha dans le lavabo et fit couler l'eau tiède. Puis il s'enduisit le front, les joues et le contour des yeux de crème antirides. Il était épuisé. Il avait eu une dure journée à la carrière. Ce salopard de Gence. Il détestait ce petit con autoritaire et cassant. Si un jour il se faisait virer, il ne manquerait pas de lui rendre une petite visite. Et il dirait à Lucille de laisser tomber ce *loser* qui la traitait comme de la merde.

Un bruit dehors, tout près. Dans la ruelle entre les pavillons. Il regarda par la fenêtre ouverte de la salle de bains. Son voisin retraité, en peignoir et pantoufles, promenait ses deux caniches. Lui non plus ne s'était pas joint à la fête.

Il se rendit compte que ses aisselles et son dos étaient mouillés. Même pour la saison, il faisait anormalement chaud. Et cette foutue baraque emmagasinait la chaleur. Il aurait dû acheter un climatiseur, mais il avait fallu choisir entre un peu de fraîcheur et faire réparer la caisse. Cet enculé de Gence les payait au lance-pierre.

Là-bas, sur le terre-plein, à quelques maisons à peine, la fête battait son plein. Rires, cris et, à présent, des pétards qui explosaient sèchement dans la nuit. Merde. Heureusement qu'il avait ses boules Quies.

Un bruit, de nouveau.

Il lui sembla qu'il venait de l'intérieur, cette fois. Mais, en cette nuit d'été étouffante et immobile, les bruits portaient loin. Il lâcha un jet puissant dans la cuvette, remonta son short. Il traversait la chambre quand il l'entendit de nouveau.

— Hé ! Y a quelqu'un ?

Ça ne l'aurait pas étonné plus que ça que quelques morveux profitassent de la présence des habitants au brandon et des fenêtres ouvertes pour piller les baraques.

Si c'était ça, ils s'étaient gourés d'adresse. Ici, la maison ne faisait pas crédit. Ici, on vous rendait la monnaie au centuple, songea-t-il en s'énervant tout seul.

— Hé, les connards : si vous êtes là, vous feriez mieux de décamper ! Parce que si j'en chope un, il va passer un sale quart d'heure !

Pas de réponse.

Il aurait dû les entendre déguerpir pourtant. Au lieu de ça, seuls lui parvenaient les échos de la fête et l'explosion des pétards dans la nuit.

Sans dire un mot de plus, il continua d'avancer.

Il n'était pas du genre trouillard. Mais avec tout ce qui s'était passé dans la vallée ces derniers temps, mieux valait être sur ses gardes. Il avait vite pigé que cela n'était pas sans rapport avec ce qui avait eu lieu quelques années plus tôt. *Avec l'homme qui s'était échappé de l'Institut Wargnier.*

Il traversa la chambre, émergea dans le salon. La télé était allumée, son coupé. Il se raidit. *Il était sûr de l'avoir éteinte.* Il perçut un léger vrombissement en provenance de la cuisine, puis le vrombissement cessa et le signal aigu du four à micro-ondes ayant fini de tourner s'éleva brièvement. Un frisson le parcourut.

Il n'avait pas allumé le micro-ondes.

Frédéric Rozlan fronça les sourcils. Marcha jusqu'à la cuisine. Il entra. Le zéro du compteur brillait dans la pénombre. Il ouvrit le micro-ondes et fit un bond en arrière quand la puanteur de chair et de plumes grillées lui sauta aux narines.

— Putain ! s'écria-t-il.

Sur le plateau en verre gisait la forme noire et recroquevillée d'un oiseau carbonisé.

Il accusa le coup. Il parvenait encore à tenir la peur à distance, mais l'inquiétude grandissait de minute en minute. En même temps que la rage. Il n'était pas du genre à se laisser intimider. Ces enfoirés allaient voir de quel bois il était fait.

— Montrez-vous si vous avez des couilles ! cracha-t-il.

Il traversa le living en direction de l'armoire à côté de la télé. La porte-fenêtre donnant sur le jardin était ouverte, telle qu'il l'avait laissée, et il vit les feuilles du figuier immobiles dans la lueur du réverbère, laquelle coulait dans le salon comme une épaisse laque jaunâtre. Il n'y avait pas un souffle d'air.

Les mains moites, il récupéra la clé posée au sommet de l'armoire, déverrouilla le meuble et l'ouvrit. Son fusil. *Il avait disparu.* Il aurait dû être là, mais il n'y était plus. Il entendit un bruit derrière lui. Tout proche.

Il se retourna. Une silhouette se tenait entre la cuisine et le salon. Frédéric Rozlan sourit. C'était quoi, cette blague ? La silhouette était loin d'occuper toute l'embrasure de la porte. Il s'était attendu à tout sauf à... ça.

—Putain, je sais pas qui tu es, toi, mais tu vas me le payer, siffla-t-il en s'avançant, soudain ragaillardi.

Il y eut un instant de déconnexion totale quand il reçut le coup sur la nuque, comme un saphir qui saute un sillon sur un vieux disque vinyle, et, l'instant d'après, il était à genoux sur le sol du séjour, à contempler béatement les deux silhouettes debout devant lui, dont les lèvres remuaient sans qu'il pût distinguer ce qu'elles disaient, quand il levait la tête vers elles.

Ces deux silhouettes...

Était-ce possible ?

Il eut soudain envie de rire.

Il essaya de se relever, mais se retrouva à quatre pattes entre la table basse et le couloir, avec la sensation d'être ivre mort ou défoncé. La pièce tanguait, il avait envie de vomir.

Il ouvrit la bouche, fit jouer sa mâchoire, sentit aussitôt une douleur très vive à l'arrière de sa tête.

Il leva les yeux.

—Putain... vous ? C'est impossible...

Il vit l'une des silhouettes le contourner tranquillement, passer derrière lui, et il sut ce qu'elle allait faire – elle tenait une barre de fer à deux mains.

L'instant d'après, la barre heurta l'arrière de son crâne avec une telle violence qu'il plongea directement dans le noir.

56

IL ROUVRIT LES YEUX, mais sa vision était floue.

En tournant la tête, il s'aperçut dans le miroir de l'entrée : il était ligoté nu sur une chaise, une bande de ruban adhésif marron sur la bouche. Ses mollets étaient attachés ensemble et ses pieds plongés dans un seau fixé avec la même sorte de ruban d'emballage extra-large à la barre horizontale de la chaise. Idem pour ses bras derrière le dossier.

Ce qui troublait sa vision, c'était le liquide qui coulait sur son visage et lui piquait les yeux, le faisant larmoyer.

Il déglutit.

Il venait de renifler l'odeur qui montait du seau. Ce n'était pas de l'eau qui recouvrait ses pieds et coulait sur sa figure.

Une peur glacée lui étreignit le cœur.

De l'essence.

Putain...

C'était une blague, pas vrai ? Ils voulaient juste lui faire peur...

Quand ils revinrent et finirent de vider le bidon d'essence sur le sol, il comprit que c'était bien ce qu'ils s'apprêtaient à faire. Bordel. Il s'agita furieusement sur sa chaise, mais ils avaient dû dévider un rouleau entier d'adhésif : il pouvait à peine bouger.

— Mmmmmmm, grogna-t-il à travers son bâillon.

Ce qui signifiait : faites pas les cons… Il les vit sourire, ces enculés. Et, à ce moment-là, il sut que, si on l'avait libéré, il leur aurait fait mal. Très mal.

IRÈNE FREINA aux abords du grand terrain vague. Elle vit une multitude de silhouettes autour de la lueur d'un brasier géant dont les madriers et les pièces de bois craquaient en crachant de grandes gerbes d'étincelles dans la nuit. On dansait et on riait. Des enfants couraient. Certains adultes brandissaient des torches ; on aurait dit une kermesse du Ku Klux Klan en Alabama dans les années 60.
Elle descendit, repéra Enguehard. Fit un signe à Martin.
Ensemble, ils marchèrent en direction du gendarme. Servaz vit que celui-ci surveillait le petit groupe de l'autre côté de la place, lequel avait déployé une banderole « TORRÈS DÉMISSION » en criant des slogans inaudibles à cause du vacarme ambiant. Il voyait juste leurs bouches remuer dans le halo des flammes.
Il était presque minuit, le ciel était clair, les étoiles nettes – et Servaz se dit que ça aurait pu être une belle fête en d'autres circonstances.
— Frédéric Rozlan, lança Irène au gendarme. Vous savez où il habite ?
— Bien sûr.
Il les regarda, ses yeux s'agrandirent.
— Qu'est-ce qu'il y a ? Qu'est-ce que vous avez trouvé ?
— C'est le prochain sur la liste, dit Irène.
— Le prochain quoi ?
— La prochaine victime, répondit-elle. Alors ? Il habite où ?
Le gendarme se tourna vers les maisons de l'autre côté du terre-plein, au-delà du groupe des protestataires.

— Tout près. Juste là... Parmi ces pavillons... Putain, c'est quoi ça ?

Ils l'avaient vu aussi. Là-bas, au-dessus des maisons, comme au-dessus du bûcher, des étincelles et des escarbilles montaient dans la nuit. *Mais celles-là ne provenaient pas du brandon...* La lueur d'un incendie commençait à enfler au-dessus de l'un des pavillons, avec les intermittences d'un cœur qui bat.

— Prévenez les pompiers ! hurla Irène à Enguehard en se précipitant à travers le terre-plein.

Elle jeta un coup d'œil à Servaz au passage.

— Je te suis ! lui lança-t-il.

Irène se faufila sans ménagement parmi la foule, contourna le bûcher, fonça droit sur le groupe de William Guerrand, qui la regarda fondre sur eux.

— Écartez-vous ! leur cria-t-elle. Poussez-vous !

Servaz crut un instant qu'ils allaient refuser d'obtempérer mais, quand ils comprirent que ce n'était pas après eux qu'elle en avait, le petit groupe s'ouvrit devant Ziegler comme la mer Rouge devant Moïse.

Elle se glissa entre deux murets clôturant des jardins sur lesquels étaient bâties des maisons carrées et toutes simples, comme il s'en était construit des milliers après la Seconde Guerre mondiale. Remonta en courant un passage dont le macadam se craquelait sous la poussée de graminées.

Elle courait avec son téléphone à la main.

La maison était la troisième de la ruelle. Des voisins s'étaient déjà rassemblés, se tenant à distance respectable. Les flammes jaillissaient par les fenêtres ouvertes, une colonne de fumée noire et tourbillonnante s'élevait dans la nuit. Ils atteignirent le portail alors que l'ululement des sirènes se rapprochait.

— Merde ! cracha Irène.

Elle s'engouffra dans le jardinet en repoussant le portail rouillé mais ralentit devant la porte-fenêtre béante. Servaz l'attrapa par le coude pour la stopper. L'incendie faisait rage à l'intérieur. On voyait sa lueur par toutes les fenêtres. Il mit une main en écran devant son visage à cause de la chaleur.

— Tu ne peux pas entrer, dit-il.

— Je suis sûre qu'il est là-dedans !

— Tu ne peux rien y faire, Irène ! Il n'y a pas moyen d'entrer dans cette baraque !

Le camion des pompiers fit irruption dans la ruelle. Ses phares les aveuglèrent un instant ; ils virent le pinceau tournoyant de son gyrophare fouetter les façades et les badauds. Des hommes en tenue sautèrent du véhicule et les rejoignirent ; deux d'entre eux branchaient déjà une lance sur une pompe à incendie.

— Je crois qu'il y a quelqu'un à l'intérieur ! hurla Ziegler au chef des pompiers.

— D'accord, d'accord ! Poussez-vous ! Sortez du jardin et laissez-nous faire !

IL ÉCOUTAIT Morrissey sur YouTube. L'album *Vauxhall and I*. Bon, d'accord, il n'en était pas spécialement fier : Morrissey était devenu un sale con en vieillissant. Mais n'empêche, cette voix dorée chantant *Now My Heart Is Full*, hein ? Qui mieux que Morrissey pouvait mettre des mots sur ses peines de cœur, sa solitude, le spleen qu'il se traînait au réveil, sa certitude dépressive de faire partie de la famille des perdants, à qui jamais la vie ne sourirait ? Et puis, Noel Gallagher n'avait-il pas déclaré : « Quoi qu'on puisse écrire sur l'amour, la haine ou l'amitié, il fera mieux. Parce qu'il est le meilleur parolier de tous les temps » ?

Alors oui, merde, Morrissey...

Il balaya du regard l'espace autour de lui. C'était à croire qu'ils étaient tous rentrés chez eux. La gendarmerie était vide.

Il pivota. Fixa l'écran. C'était plus long qu'il n'avait escompté. Il avait terminé le scan des ports et des vulnérabilités. *Il était temps de passer à l'attaque.*

Il n'était pas un vrai hacker.

Jusqu'à présent, il ne s'était livré qu'à des tests d'intrusion sur des cibles préparées par un instructeur à partir de machines virtuelles. C'était sa première attaque *réelle*. Dans le jargon des tests d'intrusion, il y avait les *white hat* et les *black hat*, les Jedi et les Sith. Les Jedi étaient les « bons garçons », les hackers éthiques ; les Sith représentaient les « mauvais garçons », les assaillants malveillants. À titre de Jedi, de *white hat*, il était temps de mettre en pratique ce qu'il avait appris.

— IL Y A UN CORPS à l'intérieur.

Irène jeta un coup d'œil au chef des pompiers. Servaz vit qu'elle était secouée. Il y eut un instant d'inertie totale durant lequel, dans la nuit chaude et immobile, personne ne parla. *Ça avait recommencé...* Et ils n'avaient pas su l'empêcher. Ils étaient arrivés trop tard. Ils n'avaient pas réussi à le sauver. Servaz avait envie de hurler. Ils allaient se faire lyncher par la presse comme par leur hiérarchie. On dirait qu'ils n'avaient pas été à la hauteur. On exigerait qu'ils soient remplacés, on demanderait leurs têtes.

Et il y avait peu de chances, cette fois, pour que Castaing leur vînt en aide : le proc chercherait d'abord à se couvrir.

Mais c'était secondaire : un homme était mort. Ils avaient été incapables de stopper le massacre.

Il sentait la rage, la tristesse, la frustration se mêler en lui.

Une odeur nauséabonde de cendres détrempées flottait dans la ruelle. Le portillon ouvert vomissait des ruisseaux d'eau noire sur le macadam mangé par l'herbe comme par une gale. Des dizaines de fumerolles montaient du toit. Les échos de la fête continuaient de leur parvenir. La foule n'avait pas remarqué le drame qui s'était joué en moins d'une demi-heure à quelques dizaines de mètres d'elle. Les pompiers avaient réussi à contenir puis à éteindre l'incendie avant qu'il ne dévore la maison tout entière – mais Frédéric Rozlan était mort.

Car c'était son corps qui se trouvait à l'intérieur.

— Vous avez encore échoué, dit Isabelle Torrès froidement en fusillant Irène et Servaz du regard. Et nous allons tous en subir les conséquences...

Elle les avait rejoints pendant l'intervention des pompiers. C'était elle qui avait pris la décision de ne pas interrompre la fête : ils n'avaient pas besoin d'autres curieux à proximité. Et cela avait fonctionné jusqu'alors – un incendie pouvait en cacher un autre –, mais cela ne durerait pas : la rumeur allait se répandre et les curieux rappliquer en masse.

— Ça va encore être à moi de gérer ce merdier, ajouta-t-elle.

Servaz s'aperçut que la mairesse l'énervait. Comme tout bon politique, elle avait un peu trop tendance à se prendre pour le centre du monde. Mais le monde se rappelait au bon souvenir des politiques ces derniers temps, se dit-il.

— À partir de maintenant, c'est une scène de crime, décréta Ziegler sans tenir compte de la remarque et en considérant les badauds qui se tenaient à distance. On boucle la zone.

Elle sortait son téléphone pour demander des renforts quand celui-ci s'illumina.

— Enguehard ?

— Delahaye est ici, annonça le gendarme dans l'appareil.

Ziegler secoua la tête.

— Quoi ?

— Gildas Delahaye : je le vois. À quelques mètres de moi... Au milieu de la foule...

La gendarme fronça les sourcils.

— Qu'est-ce qu'il fait ?

— Rien... Il a l'air hagard. Il regarde autour de lui.

Elle avait du mal à en croire ses oreilles.

— Serrez-le ! cria-t-elle dans l'appareil. Tout de suite ! On arrive ! Delahaye, lança-t-elle à Servaz, il est sur la place...

Elle repartit en courant par où elle était venue. Servaz jeta un coup d'œil rapide à Isabelle Torrès et au chef des pompiers. Il toussota.

— On vous laisse gérer le merdier, assena-t-il.

Puis il se mit en devoir de rejoindre Irène.

— QU'EST-CE QUE vous faites ? glapit Gildas Delahaye, les menottes aux poignets. Qu'est-ce que vous faites ?

Il en avait presque les larmes aux yeux. Tout le monde les regardait et s'écartait d'eux à présent. La foule suivait chacun de leurs gestes – et Servaz observa, inquiet, le groupe de William Guerrand : eux non plus n'avaient pas perdu une miette de l'arrestation du professeur. *La fête se termine en apothéose*, se dit-il.

— Qu'est-ce que vous foutez ? répéta Delahaye, tandis qu'ils l'emmenaient vers la gendarmerie, à moins de trois cents mètres de là.

— Vous avez quoi à la main ? demanda Ziegler en montrant la main droite bandée du professeur.

— Je me suis brûlé !

— Vous vous êtes *quoi...* ?

— Brûlé !

Irène regarda Servaz.

— En faisant quoi ? voulut-elle savoir pendant qu'ils marchaient rapidement le long de la route, suivis des yeux par la quasi-totalité de la foule rassemblée sur le terrain vague.

Delahaye cligna des paupières, essayant visiblement de saisir leur raisonnement.

— En brûlant des affaires de ma femme...

— Après tout ce temps ? lui lança-t-elle.

Leurs pas claquaient sur le trottoir. Irène entraînait Delahaye par le coude ; il avait les mains menottées dans le dos ;

il était entouré par une demi-douzaine de gendarmes. Enguehard et Servaz fermaient la marche. Ils passaient du halo d'un réverbère à l'autre, leurs ombres noires s'étirant tantôt devant eux, tantôt derrière.

— Pourquoi pas ?
— Vous étiez où toute la journée ? s'enquit-elle.
— Dans la montagne ! J'avais besoin de prendre l'air.

La petite troupe marchait vite. Servaz regarda en arrière.

— On a essayé de vous joindre, dit-elle.
— J'ai vu vos appels en rentrant : le téléphone passait pas là où j'étais.
— Et vous n'avez pas jugé bon de nous rappeler ?

Il haussa les épaules.

— Je me suis dit que vous alliez me recontacter de toute façon. (Il agita ses mains menottées sur ses reins.) Pourquoi vous m'arrêtez ? De quoi je suis accusé ?
— Gildas Delahaye, commença-t-elle en élevant la voix, à partir de maintenant, lundi 25 juin, 0 h 13, vous êtes placé en garde à vue pour une durée de vingt-quatre heures, renouvelable vingt-quatre de plus, dans le cadre de l'enquête sur les meurtres de…

Lundi

0 H 30

— Comment vous vous êtes fait ça ? répéta Irène Ziegler.
— Je vous l'ai dit : j'ai brûlé des affaires de ma femme. Et je me suis cramé par accident.
— Où ça ?
— Dans la montagne. Elle adorait la montagne. Il y a un endroit, une vallée qu'elle aimait particulièrement. C'est là qu'on a dispersé ses cendres après sa mort.
— Mmm. Pourquoi avoir choisi cette date ? répéta-t-elle. Pourquoi *maintenant* ?
— C'était son anniversaire, il y a trois jours. Par ailleurs, j'ai pris une décision. Je vais quitter cette vallée. J'en ai assez du soupçon, des rumeurs, des accusations... Je me suis dit que c'était le moment de brûler ces reliquats de notre vie d'avant. Il est temps que je tourne la page. Je ne garderai que les photos. Et les bons souvenirs... En tout cas, c'est l'idée.

Servaz observait Irène. Son visage était impénétrable. Elle regardait Delahaye droit dans les yeux, de façon clinique.
— Mmm. Et qu'est-ce que vous faisiez sur la place tout à l'heure ?

Il transpirait. Il essuya ses lunettes embuées avec le revers de sa chemise. Haussa les épaules.
— La même chose que tous les autres : je venais voir la fête. Je faisais juste un tour...

Sa voix chevrotait, même s'il s'efforçait de la rendre ferme. Elle opina du chef.

— Et vous étiez où juste avant ?

— Chez moi...

— On est passés chez vous : vous n'y étiez pas.

— Je vous l'ai déjà dit, réagit-il d'un ton exaspéré, j'étais encore dans la montagne. Je suis rentré après.

Le regard d'Irène se posa longuement sur la main tremblante qui essuyait les lunettes. Servaz se dit qu'elle le faisait exprès : elle voulait que Gildas voie qu'elle l'avait vu trembler.

— Entendu... Donc vous avez passé la journée en montagne à brûler des affaires de votre femme et à méditer, c'est bien ça ?

— En quelque sorte.

— C'est ça ou c'est pas ça ?

— Je n'ai pas vraiment *médité*, comme vous dites. Je me suis baladé. Et j'ai pensé à mon épouse... et à mon fils aussi.

Servaz vit qu'il avait les yeux humides. Irène demeura silencieuse un moment.

— D'accord. Monsieur Delahaye, est-ce que vous connaissez Frédéric Rozlan ?

Il nota l'hésitation du professeur.

— Non... C'est qui ?

— Un employé des carrières.

— Pourquoi je le connaîtrais ? Il a des enfants ?

— Pas à notre connaissance.

— Dans ce cas, comment voulez-vous que je sache qui c'est ?

C'était logique. Trop logique, songea Servaz. Il ment. *Il connaissait la victime.*

Gildas contemplait ses mains à présent.

— Monsieur Delahaye, reprit Ziegler, je crois que vous ne nous dites pas la vérité...

Elle l'avait senti, elle aussi. Gildas releva la tête d'un air surpris.
— Quoi ?
— Je crois que vous ne nous dites pas la vérité concernant Frédéric Rozlan, je me trompe ?
— C'est incroyable ! Je...
— *Je vous rappelle les conséquences d'un mensonge au cours d'une garde à vue...*, l'interrompit-elle sévèrement.

Son ton était chargé de menace. Irène fixait Gildas Delahaye, glaciale. Ce dernier baissa la tête.
— Monsieur Delahaye, vous m'avez entendue ?
Il hocha la tête.
— Oui...
— Alors ?
— Oui... non... Enfin, oui : je sais qui c'est...
Irène regarda Servaz.
— D'où est-ce que vous le connaissez ?
— Son neveu... je l'ai eu comme élève.
— Comment vous savez que c'est son neveu ?
Il prit tout son temps pour répondre.
— Rozlan est venu me trouver une fois à la sortie du collège. Il a essayé de... *m'intimider.*
— Vous intimider ? Comment ça ?
— Son neveu est un cancre et un voyou, lâcha Delahaye, en colère. Un perturbateur en classe aussi. Il fait régner la terreur et il accable les professeurs de ses sarcasmes... Je l'ai envoyé plusieurs fois chez le principal... et j'ai laissé des mots dans son carnet pour signaler son comportement. Et puis, un soir, Rozlan est venu m'attendre à la sortie. Je ne le connaissais pas. Il m'a dit qu'il était son oncle.
Il leur jeta un rapide coup d'œil.
— Il m'a demandé pourquoi je m'acharnais sur son neveu, pourquoi je m'en prenais toujours à lui. Il m'a demandé si j'étais ce genre de personne, fort avec les faibles et faible avec les forts.

Et, bien sûr, tout en me disant ça, il essayait de m'impressionner physiquement, il me frôlait, il me touchait presque.

Il y avait dans son regard une haine pure.

—Je lui ai fait remarquer que le mot *faible* n'était pas précisément celui qui définissait le mieux son neveu, qu'il s'en prenait lui-même aux autres élèves, que ce n'était rien d'autre qu'un voyou et que, s'il voulait lui rendre service, il ferait mieux de lui apprendre les bonnes manières au lieu d'essayer d'intimider ses professeurs.

—Et comment il a réagi ?

Delahaye soupira.

—Il m'a dit que si je n'arrêtais pas, il viendrait me casser la gueule chez moi et aussi qu'il... qu'il ferait courir le bruit que j'étais... euh... *pédophile*... Je ne sais pas laquelle des deux menaces m'a le plus terrifié.

Irène haussa les sourcils.

—Et qu'est-ce que vous avez fait ?

Il réprima un nouveau soupir. Un tic agitait sa paupière droite.

—Vous savez à quelle vitesse ces choses-là peuvent dégénérer... La moindre rumeur, de nos jours... On est coupable bien avant d'avoir été jugé.

Ils attendirent la suite.

—J'ai été lâche : j'ai cessé de m'en prendre à son neveu. Peut-être qu'il avait raison, au fond. Peut-être que, sans m'en rendre compte, je m'acharnais un peu trop sur lui...

Irène planta son regard dans celui de Delahaye.

—Et ça a marché ? Ce gosse, il a cessé de mal se comporter ?

Servaz nota le ton acerbe de la gendarme.

—Bien sûr que non... Ça a été encore pire ensuite.

Ziegler lui adressa une grimace faussement compatissante. Elle demeura un instant silencieuse.

—Gildas, cette lettre que vous nous avez montrée, c'est vous qui l'avez écrite ?

— Quoi ?

— Vous voulez que je répète la question ?

Il secoua la tête. La sueur perlait sur son front. Servaz lui-même était en nage. La clim devait être en panne. Ou bien Irène l'avait stoppée à dessein.

— Non.

— Non quoi ?

— Non, ce n'est pas moi ! Vous n'avez qu'à faire une… une analyse graphologique, je sais pas, moi ! Je vous l'ai dit : je l'ai trouvée dans ma boîte aux lettres !

— Elle est très… *littéraire*, pourtant. C'est le genre de truc que vous auriez pu trouver vous-même dans vos livres…

— Je vous dis que ce n'est pas moi !

— Est-ce que vous avez corrigé Timothée Hosier, comme le prétend la rumeur ? Est-ce que vous l'avez envoyé à l'hôpital ?

— Non ! J'ai déjà répondu à cette question.

— Est-ce que vous l'avez tué ?

— Quoi ? Non !

— Et le père de Timothée ?

Il leur jeta un regard aux abois.

— Hein ?

— C'est vous qui avez tué Frédéric Rozlan ?

— Non !

Il s'agitait sur sa chaise. Soudain, les larmes se mirent à couler sur ses joues luisantes de sueur et sur son menton.

— Non ! répéta-t-il. Je ne suis pas un assassin !

— Gildas, on vous a trouvé non loin de la maison de Frédéric Rozlan, peu de temps après que quelqu'un y a mis le feu. Vous vous êtes brûlé à la main. Et vous aviez de bonnes raisons de détester ce type. Tout comme vous aviez de bonnes raisons de haïr Timothée Hosier, le dealer de votre fils…

Il redressa brusquement la tête, les dévisagea.

— Je veux un avocat !

Irène sursauta.

— Je vous rappelle que, tout à l'heure, vous avez fait le choix de ne pas solliciter l'assistance d'un avocat et de répondre seul aux questions, Gildas. Pourquoi vous avez besoin d'un avocat tout à coup si vous êtes innocent ?

— Je veux un avocat, répéta-t-il, obstiné.

Elle soupira.

— Très bien. Mais, comme vous le savez, cette vallée est coupée du monde par un éboulis. Vous en avez déjà un ? On peut aussi en désigner un d'office.

— Faites donc ça. Je ne dirai plus rien tant qu'il ne sera pas là et tant que je ne lui aurai pas parlé.

— Comme vous voudrez.

Elle se leva, sortit de la pièce. Servaz la suivit. Dans le couloir, Irène donna un coup de pied au distributeur de boissons.

— Merde !

Elle se tourna vers Enguehard, qui venait de sortir de son bureau, d'où il avait suivi l'audition filmée.

— Trouvez un avocat qui habite dans le coin, lui dit-elle. Sinon on tire le bâtonnier de son lit et on lui demande d'en commettre un d'office, qu'on récupérera avec l'hélico. Et merde !

— Ils ont trouvé deux galets près de la maison de Rozlan, annonça Enguehard. *Un cercle et un triangle...*

Irène lui lança un regard aigu.

— Et on a un autre problème, ajouta le gendarme.

— Lequel ?

Servaz lut l'inquiétude dans ses yeux.

— Venez...

Ils remontèrent le couloir vers l'entrée, dont la grille avait été baissée. Servaz jeta un coup d'œil à travers les losanges d'acier et les portes vitrées. Une petite foule s'était rassemblée devant celles-ci. Pas si petite que ça, en vérité. Il y avait là au moins une cinquantaine de personnes.

Le groupe de William Guerrand avait grossi…

— Qu'est-ce qu'ils veulent ? demanda Ziegler, stupéfaite.

— Je sais pas trop, répondit Enguehard. Apparemment, ils crient des slogans hostiles à Delahaye.

— Vous croyez que ça pourrait dégénérer ?

Il haussa les épaules, mais son visage trahissait une certaine inquiétude.

— J'en sais rien. Je crois pas… Mais sait-on jamais. Ils m'ont l'air passablement excités. Ceux qui sont là sont certainement les éléments les plus radicaux. Et j'en ai vu plusieurs picoler. L'alcool pourrait échauffer les esprits… Ça et le fait qu'on est coupés du monde…

Irène hocha la tête, visage fermé.

— Tenez-les à l'œil. Prévenez-moi si ça bouge. Je vais demander des renforts à la compagnie, au cas où… (Elle consulta sa montre.) Réunion dans cinq minutes en salle de brief.

1 H 05

— Bon, dit-elle en entrant dans la salle, je vous annonce qu'on n'aura pas de renforts. Du moins pas dans l'immédiat.

Servaz vit les visages autour de la longue table s'allonger. Irène la contourna pour aller se placer à l'autre bout.

— Ils estiment là-haut que la situation ne présente pas, je cite, un *caractère d'urgence*. Qu'on doit pouvoir la garder sous contrôle. En gros, qu'on se couvrirait de ridicule en envoyant les AGIGN mater une bande de villageois qui se contentent de crier des slogans sous nos fenêtres.

— Ils n'ont pas tort, commenta le hipster.

Irène faillit lui rétorquer qu'on ne lui demandait pas son avis, mais elle jugea que l'heure n'était pas aux règlements de comptes.

— Je viens aussi d'avoir Mme le maire. Elle nous... euh... félicite pour l'arrestation du coupable.

Le peu d'enthousiasme qu'elle avait mis dans cette dernière annonce n'échappa à personne.

— Si tant est que nous ayons bien arrêté le coupable, ajouta-t-elle. OK. (Elle s'approcha du tableau blanc.) Allons-y. Qui croit à sa culpabilité ? Qui n'y croit pas ? Et je veux des arguments...

Servaz prit la température autour de la table. La plupart se taisaient, moroses. Il se dit qu'Irène était un peu comme ces patrons qui prétendent vouloir encourager la participation mais qui imposent dès le début de la réunion leur avis et privilégient ensuite les interventions qui confirment leur point de vue.

Il continua de les observer. Ils avaient l'air d'avoir été tirés de leur lit, mais il savait que cela faisait de nombreuses heures qu'ils l'avaient quitté. Lui-même réprima un bâillement ; il se demanda si ce n'était pas davantage de la nervosité que de la fatigue. Ou alors c'était dû à la chaleur qui régnait. Ils tenaient le *coupable* : cela aurait dû les ranimer un peu, non ? Sonner le branle-bas de combat... Alors pourquoi ce n'était pas le cas ?

CRIS.

Sifflets.

Huées.

Ils avaient redoublé, tout à coup. Suffisamment en tout cas pour parvenir jusqu'à la salle de brief. Puis quelqu'un à l'entrée de la gendarmerie empoigna la grille métallique et la secoua.

—Bon sang ! s'exclama Irène devant le tableau. C'est quoi, ça encore ?

—Ouvrez-moi cette fichue grille !

La voix de la mairesse... Irène, Enguehard et Martin se précipitèrent vers l'accueil, où le gendarme en faction avait déjà le doigt sur le bouton de commande de la grille mais hésitait encore à l'actionner. Ils aperçurent le visage furibard de la mairesse de l'autre côté – et la foule en fusion derrière elle, quelques marches plus bas.

—Ouvrez ! confirma Enguehard.

La grille était à peine à mi-hauteur qu'Isabelle Torrès s'inclinait déjà pour passer en dessous. Les portes vitrées s'ouvrirent avec un soupir hydraulique. Derrière elle, les cris redoublèrent. Servaz perçut quelques « Torrès démission ! » et aussi un « Dégage, connasse ! » accompagné d'autres insultes sexistes qui faisaient explicitement référence au plus vieux métier du monde.

Une fois à l'intérieur, la mairesse se redressa. Elle avait l'air plus énervée qu'effrayée. Servaz devait bien reconnaître qu'à l'image d'Irène elle ne manquait pas de cran. Elle n'avait pas hésité à fendre une foule hostile pour arriver jusqu'à eux.

— Il n'y a pas manifestation non déclarée, là ? leur lança-t-elle en montrant du pouce le rassemblement dans son dos. Qu'est-ce que vous attendez pour les disperser ? Que ça dégénère ?

— Ils sont bien une cinquantaine dehors, se justifia Enguehard avec l'air d'un enfant pris en faute, nous ne sommes pas assez nombreux pour les disperser.

— Alors, appelez des renforts, s'impatienta-t-elle.

— C'est déjà fait, dit Ziegler. Mais, là-haut, ils estiment que, pour le moment, la situation est sous contrôle.

— Sous... *contrôle* ?

Ils virent les yeux d'Isabelle Torrès s'écarquiller.

— Sans déconner ? Ils ont dit ça ?

Elle secoua la tête d'un air consterné.

— Où il est ? demanda-t-elle.

— Delahaye ? Dans une cellule, répondit Enguehard. Ne restons pas là. Ça les excite de nous voir...

Ils remontèrent le couloir dans l'autre sens, sous la lueur blafarde des néons.

— Alors, c'est lui, vous en êtes sûrs ?

Isabelle Torrès surprit le regard dubitatif d'Enguehard en direction d'Irène.

— Quoi ? Ne me dites pas que... que ça pourrait ne pas être lui...

Ses yeux allaient de l'un à l'autre.

— Ne me dites pas que vous l'avez mis en garde à vue sans en être sûrs...

Irène eut envie de lui rappeler le fonctionnement d'une enquête de police.

— Tout le désigne comme étant le coupable du meurtre de Frédéric Rozlan, se justifia-t-elle. Il a été absent toute la journée, il s'est brûlé à la main, il prétend qu'il s'est fait ça en mettant le feu aux affaires de sa femme. Il n'a pas d'alibi, et il est notre principal suspect pour de nombreuses raisons. Mais vous savez comme moi qu'une enquête criminelle est une chose complexe, et nous voulons tout verrouiller avant de rendre compte au parquet...

— D'accord, d'accord, dit la mairesse, mais dehors ils commencent sérieusement à s'échauffer. Vous savez comment c'est : il faut toujours aux foules une victime expiatoire. Et là, vous leur en avez offert une sur un plateau : un veuf, un prof, un intello, avec un fils drogué, un type désagréable et pas sociable qui prend les gens de haut et qui s'est mis tout le monde à dos... J'espère pour vous que c'est lui. Parce que sinon dites-vous bien que vous avez foutu en l'air l'existence de ce type, et qu'il aura beau être innocenté, il y aura toujours un connard pour dire qu'il n'y a pas de fumée sans feu...

Elle darda son regard dans celui d'Irène, puis de Servaz.

— Rentrez chez vous, dit Irène à la mairesse, on vous tiendra au courant.

Isabelle Torrès ne bougea pas.

— On a du boulot ici, insista la gendarme. Et passez par la porte de derrière, s'il vous plaît : ce sera plus discret.

L'élue tressaillit comme un cheval qui refuse le mors.

— Il ne sera pas dit que je doive me cacher dans ma propre ville, décréta-t-elle. Levez-moi cette grille. Je sors par-devant.

Irène haussa les épaules, fit un signe au planton.

Servaz admira la façon dont la mairesse s'approchait des portes et de la foule qui s'agitait déjà en la voyant. Elle ne s'était même pas fait accompagner par ses adjoints. Ou alors peut-être que ceux-ci s'étaient dégonflés...

DÈS QU'ELLE eut franchi les portes, une rumeur s'éleva. Isabelle Torrès entrevit des faces hostiles en bas des marches, des regards pleins de fureur, des bouches ouvertes. Elle rentra la tête dans les épaules, se ferma à cette agressivité, descendit les marches et plongea dans la mêlée. Fut aussitôt stoppée par une haute silhouette lui barrant le passage.

Elle leva les yeux vers le visage barbu et énergique de William Guerrand.

— Laisse-moi passer, dit-elle.
— Je vais même t'accompagner, répondit-il.
— Quoi ?
— Ce rassemblement, je n'y suis pour rien, Isabelle. Je n'ai pas voulu cela, les choses m'ont échappé, j'ai perdu le contrôle.

Elle le dévisagea en avançant. Il avait l'air aussi préoccupé qu'elle.

— Si tant est que tu l'aies jamais eu...

Il jouait de ses larges épaules pour leur ouvrir un passage. Autour d'eux, des cris fusèrent, dont certains, clairement injurieux. Guerrand s'énerva.

— S'il vous plaît, pas d'insultes ! lança-t-il.

Isabelle Torrès nota que la réaction de la foule était mitigée. Elle perçut un « Pour qui y s'prend ? » suivi d'un concert de nouvelles récriminations.

— Tu vois ce qui arrive quand on jette de l'huile sur le feu, lui dit-elle.

— Notre colère est légitime, rétorqua-t-il en lui frayant un chemin. Ce pays a trop longtemps été dirigé par des gens qui n'écoutaient pas, qui nous ignoraient... C'est une question de dignité, de justice.

— De justice ? se cabra-t-elle alors qu'ils réussissaient à s'extirper de la nasse pour marcher vers sa voiture qu'elle avait prudemment garée à distance. Les gens comme moi se démènent pour faire avancer les choses, je ne compte pas mes heures, je sacrifie ma vie personnelle, je me bats au quotidien. Tout ça pour récolter des menaces et des insultes ?

— Vous écoutez rien, vous entendez rien.

— Entendre quoi ?

— Vous entendez pas comme ça monte ? La COLÈRE... Comme une grosse vague qui enfle au large, qui approche, une vague faite de milliers, de millions de colères, de rages, d'envies, de haines. Elle va tout emporter : elle va *vous* emporter. Vous devriez écouter... (Il mit sa main autour du pavillon de son oreille en marchant.) Moi, je l'entends, cette vague. Elle approche... Et c'est une sacrée vague.

— William, je suis la maire d'une ville de quatre mille habitants. Pas le président de la République.

— Vous croyez que la Vague fera la différence ? Elle emportera tout ce qui s'opposera à elle, *tout ce qui n'est pas elle.*

— Dans ce cas, votre vague, si elle survient un jour, sera une calamité pour ce pays – un remède pire que le mal... La révolution, c'est un rêve d'artistes, d'acteurs, de chanteurs, d'écrivains, d'idéologues – des gens qui vivent de leurs illusions, qui ne font rien d'autre que rêver, et qui n'ont pas à aller trimer chaque jour pour nourrir leur famille : ceux-là, ce sont des solutions qu'ils attendent, pas des conneries. On n'est pas dans un film...

Elle le vit sourire.

— Il t'a fallu du cran tout à l'heure, je dois bien le reconnaître.

— Est-ce que je rêve ou est-ce que ça ressemble à un compliment ?

— J'ai pas envie de te chiper ton boulot, dit-il. Je sais que c'est pas un job facile. Et j'ai assez de mes propres problèmes...

— Qu'est-ce que tu vas faire ? voulut-elle savoir.
— M'occuper de ma scierie, répondit-il après un temps. Comme tu le sais, elle connaît quelques difficultés… Ce combat n'est plus le mien.
— Ta scierie, elle était là bien avant toi, dit Isabelle Torrès en atteignant sa voiture. Elle fait partie du patrimoine de cette ville. Passe à la mairie. On verra ce qu'on peut faire de notre côté, dans quelle mesure on peut t'aider – si tu n'as pas peur d'être accusé de collusion avec le pouvoir, ajouta-t-elle en le regardant droit dans les yeux.

SERVAZ ESSAYA DE BOUGER. Il sentit aussitôt les courbatures dans son dos. Il s'était allongé sur le banc en ciment de l'une des deux cellules de garde à vue – l'autre étant occupée par Gildas Delahaye – et il essayait de dormir, mais le sommeil se refusait à lui. Trop de pensées parasites. Trop de fièvre sous son crâne.

Il ferma les yeux. Les rouvrit. Se leva. Repoussa la lourde porte vitrée. Sortit dans le couloir.

La gendarmerie était totalement silencieuse. Même les cris dehors semblaient s'être calmés.

Il consulta sa montre. 2 h 03. Il avait besoin d'un café. Il s'avança dans le couloir sombre, où deux néons sur trois étaient déficients, avec l'étrange sensation d'être le seul éveillé.

Il marchait pesamment en direction du distributeur de boissons quand une porte s'ouvrit sur sa droite, le faisant sursauter, et le geek de la SR en jaillit avec sur ses lèvres le sourire d'Alan Turing ayant réussi à déchiffrer les messages codés de la machine nazie Enigma pendant la Seconde Guerre mondiale.

— Ça y est ! Je suis entré. Il faut que vous voyiez ça !
— Entré ? demanda-t-il, l'esprit encore embrumé.
— Dans le site du gamin !

Irène Ziegler surgit presque aussitôt, suivie d'Enguehard. Apparemment, ces deux-là ne dormaient pas plus que lui. Ils avaient même l'air très réveillés. Servaz considéra la machine à café.

— Quoi ? demanda la gendarme.

Le geek lui répéta ce qu'il venait d'annoncer. Servaz vit les yeux d'Irène s'étrécir dans la clarté blafarde du néon.

— Montre-nous, dit-elle.

Il renonça à sa boisson. Momentanément.

DANS LE PETIT BUREAU rugissaient les accents de l'album *World Peace Is None of Your Business*. Le jeune homme coupa le sifflet à Morrissey au milieu d'*Istanbul* : *Oh, Istanbuuul, give me back my brown-eyed son...*

— Désolé, dit-il.

Il s'assit devant son écran, seule source lumineuse de la pièce obscure. Les autres l'entourèrent, debout dans l'ombre. Il ouvrit la page.

De nouveau, la silhouette dans le boyau débouchant sur le paysage nocturne éclairé par la lune, avec la muraille d'arbres noirs cernant la clairière obscure. Servaz pensa à Martin Sheen émergeant du temple dans la jungle à la fin d'*Apocalypse Now*. De nouveau, les minuscules bouches, presque subliminales, esquissant des sourires cruels dans les arbres. De nouveau, les crânes surgissant de l'herbe au cœur de la nuit. Il fut parcouru d'un long frisson glacé.

Puis, sur l'écran noir, la phrase brilla en lettres de feu : *Bienvenue sur Quand les parents dorment*. Suivie de l'injonction : *Entre le mot de passe et rejoins-nous*. Le geek rajusta ses lunettes et tapa le mot de passe. Ziegler fixait l'écran. Servaz aussi, avec la sensation que son cœur cognait plus lentement dans sa poitrine.

Une musique sinistre s'éleva – un essaim vrombissant de voix dans les basses fréquences que Servaz reconnut : le *Requiem* de Ligeti.

Ensuite une carte apparut.

Un plan d'Aiguesvives et des vallées environnantes. Plusieurs emplacements étaient identifiés par de petites icônes et il sentit son pouls s'accélérer : la cascade, la clairière près de l'ancien moulin où l'on avait trouvé Martial Hosier, le lac glaciaire où les secours avaient repéré la dépouille de Kamel Aissani, et même la maison incendiée de Frédéric Rozlan. Il oublia immédiatement sa fatigue.

— Bon Dieu, murmura Ziegler à côté de lui.

Il nota que les icônes étaient de minuscules photos et, quand le jeune homme ouvrit l'une d'elles, celle de la cascade, il sursauta. C'était un cliché de Timothée Hosier attaché sous la chute d'eau. *Vivant…*

Il hurlait de terreur devant l'objectif.

— Putain, chuchota la gendarme en tressaillant.

Servaz sentit tous ses poils se hérisser. L'effroi figeait son sang comme de la glace.

— Et c'est pareil pour les autres, dit le geek d'une voix pleine de frayeur.

Il ouvrit l'icône positionnée sur le lac glaciaire : Kamel Aissani nu, le corps déjà bleu, les yeux agrandis lui aussi, poussant un cri muet. Un éclat de terreur pure dans le regard.

— Et ce n'est pas tout, fit remarquer l'informaticien à voix basse. Regardez, là…

Ce qu'il pointait du doigt, c'étaient, à côté de chaque emplacement, les symboles peints sur les galets : un X et un triangle près du lac glaciaire ; les quatre symboles au complet – un cercle, un triangle, un carré et une croix – à côté de la cascade ; deux galets – une croix et un triangle – là où on avait trouvé le corps de Martial Hosier, et enfin un cercle et un triangle près de la maison de Frédéric Rozlan.

— Attention, les avertit le jeune homme, ce qui suit m'a vraiment foutu un choc, je vous préviens...

Servaz eut l'impression que le silence bourdonnait. Sûrement le sang qui martelait ses tempes. C'était un de ces moments qui, dans les enquêtes les plus difficiles, restent à jamais gravés dans la mémoire. L'un de ces instants où il n'est plus possible de se mentir, de nier que l'univers est fondamentalement mauvais, l'homme lui-même une créature démoniaque.

— Vas-y, montre-nous, souffla Irène d'une voix qui avait perdu toute assurance.

Il cliqua sur l'un des symboles, et une nouvelle page s'ouvrit. Les quatre symboles apparurent : alignés verticalement à gauche, sur un fond d'un noir intense, comme une portion d'espace dépourvue de lumière. En face de chacun, un portrait. Un visage souriant, juvénile, innocent. *Des enfants...* Entre dix et quinze ans, estima Servaz. Son regard glissa sur les jeunes visages et son cœur tambourina, son cerveau se mit à gémir, empli d'effroi : *il en connaissait au moins deux.* Il les avait croisés quelques heures plus tôt.

Mathis et Théo... C'était à eux que correspondaient le cercle et le carré.

— C'est pas vrai, souffla Irène à côté de lui. Putain, c'est pas possible...

Servaz se figea. En regard de chaque portrait et symbole, il y avait un nombre de points obtenus – peut-être en fonction du degré de participation à chaque meurtre... *Un jeu*, songea-t-il.

Il eut l'impression que la pièce s'emplissait de ténèbres, que tout son être se débattait pour se défaire de cette vision. *Cette fois, pas de doute, ils y étaient.*

En enfer...

— CELUI-LÀ, C'EST Benjamin, quatorze ans, dit Gildas, il est en quatrième. Et celui-ci, Valentin, quinze ans. Tous les deux rencontrent des difficultés scolaires. Surtout Valentin. Il a déjà redoublé deux fois. Ils appartiennent à des foyers violents, aux prises avec des différends familiaux.

Servaz regarda Irène : les dossiers chez Gabriela. Valentin comme Benjamin étaient suivis par la psychiatre. Il se remémora ce que cette dernière avait noté à leur sujet : *opposition aux adultes, passages à l'acte hétéro-agressifs, marginalisation, délinquance, transgression des règles, consommation de toxiques*. Elle était bien en deçà de la vérité...

— Pourquoi vous vous intéressez à ces gosses ? Vous avez découvert quelque chose ? demanda le prof.

— Ce sont eux, les deux-roues devant chez vous ? voulut savoir la gendarme sans répondre à la question.

Delahaye hocha la tête.

— Oui... ces deux-là... Ils ont des scooters.

— Parlez-nous de Mathis et de Théo, ils sont aussi vos élèves ?

Il fit la grimace.

— Je vous l'ai déjà dit : ce n'était pas moi, cette nuit-là, avec Théo.

— Ce n'est pas le sens de ma question, dit Irène. Je veux savoir quel genre d'élèves ils sont.

Il les dévisagea d'un air interloqué.

— Pourquoi vous vous intéressez à eux ? leur répéta-t-il.

— Répondez.

— Théo a des résultats en dents de scie... C'est un élève timide. Jusqu'à une date récente, il faisait l'objet de quolibets et peut-être même de harcèlement de la part de certains autres élèves. Mais on dirait que ça s'est calmé dernièrement, qu'il a réussi à s'intégrer...

À quel prix, songea Servaz avec la sensation d'être plongé dans un cauchemar incompréhensible, un rêve absurde.

— Et Mathis ?

— Un gosse brillant, extraverti. Participe beaucoup en classe. Ce gamin est curieux de tout. Et il n'a peur de rien. Mais il a aussi ses... moments sombres... où il se renferme sur lui-même. Et il peut entrer dans des colères noires. Certains de ses camarades ont peur de lui, je crois.

C'est ce qui arrive parfois quand on a une mère peu aimante, se dit Servaz, gagné par la colère.

Il s'était rarement senti aussi affecté par une enquête. *Marianne, maintenant ces gosses...* Il regarda Irène. Combien de temps encore pourraient-ils supporter ça ?

Elle se leva.

— Merci, dit-elle d'une voix exsangue. On va vous ramener en cellule...

Delahaye les dévisagea avec une lueur d'espoir.

— Vous avez du nouveau ? Qu'est-ce que vous avez trouvé ? Pourquoi vous me gardez si vous pensez que c'est pas moi ?

60

2H33

Ils se taisaient.

Peut-être tous, autour de la table, pensaient-ils à leurs petits frères, à leurs enfants qui grandiraient, à leurs neveux, aux fils de leurs voisins ? Comme il pensait à Gustav en cet instant... Toujours est-il qu'ils avaient l'air abattus, sans doute habités par le même sentiment : celui d'avoir touché le fond, atteint l'horreur ultime.

Irène leur avait résumé la situation et personne n'osait prendre la parole. Il est des circonstances où seul le silence est la réponse, se dit-il. Des années plus tard, il se souviendrait de ce moment où ils avaient partagé la même sidération face à l'abominable certitude qu'il n'y avait aucune horreur, aucune monstruosité qui pourrait dépasser celle-là.

Ziegler avait demandé qu'on imprime les portraits des garçons et elle avait scotché sur le tableau blanc les quatre visages souriants, purs, qui n'avaient pas encore acquis leurs traits d'adultes. Servaz eut la sensation déroutante que c'étaient ces visages qui regardaient les membres du groupe, et non l'inverse. Finalement, le besoin d'avancer eut raison de leur gêne.

— Très bien, dit Irène devant le tableau. Nous sommes confrontés à des circonstances tout à fait exceptionnelles et nous devons faire extrêmement attention avant de rendre ces informations publiques. Cette fois, c'est sûr : nous allons être sous le feu des projecteurs. Avant d'appréhender ces... gosses, nous devons tout verrouiller. Pas question de les mettre en garde à vue sans être sûrs à cent pour cent de leur culpabilité. Pas question non plus d'agir comme s'il s'agissait d'adultes : nous marchons sur des œufs.

Elle tapota de sa règle le tableau où les garçons souriaient béatement.

—Pour commencer, quelqu'un autour de cette table a-t-il déjà travaillé sur une affaire de mineurs violents ou coupables d'homicides ?

Ce fut le hipster qui leva la main.

—J'ai effectué un travail là-dessus à l'école de police.

—On t'écoute, dit Irène.

—Il y a environ une centaine de meurtres commis par des mineurs chaque année, commença-t-il, dont environ trente à quarante parricides. La plupart du temps, ces mineurs sont des adolescents. Les cas d'enfants tueurs sont plus rares. On met souvent en avant un milieu familial dysfonctionnel, une addiction aux jeux vidéo violents, voire aux stupéfiants, mais les facteurs favorisants n'expliquent pas tout : on voit parfois dans des familles en apparence banales des enfants qui manifestent des tendances destructrices...

Irène opina du chef.

—Et puis, il y a des enfants plus sensibles que d'autres à certains paramètres familiaux. Une famille dysfonctionnelle ne va pas forcément engendrer un enfant dysfonctionnel, une famille saine ne va pas obligatoirement produire un enfant sain...

—Dans le cas qui nous occupe, dit Irène, il va falloir voir au cours des interrogatoires s'il y a un ou des meneurs. Est-ce que ce sont les garçons les plus âgés qui ont entraîné les plus jeunes ? Je vous rappelle que nous avons affaire à des garçons de quinze, quatorze, douze et onze ans. Ça fait une sacrée différence. Il va nous falloir aussi, bien entendu, un juge d'instruction habilité « mineurs »...

Servaz en conclut que la magistrate qui avait été désignée jusqu'à présent pour mener l'information judiciaire n'avait pas l'habilitation.

— Mais, pour l'instant, on doit d'abord se concentrer sur les enseignements que nous fournit le site web. Si on en croit la carte, les symboles nous indiquent qui était présent à chaque meurtre. Voyons avec la scientifique et avec les éléments dont nous disposons déjà s'ils corroborent cette hypothèse. Il va falloir déterminer qui a vraiment participé. Ont-ils tous mis la main à la pâte ? Ou certains se sont-ils contentés de regarder ? Il est probable que nous devrons les dresser les uns contre les autres au cours des auditions, en suggérant à chacun que ses copains l'ont balancé. Bien entendu, la présence d'un adulte à leur côté va nous rendre la tâche plus difficile. Il faut réunir le maximum de preuves et d'indices avant de les appréhender et de les interroger. Allez-y, je vous écoute : dites-moi tout ce qui vous vient à l'esprit, conclut-elle.

— Les symboles, lança la jeune gendarme aux taches de rousseur. Puisque ce sont des ados, je crois savoir d'où ils proviennent...

Toutes les têtes se tournèrent vers elle.

— Ce sont les symboles présents sur la commande de la PlayStation : une croix, un triangle, un rond, un carré...

Il y eut un silence. Tous devaient se demander pourquoi personne n'y avait pensé plus tôt.

— D'accord. C'est quoi, le mobile ? lança Ziegler.

— Le jeu ? suggéra-t-elle, et Servaz pensa aux points obtenus par chaque garçon.

— Explique-toi.

— Des défis de plus en plus stupides, de plus en plus dangereux. Jusqu'au meurtre... Une fois qu'on a commencé, on ne peut plus s'arrêter. Comme dans le jeu de la Baleine bleue...

— Le quoi ? dit Servaz.

— Le *Blue Whale Challenge*, répondit le hipster. Un jeu pour ados apparu il y a quelques années sur Internet et qui a défrayé la chronique. Il est né en Russie, sur le réseau social VKontakte, avant de se répandre auprès des ados du monde entier, y compris en France. Cinquante défis à relever, au rythme d'un par jour, les premiers faciles – dessiner une baleine, écrire F57 sur sa main, écouter des musiques tristes... –, puis de plus en plus dangereux et destinés à isoler l'adolescent – ne plus parler, se scarifier, se lever à 4 h 20 du matin et regarder des vidéos lugubres quand les parents dorment, monter sur le toit de sa maison, poignarder ses mains, obtenir la date de sa mort... –, jusqu'à l'ultime défi : se donner la mort à la date indiquée.

Servaz se souvenait de cette histoire, à présent. Certains avaient parlé d'une légende urbaine, néanmoins la police et l'Éducation nationale avaient émis des messages d'alerte via Twitter et sur le réseau Éduscol, et une adolescente qui avait tenté de se pendre avait été sauvée de justesse. D'autres ados s'étaient blessés plus ou moins grièvement, et les médias s'étaient emparés de l'affaire.

— Le *Blue Whale Challenge* touchait principalement des jeunes entre douze et quinze ans, expliqua-t-il, l'âge où on veut se prouver des choses, où on est manipulable, où on n'hésite pas à se mettre en danger. Le jeu profitait du mal-être de certains jeunes. Il se jouait avec un tuteur qui vous initiait et vous transmettait les défis via les réseaux sociaux. Dans un tel cas, l'ado se laisse entraîner malgré lui, il y a aussi la pression du groupe : tous ces gens qui l'encouragent et qui appuient sur ses points faibles... Pour une fois, il a l'impression qu'on s'intéresse à lui, qu'il est capable de relever des défis, qu'il vaut quelque chose... Et, une fois qu'il a commencé, il ne peut plus reculer : il a trop peur de se ridiculiser et de décevoir les autres. Isolé, soumis à la pression, il est coincé. S'il n'est pas assez fort pour réagir, il ira jusqu'au bout. Il y a d'autres jeux qui fonctionnent sur le même principe. Le jeu de Mariam, par exemple, en Arabie Saoudite.

Servaz vit un éclat neuf dans les yeux de Ziegler : le hipster avait réussi à capter son attention.

— Très intéressant, admit-elle. Est-ce qu'on pourrait avoir affaire au même genre de fonctionnement : un « tuteur » tapi dans l'ombre, qui manipule ces jeunes ? Qui les pousse à agir en profitant de l'effet de groupe et du mal-être de ces gamins, de leur perte de repères ?

— Ça pourrait, lança une voix.

Ils pivotèrent vers l'informaticien de la SR qui, manifestement, avait suivi la fin de l'échange depuis le seuil de la pièce.

— Je viens de découvrir qu'ils communiquent via la messagerie du site avec une cinquième personne, leur annonça-t-il. Pas de photo, pas de prénom. Juste un pseudo : Discord. À l'évidence, c'est Discord qui leur donne les instructions. Et tout porte à croire que c'est lui qui est à l'initiative de tout ça. J'ignore comment il a réussi à convaincre ces gosses de se livrer à des actes aussi abominables, mais il est possible qu'il les ait… hum… *conditionnés* petit à petit, comme dans ce jeu dont vous parlez… En choisissant effectivement des gamins perdus, vulnérables, plus violents que les autres. Pour le moment, j'essaie de remonter à l'origine des messages. Jusqu'au serveur d'où Discord les a envoyés. Mon programme est en train de mouliner. On devrait rapidement en savoir plus…

Ils demeurèrent silencieux un instant. Chacun pesait les implications de ce qui venait d'être exposé.

— Ce qui veut dire qu'on a bien un autre coupable en puissance, énonça finalement Ziegler pour résumer le sentiment général. Ça change tout.

Elle rejoignit Servaz, qui était resté debout, et l'entraîna à l'écart.

— Je sais ce que tu te dis, qu'on devrait faire appel au Dr Dragoman.

Il revit Gabriela hystérique, le frappant, le menaçant de porter de fausses accusations contre lui.

— Et toi, qu'est-ce que tu en penses ? demanda-t-il.

— Je pense qu'elle a certainement vu les signes avant-coureurs, qu'elle a dû voir que ces gosses représentaient un danger pour eux-mêmes et pour les autres, et pourtant elle n'a rien dit. Je pense qu'on devrait d'abord essayer de s'en sortir sans elle…

Servaz acquiesça.

— En tout cas, fit-elle observer, si les gens qui sont là, dehors, découvrent qu'on s'apprête à libérer Delahaye et à arrêter leurs gosses à la place, ça risque de ne pas leur plaire…

3 H 43

Discord.

Servaz se demanda quel genre d'individu pouvait se cacher derrière ce pseudo. Un autre ado ? Un adulte ? Il éprouvait une profonde impression d'irréalité en cette nuit interminable. Un malaise qui ne le quittait plus.

Il sentit monter la nausée. Il aurait voulu être ailleurs, loin d'ici, à Toulouse, avec Gustav, avec Léa. Il aurait voulu que tout cela ne fût jamais arrivé. Que ces gosses n'eussent jamais été mêlés à ça. Il aurait voulu que le monde fût moins violent, moins inique, moins stupide. Que chacun pût être ramené à la raison.

Il avala sa tasse de café malgré son début de nausée. S'aperçut que sa main tremblait. Il était au bout du rouleau. Physiquement, mentalement. Il n'y avait plus aucune réserve d'énergie, de volonté en lui. Jauge à zéro. Il avait juste envie que ça se termine. Il se demanda si c'était pareil pour Irène.

Il alla pisser. Quand il ressortit des toilettes, un fracas de verre brisé retentit du côté de l'entrée et, en s'approchant de l'accueil, il vit un pavé sur le sol, au milieu des bris de verre.

Presque aussitôt, un deuxième projectile fit exploser une autre vitre et des hurlements de joie s'élevèrent.

— Putain ! s'exclama Ziegler derrière lui.

Il vit qu'une voiture brûlait à une dizaine de mètres. Les flammes crépitaient, dégageant une fumée noire ; elles se reflétaient dans les vitres encore intactes. Des silhouettes dansaient autour. Il sentit l'odeur d'essence des cocktails Molotov et il prit peur.

— Enguehard, appelez les pompiers ! lança Irène. Et sortez les sécuriser quand ils arrivent ! Je demande des renforts !

Elle se rua sur un téléphone. Dehors, les cris avaient repris de plus belle. Une clameur sauvage, guerrière. Il vit Enguehard rassembler ses hommes. On aurait dit une poignée de centurions romains cernés par les Goths dans une forêt germanique. Ils étaient très pâles. Pourtant, ils devaient connaître chacun des individus présents à l'extérieur. Ils leur avaient serré la main plus d'une fois, ils avaient sans doute déjà discuté avec la plupart d'entre eux. Mais la nuit, l'hystérie collective, les esprits qui s'échauffaient mutuellement avaient changé la donne. Il se dit que c'était une nuit où tout était possible. Des deux côtés. Des flics terrorisés ou en colère étaient aussi dangereux que des casseurs déterminés.

Désindividuation de groupe, songea-t-il.

Par une nuit pareille, les gens les plus rationnels perdaient le sens commun.

Puis il se dit que c'était le monde entier qui brûlait. Et cette vallée, cette ville n'étaient qu'une infime fraction de l'incendie général.

Il vit l'informaticien venir vers eux, mais Irène était au téléphone et Enguehard sur le point de jeter ses hommes dans la bataille. Le jeune homme pivota vers lui. Les flammes qui dévoraient la carcasse de la voiture se reflétaient sur son visage alors que Servaz tournait le dos à l'émeute.

— J'ai trouvé d'où sont envoyés les messages de Discord, lui annonça-t-il.

Servaz vit les flammes danser dans ses pupilles dilatées.

— D'où ?

— Bucarest, Roumanie.

Servaz resta un moment sans parler, à le regarder. Puis il consulta sa montre. Dans quelques minutes, il serait 4 heures. *Était-elle en train de dormir ?* Son cœur battait plus lentement tout à coup. Il avait pris sa décision.

— Informe le capitaine Ziegler, dit-il. Beau boulot.

Puis il fila le long du couloir vers l'arrière du bâtiment. Il mit quelques secondes à trouver la sortie de secours. Il poussa la barre horizontale et le battant métallique d'un même mouvement. L'instant d'après, celui-ci se refermait dans son dos en claquant, tandis que la nuit chaude l'enveloppait.

Il était seul.

62

4 HEURES

Le jour allait se lever, mais il faisait encore nuit. Une nuit plus pâle cependant, qui virait au gris au-dessus des montagnes. Les éclairages publics céderaient bientôt la place aux premières lueurs de l'aube.

Il avait rejoint la rue en passant par-dessus le muret d'un jardin voisin, puis en le traversant. Il avait ensuite marché jusqu'au centre-ville : sa voiture était restée devant chez Delahaye depuis le matin, quand il était venu de chez Théo. Ensuite, ils avaient rejoint la gendarmerie à bord du Ford Ranger d'Irène.

À présent, il gravissait les premières pentes au-dessus des toits et les lampadaires s'espacèrent avant de disparaître. Bientôt, le bunker ultramoderne surgit, toutes ses lumières éteintes derrière les baies vitrées, projetant sur les prairies environnantes une ombre menaçante.

Il se gara sur le petit parking. Le Range Rover flambant neuf de Gabriela était là. Il grimpa les larges lames de béton accédant à la terrasse, et il s'apprêtait à sonner quand il vit que la porte blanche était entrouverte sur un intérieur plongé dans l'obscurité.

Il hésita.

Le piège était certes assez grossier : ça sentait son film de série B. Et il n'avait pas d'arme... La psychiatre imaginait-elle qu'il allait entrer là-dedans, tel l'agneau sacrificiel ? Elle devait tabler sur sa curiosité. Ce en quoi elle n'avait pas tout à fait tort.

Ou alors il était arrivé quelque chose...

Il réalisa que son cœur battait la chamade, se retourna pour contempler un instant la vue à couper le souffle, l'aube encore tâtonnante sur la chaîne et la vallée. *Et merde.*

Stupide, stupide...

C'est ce qu'aurait dit Ziegler, pas de doute. Mais il était déjà à l'intérieur. Il évita toutefois de fermer la porte derrière lui.

— ENTRE, MARTIN. On t'attendait.

La voix de Gabriela Dragoman. Calme, posée. Aussi tranquille que si elle l'avait guetté pour prendre son petit déjeuner.

Elle montait de l'obscurité. Puis il s'aperçut que toutes les lumières n'étaient pas éteintes. Qu'il devait y avoir quelque part dans le fond une lampe invisible allumée. Car deux silhouettes se découpaient sur cette lueur vaporeuse comme si elles avaient marché côte à côte au milieu d'une route avec des phares dans le dos. Il reconnut la silhouette du Dr Dragoman.

Une autre femme à côté d'elle...

Il cligna des yeux pour mieux les distinguer. *L'autre silhouette aussi lui était familière.* Il serra les poings, écouta son sang qui se ruait dans les artères, prit une inspiration.

—Je suppose que si tu es là, c'est que tu sais à quoi t'en tenir, lui lança Gabriela du fond de l'ombre.

—Je crois, oui... Bonjour, Marianne.

—Bonjour, Martin.

Il se rendit compte que sa voix avait dérapé au moment de prononcer son prénom. *Marianne...* Il l'avait si souvent fait en pensée pourtant.

— Martin, Martin, souffla Gabriela doucement. Si tiraillé entre son intégrité, son honneur et ses faiblesses. Si déchiré intérieurement. Si tourmenté... Ça ne doit pas être facile tous les jours d'être Martin Servaz, n'est-ce pas ?

Il ne répondit pas, il était toujours assez près de la porte pour pouvoir déguerpir à tout instant.

— Ferme la porte, ordonna la psychiatre. Et je te déconseille de tenter quelque chose : j'ai là un joli petit revolver pour le tir sportif, calibre .22 long rifle, qui ferait de jolis trous dans ta poitrine. Et je m'entraîne deux fois par semaine...

Elle bougea légèrement. Il vit qu'elle ne mentait pas : il y avait une arme au bout de son avant-bras levé vers lui. Il hésita. Combien de chances avait-elle de le toucher ? Il était à moins d'un mètre cinquante de la porte. Mais il lui faudrait d'abord faire demi-tour. Ou alors marcher à reculons. Trop long, trop facile pour elle...

Stupide, se répéta-t-il.

Il savait depuis un moment que ça finirait ainsi. Que la possibilité de voir enfin Marianne était le leurre sur lequel il se jetterait, tout en sachant pertinemment qu'il y avait un hameçon à l'intérieur.

— Reste où tu es, Martin, s'il te plaît, insista Gabriela de la même voix doucereuse qui n'en contenait pas moins une menace latente.

— Alors, Discord, c'était toi, dit-il pour faire diversion. C'est toi qui as manipulé ces gamins, toi qui en as fait des meurtriers...

— Ferme la porte, s'il te plaît.

Il obéit.

— Tu n'as eu qu'à puiser dans ton *vivier*, dit-il en repoussant le battant, dans tes petites fiches pour trouver tes marionnettes... Tu les connaissais si bien... Tu savais exactement sur quels boutons il fallait appuyer... Mais pourquoi avoir fait appel à des gosses ?

— Pourquoi ? Simple. Parce qu'ils sont plus faciles à convaincre que les adultes... Sais-tu, dit Gabriela, que du point de vue statistique les enfants de deux ans sont les individus les plus violents qui existent ? Ils frappent, ils mordent, ils hurlent, ils volent l'enfant d'à côté dans le but de satisfaire leurs désirs et leurs instincts. Et aussi dans celui de tester les limites de ce qui leur est permis. En grandissant, les enfants continuent de tester les limites, certains plus que d'autres... Par exemple, en harcelant les adultes... comme le font les jeunes chimpanzés au sein du groupe. *Parce que leur agressivité est innée...* Bien sûr, pour les amener au meurtre, il a fallu les « déformer » un peu, étape par étape... Mais ce n'est pas si difficile que ça d'amener un enfant, un adolescent ou un jeune adulte à commettre les pires crimes... C'est ce que font les recruteurs de l'État islamique, ce qu'a fait Mao avec ses gardes rouges, ce qu'a fait l'Iran pendant la guerre avec l'Irak... Fondamentalement, n'importe quel enfant a envie de tuer des adultes. Ce qui le retient, c'est la peur des conséquences. Convaincs-le qu'il ne risque rien, que ce qu'il fait n'est qu'un jeu, et surtout que les adultes en question le méritent, et rien ne l'arrêtera. Voilà pourquoi je me suis servie de ces gosses : parce que c'était *facile...* Quand as-tu compris ?

— Il y a une heure, quand on a découvert que le serveur du site était en Roumanie. Ajouté au fait que Valentin et Benjamin étaient tes patients, que tu avais démasqué Marchasson...

— Dragoman, bien sûr... Avec un nom pareil, difficile de cacher ses origines, hein ? Tu es venu seul ?

— Les autres ne vont pas tarder.

— Possible, mais ils arriveront trop tard... Nous aurons rendu la justice avant et toi, toi tu...

— Mathis et Théo, dit-il à la fois parce qu'il voulait savoir et pour gagner du temps, ils n'étaient pas tes patients... Pourquoi eux ?

— J'ai demandé à Valentin et à Benjamin, via « Quand les parents dorment », de trouver deux autres « recrues ». Enfin, c'est Discord qui le leur a demandé. Parce que, bien entendu, ils ne savent pas que Discord est leur psy... C'est eux qui ont choisi Mathis et Théo. Bien sûr, je les avais briefés avant, je leur avais expliqué quel genre de *profil* il fallait rechercher...

— Le site, comment ils l'ont découvert ?

— Le plus simplement du monde : je leur ai envoyé un lien sur leurs réseaux sociaux préférés, qui les renvoyait vers lui. Avec le mot de passe. Et l'interdiction d'en parler à qui que ce soit, l'obligation de garder le secret. Je savais que la curiosité serait la plus forte. Et les gosses adorent les secrets. Tout avait été calibré pour les rendre captifs. Et une fois qu'ils ont pris goût au site, Discord est entré en scène... C'est un ami informaticien, en Roumanie, qui l'a mis au point. Peut-être l'ignores-tu, mais les Roumains sont les champions d'Europe d'Internet, aussi bien pour la vitesse de connexion que pour le niveau de leurs développeurs. Tu savais que la deuxième langue parlée chez Microsoft après l'anglais est le roumain ? Le monde change tellement vite...

— Lesquels ont tué ? voulut-il savoir.

— Tous. Ils ont *tous* participé. Ils ont *tous* aidé à attacher Timothée, à le placer sous la cascade... Ils l'ont *tous* regardé mourir.

Il se souvint qu'il y avait quatre symboles sur la rive près de la chute d'eau.

— Et pour les autres ?

— C'est Benjamin et Valentin, les plus grands, qui ont suivi Aissani dans la montagne. C'est eux aussi qui ont tué le père Hosier. Mais c'est Valentin et Mathis qui ont cramé Rozlan.

Le cercle et le triangle près de la maison de ce dernier... Il eut l'impression que les ombres vacillaient autour de lui, que tout se mettait à tourner. *Mathis...*

— Et l'autre nuit, dans la forêt, qui était avec Théo ?
— Valentin... Il a quinze ans, mais il chausse déjà du 42. Théo n'a pas voulu le dénoncer. Il avait bien trop peur. Alors, il a préféré dénoncer son professeur...
— Et c'est toi qui as appelé Hosier pour l'attirer jusqu'au moulin, bien sûr, se souvint-il. *Une personne qu'il ne pouvait soupçonner...* Pourquoi tout ça ? demanda-t-il soudain. Dans quel but ?

Il vit *l'autre* silhouette s'avancer vers lui, et il avala sa salive.
— Tu n'as toujours pas compris, alors ?

La voix de Marianne... Il se raidit. Cette voix : il ne l'avait pas entendue depuis huit ans, le coup de fil nocturne excepté, et pourtant il avait l'impression que c'était hier. Il savait qu'il s'agissait d'une illusion : c'était la voix d'une personne venue d'une époque lointaine, révolue. Une époque maudite.

Dans le silence qui suivit, il la regarda. Elle fit un pas de plus et son beau visage sortit des ombres. Tout proche du sien. Trop proche. Presque identique à son souvenir. Un peu amaigri peut-être, un peu flétri. Mais les traits demeuraient les mêmes. Ou peut-être était-ce la pénombre qui les adoucissait ? Les grands yeux, eux, se détachaient comme deux billes d'opale et le fixaient. Il avait oublié combien ce visage était capable de l'émouvoir, de l'anéantir au premier coup d'œil. Il sentit une onde sismique le traverser, une fois de plus, magnitude 7 sur l'échelle de Servaz. Un tremblement de terre intérieur.

Son cœur se bloqua. L'instant d'après, il put sentir chacun de ses coups frappés dans sa poitrine, lourds, puissants. Comme si, soudain, il était plus vivant qu'il ne l'avait été depuis des années.

Puis il pensa à Léa. Se dit que ce n'était pas vrai. Que Léa était *vivante*. Que Gustav était *vivant*. Marianne, un *fantôme*.

— Serre-moi contre toi, dit-elle en s'approchant encore. Prends-moi dans tes bras, s'il te plaît, Martin… Il y a si longtemps que j'en ai envie.

Il pouvait sentir son parfum à présent. Et sa mémoire olfactive fit surgir des images du tréfonds de sa mémoire : intactes, lumineuses, chatoyantes.

La gorge serrée, il ouvrit ses bras.

Elle se pressa contre lui – et il eut son corps chaud, ses seins contre son torse, à travers le pull-over. Il oublia l'arme que tenait la psychiatre. Il oublia le danger. Il oublia tout. Une larme roula sur sa joue.

— Tu n'as pas compris, Martin, murmura-t-elle dans son oreille, que ces hommes sont morts parce qu'ils m'avaient fait du mal…

Elle avait passé ses bras autour de lui. Elle appuyait son front contre son épaule. Il posa ses mains au bas de son dos. Vit que Gabriela aussi s'était avancée, bien qu'elle restât à une distance prudente, l'arme pointée.

La psy tenait une cigarette dans sa main libre. De temps en temps, elle la portait à ses lèvres et le bout rougeoyait.

— Quand j'ai reçu Marchasson en séance, dit-elle, j'ai très vite compris que ses fantasmes étaient *réels*, qu'il y avait bien une femme enfermée dans sa cave… J'aurais pu appeler la police mais, comme te l'a sans doute dit Devernis, je hais les hommes, je les déteste. Je les trouve globalement insignifiants, méprisables et vains. Alors, un soir, incognito, j'ai rendu une petite visite à Marchasson. Ce con a cru que je voulais baiser. Tu parles… Un gros porc répugnant comme lui…

Il se fit la réflexion que si elle tirait maintenant, ce serait Marianne qui prendrait la balle, qu'elle lui servirait de bouclier.

— J'ai sorti mon arme et je l'ai forcé à ouvrir sa cave, j'ai découvert Marianne en bas, prostrée sur son matelas. Ensuite, j'ai obligé Marchasson à monter à l'étage et j'ai dit à Marianne de le pousser dans l'escalier. Il est tombé en arrière. Tu connais le résultat.

Il n'écoutait que d'une oreille. Il guettait le bruit des sirènes dans l'aube naissante, de l'autre côté de la porte. Mais il n'entendait que le silence.

—J'ai ramené Marianne ici, je l'ai soignée, nourrie, jour après jour, et elle m'a tout raconté. Comment ces hommes embauchés par ce Suisse l'avaient séquestrée, comment Aissani avait installé la caméra, le système de surveillance, d'abord dans le premier lieu où Hirtmann l'avait détenue, ensuite chez Marchasson, comment cette ordure de Martial Hosier avait mis Gustav au monde – et avait violé sa mère ensuite... *Tous complices d'Hirtmann. Recrutés par lui, payés par lui.* Et nous avons décidé que quelqu'un devait les punir, quelqu'un devait faire justice... J'ai compris que c'était ma mission d'aider Marianne, que *c'était le destin qui l'avait placée sur ma route.* C'était à moi et à personne d'autre de faire en sorte que ces hommes soient punis et, à travers eux, tous les hommes comme eux... « La peine du péché est une question de rigoureuse justice » : Thomas d'Aquin.

—Je ne te savais pas si religieuse.

—Nous avons passé des heures à discuter avec l'abbé. Paix à son âme. Et, bien que je sois athée, je me sens plus près de la justice divine que de celle des hommes, et surtout des décrets d'une bureaucratie inefficace. On n'est jamais mieux servi que par soi-même, pas vrai ? Marianne s'était confessée à l'abbé, soit dit en passant. Elle lui avait donné cette liste. Elle lui avait expliqué que c'était une liste d'hommes mauvais. Elle lui avait dit que ces hommes paieraient pour ce qu'ils avaient fait. Elle voulait que quelqu'un sache – et elle savait qu'il était tenu par le secret de la confession.

— Est-ce qu'on sait comment Hirtmann les a recrutés ? demanda-t-il.

— Pas vraiment. Après s'être échappé de l'Institut Wargnier[1], il semble qu'il ait séjourné quelque temps dans la région, alors qu'on le croyait loin.

Servaz se souvint de Marsac, du Suisse qui attendait dans l'ombre le bon moment pour frapper – et enlever Marianne[2].

— C'est en ce temps-là, poursuivit-elle, qu'il a dû faire la connaissance d'Hosier père, d'Aissani, de Marchasson... Il a apparemment un sixième sens pour démasquer les gens, deviner ce qui se cache sous le vernis de civilité et repérer les êtres comme lui : les prédateurs, les sadiques, les tordus... Il a dû les suivre, les observer, se renseigner sur eux. Ensuite, il lui était facile, avec son charisme et ses connaissances sur chacun d'eux, de les manipuler, de les recruter... Mais ce ne sont que des hypothèses...

— Et Timothée ? Et Rozlan ?

— Timothée n'est mort que pour attirer ses parents dans cette vallée : *il a servi d'appât*. Qu'il ait séjourné à l'Institut Wargnier après le meurtre de sa sœur à l'époque où Julian Hirtmann s'y trouvait aussi n'est que pure coïncidence. Ils ne sont pas si nombreux, les établissements de ce genre dans la région. Je reconnais que les gosses se sont bien amusés avec lui sous la cascade... Rozlan, on l'a payé pour faire sauter la montagne. Vous étiez sur la piste de la carrière, des explosifs... Tôt ou tard, vous auriez fini par remonter jusqu'à lui. Voilà. Mais il en reste encore un... Un qui n'était pas sur la liste...

— Qui ? demanda-t-il, la gorge sèche.

Il se figea. Il connaissait déjà la réponse. C'était une question rhétorique. Une question pour grappiller des secondes.

---

[1]. Voir *Glacé*, XO Éditions et Pocket.
[2]. Voir *Le Cercle*, XO Éditions et Pocket.

— *Toi*, Martin, murmura Marianne. Toi dont j'ai écrit le prénom sur la vitre.

Son souffle dans son oreille, comme la caresse furtive d'une aile de corbeau. Il eut la chair de poule, tout à coup. Son cœur battait dans ses carotides.

— Toi qui, pendant huit ans, m'as abandonnée, toi qui, avec la complicité d'Hirtmann, m'as volé Gustav, toi qui as envoyé Hugo en prison[1]... Toi qui aurais pu remuer ciel et terre et ne l'as pas fait. *Tu m'as trahie*, Martin. Et je suis sûre que tu n'en as même pas conscience. Tu es encore plus coupable qu'eux. Car tu étais la seule personne qui aurait pu me sauver...

Il sentit son alarme intérieure se déclencher, alors qu'il la tenait toujours contre lui, comme un bouclier. Et s'il essayait d'ouvrir la porte dans cette position ? Mais jusqu'où irait-il sans arme ? La tension l'empêchait de respirer.

— Une fois que tu seras mort, je récupérerai Gustav, poursuivit Marianne près de son oreille. Et Hugo doit bientôt sortir. Nous reformerons une *famille*... Enfin.

— Ça n'arrivera pas. La police est déjà sur vos traces. Dès qu'ils auront compris où je suis, ils vont...

Il leva très lentement une main en arrière, vers la poignée de la porte. Tressaillit. Une brûlure soudaine dans son cou. Un feu liquide dans ses artères. Il la repoussa violemment. Porta la main à son cou. Vit la seringue dans celle de Marianne, à bout de bras.

Il craignit un instant qu'elle eût laissé exprès une bulle d'air – qui allait provoquer une embolie, un accident vasculaire cérébral.

Mais non : bien qu'elle n'ait pas eu le temps de vider toute la seringue, la drogue atteignait déjà son cerveau, et il se sentit partir. Le sol se souleva à sa rencontre, mais sans doute était-ce

---

1. Voir *Le Cercle*, XO Éditions et Pocket.

lui qui tombait, tombait dans le néant, la nuit, l'inconscience. Quand il heurta le sol, il avait déjà perdu connaissance.

À LA GENDARMERIE, Irène Ziegler raccrocha et se tourna vers Enguehard.

— Qu'est-ce qu'il y a ?

— Il a trouvé d'où proviennent les messages de Discord, dit le gendarme en montrant le geek à côté de lui.

Irène pivota vers celui-ci.

— D'où ?

— D'un serveur en Roumanie…

Elle parcourut la pièce du regard.

— Où est Martin ? demanda-t-elle.

— Quand je lui ai dit d'où venaient les messages, il m'a demandé de vous informer et il a filé, répondit le geek.

— Quoi ?

5 HEURES

Réveil. Il ouvre les yeux. La salle. Un temple de roche, de silence et d'ombre. Vingt mètres de long. Dix de haut. Blocs rocheux galbés, murailles verticales, d'un ocre pâle dans la lueur des lampes, sombres ailleurs. Grands éboulis de pierre. Stalactites. Et lui allongé au centre de cette planète hostile. Il lui faut un peu de temps pour se faire une idée des lieux. Si vastes, si étranges.

Est-il homme, est-il animal en cet instant ? Pris au piège dans le silence minéral. L'eau qui ruisselle quelque part, cependant. C'est beau à voir, mais aussi froid, pur, inhumain, ce lieu d'où la lumière est éternellement absente.

Il a terriblement mal au crâne.

Le réseau Trombe. Cent dix-sept kilomètres de galeries, de salles, de puits. Il est là, au cœur de ce labyrinthe. Mais ce n'est pas Delahaye qui lui fait face.

Il scrute les visages des garçons. Ces visages juvéniles, mal définis, angéliques, que l'âge adulte n'a pas encore sculptés. Impénétrables. Ils sont debout autour de lui, qui est allongé à leurs pieds, à même la roche calcaire, poignets et chevilles liés. Leurs regards clairs, impassibles, dépourvus d'émotion, posés sur lui.

Valentin, Benjamin, Mathis et Théo...

Tous les quatre. Croix, triangle, cercle, carré... Il frissonne.

— Faut se magner, dit Benjamin. Il est déjà 5 heures. Mes vieux vont pas tarder à se réveiller…

Ses paroles sont renvoyées par l'écho : « réveiller »… « veiller »… « eiller »… La vaste grotte fait caisse de résonance.

Ils lui tournent alors le dos, s'éloignent, marchent vers l'un des éboulis, se baissent. Il entend des bruits de grosses pierres qu'on remue, qui s'entrechoquent.

Lorsqu'ils reviennent vers lui, chacun a une pierre de plusieurs kilos entre les mains. Il a l'impression que son sang se fige, que ses couilles remontent dans sa gorge. Les cordes qui entravent ses poignets et ses chevilles lui font mal, cisaillent sa peau.

— C'est celui qui lui éclate la tête qui gagne le plus de points, rappelle Valentin. C'est ce qu'a dit Discord.

Il avale sa salive. *C'est un cauchemar, il va se réveiller.*

— Moi, je fais les jambes, dit Théo, le plus jeune, d'une voix ténue, presque gémissante.

— Ça rapporte que dalle, les jambes, fait remarquer Benjamin.

Il se sent mal. Sous son dos, le calcaire est dur. Il a envie de pisser tout à coup. Il tire sur ses liens, mais ils sont noués serrés. Il est en nage. Son cœur tape comme s'il voulait s'échapper de sa cage thoracique.

Il note que Mathis évite de le regarder ; qu'il garde le silence, un gros morceau de roche entre les mains, plein d'arêtes qui vont fendre sa chair, briser ses os, faire éclater ses organes internes.

— Mathis, dit-il.

Un silence dans la vaste chambre funéraire qu'est devenue pour lui la caverne.

— Mathis, répète-t-il d'une voix qu'il veut à la fois amicale, paternelle et forte, regarde-moi.

« Regarde-moi »… « garde-moi »… « moi »…

— Ferme ta gueule ! le coupe abruptement Valentin. Ne l'écoute pas, Math : il essaye juste de gagner du temps.

— Mathis, regarde-moi.

— Ne l'écoute pas ! C'est une pourriture comme les autres. N'oublie pas ce qu'a dit Discord...

« Discord »... « iscord »... « cord »...

— Vous voulez dire le Dr Dragoman...

— Quoi ? dit Valentin.

— Ah, vous ne savez pas, alors ? Discord, c'est le Dr Dragoman, votre psy...

Ils se taisent, puis baissent les yeux vers lui. Tous sauf Mathis.

— C'est des conneries, crache Benjamin. Tu viens d'inventer ça.

« Inventer ça »... « venter ça »... « ça »...

Il lève les yeux vers celui-ci.

— Benjamin, quatorze ans, *transgression des règles établies, colères fréquentes, irritabilité, consommation de cannabis, famille alcoolique, père antisocial, violences conjugales, échec scolaire.* Voilà ce qu'elle a écrit sur toi.

— Ferme ta gueule !

— À votre avis, comment Discord fait-il pour vous connaître aussi bien ? Qui a-t-il contacté en premier ? Mathis et Théo ? Ou bien toi et toi ? dit-il en regardant les deux grands. C'est-à-dire, comme par hasard, ses deux patients... Et je me trompe ou c'est vous deux qui avez recruté Mathis et Théo, pas l'inverse ?

Un silence.

— Je me trompe ?

— Ferme-la ! rugit Valentin en lui décochant un coup de pied dans le flanc, et il sent ses côtes flottantes céder sous l'impact, en même temps qu'une décharge électrique court de ses côtes à l'épaule.

— Discord, c'est elle ! Elle vous a manipulés ! lâche-t-il en toussant.

Il reçoit un nouveau coup de pied, grimace.

— Ce n'est pas ce que vous croyez... Elle vous utilise pour...

Un autre coup de pied.

—Putain! Pour se débarrasser de certaines personnes! C'est Discord qui vous dit qui tuer et comment, pas vrai? Mathis, regarde-moi!

—Ta gueule, putain! hurle Valentin. Tu vas la fermer? Que ce soit elle ou pas, ça change rien!

Secoué, épuisé, il se tortille au sol pour parer les coups.

—Si! Ça change tout, au contraire! leur crie-t-il. Discord vous a menti, Discord se sert de vous!

—Finissons-en, dit Benjamin en levant sa pierre haut au-dessus de sa tête.

—OÙ SONT-ILS? rugit Irène, penchée sur le Dr Gabriela Dragoman, comme si elle s'apprêtait à lui arracher le visage à coups de dents.

Assise sur l'une des chaises transparentes du coin bureau, la psychiatre sourit à la gendarme d'un air imperturbable. Elle avait trouvé le moyen de croiser les jambes et de garder le torse droit malgré les menottes dans son dos.

—Si vous commenciez par me dire de qui vous parlez, je pourrais peut-être vous aider…

Le visage de Ziegler se trouvait à moins de cinquante centimètres du sien.

—Où sont Valentin, Benjamin, Mathis et Théo? Où est le capitaine Servaz? hurla-t-elle.

—Vous devriez vous calmer un peu, la colère est mauvaise conseillère. Et évitez de me postillonner dessus.

Enguehard vit que Ziegler se retenait de flanquer une beigne à la psy. Ses yeux lançaient des éclairs.

—On a réveillé leurs parents: *les enfants sont absents…* Ils devraient dormir à l'heure qu'il est, mais ils ne sont pas dans leurs chambres… OÙ SONT-ILS?

— Vous m'avez passé les menottes, j'exige la présence de mon avocat.

La voix de Gabriela toujours aussi froide, dépourvue d'affect.

— Vous n'avez pas le droit de m'interroger hors la présence de mon avocat, rétorqua-t-elle, impassible.

Ses yeux clairs défiaient ouvertement la gendarme. Irène ne comprenait pas son assurance. Perdu pour perdu, elle semblait prête à laisser les garçons tuer Martin… Ou alors elle se disait que personne ne pourrait la relier aux gamins – et donc aux meurtres, une fois Martin éliminé. Qu'un site web localisé en Roumanie n'était pas une preuve… *Elle est cinglée*, songea Irène. *Cinglée… À toi de l'être tout autant ma vieille… Sinon Martin va mourir…* Elle marcha vers un des grands tableaux de crucifixion, sortit un briquet. Pour la première fois, les traits de la psychiatre s'animèrent un peu.

— Vous n'oserez pas, dit-elle en lui décochant un regard méprisant.

La flamme jaillit du briquet, près de la toile.

— Qu'est-ce que vous faites ? Vous ne pouvez pas faire ça… C'est une œuvre d'art, merde !

La flamme se rapprocha encore du tableau.

— Vous faites une énorme erreur…, dit la psychiatre, mais sa voix avait perdu en assurance.

Enguehard se dit qu'Irène bluffait, qu'elle n'oserait pas – mais quand il vit la flamme du briquet lécher le bas de la toile, il lâcha un :

— Irène !

— Vous êtes malade ! glapit Gabriela. Vous n'avez pas le droit !

La femme crucifiée du tableau s'embrasa à la manière d'une torche, ses seins plantureux dévorés par les flammes, comme si elle était une sorcière sur le bûcher. L'instant d'après, l'alarme incendie se déclenchait.

FOND NOIR des galeries. Salle incendiée par les lampes. Froid glacial dans ses veines. Couché sur le sol calcaire. Il lève les yeux. Il attend la fin.

— Qui commence, cette fois ? demande Valentin.

— Mathis, c'est ton tour, dit Benjamin.

Servaz fixe Mathis, qui fixe la pierre entre ses mains.

— Mathis, dit-il, tu n'es pas obligé… Je sais que tu n'étais pas dans la montagne, que c'est Valentin et Benjamin qui ont tué Aissani…

— Ta gueule ! dit Valentin et, pendant un instant, il a peur que le garçon lui explose le crâne sans plus attendre.

— Tu n'étais pas là non plus quand le vieux Hosier est mort…

— Il m'a aidé à attacher cet enculé de Rozlan ! gueule Valentin. Et il a regardé Timothée mourir ! Il est pas plus innocent que nous !

— Mathis, insiste-t-il, regarde-moi…

— Vas-y, Math, c'est à toi de commencer ! lance Valentin. Ne l'écoute pas !

— Non, pas lui, dit brusquement Mathis.

— Quoi ?

— Lui, il n'est pas comme les autres. Il n'est pas méchant.

— Discord l'a désigné, réplique Valentin. Ça veut dire qu'il est comme les autres. Vas-y…

— Discord ment, lui répond Mathis.

— Il nous a vus, il sait pour nous, il doit mourir, putain ! intervient Benjamin.

— Ouais, renchérit Valentin. Défonce-lui le crâne !

— Discord nous a menti, répond-il.

— Et après ? Qu'est-ce que ça change ?

— Non, dit fermement Mathis. Je le ferai pas.

— Alors, c'est moi qui vais le faire, dit Valentin en élevant sa pierre.

Mais Mathis se place entre eux et Servaz.

— On peut pas faire ça, insiste-t-il.

— Et tu vas faire quoi ? rétorque Benjamin. Nous en empêcher peut-être ? Pousse-toi de là...

Mathis ne bouge pas. Valentin s'apprête à l'écarter quand, soudain, le jeune garçon le frappe sur la joue avec sa pierre. Valentin sursaute, yeux écarquillés. Servaz voit le sang couler comme de la peinture rouge sur sa bouche et son menton ; il sent la fureur qui monte en lui. L'instant d'après, l'ado s'est jeté sur Mathis et les deux garçons roulent à terre.

Les autres hésitent.

Leurs regards vont de Servaz aux garçons. Des garçons à Servaz... La lutte est brève. Valentin a rapidement le dessus et il se redresse, laissant Mathis au sol, en larmes.

— Donnez-moi cette pierre ! rugit-il.

Trois pas et il est debout devant Servaz. Il attrape la pierre que lui tend Benjamin, en fixant le flic d'un air mauvais, la bouche tordue. S'approche encore. Contourne les pieds du flic. Sans doute veut-il frapper à la tête. L'instant que choisit Servaz pour effectuer un balayage horizontal avec ses deux jambes liées ensemble, fauchant Valentin à hauteur des chevilles. Une sorte de prise de judo, d'okuri-ashi-barai peu conventionnel. Valentin perd l'équilibre, tombe sur Théo, pendant que Benjamin lève sa pierre pour frapper le flic, lequel a déjà roulé sur lui-même pour lui échapper. Déjà, l'adolescent marche vers lui, tandis que Valentin se relève, furieux.

— Laisse-le-moi !

Mais Servaz a détendu ses jambes repliées comme un ressort en direction des tibias de Benjamin. Loupé. Le gamin a esquivé. Il balance sa pierre qui heurte la joue gauche du flic. Servaz a la sensation que sa pommette explose. Des étoiles blanches devant ses yeux. Vision floutée. Il entrevoit Valentin qui approche. Goût du sang dans sa bouche. Recherche fiévreuse, désespérée, d'une dernière parade. Une pensée en conclusion : c'est terminé.

Soudain, le téléphone de Mathis retentit dans sa poche. Un message.

—Putain ! Math ! On doit éteindre nos téléphones ! Ça fait partie des règles ! beugle Benjamin.

De nouveau, le téléphone de Mathis retentit. Un nouveau message. *Ils sont tout près de la surface*, se dit-il. *La sortie doit être à quelques mètres à peine... Sinon ça ne passerait pas...*

—Math, bordel ! Éteins ce putain de téléphone !

Encore un autre...

Mathis se redresse, essuie le sang sur son visage, sort son téléphone et, au lieu de l'éteindre, ouvre les messages.

—Math ! Qu'est-ce que tu fous ?

Ne fais pas ça. Mathis je t'en supplie. Arrête tout. Papa

Mathis a blêmi. Il lit le message précédent.

Où êtes-vous ? Tout le monde vous cherche. On sait tout. Papa

—Ils nous cherchent, dit-il en regardant les autres. Ils... savent que c'est nous.

—Quoi ?

—C'était mon père... Ils nous cherchent : les parents, les gendarmes...

Aussitôt, les uns après les autres, ils posent leurs pierres, sortent leurs téléphones, les allument. Les appareils se mettent à carillonner. Des messages, encore des messages... Ils doivent être tout près de la surface, près d'une antenne-relais, pas possible autrement, se répète-t-il.

—C'est fini, dit-il. N'aggravez pas votre cas.

Mais ils ne l'écoutent pas.

Ils fixent l'écran de leurs téléphones. Ils l'ont oublié. Ils sont retournés dans leur monde virtuel, leur *vrai* monde à eux... Soudain, une voix s'élève.

— C'est terminé ! Reculez ! Éloignez-vous de lui ! Reculez !
La voix d'Irène. Reprise par l'écho.

Ziegler pénètre dans la caverne, accompagnée d'Enguehard. Il voit Valentin prendre ses jambes à son cou dans la direction opposée. Mais il est aussitôt arrêté par deux gendarmes qui viennent d'apparaître et bloquent l'autre issue.

Irène range son arme, court vers lui tandis que les pandores passent les menottes aux gosses. Théo pleure, Valentin et Benjamin ont le visage fermé. Mathis le regarde enfin – et Martin voit que ses yeux rouges et larmoyants sont infiniment tristes. *Qu'il s'est réveillé. Qu'il est de retour dans le monde réel.*

— Martin, ça va ? demande Irène en s'accroupissant près de lui.

— Oui, oui... ça va.

Il suit des yeux Mathis qui s'éloigne, emmené par les gendarmes. Se demande si le gosse va se retourner une dernière fois pour le regarder, mais il n'en fait rien. Irène essaie de défaire les nœuds. Elle finit par trancher les liens avec un couteau.

Il se relève lentement, agite ses jambes pleines de fourmis, masse ses poignets douloureux.

— Comment vous m'avez trouvé ?

— On a été chez Gabriela, mais elle a refusé de parler, même quand j'ai cramé ses tableaux...

— Tu as quoi ? dit-il, incrédule.

— Il y avait urgence... On savait que tu étais en danger... Et puis, je me suis souvenue des emballages de bonbons à l'entrée de la grotte, l'autre fois, tu te rappelles ?

— Marianne ? demande-t-il, le cœur dans la gorge.

— On l'a trouvée dans la maison de Gabriela. Prostrée. Elle est examinée par un médecin en ce moment même. Ne t'en fais pas, Martin, elle a l'air d'aller bien. En tout cas, sur le plan... physique.

Il la considère d'un air hagard.

— Que veux-tu dire ?

— Elle doit être examinée par un psychiatre... On va l'hospitaliser.

Il hoche la tête. Puis, spontanément, la prend dans ses bras.

— Merci, dit-il.

— Tu n'aurais pas dû filer à l'anglaise comme ça, souffle-t-elle en se serrant contre lui. Il paraît qu'il y en a au moins pour 250 000 euros de toiles parties en fumée. Imagine si je dois rembourser...

Il la serre plus fort.

— Ça aurait pu être pire : tu aurais pu foutre le feu à toute la fichue baraque.

Il a l'impression qu'ils pourraient rester comme ça pendant des heures, enlacés, à prononcer des phrases inutiles qui n'ont d'autre but que de faire savoir à l'autre combien il est important.

64

10 HEURES

Il faisait un temps radieux en ce lundi matin quand, après avoir été examiné par un médecin et être rentré à l'hôtel prendre une douche, il reprit le chemin de la gendarmerie. Le soleil qui caressait les montagnes était déjà chaud, et la lumière lustrale qui inondait les rues semblait vouloir faire oublier les derniers événements.

Pourquoi pas ? À une époque où une information chassait l'autre et où la capacité de concentration et de mémorisation s'amenuisait de jour en jour, les meurtres d'Aiguesvives seraient vite remplacés par une autre affaire, un autre scandale.

Mais lui n'oublierait pas. Ni Ziegler. Ni Enguehard. Ni les familles de ces gosses. *Ni les garçons eux-mêmes...*

Aussi avait-il la gorge un peu nouée lorsqu'il pénétra dans la gendarmerie et demanda à *le* voir seul à seul. Des journalistes attendaient à l'extérieur. Ils étaient arrivés les uns après les autres, par hélicoptère, de Toulouse mais aussi de Paris, quand la nouvelle s'était répandue que l'affaire des meurtres d'Aiguesvives était résolue et surtout que les coupables étaient quatre gosses. Deux chaînes d'info avaient même dépêché leurs correspondants, qui montaient la garde devant la gendarmerie.

En grimpant les marches, il se retint de grimacer à cause de la douleur dans ses côtes, franchit les portes vitrées, remonta le couloir. Irène lui jeta un regard circonspect. Elle avait donné son accord quelques heures plus tôt, mais elle paraissait le regretter déjà.

—Ça ne te dérange pas si on filme ? dit-elle. Au cas où un baveux voudrait utiliser cet entretien pour foutre en l'air toute la procédure... On n'est jamais trop prudent...

Il acquiesça, mâchoires serrées. Il se demanda dans quel état il allait trouver Mathis.

—Un quart d'heure, pas plus... Et tu ne lui poses aucune question sur les meurtres... Tu ne lui parles pas de l'enquête... Tu ne cherches pas à obtenir des éclaircissements... Tu n'as pas le droit de le faire en l'absence d'un représentant légal, et celui-ci n'est pas encore arrivé, tu m'entends ? En fait, tu ne devrais même pas lui parler, vu que tu es suspendu...

Il le savait : un mineur de moins de treize ans ne pouvait être mis en garde à vue. Dans certains cas exceptionnels cependant, la police était autorisée à retenir l'enfant pendant une durée maximale de douze heures. Et jamais hors la présence d'un avocat. De plus, l'audition devait être enregistrée.

—J'ai compris. Enregistrez tout. Au cas où le gamin vendrait la mèche. Et si ce n'est pas le cas, oubliez que je lui ai parlé...

Irène le conduisit au bout du couloir, ouvrit une porte. Mathis était assis sur une chaise, derrière un bureau. Il avait les yeux baissés. Il les leva quand Servaz entra dans la pièce et ce dernier vit qu'ils étaient rouges et gonflés, mais il surprit aussi une brève lueur dans son regard. Dans un angle, une caméra les filmait.

—Je peux m'asseoir ? demanda-t-il.

Le garçon acquiesça d'un signe de tête. Pour se donner du temps, Servaz but une gorgée du café infect qu'il s'était servi au distributeur en arrivant.

—Mathis, commença-t-il, autant à l'intention de la caméra que du garçon lui-même, je ne suis pas là pour te poser des questions, ni pour te demander ce qui s'est passé ; je ne vais pas aborder l'enquête en cours ni t'interroger sur quoi que ce soit en rapport avec elle, et je ne te demande pas non plus de me parler mais de m'écouter : *c'est moi qui vais parler*, d'accord ? Te parler de *toi*, de *ton avenir*.

Il vit que cette entrée en matière avait réussi à capter l'attention du gamin : le mot « avenir » sans doute...

— Je suis là pour te dire que, quoi qu'il arrive, tu n'iras pas en prison, que ton monde ne va pas s'écrouler du jour au lendemain, mais qu'il y a toujours un prix à payer, tu comprends ?

Derechef, le garçon hocha la tête. Plein d'une réserve, d'une retenue que Servaz ne lui connaissait guère. Et avec ça, toujours la même tristesse dans le regard.

— Valentin et Benjamin iront sûrement en prison... Mais toi, tu ne peux pas y aller, parce que tu as moins de treize ans : les mineurs de moins de treize ans ne peuvent pas être incarcérés, quoi qu'ils aient fait, tu comprends ?

Servaz songea qu'il y avait en moyenne 60 000 mineurs poursuivis chaque année dans ce pays. Parmi ceux-ci, plus de la moitié avaient entre seize et dix-sept ans, et 40 % environ entre treize et quinze ans.

— Tu iras peut-être dans un centre éducatif fermé, tu seras éloigné pour un temps de tes parents, tu devras te soumettre à des obligations, à des tâches, à une discipline...

Il vit que cette nouvelle ne l'affectait pas particulièrement, en tout cas guère plus qu'il ne l'était déjà. Il semblait étonnamment peu ému par la perspective de ne plus voir ses parents. Et ce constat serra le cœur de Servaz – qui pensa au Gustav des premiers temps, quand il avait dû lentement l'apprivoiser.

— Tu as toute la vie devant toi, dit-il. Tu as un avenir, quoique tu en penses en cet instant précis. Mais vous avez commis des actes abominables, toi et les autres, vous avez fait quelque chose de terrible...

— C'était une idée de Valentin et de Benjamin, hasarda Mathis, les yeux de nouveau baissés, des larmes perlant au bord de ses paupières.

— Je sais... Et c'était surtout l'idée de l'adulte qui était derrière tout ça... C'est elle la première coupable. Il n'en reste pas moins que tu as participé à ces... horreurs... à une barbarie comme j'en ai rarement vu...

Il vit le gamin rentrer la tête dans les épaules. Une larme roula sur sa joue, dessinant un trait brillant.

— Je regrette tellement, chuchota-t-il.

Servaz laissa passer un silence. Il se rendit compte qu'il avait lui-même un gros nœud qui lui obstruait la gorge, comme un morceau de viande qui a du mal à passer. Il planta son regard dans celui du garçon, lequel débordait de larmes à présent.

— Mathis, je suis venu te dire que Discord vous a menti, vous a manipulés avec ces défis, et que la justice en tiendra compte, mais surtout je suis venu te dire *qu'il n'y a qu'un seul vrai défi à relever : c'est celui de la vie.*

Le gamin l'écoutait très attentivement, ses yeux humides grands ouverts.

— *Ta vie sera ce que tu en feras, tu comprends ?* dit-il, en se demandant s'il s'adressait au gamin ou à lui-même. C'est ça, le vrai défi... Tu vas traverser des années très difficiles, mais un jour tu sortiras. Et tu recommenceras à vivre, à jouer, à grandir, à apprendre... Tu rencontreras peut-être d'autres gens mauvais dans cette vie, des gens comme Valentin, comme Benjamin – mais tu rencontreras aussi plein de gens formidables. Tu devras apprendre à les reconnaître parce que, quelquefois, les gens mauvais se font passer pour des gens bien... et les gens bien peuvent se montrer désagréables... Il n'y a pas de règle. Mais n'oublie pas que chaque personne que tu rencontreras, chaque événement que tu vivras, chaque expérience te fera grandir, t'apprendra des choses sur toi-même et sur les autres...

Que les échecs, la tristesse, les déceptions font partie de la vie, mais qu'il y aura aussi beaucoup de moments de joie, de succès, de triomphe, si tu sais apprendre de tes échecs, tu comprends ?

Mathis hocha vigoureusement la tête. Bon sang, pourquoi avait-il lui-même la gorge si serrée ? Pourquoi devait-il se retenir pour ne pas verser une larme à son tour ?

— *Parce que, au fond le vrai défi, c'est de s'aimer soi-même*, ajouta-t-il en s'éclaircissant la gorge, c'est de ne pas avoir peur ou honte de ce qu'on est, Mathis, mais d'en faire au contraire une force. On se moquera peut-être de toi, on te dira des choses déplaisantes, on cherchera à t'humilier, à te rabaisser, à te rappeler ton passé, on voudra provoquer ta colère, on te dira que détruire, être violent, se battre sont des preuves de force et de courage, mais ce n'est pas vrai. La vraie force, c'est d'être soi-même et de ne pas craindre d'aimer, et surtout de protéger ceux qu'on aime, de vouloir pour eux un monde meilleur, sans violence, sans haine, sans mensonges. Tu trébucheras et tu tomberas souvent. Mais si tu as cette force en toi, tu te relèveras et tu deviendras plus fort et meilleur chaque jour.

Il se demanda où il allait comme ça. Il se laissait entraîner par ses émotions... Ce n'était guère son style. Mais, en même temps, il sentait qu'il était d'une sincérité absolue. Qu'il éprouvait dans sa chair chaque mot qu'il prononçait.

— *Parce que le seul sens à donner à la vie*, continua-t-il, *c'est de la vivre. Pleinement, consciemment, à chaque minute, chaque instant...*

Il était sur le point de dire des paroles définitives, du genre qu'on regrette après coup, mais il devait quand même les dire. Il n'allait pas être un de ces donneurs de leçons qui ne se les appliquent jamais à eux-mêmes.

— Quand tu sortiras, dit-il, je serai là si tu as besoin de moi. Mais, pour ça, il va te falloir agir de la bonne façon. Il va te falloir prendre le droit chemin.

Il vit les yeux pleins de larmes du gamin s'illuminer d'une lumière nouvelle, une lumière qui affleura pour la première fois. Mathis renifla. S'essuya les joues.

— C'est vrai ?

— Hum, hum.

Il opina du chef. Se leva, le ventre noué, le cœur lourd. *C'est un putain de pari sur l'avenir*, se dit-il.

Debout près de la porte, il croisa le regard de Mathis. Le garçon de douze ans le fixait. Intensément. Un regard différent. La tristesse, l'abattement étaient toujours là, mais autre chose était apparu : une forme d'espoir ?

Il ne se faisait pas d'illusions : ça durerait ce que ça durerait. Il sortit.

CONTRAIREMENT À MATHIS, les deux grands, Valentin et Benjamin, ne semblèrent pas ce jour-là avoir pris conscience de la gravité de leurs actes. Au cours des longues heures d'audition – à leur âge, ils pouvaient être placés en garde à vue –, ils ne montrèrent ni remords ni contrition. Au contraire, ils firent preuve d'une indifférence et d'une absence d'empathie qui glacèrent tous ceux qui les interrogèrent. Trois psychiatres allaient bientôt défiler pour déterminer s'ils étaient responsables de leurs actes, et Servaz espérait qu'ils ne seraient pas envoyés dans un établissement d'où ils pourraient sortir au bout de quelques mois. Il était persuadé qu'ils recommenceraient à la première occasion.

Ils n'étaient peut-être pas des fauves aussi dangereux avant de rencontrer Gabriela Dragoman mais, désormais, il n'y avait plus de retour en arrière possible. À moins qu'il se trompât...

Il se sentait vidé, épuisé, mais aussi bouleversé. En ressortant du bureau où était Mathis, il avait dit à Irène qu'il allait faire un tour. Il avait besoin de marcher, de respirer. De sentir le soleil sur sa peau. De boire un café en terrasse et d'entendre les bruits de la vie autour de lui.

Quant à Marianne, songea-t-il en reposant sa tasse vide au soleil, elle irait certainement en prison, quand son fils, Hugo, allait bientôt en sortir. Peut-être qu'elle aurait droit à un internement psychiatrique. C'était assez probable. Quelle différence cela ferait ? De combien de jours de liberté avait-elle joui entre ses deux captivités ? *Si peu...* Il avait failli la retrouver, et voilà qu'elle lui échappait encore. Peut-être qu'elle avait raison. Peut-être qu'au fond de lui il n'avait pas vraiment *désiré* ce retour. Peut-être qu'il s'était berné lui-même, qu'il avait fait semblant de la chercher, alors qu'en réalité une part plus obscure, plus profonde en lui ne voulait pas qu'elle réapparaisse, la souhaitait *morte*.

Quoi qu'il en soit, elle allait rejoindre la galerie de ceux qu'il avait mis hors d'état de nuire au fil des ans. Idem pour Gabriela Dragoman. Deux de plus, épinglés à son tableau de chasse... Mais quelle satisfaction pouvait-il en tirer quand il renvoyait à l'enfermement une femme qui avait été captive pendant des années ? Une femme qu'il avait aimée ?

Il la revit un soir d'été, sur la terrasse au bord du lac de Marsac. Elle portait une robe-tunique kaki boutonnée devant, avec une fine ceinture tressée et des poches-poitrine qui lui donnaient une allure martiale. Il la revoyait comme si c'était hier. Ses jambes nues et bronzées. Son seul maquillage, une touche légère de rouge à lèvres. Ses cheveux blonds tombaient en pluie d'or sur un côté de son visage. Et ses grands yeux vert mutant le scrutaient, le scannaient, tandis qu'ils partageaient une bouteille de vin. « Tu as l'air d'un vieux garçon, Martin Servaz », lui avait-elle dit. Quelque temps plus tard, ils avaient fait l'amour. Comme aux plus beaux jours. Comme s'ils avaient tous les deux conscience que c'était la dernière fois. Mais ces jours-là étaient si loin désormais qu'il lui semblait parfois les avoir rêvés et non vécus.

Il chassa cette pensée. Il ne voulait pas songer à Marianne. Pas maintenant.

Il n'avait aucun scrupule en revanche à mettre à l'ombre Gabriela Dragoman : une femme manipulatrice, qui avait utilisé des enfants comme des armes. Quel secret traumatisme gisait dans le passé de la psychiatre qui l'avait conduite à développer une telle haine des hommes ? Le sauraient-ils jamais ? Elle avait croisé la route de Marianne, et aussitôt le combat de la séquestrée était devenu le sien. Pour quelle raison ? Il se promit qu'il serait dans la salle le jour où elle passerait en jugement. Il voulait comprendre.

Il était près de midi quand il retourna à la gendarmerie. Enguehard vint vers lui en souriant, et il devina que quelque chose s'était passé.

— Ça y est, ils ont rouvert la route !

— Quoi, déjà ? Je croyais qu'il y en avait pour des semaines…

— Sacrée journée, hein ? lui lança le gendarme en guise de conclusion.

Épilogue

IL SE LAVA les mains, vérifia le nœud de sa cravate dans la glace, déglutit. Est-ce qu'il avait la trouille ? Un peu, qu'il avait la trouille.

Il n'avait quasiment pas fermé l'œil de la nuit ; il l'avait passée à ressasser sa défense – si tant est qu'on lui laissât la possibilité de se défendre. À sa descente d'avion à Orly 1, la veille au soir, la déléguée syndicale venue l'accueillir l'avait prévenu : « Les membres de la commission disciplinaire ne sont pas réputés pour être des tendres. »

En ressortant des toilettes, il se dit qu'il n'était flic que pour quelques heures encore. Après quoi, il serait rendu à la vie civile, à une liberté qu'il ne désirait pas.

Pour la première fois pourtant, il se fit cette réflexion : et si c'était là un mal pour un bien ? Si cette révocation, c'était son salut ? Sa bouée ? Ce métier était devenu si difficile, si ingrat, qu'il se demanda s'il ne s'en réjouirait pas dans quelques années : quand il serait enfin passé à autre chose.

IL LES REGARDA. Il lui fallut quelques secondes pour comprendre où il était. Ce qu'il faisait là. Ils se taisaient. Le fixaient. Dans ce silence, il respira. Il savait qu'il ne serait plus le même après : c'était le jugement de ses pairs et ça allait être violent. Tous ceux qui étaient passés par là disaient la même chose : c'était juste ahurissant, d'une violence psychologique et morale inouïe. Et il était bien placé pour savoir qu'ils disaient vrai : *c'était son deuxième conseil de discipline en deux ans.*

Une très longue table. Quatre hommes, deux femmes. Trois représentants syndicaux, trois de l'administration, visages fermés.

De ces derniers viendraient les coups, et ils ne les retiendraient pas. Ils étaient là pour l'enfoncer, l'accabler. Lui faire rendre gorge. Ils allaient l'enterrer vivant, après avoir remué toute la merde qu'ils avaient pu trouver ; ils allaient le marquer du sceau de l'infamie avant de le jeter comme un vieux chiffon. Il serra les mâchoires.

Derrière eux, les toits de Paris s'étalaient sous un ciel de juillet. Le building se dressait rue Nélaton, dans le XVe arrondissement, près de la Seine.

—Capitaine ?

Le directeur général de la police nationale. Un grand type sec, aussi souriant qu'une guillotine, qui le regardait d'un air sévère par-dessus ses lunettes. En tant que président du jury, sa voix compterait double, Servaz le savait.

Le directeur général présenta les autres personnes. Il n'entendit pas vraiment ; il était ailleurs ; il se repassait mentalement ses arguments. La veille, il avait pu consulter son dossier dans un petit bureau austère de dix mètres carrés. Il avait eu le droit de prendre des notes, mais pas de photos, allez savoir pourquoi. Par mesure de précaution, il avait même dû remettre son téléphone portable à la secrétaire – qui avait laissé la porte ouverte pour l'avoir à l'œil. Trente minutes, pas une de plus.

Il avait cependant sorti un deuxième appareil, comme on lui avait conseillé de le faire, et photographié en douce les pièces les plus importantes quand elle avait décroché le sien pour avoir une longue conversation extraprofessionnelle sur les vertus du yoga et de la marche à pied, ponctuée de force gloussements. Il s'était aperçu qu'il manquait des pièces dans son dossier mais, quand il en avait parlé à la secrétaire, elle s'était retranchée derrière l'imparable argument bureaucratique : *pas de mon ressort*, avant de lui adresser un sourire prodigieusement hypocrite, de reposer sur sa poitrine ses lunettes retenues par une chaîne en plastique et de se remettre à siroter une infusion tilleul-mélisse-camomille contre le stress.

Curieusement, il s'était senti très ému en parcourant ces centaines de pages. Il avait beau monter à l'échafaud, il y avait là-dedans toute sa vie professionnelle – les mutations, les promotions, les rapports d'enquêtes, les amitiés, des souvenirs, des images brillantes, qui dansaient devant ses yeux, chargées d'émotion : une vie qui allait s'arrêter là, un métier qu'il avait passionnément aimé, auquel il avait tout sacrifié… À un moment donné, il s'était rendu compte qu'il avait les yeux embués, et il avait levé la tête pour s'assurer que la secrétaire fan de yoga et de tisanes ne l'avait pas surpris en train de larmoyer.

Il avait ensuite passé la soirée à examiner les pièces avec la déléguée syndicale. Il avait été blanchi au pénal. La justice avait considéré qu'il n'avait commis aucun crime, aucun délit. Mais cela ne l'exonérait pas devant ses pairs, il le savait.

À présent, il essayait d'imaginer quels éléments de son dossier allaient être utilisés contre lui – en dehors du fait qu'il avait tiré l'écrivain Erik Lang de garde à vue sans rien dire à personne et l'avait conduit en un lieu où ce même Lang avait été tué dans un incendie. Ils allaient s'appuyer, entre autres, sur le code de déontologie, leur arme favorite : un truc rigide, inapplicable sur le terrain, à partir duquel n'importe quel flic de France aurait pu être sanctionné.

— Capitaine, commença l'un des représentants syndicaux d'une voix bienveillante en abaissant les yeux sur ses notes, vous avez de remarquables états de service... parmi les plus brillants qu'il m'ait été donné de voir, je ne vous le cache pas.

—Merci, dit-il en essayant de faire preuve d'humilité et de retenue.

Le col de sa chemise le grattait. Il l'avait achetée la veille. Il se sentait aussi étranglé par sa cravate : il aurait dû la nouer moins serrée. Il avait perdu l'habitude d'en porter.

—Vous êtes une véritable légende dans le métier. Et un exemple. Non seulement à Toulouse, mais pour tous les policiers de France...

Tout doux, songea-t-il. *N'en fais pas trop...* Il jeta un coup d'œil au président du jury et se raidit : ce dernier fixait sur lui un regard glacial, lèvres serrées. Il ne semblait guère réceptif aux arguments des représentants syndicaux qui, pendant une dizaine de minutes, ne tarirent pas d'éloges sur lui, sur ses exploits, sur sa gestion humaine, tout en lui posant des questions auxquelles les réponses lui permettaient invariablement de se mettre en valeur.

—Je crois que nous avons compris, les interrompit sèchement le président du jury d'une voix qui ne souffrait aucune contestation avant de se tourner vers lui. Capitaine, venons-en aux faits qui nous intéressent, vous n'en êtes pas à votre premier... écart de conduite, si je ne m'abuse... Dois-je vous rappeler ce qui s'est passé dans cet hôpital en Autriche, un pays où vous avez osé faire usage d'une arme en toute illégalité l'année dernière ? *Et maintenant ceci...*

Le visage du directeur général était un masque d'une froideur et d'une intransigeance absolues.

—Nous sommes ici pour répondre à deux questions, pas pour nous extasier sur vos états de service. Ces questions sont les suivantes : y a-t-il eu une faute qui a provoqué la mort d'Erik Lang dans cette grange ? Y a-t-il eu également faute en Autriche un an plus tôt ? Pour résumer : êtes-vous un policier compétent et exemplaire comme je viens de l'entendre ou, à l'inverse, un officier de police incontrôlable qu'on doit mettre hors d'état de nuire le plus rapidement possible ?

Les pupilles du directeur étaient deux clous noirs pointés sur lui.

— POURQUOI C'EST si long ? demanda-t-il.

La déléguée syndicale lui jeta un regard indécis. Ils étaient assis dans l'antichambre. Derrière les portes closes, on délibérait depuis trois quarts d'heure.

— Je sais pas... En tout cas, il s'est passé quelque chose qui pourrait nous aider, dit-elle d'un ton qui manquait tragiquement de conviction.

— Comment ça ?

— Tu es le troisième. Les OPJ qui sont passés avant toi ont été révoqués tous les deux... Ils hésiteront peut-être à en révoquer un troisième le même jour...

C'était comme pour le permis de conduire, songea-t-il : si les deux candidats précédents avaient été recalés, vous aviez davantage de chances de l'avoir.

— Mmm. Qu'est-ce qu'ils avaient fait ?

— Le premier faisait partie d'un équipage de la BAC qui patrouillait de nuit au sein de la Grande Borne à Grigny. Une fois à l'intérieur de la cité, après un virage, ils sont tombés sur un canapé en feu en travers de la route. Ils avaient beau rouler dans une voiture banalisée, les jeunes connaissaient l'immat' par cœur, vu que la hiérarchie n'avait pas jugé bon de la changer une seule fois en trois ans. Une pluie de pavés et de boules de pétanque s'est abattue sur la bagnole, faisant exploser le pare-brise. Et puis, trois cocktails Molotov ont été balancés sur le véhicule, qui a commencé à prendre feu. L'officier au volant a paniqué : il a fait marche arrière à toute vitesse et a renversé un des jeunes. Quinze ans. Depuis, il est à l'hôpital dans le coma, et on a eu trois nuits d'émeute. Or, il avait déjà été sanctionné pour avoir sorti son arme alors qu'ils étaient, sa collègue et lui, acculés dans un hall d'immeuble par une bande hostile d'une quarantaine de jeunes.

Comme tous les flics de France, quand il entendait les mots *cocktail Molotov*, Servaz pensait Viry-Châtillon : un traquenard qui avait tourné au drame en 2016. Plusieurs policiers grièvement brûlés et un traumatisme durable pour les flics en patrouille et les « baqueux ».

Les caïds des cités se servaient des jeunes comme d'une armée et dessinaient les frontières au-delà desquelles ils ne toléraient plus la police. Pour acheter la paix sociale, la hiérarchie policière comme les politiques avaient accepté cet état de fait, tout en faisant semblant de le combattre. En conséquence de quoi les guets-apens et les situations dangereuses pour les flics étaient devenus si fréquents qu'ils ne faisaient même plus la une de la presse.

— Et l'autre ?

— Une interpellation dans une cité de Caen qui a mal tourné. Des collègues des Stups qui voulaient serrer un trafiquant. Le type s'est enfui à l'arrivée de la police. Deux collègues l'ont poursuivi. Dont une femme, qui court le marathon chaque année. Elle n'a pas tardé à gagner du terrain. L'homme s'est alors arrêté, retourné et il l'a frappée violemment. Son collègue est parvenu sur place, il l'a vue à terre et il a pété un câble : il a roué le type de coups. Faut dire que c'était un trafiquant qu'ils avaient déjà interpellé des dizaines de fois. À l'hôpital, le type a porté plainte. Accessoirement, il a expliqué qu'il n'avait pas supporté d'être contrôlé par une femme en plein ramadan.

Elle secoua la tête d'un air désabusé. Les flics, contrairement aux voyous, n'avaient pas le droit à l'erreur.

Soudain, les portes de la salle s'ouvrirent. Il soupira, haussa les épaules, se leva. Vérifia le nœud de sa cravate. Cette fois, on y était. C'était *l'heure de vérité...*

— COMMANDANT, commença le directeur général.

Il tiqua. Se demanda si on se moquait de lui. *Commandant ?* Était-il possible que le président du jury se fût trompé sur son grade ?

L'homme baissa les yeux sur ses notes, rassembla les feuillets dispersés sur la table en un tas bien rangé et leva un regard sévère vers Servaz par-dessus ses lunettes.

C'était *maintenant.* L'échafaud, le couperet, la tête qui roule dans le panier... *Game over.*

— Après avoir longuement délibéré, après avoir examiné tous les aspects de cette affaire, après avoir scruté votre comportement dans les moindres détails, ce conseil est arrivé à la conclusion... *qu'il n'y a rien à vous reprocher.* Vous avez agi dans un seul souci : protéger votre enfant. Vous avez certes enfreint certaines règles du code de déontologie, mais nous savons tous ici à quel point il est inapplicable dans certaines circonstances, et nous ne vous estimons pas responsable de la mort d'Erik Lang, laquelle est entièrement imputable aux agissements de Rémy Mandel, dont la justice a également reconnu la culpabilité. Justice qui, je le rappelle, vous a déjà blanchi.

Il était en train de rêver.

Il allait se réveiller.

Son cœur battait trop vite, trop fort.

— En conséquence de quoi, non seulement nous avons décidé de vous maintenir à votre poste, mais, ayant estimé que vous aviez été suffisamment puni pour vos... erreurs passées... et eu égard à vos remarquables états de service abondamment commentés ici, nous avons aussi décidé de vous réintégrer dans votre grade de commandant et votre responsabilité de chef de groupe.

Le sourire du directeur général s'élargit : on aurait dit celui d'un collègue qui vient de faire une bonne blague à l'occasion d'un pot de départ.

— Ce conseil est maintenant terminé. Vous pourrez dès demain récupérer votre insigne et votre arme et reprendre le chemin du commissariat, *commandant*, conclut le grand type, qu'il trouvait beaucoup plus sympathique tout à coup.

Le directeur déplia sa longue silhouette, imité par les autres, et un brouhaha monta dans la salle. On se congratula, il y eut quelques éclats de voix. Dans les minutes suivantes, Servaz reçut force tapes amicales sur l'épaule. «Je le savais», lui dit un représentant syndical. Servaz considéra le directeur général. Celui-ci le fixait de loin. Une ride profonde barrait son front. Il avait l'air de se demander s'il avait pris la bonne décision. Servaz s'avança vers lui.

— Venez, dit le directeur quand il arriva à sa hauteur avant qu'il ait pu prononcer un mot.

Il fut entraîné à l'écart, dans un coin de la pièce. L'homme le dominait de dix bons centimètres. Il était sec et droit comme un militaire. Il étreignit le bras de Servaz en un geste étonnamment amical.

— Saluez Léa de ma part, s'il vous plaît, quand vous rentrerez, dit-il à voix basse.

— Pardon ?

L'homme se pencha vers lui.

— Le Dr Léa Delambre. Elle est venue nous rendre une petite visite pendant que vous étiez coincé dans cette vallée. Elles ont beaucoup parlé de vous, mon épouse et elle... Et j'ai toujours écouté ce que me dit ma femme. Tout au long de ma carrière, elle a été ma meilleure conseillère. Ma femme est médecin, elle a grandi à Toulouse. Léa et elle sont des amies de longue date...

Elles se sont connues au lycée, elles ont fait leurs études de médecine ensemble. C'est aussi Léa qui, grâce à son diagnostic, a sauvé la vie de notre enfant quand il a eu cette épouvantable maladie... Vous serez gentil de la saluer pour moi, merci.

Le directeur lui serra la main et alla rejoindre ses pairs.

— TU AURAIS DÛ M'EN parler, dit-il.

Léa baissa les yeux, l'air contrit. Mais il savait qu'elle ne l'était pas. Puis elle les releva, le regarda.

— J'avais peur que tu refuses, dit-elle.
— J'aurais refusé.
— Tu es furieux contre moi ?
— Carrément.
— À ce point-là ?
— Plus que ça.
— Tu as envie de me faire mal ?
— Oh oui.
— Tu vas m'attacher ?
— Possible...
— Me donner la fessée ?
— Pas exclu...
— Me punir ?
— Ça te ferait trop plaisir.

Elle rit. Roula jusqu'à lui à travers le lit, lui donna un coup d'oreiller, puis déposa un baiser sur sa poitrine nue.

— Soyez méchant avec moi, *maître*, susurra-t-elle. Punissez-moi... Où as-tu mis tes menottes ? Et ton tonfa ?
— Je n'ai pas de tonfa.
— Vraiment ? C'est si décevant...

Il pouvait sentir l'odeur de son corps chaud, de sa peau, l'odeur de sexe aussi sur elle. Un soleil matinal filtrait entre les lames des stores et venait caresser les draps tout autant que ses courbes, ses cheveux brillants et fauves, le duvet sur ses avant-bras.

— Œufs brouillés ? demanda-t-elle.

— Je peux y aller, fit-il.

L'odeur de café chaud se coulait jusque dans la chambre et à ses narines. Il entendait d'ici la cafetière automatique qui finissait de glouglouter dans la cuisine. Il se sentait reposé. Serein. Confiant. Il avait dormi comme un ange. Ou comme un mort. *Now My Heart Is Full*, aurait pu chanter Morrissey. Mais il ne connaissait pas Morrissey. Ni Springsteen. Ni U2. Ni Rihanna. Ni même les Stones. Il était un amish en matière de musique. Il n'écoutait que du classique. Et presque exclusivement du Mahler.

— J'ai besoin d'un café, fut la réponse. Gustav va bientôt se réveiller, ajouta-t-elle, et il devina à sa voix enrouée qu'elle avait la gorge nouée.

— Oui.

— Il va être surpris de me trouver là…

Il vit l'émotion voiler le regard de Léa, tout à coup.

— Gustav t'aime beaucoup, dit-il pour la rassurer.

— Mais il m'aime en tant que médecin, pas en tant que belle-mère… Et il pourrait se montrer jaloux de ne plus t'avoir pour lui tout seul le matin…

— Il devra s'y faire. *Parce qu'il va y avoir beaucoup d'autres matins comme celui-ci.* Tout va bien se passer, Léa. J'en ai parlé avec lui. Il est d'accord. Il est même enthousiaste à l'idée de t'avoir ici…

— Parce qu'il a pensé à ce que ça ferait de m'avoir une heure ou deux avec vous. Pas tout le temps. Tu es sûr que c'est ce que tu veux ?

— Oui, c'est ce que je veux.

Il se tourna vers le réveil.

— Margot arrive dans trois heures, dit-il.

Sa fille allait atterrir en provenance de Montréal. Avec son petit-fils... Ça faisait six mois qu'il ne les avait pas vus. Chaque fois qu'il la retrouvait, elle était plus femme que la fois d'avant mais aussi plus... *lui*. Elle lui ressemblait de plus en plus, trait pour trait : une version féminine de lui-même. Il surprit le regard de Léa.

—Ça va bien se passer, répéta-t-il. Vous êtes faites pour vous entendre, Margot et toi.

Elle hocha la tête en silence. Il la fixa.

—Bon alors ? J'ai faim, dit-il.

Elle lui donna un dernier coup d'oreiller, bondit hors du lit.

—Ne t'imagine pas que ce sera comme ça tous les matins ! lui lança-t-elle en passant l'une de ses chemises et en enfilant un jean.

—Déjà en train de négocier ?

Il la suivit des yeux tandis qu'elle sortait de la chambre, pieds nus, d'une démarche légère, presque dansante. Il songea à tout ce qu'il savait sur cette femme – et à tout ce qu'il lui restait à découvrir. Il avait passé sept ans avec Alexandra, la mère de Margot, il y a longtemps, pour s'apercevoir à la fin qu'il ne la connaissait pas.

Il entendit Léo Ferré chanter dans le séjour, songea brièvement au Dr Jérôme Gaudry. Léa et lui avaient-ils flirté un temps ? Avaient-ils eu une aventure avant que Léa n'entre dans sa vie ? Possible... Et après ? Il pensa à ses doutes, à sa jalousie quand il était enfermé dans cette vallée. Il fut frappé par une réflexion nouvelle. Peut-être cette jalousie n'était-elle la marque que de sa propre insécurité. Peut-être était-il temps de croire un peu plus en ses chances d'être heureux. Combien d'approches plus ou moins subtiles une femme comme Léa devait supporter chaque jour, c'était une question à laquelle aucun homme ne pouvait répondre.

IL ÉTAIT SORTI acheter *La Dépêche* et des croissants. Avait laissé Gustav et Léa seuls. Son fils avait paru ravi de la découvrir dans la cuisine au réveil, et Servaz avait décidé que la meilleure manière de l'habituer à la nouvelle configuration était de leur permettre de passer du temps ensemble.

Il n'était pas inquiet. Léa savait s'y prendre avec les enfants. Après tout, c'était son métier.

Il s'assit en terrasse au soleil, place du Capitole, et commanda un café. Il plissa les yeux dans la chaude et revigorante lumière. Les ferma. Sentit la beauté et l'eurythmie profonde de cette matinée, sentit que les planètes retrouvaient leur orbite, que tout était de nouveau en ordre, tout était à sa place...

Il rouvrit les yeux quand le garçon de café déposa sa tasse devant lui. Et il pensa à Marianne. Elle avait été transférée en hôpital psychiatrique, dans une unité pour malades difficiles, à plusieurs centaines de kilomètres de là (celle de Cadillac, en Gironde, n'accueillait que des hommes). Un centre ultra-sécurisé où les pensionnaires étaient surveillés vingt-quatre heures sur vingt-quatre. Ce qui ne les empêchait pas de recevoir des visites. Depuis l'internement de Marianne, il s'était rendu une demi-douzaine de fois, malgré la distance, à l'UMD. Chaque fois il avait reçu la même réponse de la part du psychiatre.

—Je suis désolé, elle ne veut pas vous parler. Et nous ne pouvons pas l'obliger à le faire...

—Je comprends. Dites-lui que je suis passé, s'il vous plaît, et que je repasserai la semaine prochaine. Dites-lui que je viendrai chaque semaine, jusqu'au jour où elle sera prête.

Le psychiatre lui avait jeté un regard compatissant.

—C'est ce que je lui ai déjà dit la semaine dernière, avait-il répondu doucement, presque tendrement. Soyez patient. Il lui faut du temps...

— Combien de temps ?
— Difficile à dire... Une semaine, un mois, un an... Peut-être plus... Peut-être jamais. Je suis désolé, je n'ai pas de réponse à cette question. Mais revenez, s'il vous plaît. Ne la laissez pas tomber. Ne renoncez pas.
— Je ne renoncerai pas.

Il avait bombardé le psychiatre de questions, mais celui-ci s'était retranché derrière le secret professionnel. «Elle va aussi bien que possible dans les conditions actuelles», avait répondu le chef d'établissement, et Servaz s'était demandé ce que cela voulait dire. Puis il pensa à Irène. Il avait assisté aux funérailles de Zuzka deux semaines plus tôt, dans ce petit cimetière du Gers où des corneilles croassaient sur les tombes. Il pleuvait ce jour-là. Une chaude pluie qui lui avait fait penser à un dernier baiser mouillé. Un adieu à Zuzka. Irène avait eu l'air tellement détruite, tellement perdue qu'il avait décidé de passer le restant de la journée avec elle. Finalement, il avait dormi dans la fermette qu'elle louait sur les coteaux et, quand le soleil s'était couché, que les étoiles avaient commencé à percer au-dessus de la campagne, dans le ciel lavé, ils étaient tous les deux un peu ivres. Elle avait beaucoup pleuré, mais ils avaient aussi pas mal ri, évoqué des souvenirs heureux et réfléchi aux temps qui venaient. Ils avaient partagé la même certitude absolue : c'était la fin d'une époque. Une nouvelle ère s'ouvrait, durant laquelle certains allaient sombrer dans l'irrationalité et la violence. Une époque de destruction et de chaos. En se couchant, il avait entendu la musique en bas, dans la grande salle. Sans doute des chansons qu'Irène et Zuzka appréciaient toutes les deux.

Il prit son téléphone, chercha le numéro dans son répertoire.
— Oui ? répondit-elle, le souffle court.
— Tu es où ? dit-il. Tu as l'air essoufflée...

—Je *suis* essoufflée.

—Tu fais *quoi* ?

—À ton avis ? Je monte, je descends... je cours : allure VMA, c'est-à-dire 100 % de la VO2 max.

—De la *quoi* ?

—Laisse tomber. Qu'est-ce que tu veux, Martin ? C'est urgent ?

Il se souvint qu'Irène préparait un ultra-trail. Il supposa qu'en châtiant ainsi son corps, elle parvenait en partie à faire taire le chagrin – en partie seulement.

—Non, non... je te rappelle plus tard.

—D'accord, *commandant*. Et, Martin...

—Oui ?

—Le *sport*, tu connais le sens de ce mot ?

—J'ai déjà arrêté de fumer, pas si mal. Et il est prouvé que trop de sport peut nuire à la santé.

Elle émit un gloussement sarcastique.

—Mmm. Tu as de nouveau arrêté de fumer ? On dirait bien que certaines personnes ont une influence positive sur vous, Martin Servaz... Embrasse Léa et Gustav pour moi.

Il sourit. Coupa la communication. Ouvrit le journal.

Cinq pleines pages sur la Coupe du monde de foot. Remportée par la France. 4-2 face à la Croatie en finale. Buts de Griezmann, de Pogba, de Mbappé et de Mandžuckić contre son camp. En demie, la France avait battu la Belgique. Le gardien belge, mauvais perdant, avait déclaré que son équipe était la meilleure et aurait mérité de gagner. Servaz sourit. On ne *méritait* jamais de gagner : on gagnait ou on perdait, c'est tout.

Le reste du journal était plein de faits divers terrifiants qui avaient eu lieu dans cette ville comme dans d'autres. Ce pays avait cessé depuis longtemps d'être rationnel. Il lui semblait parfois que plus personne n'échappait à la fureur. Attentats, profanations, brigandage, vols, kidnappings, racket, émeutes, car-jackings, dégradations, menaces de mort, homicides, vandalisme...

Il le referma. Il n'avait pas envie de penser à ça. Il avait envie de penser que c'était une belle journée. Une sacrément belle ville. Et une sacrément belle vie aussi... Et, après tout, la presse et le public parlaient sans fin de la violence de ce siècle – mais qu'était ce siècle en regard du précédent ? La Première Guerre mondiale ? 18,6 millions de morts. La guerre civile espagnole ? Un million. Hitler ? 25 millions. Staline ? 20 millions de morts. Mao ? 70 millions. Pinochet ? Entre 3 000 et 9 000. Pol Pot et les Khmers rouges ? 2 millions. Le Rwanda ? 800 000. Et la grippe espagnole battait à plate couture tous les coronavirus avec 50 à 100 millions de morts de la Chine à l'Europe entre 1918 et 1919. Que dites-vous de ça, hein ?

Il n'ignorait pourtant rien des dangers dont ce siècle était porteur – à commencer par la destruction sans précédent de l'habitabilité de la planète, la dérégulation sans fin d'une économie devenue folle et la montée en réaction d'un néo-obscurantisme niant à la fois les vertus de la science et celles de la démocratie.

Mais, putain, il avait envie d'être heureux, là, tout de suite, toutes affaires cessantes. *Était-ce trop demander ? Quelques jours, quelques semaines, quelques mois de bonheur ?*

Il observa un instant un labrador qui courait joyeusement autour de son maître, sur l'esplanade ensoleillée. Auparavant, il se serait plutôt attardé sur l'animal solitaire : le corbeau qui picorait à l'écart du groupe, le chien abandonné et triste qui se cherche en vain un foyer, le chat dont personne, pas même les enfants, ne veut parce qu'il lui manque une patte... Il avait l'impression de les comprendre, ces esseulés. *Qu'il était comme eux...* Qu'il savait mieux que personne ce qu'ils ressentaient. *Mais c'était fini.*

Il avait Gustav, il avait Léa, il avait Margot, il avait un petit-fils, il avait *une famille*. Il n'était plus ce vieux chien solitaire que personne ne veut adopter...

Il savait pourtant que rien n'est jamais acquis, que la vie vous reprend tôt ou tard ce qu'elle vous donne, et il ne croyait certainement pas au bonheur. Mais Léa, elle, y croyait.

Il se dit qu'il existait des croyances pour tous désormais : ceux qui croyaient que la Terre était plate, que les Américains n'avaient jamais mis les pieds sur la Lune, qu'il existait un complot pour cacher la vérité sur les vaccins... Il y en avait pour tous les goûts. Internet y pourvoyait. Et il n'y avait jamais eu autant de *croyants*, en vérité. C'étaient juste les croyances qui avaient changé.

Soudain, il se rendit compte qu'il croyait en quelque chose, lui aussi. Il croyait en Gustav, il croyait en Léa, il croyait en l'amour... Est-ce que c'était naïf ? Est-ce que c'était illusoire ?

Possible.

Mais c'était toujours mieux que de ne pas croire du tout.

Comme d'habitude, j'ai joué avec la géographie. Tel un enfant qui refait le monde avec ses jouets. Le réseau Trombe, par exemple – le plus grand réseau spéléologique de France –, se trouve à cheval sur le Comminges et l'Ariège, alors que ma vallée fictive se situe un peu plus à l'ouest, à cheval sur le Comminges et les Hautes-Pyrénées... Je dois aussi remercier ici les policiers qui m'ont informé, comme toujours, sur les difficultés et les subtilités de leur métier, en particulier sur cette épreuve que représente pour tout flic le conseil de discipline et sur le malaise profond qui règne aujourd'hui dans la police. Les deux anecdotes citées dans l'épilogue, bien qu'adaptées pour les besoins de la fiction, sont en partie authentiques. Je les ai trouvées dans deux livres passionnants : Colère de flic *de Guillaume Lebeau et* La peur a changé de camp *de Frédéric Ploquin.*

REMERCIEMENTS

Chaque nouveau roman est une leçon de ténacité. Il en faut pour ne pas perdre de vue l'idée initiale, telle qu'elle a germé, pour en conserver la fraîcheur en dépit des milliers d'heures passées à en épuiser tous les aspects. Alors, un grand merci à mes éditeurs Bernard Fixot et Édith Leblond pour leur confiance et, bien sûr, à toutes les équipes de XO qui participent à l'aventure. Il me faut également remercier Laura qui, dans l'ombre où elle se plaît, veille au grain.

Mise en page : Sylvie Denis

Impression réalisée par CPI BRODARD & TAUPIN
La Flèche (Sarthe), en juin 2020

N° d'impression : 3039534

Imprimé en France